本书受浙江省高校重大人文社科项目攻关计划（青年重点项目）《乔治·奥威尔文学经典化研究》（2013QN017）资助。

陈勇 / 著

跨文化语境下的
乔治·奥威尔
研究

中国社会科学出版社

图书在版编目（CIP）数据

跨文化语境下的乔治·奥威尔研究/陈勇著.—北京：中国社会科学出版社，2018.5
ISBN 978-7-5203-1628-6

Ⅰ.跨… Ⅱ.①陈… Ⅲ.①奥威尔（Orwell，George 1903-1950）—文学研究 Ⅳ.①I561.065

中国版本图书馆 CIP 数据核字（2017）第 299612 号

出 版 人	赵剑英
责任编辑	郭晓鸿
特约编辑	席建海
责任校对	李　莉
责任印制	戴　宽

出　　版	中国社会科学出版社
社　　址	北京鼓楼西大街甲 158 号
邮　　编	100720
网　　址	http://www.csspw.cn
发 行 部	010-84083685
门 市 部	010-84029450
经　　销	新华书店及其他书店

印　　刷	北京明恒达印务有限公司
装　　订	廊坊市广阳区广增装订厂
版　　次	2018 年 5 月第 1 版
印　　次	2018 年 5 月第 1 次印刷

开　　本	710×1000　1/16
印　　张	25.75
插　　页	2
字　　数	301 千字
定　　价	109.00 元

前　言

　　本书旨在从比较文学和世界文学的学科角度对 20 世纪英国著名作家乔治·奥威尔（George Orwell，1903—1950）进行专题研究。全书共分为三个部分：奥威尔与缅甸、奥威尔与中国、中国奥威尔研究的新视野。第一、二部分涉及奥威尔作品中的亚洲题材及中英文学关系，第三部分追踪国际奥威尔研究前沿，以中国视野提出奥威尔研究的新课题，反思中国的外国文学研究现状。三个部分的研究皆放置于中外跨文化语境，试图从中发现和解决当前西方奥威尔研究的盲点或不足，以推进国际奥威尔的学术研究。

　　本书各部分章节的主要内容如下。

　　第一部分"奥威尔与缅甸"分为两章，主要结合奥威尔的殖民经历，分析小说《缅甸岁月》及散文《绞刑》《射象》等作品。第一章"奥威尔与殖民话语"提出奥威尔在殖民家庭、教育、文化及殖民地警察工作中都受到殖民话语潜移默化的影响，然而殖民地的严酷现实使他对帝国主义制度和殖民话语进行了深刻的揭露和批判。第二章"《缅甸岁月》的批评研究"主要从作家本人、文献学、西方评论家等视角对小说的主题论争及主要批评方法进行全面梳理，旨在第一章基础之上为读者提供西方学界对该小说更多的阐释和思考。

第二部分"奥威尔与中国"共分六章，双向阐释奥威尔与中国的关系，包括奥威尔作品中的中国题材、奥威尔与中国文人的接触及奥威尔在中国大陆的传播与接受等内容。第一章"奥威尔作品中的中国形象"论述奥威尔主要利用"东方乐土""上海""中国佬"和"东亚国"等四个中国形象来表达他反对帝国主义、资本主义、法西斯主义、极权主义和追求社会主义的政治观。第二章"奥威尔与萧乾、叶公超交游考"梳理奥威尔与萧乾等人的交游经历，旨在证明他在国内被戴上"反苏反共作家"或"反动作家"的帽子完全是当时意识形态影响下的误读。第三章"国内赛珍珠和萧乾研究未发现的两则奥威尔书评"主要译注奥威尔对赛珍珠《大地》和对萧乾英文著作《龙须与蓝图》的书评。第四章"奥威尔论中国抗战"主要介绍奥威尔在《每周战事评论》及时报道中国抗战的进程，揭露日军的法西斯暴行，在抗战胜利后支持中国废除不平等条约，取消西方列强在中国的特权等主张。第五章"奥威尔在中国大陆的传播与接受"论述其传播与接受的五个阶段：新中国成立前的早期译介和传播、新中国成立后50—70年代的"反苏反共作家"、80年代的"解禁作家"、90年代的"反极权主义作家"、新世纪以来的"公共知识分子"和"世界经典作家"，这一传播和接受的过程较长时间受到了国际冷战对峙和国内极"左"意识形态的控制和影响，总体具有强烈的政治和现实指向，并且其发展趋势是作品本身的经典性因素日益受到关注。第六章"中国大陆的奥威尔研究"具体梳理70年来中国大陆学者对这位重要作家的研究历程，并对不同时期奥威尔研究的特点与成就进行评析和探讨。

　　第三部分"中国奥威尔研究的新视野"共六章，旨在追踪西方奥威尔研究最新动态，从中国语境角度提出奥威尔研究的新课题，特别是学术史和思想史双重视域的研究方法。第一章"特里林：'真相的政治'"论述美国文论家特里林的奥威尔批评旨在提出"真相的政治"这一方针，号召 20 世纪 50 年代初期陷入思想困境的美国自由主义知识分子以此作为行动方向。第二章"'悲观主义的政治'"基于英国新左派汤普森的奥威尔批评，并结合英国左派知识分子的批评谱系，发现他们对奥威尔"悲观主义者"的评论完全是一种具有意识形态功能的集体"政治建构"。事实上，奥威尔在社会主义政治运动中并不是"悲观主义者"，而是积极的"行动主义者"。第三章"乔治·奥威尔国际研讨会综述"介绍 20 世纪 80 年代以来召开的重要国际奥威尔研讨会主题及其出版物。第四章"学术史和思想史视角下的奥威尔研究"提出奥威尔批评研究的重要性，并主张只能将此学术史课题提升到思想史语境考察才能得以深刻阐释。第五章"文学批评的职责——以 20 世纪英美知识分子团体的奥威尔批评为例"，通过 20 世纪西方知识分子的奥威尔批评反思当今文学批评的职责问题，主张专家和公共知识分子两种角色的转换和兼容。第六章"乔治·奥威尔的经典生成"主要围绕经典性和经典化等问题探讨奥威尔经典生成的主要特征和历程。

　　附录共分为"乔治·奥威尔《一九八四》赏析""国内奥威尔主要研究资料""国内奥威尔主要译介资料"和"西方奥威尔研究资料编年"四个部分，既为本书主体内容提供佐证，也为奥威尔研究提供重要的文献资料线索。

　　本书是作者从事奥威尔研究十余年来的阶段性成果。书中部分章节曾发表在《外国文学评论》《外国文学》《中国比较文学》《新文学史料》《英美文学研究论丛》《江苏大学学报》（社会科学版）等期刊。因作者学识有限，书中不当之处还请读者不吝赐教。

目　录

第三部分 中国奥威尔研究的新视野

第一部分
奥威尔与缅甸

第一章

奥威尔与殖民话语*

奥威尔在《我为什么要写作》（*Why I Write*）中提到他写作的四个动机：纯粹的自我中心、审美方面的热情、历史方面的冲动和政治方面的目的。他写作的目的是要揭露一个政治谎言，同时使政治写作成为一种艺术。①这里的"政治谎言"可以指涉各种权威话语，他不同时期文学作品的政治目的可以理解为是对这些权威话语的揭露和批判。比如，他后期的代表作《动物庄园》和《一九八四》批判的正是极权主义的权威话语。奥威尔早期（1922—1927）曾在缅甸的印度帝国警察部队服役，他把反对权威话语的头一把匕首投向了殖民话语。本章通过考察他这段殖民地经历和反映该时期的《绞刑》（*A Hanging*）、《射象》（*Shooting an*

---

* 本章主要内容发表在《外国文学》2008 年第 3 期。

① ［英］乔治·奥威尔：《奥威尔文集》，董乐山编译，中国广播电视出版社 1997 年版，第 93—95 页。

Elephant）和《缅甸岁月》（*Burmese Days*）等文学作品，深入分析他从深受殖民话语的影响到对殖民话语挑战的思想历程。《绞刑》和《射象》是奥威尔的第一人称叙事散文，真实地记录了他在缅甸作帝国警察的经历；《缅甸岁月》是奥威尔的第一部小说，有评论者认为这是他所有小说中"最令人满意的"① 或"最传统和最成功的"②，是 20 世纪英国作家创作的"最重要的反帝国主义小说之一"③。这部小说于 1933 年完成，但却"像车脚板一样在出版商之间被蹭来踏去，因为该书攻击了另一个特权利益集团：英帝国主义"。④ 直到1934 年，该书才得以在美国出版，一年以后在英国出版。现在从后殖民理论的视角来看，这部小说更是充斥着殖民话语和反殖民话语的典型文本。同时，小说也具有很强的自传性。有人指出："弗洛里（小说主人公）当然就是奥威尔自己"⑤ "在某种程度上弗洛里显然就是他想象如果选择继续留在缅甸的自己"。⑥ 在一位伟大的小说家手里，完美的虚构可能创造出真正的历史，更何况坦言自己作品具有政治性的作家奥威尔。因此，通过这些作品的分析以及与殖民地经历的相互印证，我们可以发现作者与殖民话语之间的真实关系。

---

① Malcolm Muggeridge，"Introduction,"*Burmese Days*，George Orwell，New York：Time Incorporated，1962，p. xv.

② J. R. Hammond，*A George Orwell Chronology*，Houndmills：Palgrave，2000，p. 89.

③ John Newsinger，*Orwell's Politics*，Houndmills：Macmillan Press Ltd.，1999，p. 89.

④ Gillian Fenwick，*George Orwell：A Bibliography*，Winchester：St Paul's Bibliographics，1988，p. 17.

⑤ Malcolm Muggeridge，"Introduction,"*Burmese Days*，George Orwell，New York：Time Incorporated，1962，p. viii.

⑥ J. R. Hammond，*A George Orwell Chronology*，Houndmills：Palgrave，2000，p. 94.

第一节 殖民话语对奥威尔的影响

殖民主义不仅是指西方对殖民地的军事征服和经济掠夺，而且也是企图"逐步消除或否定非西方的异质文化和价值观的历史过程"①。萨义德在《文化与帝国主义》中写道："帝国主义和殖民主义都不是简单的积累和获得的行为，他们都为强烈的意识形态所支持和驱使。这些意识形态的观念包括：某些领土和人民要求需要被统治；还需要有与统治相关的知识形式；传统的19世纪帝国主义文化中存在大量的诸如'劣等'或'臣属种族''臣民''依赖''扩张'和'权威'之类的字词和概念。"②同时，他在《东方学》中指出东方学不只是研究东方的知识领域，而且还参与了将东方塑造为与西方相对立的"他者"的文本化过程："东方几乎是被欧洲人凭空创造出来的地方，自古以来就代表着罗曼司、异国情调、美丽的风景、难忘的回忆、非凡的经历。"③ 东方和东方人在西方作家的文本中总是充满神秘色彩，摆脱不了诸如炎热天气、肮脏环境、拥挤集市以及土匪强盗、妓女情妇、独裁君主以及土著居民像长不大的小孩等固定形象。这种"无论何时西方都声称有责任替沉默的、尚

---

① Leela Gandhi, *Postcolonial Theory: A Critical Introduction*, New York: Columbia University Press, 1998, p. 16.

② ［美］爱德华·W. 萨义德：《文化与帝国主义》，李琨译，生活·读书·新知三联书店2003年版，第10页。

③ ［美］爱德华·W. 萨义德：《东方学》，王宇根译，生活·读书·新知三联书店1999年版，第1页。

缺乏理解力的东方代言并不断地将其描述为否定和低下的形象或者与西方理性相对立的贫困'他者'的典型话语行为"便是殖民话语。① 殖民统治者通常利用殖民话语来鼓吹西方给尚未开化的东方带来文明之光,对东方进行殖民统治是白种人的责任。

奥威尔受到殖民话语潜移默化的影响,首先与他的殖民家庭背景和早期接受的殖民教育密不可分。奥威尔的祖父曾在澳大利亚和印度传教,他的外祖父在缅甸是个成功的商人,他的父亲是英印殖民政府负责与中国鸦片贸易的官员。奥威尔 1903 年出生在孟加拉的莫蒂哈里,一年后随母亲回英国定居,8 岁入寄宿学校圣塞浦里安。这是一所殖民意识浓厚的学校,是"大英帝国学校的摇篮和托儿所,从这毕业的学生大多会到海外殖民地做官,定居或者当兵"。② 年幼的奥威尔在这里受到严格的殖民教育,他后来承认那时"满怀爱国激情"。③ 另外,奥威尔在《我为什么要写作》提到他大致在五六岁的时候就知道了长大以后要当一个作家。因此,他从小就非常喜欢阅读文学作品。在圣塞浦里安,他最愉快的一件事就在趁早晨别人还熟睡未醒的时候不受打扰地读一小时小说。吉卜林是他幼时非常喜爱的英国最为畅销的作家,奥威尔一定读过他的很多作品。奥威尔曾回忆道:"在他年轻时,吉卜林是真正'家庭供奉的神',他在中产阶级中的威望尚无其他作家匹及。"④ 他许多为帝国主义煽情的诗句和异国冒险故事深深地影响了一代又一代的英国青年。吉卜林

---

① Leela Gandhi, *Postcolonial Theory: A Critical Introduction*, New York: Columbia University Press, 1998, p. 77.

② John Newsinger, *Orwell's Politics*, Houndmills: Macmillan Press Ltd. , 1999, p. 1.

③ Ibid. .

④ Ibid. , p. 10.

是英帝国主义文学的始作俑者，正是这样的诗句感召英国人挑起"白种人的担子"：挑起白种人的担子/把最优秀的后代派出去/迫使你的儿子们远走异乡/为你的俘虏们的需要服务/拿深重的责任套住他们，让他们去伺候/不驯服的野性蛮人/刚被你抓住的阴郁部落/一半是魔鬼，一半是儿童。① 这"担子"就是责任，白种人在殖民地必须挑起这个责任来开化土著人，施予他们法律和秩序。他的"东方是东方，西方是西方，两者决不相合"更是加深了东西方理解和沟通的鸿沟，也警告着殖民地的白种人要与东方人泾渭分明地保持距离。

吉卜林对奥威尔的影响是深远的。他曾这样描述对吉卜林不断变化的态度：13 岁崇拜他，17 岁讨厌他，20 岁喜欢他，25 岁蔑视他，30 多岁又仰慕他。② 奥威尔 8—14 岁在圣塞浦里安就读，因此吉卜林描写的人物是他心目中的英雄；他 19—24 岁在缅甸当警察，所以他刚涉足东方时一定乐于重读吉卜林的书，再次被他描写的东方所打动。在专论吉卜林的文章里，奥威尔认为他是"一个富有侵略性的帝国主义者"③，显然这是在他 25 岁与帝国主义决裂后的思想。吉卜林的小说《基姆》（*Kim*）是"他思想形成的年轻时期爱读的一本书"。④ 萨义德在《文化与帝国主义》专论《基姆》时说："白人与非白人的界限在印度和其他所有地方都是绝对的，并渗透在《基姆》和吉卜林的其他作品中。绅士就是绅士，不论有多少友谊或

---

① 王佐良等编：《英国二十世纪文学史》，外语教学与研究出版社 1994 年版，第 170 页。

② John Newsinger, *Orwell's Politics*, Houndmills：Macmillan Press Ltd. , 1999, p. 10.

③ ［英］乔治·奥威尔：《奥威尔文集》，董乐山编译，中国广播电视出版社 1997 版，第 327 页。

④ J. R. Hammond, *A George Orwell Chronology*, Houndmills：Palgrave, 2000, p. 92.

同志式的感情，都不能改变种族差别的最基本的内容。吉卜林不会怀疑这种区别和白人进行统治的权力，就像他不会怀疑喜马拉雅山脉一样。"① 显然，奥威尔也会一定程度上受到该书的影响。奥威尔在去缅甸之前一定读过吉卜林的《去曼德勒的路上》。他认为这是"英语中最漂亮的一首诗"：你要回到曼德勒/老船队在那里停泊/你难道听不到哗啦啦的桨声从仰光/ 一直响到曼德勒？/在去曼德勒的路上/飞鱼在嬉戏/黎明似雷从中国而来/ 照彻整个海湾。② 这首诗的意义在于它使人联想到富于异国情调的东方，让奥威尔——以及其他万千人——听到"东方在呼唤"。东方留给他的早期记忆、为帝国效命的责任以及东方的浪漫情调使他萌发了远赴东方的渴望。斯蒂文·茹恩思曼曾回忆说："他经常谈及东方，我一直有个印象，他十分渴望重返东方……这是一个浪漫的想法。"③ 1922 年，19 岁的奥威尔通过了印度帝国皇家警察公务员考试，缅甸成为他的首选。他沿着吉卜林时期到东方的航线，途经苏伊士运河、亚丁、孟买、科伦坡、马德拉斯历时一个月到达缅甸仰光，开始了他在缅甸的殖民地生活。

英国的文明是高度发达的，我们到这里来就是给野蛮落后的地方带来法律和秩序并使其在那里得到充分维护，这是奥威尔的前任哈伯特·怀特爵士给殖民地白人定下的官方政治基调。④ 殖民地的白人必须待在自己的社交圈子里，即白人俱乐部。白人俱乐部不仅是

---

① Edward W. Said, *Culture and Imperialism*, New York：Alfred A. Knopf, 1994, pp. 134 – 135.

② ［美］杰弗里·迈耶斯：《奥威尔传》，孙仲旭译，东方出版社 2003 年版，第 80 页。

③ Michael Shelden, *Orwell：The Authorised Biography*, London：William Heinemann Ltd.，1991, p. 86.

④ ［美］杰弗里·迈耶斯：《奥威尔传》，孙仲旭译，东方出版社 2003 年版，第 79 页。

白人生活和娱乐的中心也是殖民统治和殖民话语合法存在的象征。英国著名作家毛姆曾在 1930 年路过仰光，他这样描述俱乐部的生活。

> 这里生活安逸舒适。先在这个或那个俱乐部吃午餐，然后沿着整洁宽阔的马路驾车行驶。天一黑刚好可以去这个或那个俱乐部打桥牌，喝杜松子酒和苦啤酒，许多身着卡其布或丝绸的绅士在那里愉快地谈着话。接着他们在夜幕下回到家为赶赴晚宴换装，然后到某家和好客的主人一同进餐，喝鸡尾酒。酒足饭饱后，伴着留声机的音乐翩翩起舞，或者去玩一局台球，最后才回到自己凉快寂静的大房子里。①

小说《缅甸岁月》记录的是上缅甸的一个偏僻小镇凯奥克他达。那里只有七个欧洲人却管理着四千居民——除大多数缅甸人外还有几百名印度人、几十个中国人和两个欧亚混血儿。小说主要由两个交织的情节构成：一是描述了弗洛里向刚从欧洲赶到此地的英国白人伊丽莎白求婚的曲折过程以及他对印度朋友维拉斯瓦米医生竞选白人俱乐部会员的矛盾心理；二是揭露了缅甸地方官员吴波金采取各种卑鄙手段来诋毁维拉斯瓦米，以期达到自己成为白人俱乐部会员的目的。可以看出，小说的中心也是白人俱乐部。俱乐部成员是彼此极看不顺眼的人，他们夜复一夜地碰头，不顾一切地努力忘掉自己生活中的无聊。俱乐部不止是个娱乐的地方，而且是一个种族团结的象征。对此，小说有着重要的描述："在印度的任何一个镇，

---

① Jeffrey Meyers, *Orwell: Wintry Conscious of a Generation*, New York: Norton, 2000, p. 52.

欧洲人俱乐部是精神上的堡垒，英国权力的真正中心，本地官员和有钱人可望而不可即的'极乐世界'。"①

　　白人俱乐部的每位成员都必须严格遵守"白人绅士准则"（Pukka Sahib Code）。"白人绅士准则"是一套"描述缅甸和缅甸人以及白人在他们面前如何恰当地体现自我身份的规约性真理"。② 奥威尔发现这套准则禁锢着白人的思想，白人其实成为"专制制度的奴隶，被一种无法挣脱的禁忌制度紧绳套着，比和尚或野蛮人还套得牢"。③ "白人绅士准则"具体包括五条：第一，维护我们的权威；第二，铁血手腕（不许流露半点仁慈）；第三，我们白人必须团结一致；第四，他们会得寸进尺；第五，我们要保持团队精神。④ 这五条准则是殖民话语的具体体现，其核心就是要求每个白人必须维护白人至上的权威，团结一致地用铁腕手段对本地人进行殖民统治。当殖民统治者的利益受到威胁时，他们一定会发扬"团队精神"，对"当地人宁可错杀也不放过一人"。在小说中，当地的最高统治者兼俱乐部秘书长曼克格瑞格尔表面上仁慈心善，不过他的仁慈是建立在"当地人不能给予任何自由"的前提之上。另一位会员艾利斯是殖民地白人的典型代表。他极端仇视东方人，任何对东方人表示友好的举动他都认为是"大逆不道"。他坚决反对选举东方人进入俱乐部并反复强调："这是关键时刻，我们需要维护我们所得到的每一点权威，我们必须团结一致对他们说，'我们是主人，你们是乞丐——

---

　　① George Orwell, *Burmese Days*, Harmondsworth：Penguin Books Ltd. , 1985, p. 17.

　　② Daniel Bivona, *British Imperial Literature, 1870—1940：Writing and the Administration of Empire.* Cambridge：Cambridge UP, 1998, p. 182.

　　③ George Orwell, *Burmese Days*, Harmondsworth：Penguin Books Ltd. , 1985, p. 66.

　　④ Ibid. , p. 181.

你们乞丐滚回自己的地方去！'"① 艾利斯对白人权威的维护也体现在主仆关系上。小说中的仆人对白人十分忠诚和殷勤，他们甚至学着用标准的英语去讨好白人，不料在白人眼中这是有损他们尊严的行为。艾利斯对仆人说："去死，谁让你这样说——'I find it very difficult'！你把字典给吞了？'Please，master，can't keeping ice cool'—这才是你应该说的。"② 后来当陆军军官维若尔临时驻扎此地，一到俱乐部便随意踢打仆人，艾利斯十分不满，不过令他气恼的倒不是维若尔的粗鲁，而是害怕他会怀疑自己在替仆人叫屈——即不赞成如此踢法。殖民话语不仅统治着白人的思想而且也扭曲和毒害本地人的心灵。吴波金为与维拉斯瓦米争夺白人俱乐部会员资格而不惜采取各种阴险恶毒伎俩，而这位印度医生的白人至上的观念似乎比白人还要顽固。他认为"白人绅士准则"是"比我们东方人优越的秘密所在"。英国人来缅甸是以"纯粹的公益精神在教化我们，使我们提高到你们的水平，这是自我牺牲精神的非凡记录"。③奥威尔的外祖母在缅甸住了40年，却不屑去学一句缅甸话，这代表了殖民地的英国白人妇女的普遍生活态度。奥威尔作为初至东方的白人，当然也会遵守这些白人绅士准则。

在吉卜林影响下，奥威尔和其他年轻白人喜欢在东方过着猎奇冒险和浪漫放纵的生活。奥威尔曾和与他同来缅甸的比登一道在黑夜携枪搭乘村民的牛车去猎捕老虎。比登回忆道："我们没有看到什么老虎，我暗想驾车的人也不会认为我们能遇到。要是我们真能遇

---

① George Orwell, *Burmese Days*, Harmondsworth：Penguin Books Ltd. , 1985, p. 30.
② Ibid. , p. 25.
③ Ibid. , p. 39.

到，我想布莱尔先生或奥威尔先生就不会活着回来了。"① 在小说
《缅甸岁月》中，奥威尔绘声绘色地描述了弗洛里与伊丽莎白一起在
丛林射杀豹子的惊险场面。长期驻扎在殖民地的年轻绅士的生活是
寂寞难耐的，他们或在本地养有情妇或是当地妓院的常客。哈若
德·安科顿回忆他 1945 年与奥威尔的一次谈话时说："我让他立即
回忆一下在缅甸的生活，当谈到缅甸女孩的甜美时，他那忧郁而又
严肃的双眼燃起了喜悦的神色。"② 奥威尔曾写过两首反映缅甸妓女
的诗，其中有一首名叫"罗曼司"：在我年轻不谙世事的时候/在远
离曼德勒的地方/我曾对一个缅甸女孩爱慕倾心/她像好天气一样可
爱/金黄色的肌肤，黑玉般的秀发/象牙一样白的牙齿/我对她说，
'给你 20 块银币/姑娘，和我一起睡觉'/她看着我,那么单纯, 那么
忧郁/真是世间最可爱的尤物/她以一种口齿不清的处女声音/站出来
对我说，'给我 25 块吧。'③ 这不由想到《缅甸岁月》中弗洛里和他
的缅甸情妇玛拉美之间的关系。对弗洛里而言，玛拉美只是"身体
而已，一种具有物性（it - status）的商品，从她父母手里花了三百
卢比买来的'玩具娃娃'"。④ 每次弗洛里与她做完爱，他会感到自
惭形秽，随即叫她拿钱滚蛋。他遇见伊丽莎白后不久，便迫不及待
地将她打发回家。玛拉美在小说中被描写成贪财势利、勾引和陷害
白人的泼妇形象。这如同萨义德描写福楼拜邂逅的印度情妇："她从
不谈自己。她从不表达她的情感的存在或过去。他在为她言说和表

① Bernard Crick, *George Orwell*：*A life*, Harmondsworth：Penguin Books Ltd. , 1980,
p. 148.

② Ibid. , p. 160.

③ Ibid. , pp. 161 - 162.

④ George Orwell, *Burmese Days*, Harmondsworth：Penguin Books Ltd. , 1985, p. 50.

达。他是比较富有的外国男性，正是这些统治的历史事实不仅允许他占有库卡克·汉尼姆的身体同时也为她代言，告诉他的读者在什么方面上她是‘典型的东方人’。”萨义德指出：“福楼拜在与库卡克·汉尼姆关系中所体现的强势并不是孤立的事件。它正好代表了东方和西方之间相应的力量方式，以及所产生的言说东方的话语。”①

　　在缅甸的印度帝国警察部队是英国殖民主义的暴力机关。不过，对于刚来服役的奥威尔来说，不乏为大英帝国效命的冲动和热情。许多年后，他曾告诉他的朋友鲍威尔：“踩在靴子下的裤子襻带会给你一种独一无二的感觉。”② 然而，他面临的严酷现状是日益高涨的反英情绪和居高不下的犯罪率。一位历史学家记录：“在 20 年代中期，缅甸的监狱已经爆满，许多判期还没到的旧犯提前给予假释以便为新犯腾出房间。”③ 作为警察，奥威尔在这场风暴中必须履行自己的职责。曾任仰光大学校长也是研究奥威尔的专家芒廷昂曾回忆说他是一名尽职尽责的警察。在读大学时，他曾和同学去车站，其中一位不小心撞倒了奥威尔，他起来后用手杖狠狠地抽向学生的后背，遭到学生的一致谴责。《缅甸岁月》也有相似的场面：艾利斯听说一个白人会员被当地人所杀，难抑心中的怒火，当路上有一个当地学生对他面露不恭时，他便随手用木棍朝学生眼睛砸去，导致他一眼失明，这激起了当地人对俱乐部的围攻。

---

① Edward W. Said, *Orientalism*, Hurmondsworth: Penguin Books Ltd., 1978, p. 6.

② Peter Stansky and Willian Abraham, *The Unknown Orwell and Orwell: The Transformation*, Stanford: Stanford University Press, 1994, p. 178.

③ Jeffrey Meyers, *Orwell: Wintry Conscious of a Generation*, New York: Norton, 2000, p. 57.

在《射象》里，他在谴责英帝国的同时也承认"世界上最大的乐事莫过于把刺刀捅入一个和尚的肚子"，① 而和尚正是当时反英民族运动的领导者。

以上对奥威尔的家庭传统、文化教育、社会意识以及殖民地生活经历的分析可以看出他和其他英国白人一样深受殖民话语的影响：他怀着殖民话语编织的美梦来到缅甸，而他的思想与行为却一点也不能有悖于"白人绅士准则"。不过，奥威尔没有像其他白人一样盲目追随帝国事业，而是冷峻地观察和反思帝国主义制度和殖民话语对白人和本地人思想的双重毒害。

第二节　奥威尔对殖民话语的挑战

首先，奥威尔对殖民话语的挑战与缅甸当时日益兴起的民族主义运动密不可分。缅甸是历史悠久的文明古国，被吉卜林誉为"清新和绿色的国度"；由于其物产丰富、地理位置优越，也被称为"金色"的土地。在 19 世纪，英国先后发动了三次英缅战争，使缅甸沦为英印殖民政府的一个省，对缅甸进行"以印治缅"的间接统治。1921 年，英国开始在印度政府进行"两头政治"的改革，允许印度人参与政府管理。但是这项政策把缅甸排除在外，激起了缅甸人民的怒火。1920 年，抗议浪潮此起彼伏，人们开始抵制英货。佛教青

---

① ［英］乔治·奥威尔：《奥威尔文集》，董乐山编译，中国广播电视出版社 1997 年版，第 68 页。

年会的和尚在大街上巡逻，用手中的短杖敲打使用英货的人。1923
年，英国被迫在缅甸采用"两头政治"，不过缅甸人所获得的职位无
足轻重。《缅甸岁月》所描写的19世纪20年代正是"缅甸化"的时
代，民族主义热情十分高涨。

　　殖民地生活的严酷现实与殖民话语勾勒的东方浪漫情调形成了
强烈反差，奥威尔开始质疑白人至上的种族观，同情殖民地人民的
遭遇，认同东方文化。奥威尔到达缅甸后先去曼德勒的警察培训学
校见习。他亲眼所见的曼德勒完全不像吉卜林描写的那样富有浪漫
情调。这里历史悠久的皇宫、城堡和佛塔在西方现代文明的挤压下
已褪去昔日的光彩。《缅甸岁月》把这里描写为"十分令人厌恶的
小镇——肮脏、酷热难当，据称主要有以英文字母P开头的五样东
西：佛塔（pagoda）、贱民（pariah）、肥猪（pig）、牧师（priest）
和妓女（prostitute）"。① 他对异国情调的好奇和迷恋逐渐被对殖民地
社会冷峻的观察和思考所代替。奥威尔开始对白人至上的观念产生
了怀疑。白人由于头骨较薄，易受到强烈太阳光的伤害，在去东方
之前必须要买一顶遮阳帽；而缅甸人由于头骨较厚，根本没有必要
戴帽。薄头骨和遮阳帽是白人至上的象征，这在奥威尔看来无疑是
件荒唐的事。在殖民地的白人一般被认为是帝国的精英，然而在驶
往缅甸的船上，奥威尔惊奇地发现一个他曾像神一样敬仰的白人掌
舵军官偷偷地从乘客餐桌上挟走半块吃剩下的奶油布丁，他没想到
掌控着乘客生命的舵手居然如此偷食剩物。殖民地的白人整日酗酒
纵欲，生活腐化堕落，自杀案件屡有发生。在警察培训学校，一位
实习警察无法忍受孤独，不到四个月便开枪自杀。《缅甸岁月》里的

---

① George Orwell, *Burmese Days*, Harmondsworth：Penguin Books Ltd.，1985，p. 269.

弗洛里最后也是以这种方式来结束自己生命的。奥威尔意识到殖民地的白人丧失人性，因而他对殖民地人民的苦难充满同情。在《绞刑》中，奥威尔客观地描述了死犯被执行绞刑的场景："当我看到那个囚犯闪开一边去躲避那洼水时，我才明白把一个正当壮年的人的生命切断的意义，它的无法用言语表达的错误……他和我们都是一起同行的人，看到的、听到的、感觉到的、了解到的都是同一个世界；但是在两分钟之内，啪的一声，我们中间有一个人就去了——少了一个心灵，少了一个世界"；① 而监狱长却在离死人100码的地方和大家饮酒作乐以庆贺这次任务顺利完成。这样的绞刑在缅甸每年都要执行几百起，每位监狱人员甚至连囚犯都会变得麻木漠然。奥威尔曾点明散文的主题："当一个杀人犯被绞死时，在此仪式上只有一人未犯杀人罪。"② 他这里首次表现出的人道主义思想构成了它所有作品的特点。奥威尔在认清白人的虚伪后，更愿意接近东方文化。他具有掌握东方语言的天赋，据比登回忆，他非常轻松地掌握了令许多白人头痛的缅甸语和印度斯坦语，并能够用十分流利的缅甸语与当地的庙宇主持交谈。

尤为重要的是，奥威尔逐渐认清了帝国主义的邪恶本质和殖民话语的毒害，决定与之决裂。极度失望的奥威尔没有兴趣去参加白人社团的活动，靠阅读文学作品来打发时间，寻求心灵的慰藉。奥威尔伊顿公学的校友霍利斯认为："孤独感无疑被他在缅甸的生活加

---

① ［英］乔治·奥威尔：《奥威尔文集》，董乐山编译，中国广播电视出版社1997年版，第63页。

② ［美］杰弗里·迈耶斯：《奥威尔传》，孙仲旭译，东方出版社2003年版，第101页。

深和突出了，在那段生活中，没有一个欧洲人同事跟他意气相投。"① 在其他白人眼中，奥威尔是一个十分古怪、不合时宜的人。每次去仰光，他最喜欢逛书店买书；他甚至还喂养一些羊、鹅和鸭等小动物。不过，一个年轻人的生活应该是"顺应时代潮流，而非背道而驰"。他的内心产生了沉重的负罪感。作为大英帝国的警察，他必须无条件地维持殖民统治的法律和秩序，在良心和道义上他却谴责这种制度。他意识到，在这种制度下被关进监狱的罪犯，从不承认自己是受到正义惩罚的犯人，而是被外来征服者奴役的受害者。每次当他走进监狱，他总有自己被关在铁窗另一面的感觉。一位是老处男的美国传教士曾经当面向他表示自己不屑干这样的工作。奥威尔发现自己来到了错误的地方，从事了错误的职业。他在《射象》坦言："那时我已认清帝国主义是桩邪恶的事，下定决心要尽早辞职滚蛋。从理论上来说——那当然是在心底里——我完全站在缅甸人一边，反对他们的压迫者英国人。至于我所干的工作，我是极不愿意干的，这种不愿意的心情非我言语所能表达。在这样的一个岗位上，你可以直接看到帝国主义的卑鄙肮脏"。对于一头已恢复正常并不能给人造成危险的大象，奥威尔内心觉得不应该射杀，因为这会给象的主人造成巨大的经济损失。但是，在缅甸人的揶揄嘲笑下，他"第一次看到了白人在东方的统治的空虚和无用……一旦白人开始变成了一个暴君，他就毁了自己的自由"。他作为白人殖民统治者的一员，必须在任何事情上镇住本地人，表现出白人老爷的决断和行动。此时，白人实际成了本地人的傀儡，一个违背本人主观意志的木头人。从这次射象的经历，他发现英帝国主义是"无法打破的

---

① ［美］杰弗里·迈耶斯：《奥威尔传》，孙仲旭译，东方出版社2003年版，第95页。

暴政，一种长期压在被制服的人民身上的东西"。① 奥威尔认为，在帝国主义制度下，"当臣属民众起来反抗，你不得不去镇压，然而你所用尽的镇压手段无法掩饰言称西方文明高人一等的虚伪。因此，为了统治野蛮民族，你自己也会变成一个野蛮人"。② 在散文中那头被射杀的大象"正在死去，非常缓慢地，痛苦之极"，象征着大英帝国寿终正寝时的剧痛。

在《缅甸岁月》中，弗洛里的思想历程也印证了奥威尔思想的转变，反映了他对帝国主义和殖民话语本质的深刻认识。弗洛里从小接受的是传统式的英国教育，未满 20 岁便来到缅甸，从事柚木采伐。年轻的弗洛里满怀对帝国事业的热诚，崇拜吉卜林式的英雄。他和其他人一道终日打猎游荡、酗酒纵欲。逐渐地他发现缅甸的生活使他堕落，他渴望重返英国去过文明的生活。他满心欢喜地回英国度假，没想到刚离开不远，伐木厂发电报叫他回去，他受到当地人的热情迎接。突然间，他发现自己内心深处涌动着一种回来的喜悦，他所厌恶的缅甸好像变成了他自己的祖国。他感到"身体的每一部分都掺杂了缅甸的泥土"，缅甸的景色使他感到"比英国的还亲切"，他已经把"最深的根扎进了外国的土壤"。他开始同情缅甸人，愿意和他们交往，了解他们的文化和习俗。对于当地人喜爱的一种民族舞蹈，在伊丽莎白眼里是堕落，弗洛里却看出背后所蕴含的深厚缅甸文化；在当地中国人家里，伊丽莎白看到妇女的小脚和男主人的辫子觉得十分落后，弗洛里

---

① ［英］乔治·奥威尔：《奥威尔文集》，董乐山编译，中国广播电视出版社1997年版，第67—71页。

② Jeffrey Meyers, *Orwell: Wintry Conscious of a Generation*, New York: Norton, 2000, p. 71.

却认为"美完全是趣味的问题",他们"十分文明,甚至超过了我们"。弗洛里的住所"接近丛林的边缘",象征着他是俱乐部的边缘人,他更愿意接近缅甸的当地文化。弗洛里去俱乐部只是例行公事,更多时间是为了顺路去印度医生维拉斯瓦米家里推心置腹地交谈。那些俱乐部的白人成天炫耀着西方的文明、怨恨本地人的野蛮而他们自己却虚伪自私、腐化堕落,这种自欺欺人的生活方式实在让他无法容忍。他逐渐认识到白人远赴东方、为帝国效力这一光荣使命完全是被理想化了的幻影,而在殖民地的白人工作勤劳和能干则是地地道道的骗局。在缅甸,真正的事情都是本地下属官员做的,英国官员过着寄生虫般的生活。因此,"他们的生活是不值得羡慕的",弗洛里变得"十分厌恶生活在他们的社会圈里,根本不想为他们说什么好话"。对于他所效力的帝国主义制度,弗洛里十分仇恨,对其邪恶本质的揭露非常深刻:"英属印度帝国是一种专制主义——仁慈倒不必否认,但仍然是以偷窃为最终目的的专制主义""这种专制主义的支柱不是那些官员而是军队"。对于殖民话语的毒害,他说道:"这个地方每句话、每种思想都会受到审查……一旦每个白人成为转动专制主义的车轮上的轮齿的时候,彼此间的友谊便荡然无存。自由言论是不可想象的,这里有其他的各种自由。你可以自由地成为醉鬼、懒鬼、胆小鬼,做诽谤和通奸的勾当,但你没有自我思考的自由。你对于任何比较重要的事物的想法都由'白人绅士准则'所左右"。因此,他认为在帝国主义这种专制主义体制下,白人的生存是不真实的,是"一辈子生活在谎言之中"。每当殖民者叫嚣"那些血腥的民族主义分子应该放在油锅里煮"以及你的东方朋友被唤作"油腔滑调的小人"的时候，你不得不点头附和。这时，你会"点燃对你同胞仇恨的怒火，渴望当地人起来反抗，将帝国淹没在血泊里"。①

在殖民话语的束缚下，弗洛里生活在极端的矛盾和痛苦当中，他必须向别人倾诉自己的思想，并与他人分享。最先扮演这种角色的是他当地唯一的朋友印度医生维拉斯瓦米，不过，对于这样一个以获得俱乐部会员的虚名为莫大荣耀的东方人来说，弗洛里的推心置腹完全是"一种自言自语"，因为他始终认为英国带来的是"始终不变的正义与和平（Pax Britannica）"。对此，弗洛里不无讽刺地说："英国的梅毒才是它恰当的名字（Pox Britannica）"，英国带给缅甸的是疾病、监狱、经济垄断和剥削。② 他的另一位倾听者是伊丽莎白。伊丽莎白是个孤儿，她在父亲死后便结束了贵族寄宿学校与富人往来穿梭的日子，来到巴黎与母亲过着贫困潦倒的生活。所以她幼小心灵就形成了西方人典型的截然两分的人生观："好的（她称为可爱的）等同于昂贵、高雅、贵族般的；坏的（即野蛮的）就是廉价、低下、褴褛和辛劳"。③ 这种思想主导着她的一生，决定着她所有的行为。母亲死后，她无处栖身，只好去投靠在缅甸的舅舅兰克尔斯汀一家。其实，她真实的目的是想重新过上"好的"生活。虽然在欧洲她处于白人社会的底层，但是到了东方，到了白人的殖民地，她会是那里白人社团的宠儿。那里有孤寂难耐的白人绅士，与枯黄消瘦的当地英国女人以及黝黑肌肤、满身大蒜味的缅甸妇女相比，她觉得自己完全有优势找一个理想丈夫，做一位体面的白人绅

---

① George Orwell, *Burmese Days*, Harmondsworth: Penguin Books Ltd., 1985, pp. 65 –66.

② Ibid., p. 39.

③ Ibid., p. 81.

士太太；在仆人面前，她也可以利用白人肤色的优越感来发号施令，过着女王般的生活。所以在去缅甸的船上，她脑子满是白人俱乐部富有生活的幻觉：男仆给主人摇蒲葵扇，行额手礼；英国人在练兵场上遛马、打马球。一到缅甸，浓烈的东方风情迎面袭来：白色的佛塔、一排排槟榔树和矮小的缅甸女人，都让她无以适从。所以她与东方的第一次亲密接触便遇到了麻烦：她陷入密林深处，被一头大水牛吓得动弹不得。恰巧弗洛里闻声赶到，领她走出了丛林。具有讽刺意味的是，这次解救毫无危险可言，因为那是头当地人用来耕地的水牛，但是伊丽莎白却把他视为英雄，他们立即坠入爱河。然而，他们关系的发展却如抛物线：当弗洛里表现出白人的英雄行为时便达到顶点，当他做出有辱白人尊严的事时却降到低点。在伊丽莎白眼中，白人应该具有强烈的冒险精神、征服欲望和男人气概。每当谈到去丛林打猎，伊丽莎白就兴奋不已，毫不顾及炎热和危险。后来白人俱乐部受到当地人的围攻，弗洛里只身涉水去警察局搬救兵，伊丽莎白再次把他当作英雄，露出"温柔甚至顺从的"神色。相反，对于白人涉足于当地人之中的行为，比如与当地人交友，了解当地文化，学习当地语言等，她极其厌恶。伊丽莎白逐渐发现弗洛里的思想和行为有悖于白人绅士准则。每次谈到本地人，她发现"他几乎总是赞扬他们。他永远称颂缅甸人的风俗和性格；他甚至过分地将他们的优点与英国人作对比"。这让她感到极为不安，她认为"本地人毕竟是本地人——有趣，这毫无疑问，但终究是'臣属'人种，是黑色面孔的低等人"。① 更让她不能容忍的是弗洛里收养了一个缅甸情妇，这在当时本是白人习以为常的事，她真正无法容忍

① George Orwell, *Burmese Days*, Harmondsworth：Penguin Books Ltd. , 1985, p. 112.

的是这个情妇当众让他出了丑，这种丢尽白人面子的耻辱，即使在婚姻机会主义者伊丽莎白面临无人可嫁的危险时刻也是不可饶恕的。令人讽刺的是，这时她终于注意到弗洛里脸上那标志着耻辱的蓝色胎记的丑陋了。当维若尔来到此地，她立即被他强健的身体、精湛的马术和马球技艺以及强烈的优越感所征服，发现他才是具有白人男人气概的理想丈夫。不过他却压根儿没有提婚的意思，背了一身债之后便逃之夭夭。当她面临好色的舅舅不断骚扰而走投无路时，她被已年过四十的曼克格瑞格尔看上，终于心满意足地当上了白人绅士太太，过上了"好的"生活。在小说中，弗洛里与深受殖民话语影响的挚友和挚爱的心灵沟通皆以失败告终，他在痛苦的殖民生活中挣扎。在纪实作品《通往威根码头之路》中，奥威尔同样记录了他与一个陌生人在火车上的沟通之旅："我们咒骂起英帝国——理性而热切地从它的内部骂起。这使我们两人都感觉极好，但我们是在谈论被禁止的事。晨光初露时火车进了曼德勒车站，我们分手了，各怀负罪之感，像任何一对通奸的人。"① 可以看出，在帝国主义制度下，白人与白人之间的真实沟通是根本不可能的，他们的言论和行动会受到殖民话语的控制。

在《缅甸岁月》中，绝望的弗洛里只能选择自杀来结束这种不堪忍受的谎言生活。因此，弗洛里对殖民话语的挑战是以失败而告终的。弗洛里的失败是必然的，首先，小说通过对他胎记的描写，暗示了他是注定的失败者。每当弗洛里意识到耻辱的时候，小说都会反复描述他那"丑陋、粗糙的从眼角延伸到右腮和嘴角月牙状"

---

① George Orwell, *The Road to Wigan Pier*, London: Secker & Warburg, 1965, pp. 147 – 148.

的胎记。在他自杀后，胎记也立即消失，留下的只不过是"一颗淡灰色的污点"。胎记象征着"他无法生存在难以忍受的殖民环境——它既是罪的符号、该隐的标记，也是他隔绝孤立的标志。他的生活不能调和在缅甸的英国白人、本地人和丛林自然这三个世界里"。①他先天的缺陷以及幼年因之常被取笑的经历，决定了他是行动上的懦夫。更为重要的是，弗洛里作为白人同样深受殖民话语的影响，他对帝国主义的认识是有局限的。在反对印度医生成为会员的其他白人面前，他缺乏足够的勇气与他们争论；在俱乐部被围攻的时刻，他和其他白人站在一起，扮演了只身解围的白人英雄角色。弗洛里受到殖民话语的影响是非常深的，因而他对殖民话语的挑战是有局限的，也注定会失败。他的自杀可以看作他内心无法调和殖民话语和反殖民话语之间矛盾的必然结果。

奥威尔与弗洛里不同，他采取的是积极的入世态度来反对帝国主义和挑战殖民话语。他在结束缅甸的警察生活后写道："我仇恨我曾服务过的帝国主义，这种痛苦我至今可能也难以名状……当成为这种制度的一部分时不可能不认识到这是一个难以为之圆说的暴政……我意识到我有极为深重的罪要赎。"②奥威尔赎罪是通过三种方式：一是辞职离开缅甸，与帝国主义一刀两断；二是通过创作《缅甸岁月》这样一部自赎作品来排斥负罪感；三是他得出一个最简单的理论："被压迫者总是对的，压迫者总是错的。这虽是个错误的理论，但是如果你自己成为压迫者一员就会自然得出这个结论。我觉得我必须脱离的不仅是帝国主义，而且包括任何形式的人统治人

---

① Jeffrey Meyers, *A Reader's Guide to George Orwell*, London: Thames and Hudson Ltd., 1975, pp. 69 – 70.

② Ibid., p. 66.

的制度。我想让自己走下去，直接到被压迫者当中，成为他们的一员，同他们站在一起反对那些暴虐的压迫者。"① 可以看出，挑战殖民话语是奥威尔揭露和批判权威话语的先声和重要组成部分。他凭着"一代人的冷峻良心"和对帝国主义制度的深刻反思，敏锐地发现了正是殖民话语构建了白人的虚伪世界，他决定击破殖民话语编织的谎言，毅然决然地与帝国主义分道扬镳，继续沿着反对权威话语的政治和文学道路走下去。

---

① Bernard Crick, *George Orwell: A life*, Harmondsworth: Penguin Books Ltd. , 1980, p. 172.

第二章

《缅甸岁月》的批评研究

　　本章以奥威尔的第一部小说《缅甸岁月》为个案，对奥威尔学术史作一些初步的研究。选择这部小说而不是《动物庄园》或者《一九八四》，主要是基于以下考虑：一，有学者认为奥威尔艺术成就最高的小说是《缅甸岁月》（见下文），但国外对它的研究仍较为薄弱，资料分散未见系统梳理；二，缅甸经历和西班牙内战经历使奥威尔产生了两次重大的思想转变。《缅甸岁月》真实地反映了奥威尔1922—1927这五年间在缅甸殖民地当警察的思想历程；三，这部小说几乎涉及了他后期作品的所有重要主题；四，小说作为奥威尔唯一一部同时出现阶级、种族和性别三大问题的典型文本，适于各种文学理论的批评实践；五，小说引发了评论家对奥威尔的政治观和艺术性的争论和思考，而政治和艺术是理解奥威尔的两个关键。以下从作家本人、文献学和西方评论家等三个视角对小说的主题和主要批评方法进行全面梳理。

第一节　作家本人视角和文献学视角

作家本人对作品的观点以及文献学视角下作品的写作和出版情况是文学研究的起点和基础。在反映奥威尔创作观的重要文章《我为什么要写作》中，他专门提到《缅甸岁月》："我要写的是大部头的结局悲惨的自然主义小说，里面尽是细枝末节的详尽描写和明显比喻，而且还尽是成段成段的华丽辞藻，所用的字眼一半是为了取其声音的效果而用的。事实上我的第一部完整的小说《缅甸的日子》就是一部这种小说，那是我在三十岁的时候写的，不过在这以前很久就已构思了。"① 这显然反映了奥威尔早期的创作是突出他在本文中提出的前三个动机：纯粹的自我中心、审美方面的热情和历史方面的冲动。而第四个动机"政治方面的目的"则是在他经历了西班牙内战之后的文学自觉："我在 1936 年以后写的每一篇严肃的作品都是直接或间接地反对极权主义和拥护民主社会主义"②。他所说的政治目的并不是政治家似的宣传和说教，而是"使政治写作成为一种艺术"。他的写作既要揭示一个"谎言"，同时又是一次"审美"活动。这种现实与艺术的融合、社会责任和个人情感的平衡正是奥威尔独特风格的体现。因此，研究者在分析这部小说的时候既要重视他这里所说的对艺术性的追求，也不能忽视了他的政治目的。他

---

① ［英］乔治·奥威尔：《奥威尔文集》，董乐山编译，中国广播电视出版社 1997 年版，第 92—93 页。

② 同上书，第 95 页。

早期的作品并非没有政治目的，而是他还没有为自己的创作找到终极的政治方向。这种政治和艺术的复杂性正是后来研究者争论的焦点。

《奥威尔全集》（*The Complete Works of George Orwell*）、《奥威尔编年》（*A George Orwell Chronology*）和《奥威尔目录》（*George Orwell：A Bibliography*）等主要文献资料记载了小说的写作环境、出版和版本校订等情况。据《奥威尔编年》记载，《缅甸岁月》大致写于1931年的11月。① 但小说的构思正如《我为什么要写作》所说很久前就已开始，现存的19页手稿，共5个残篇，可能写于缅甸或离开缅甸不久。1932—1933年是《缅甸岁月》主创期，奥威尔分别在海斯镇（Hayes）的霍桑私人学校（The Hawthorns School）和尤克斯桥镇（Uxbridge）的弗瑞斯学院（Frays College）教书。在1932年6月14日给埃莉诺·贾克斯（Eleanor Jaques）的信中，他抱怨道："我在这个令人讨厌的地方教书快两个月了，这个工作倒还不觉得乏味，但就是太累人了，除了写一些书评外，我几乎一点东西都不能写……最令人不快的还不是工作而是海斯这个地方，这是我见到过的最荒凉的地方之一"，不过在同封信末尾他又说"我想继续写我的小说"。② 然而在经济大萧条的1933年，霍桑私人学校也濒临倒闭，奥威尔面临失业的危险。好在附近的弗瑞斯学院法语教职需要他来

---

① J. R. Hammond, *A George Orwell Chronology*, Houndmills：Palgrave, 2000, p. 22.

② George Orwell, *The Complete Works of George Orwell*. Vol. 10, ed. Peter Davison, London：Secker & Warburg, 1998, pp. 249－250. 这里的小说指《缅甸岁月》。后文引自《奥威尔全集》（*The Complete Works of George Orwell*）将用 CW 表示。彼得·戴维森（Peter Davison）的《乔治·奥威尔全集》（*The Complete Works of George Orwell*）第1—9卷先于1986—1987年出版，第10—20卷于1998年出版，2006年又出版了一卷补遗，前后长达20多年，被誉为奥威尔研究的"丰碑"。

顶缺，奥威尔得以继续创作和修改小说。白天繁重的教学工作使他只能整夜地待在如同"运马用的厢式货车"（horse - box）的狭小房间里修改和打印最后的文稿。①在这一年的 12 月 3 日，他身着单衣，顶着严寒亲自把终稿送到经纪人列奥纳德·摩尔（Leonard Moore）住处。不久，他在一次外出途中突遇暴雨，着凉感染上了肺病，差一点儿送了命。这些困难和挫折可以帮助理解作家在创作过程中的真实心理状态。首先，这种孤独、单调和痛苦的写作环境有助于把作家带回到具有相似处境和心境的缅甸经历，激活他一直萦绕不散的缅甸记忆，使得小说中对异域环境的描写栩栩如生。难怪他后来在给美国作家亨利·米勒（Henry Miller）的信中提道："这是我唯一满意的一部书——当然不是以小说标准论之，而是其中对环境的描写还不错，当然这些正是普通读者忽略跳过的地方。"② 其次，这有助于渲染小说的气氛和烘托主题，难怪有些评论者认为小说的主题是孤独、疏离和失败。更为重要的是，从奥威尔创作历程和坚韧的毅力可以看出这部小说对于作家是十分的重要。在《通往维根码头之路》（The Road to Wigan Pier）一书中，他曾这样回忆缅甸经历："五年来我一直是剥削制度中的一员，给我留下的是堕落的良知。那些无数尚能记得的面容……纠缠着我，难以忍受。我感到有一种巨大的负罪感需要去补偿。"③ 他在缅甸当警察参与类似"绞刑"和"射象"等暴力事件的经历，让他良心受到极大的折磨，这种创伤直

---

① Peter Stansky and William Abrahams, *The Unknown Orwell and Orwell：The Transformation*, Stanford：Stanford UP, 1994, p. 43.

② George Orwell, *CW*, Vol. 10, ed. Peter Davison, London：Secker & Warburg, 1998, p. 496.

③ GeorgeOrwell, *CW*, Vol. 5, ed. Peter Davison, London：Secker & Warburg, 1998, p. 138.

到《缅甸岁月》完成后才得到补偿，奥威尔也把创伤的情感和理性思考融入了小说叙事。小说的出版同样也是充满曲折：1934 年 1 月，小说先后被维克多·戈兰茨（Victor Gollancz）、海里曼（Heinemann）和克普（Cape）等英国出版商拒绝，原因是害怕陷入诽谤的官司和攻击英帝国的特权利益。1934 年 10 月 25 日，小说终于由美国出版商哈普尔兄弟（Harper Brothers）出版，这个版本基本保持了手稿原貌。之后，英国的戈兰茨重新考虑出版，经过律师反复审查和大量修改后，小说终于在 1935 年 6 月 24 日面世，不过后来奥威尔认为这个版本是"歪曲"的版本。① 以上文献学视角下的小说写作、出版情况以及作家本人对小说版本的态度可以帮助我们思考这部小说的主题之争。

第二节 西方评论家视角

这里的评论家身份包括作家的朋友、文学评论家和传记家。这些具体身份又有重合，比如乔治·伍德科克（George Woodcock）既是朋友又是文学评论家；杰弗瑞·迈耶斯既是文学评论家也是传记家。就小说的批评而言，其历史演进与奥威尔的整体批评研究基本吻合，大致可以分为四个阶段：一，奥威尔生活的 20 世纪三四十年代，这个时期的文学评论主要散见在各种报纸、杂志上，以书评为

---

① Gillian Fenwick, *George Orwell: A Bibliography*, Winchester: St Paul's Bibliographies, 1998, p. 19.

主；二，50—60 年代，这个时期主要是奥威尔朋友圈的评论，总体而言还不是真正意义上的文学批评，但这些珍贵的第一手资料提出了许多值得后来研究者重视的真知灼见，也为奥威尔的经典化奠定了基础；三，70—80 年代，这个时期主要是各种文学理论方法的应用，标志着专业文学批评的开始；四，90 年代到现在，这个时期的主要特征是从文化视角拓宽了批评研究。这四个时期中有两个时间标志着奥威尔研究的热潮：小说《一九八四》预言极权主义统治梦魇来临的 1984 年和奥威尔诞辰 100 周年的 2003 年。在这两个时间段前后国外出版了大量有价值的研究专著。

小说在英美出版后不久便受到一些报纸和期刊或褒或贬的评论。比如《波士顿晚报》（*Boston Evening Transcript*）的匿名书评认为："虽然奥威尔先生的指责常常有些苛刻，但是他坦率地刻画了那些当地人或种族的特性，这些特性驳斥了西方帝国主义列强反复强调当地人的消极抵抗是无效的论断"[1]；弗瑞德·T. 玛西（Fred T. Marsh）认为"奥威尔使其人物和背景具有形象化的真实"；西恩·欧·法莱恩（Sean O'Faolain）称在情节结构和人物塑造上，作者似乎干预痕迹过多，显得有些"笨拙"；迈克·塞尔斯（Michael Sayers）特别指出了小说如同"樱果落入水池"那样明澈的风格，所有的场景都是展示而不是讲述。[2] 这些早期书评作为小说批评的重要源头已经提出了两大核心问题：主题之争和艺术性之争。主题之争涉及小说的政治问题，艺术性之争涉及小说的艺术价值问题。这两

---

[1] Peter Stansky and William Abrahams，*The Unknown Orwell and Orwell：The Transformation*，Stanford：Stanford UP，1994，p. 54.

[2] Jeffrey Meyers ed.，*George Orwell：The Critical Heritage*，London：Routledge，1975，pp. 8，50–51，63.

大争论涉及的正是奥威尔关于政治与艺术融合的核心命题。以后的小说批评也紧密围绕着这两大核心问题在争论和对话中不断推进。

一　主题之争：反对帝国主义还是具有"吉卜林式"倾向？

曼尔库姆·玛格里奇（Malcolm Muggeridge）于 1950 年 6 月在《世界书评》奥威尔专刊上发表的小说评论就集中提出了这两大问题。他认为小说的艺术性并不是特别满意，其中人物大多数是类型化人物，对话和情节不够真实，但小说仍然具有可读性。更为重要的是，他在本文提出了小说的主题之争。他认为大家普遍认为奥威尔对帝国主义具有叛逆心理的观点过于简单，虽然他反对殖民警察的暴力，但同样"他的性格具有'吉卜林式'倾向，这使他对大英帝国和帝国神话具有浪漫的幻想"[①]。作为奥威尔的朋友，他提供的证据是："以前我曾对奥威尔说他和吉卜林有很多相同之处，他只是奇怪而又僵硬地笑笑，随即转移了话题。"[②] 从文本来看，他认为小说描写最为形象和激烈的是弗洛里（Flory）与伊丽莎白（Elizabeth）丛林打猎以及弗洛里只身解围的两个场景，这种白人个人英雄主义暗示了作家的"吉卜林式"倾向。另外，小说中英国军官维若尔（Verall）的描写具有许多自传色彩，奥威尔在反对以维若尔为代表的帝国主义的蛮横无理的同时，也潜藏着对他男子气概的羡慕。玛格里奇的观点在爱德华·M. 托马斯（Edward M. Thomas）1965 年《奥威尔》一书中得到了呼应。他指出，在奥威尔论吉卜林的一文中，这种矛盾就表现出来。虽然奥威尔认为吉卜林是具有沙文主义

---

① Malcolm Muggeridge, "Burmese Days", *World Review*, 16（June 1950）, p. 45.
② Ibid. , p. 47.

特征的帝国主义者，但他和当时的中产阶级一样喜欢读吉卜林的作品，这是因为他的殖民家庭传统和缅甸的殖民经历能对吉卜林所谓的"白人责任"产生共鸣。① 奥威尔与吉卜林存在不少相似的这种观点在 1979 年出版的《英印帝国编年史：对帝国终结的殖民观念在文学回应的研究》一书中达到了顶峰。该书作者萨姆索·伊斯兰姆（Shamsul Islam）认为，虽然奥威尔揭露了帝国主义制度的邪恶和虚伪乃至经济上的剥削，但是"也不能单单为他反帝国主义、反吉卜林的姿态所迷惑，因为这并不是事实的全部"。即使他的反抗"不完全是个骗局"，但他反抗的程度和持续性是令人质疑的，因为他不是像憎恨共产主义或法西斯主义那样憎恨大英帝国，有时他甚至还流露出羡慕之情。作者最后总结道："他后来关注的问题并不是英帝国，这表明他认为帝国主义算不上是个非常危险的问题……他对英帝国的态度表现出极大的容忍甚至是羡慕。他并不像大家认为的那样激烈地反对英帝国，事实上，他在很多方面都和吉卜林极为相似。"②

以上三位对奥威尔"吉卜林式"倾向的指控遭到后来研究者的激烈反驳。1988 年古尼提内克（D. C. R. A. Goonetilleke）在《英印帝国形象：殖民文学中的南亚》中把第五章的标题就定为"奥威尔是帝国的批评者还是信奉者？"他不同意伊斯兰姆关于奥威尔与吉卜林相似比与其背离更为明显的观点。他认为奥威尔在缅甸对帝国主义的切身体验使他发展成为帝国的批评者。伊斯兰姆所说奥威尔对帝国主义问题的忽视，并没有考虑到当时法西斯主义和极权主义崛

---

① Edward M. Thomas, *Orwell*, Edinburgh: Oliver and Boyd Ltd. , 1965, pp. 4 – 14.

② Shamsul Islam, *Chronicles of the Raj: a Study of Literary Reaction to the Imperial Idea towards the End of the Raj*, Totowa: Rowman and Littlefield, 1979, pp. 63, 64 – 65, 84.

起的历史背景。虽然这些新的邪恶势力已成为奥威尔更为迫切关注的问题，但是，他对帝国主义的批判并没因此而改变。另外，他认为玛格里奇的错误在于把弗洛里简单地等同于作者本人。奥威尔实际上是通过叙述者的声音来表达反对帝国主义的观点。他批判小说的所有人物，英国人和当地人的虚伪和堕落正是当时的殖民环境所致。弗洛里的自杀表明了在殖民环境下没有自由的空间，一旦进入这个环境，他的悲剧就已注定。奥威尔还深刻揭示了殖民者的经济剥削是帝国主义的动力，缅甸的自然资源才是殖民者真正所图，"白人的责任"实质是"黑人的负担"。① 古尼提内克的观点得到约翰·纽辛尔（John Newsinger）的响应。他在 1999 年出版的《奥威尔的政治观》一书中认为伊斯兰姆的观点是一种歪曲，小说不仅对帝国主义强烈谴责，而且奥威尔后来一直是印度独立的坚定支持者。②作者最后总结说："奥威尔对于英帝国的态度不是静态而是动态的。他反对帝国主义的一致性是无疑的，但具体会受到他总体政治姿态的影响和限制。当他发表《缅甸岁月》时，他对英国在缅甸的统治异常愤慨。在他写《向加泰罗尼亚致敬》（*Homage to Catalonia*）之际，他开始从革命的立场反对英帝国。后来在他革命的希望被浇灭后，他期望工党政府能够解散帝国，进行反帝国主义的制度改革。总体而言，反对帝国主义一直是他政治观和创作的中心。"③ 另外，克里斯托弗·希琴斯（Christopher Hitchens）对奥威尔在论吉卜林文章中

---

① D. C. R. A. Goonetilleke, *Images of the Raj*: *South Asia in the Literature of Empire*, Houndmills: the Macmillan Press Ltd. , 1988, pp. 112 – 131.

② John Newsinger, *Orwell's Politics*, Houndmills: the Macmillan Press Ltd. , 1999, p. 10.

③ Ibid. , p. 19.

的矛盾作了很好的解释："这表明奥威尔对于以政治化的标准来判断文学这一立场终生的拒绝"，他认为"奥威尔对帝国主义根深蒂固的反对是贯穿他所有作品的重要主题"。①

西方著名文学批评家特里·伊格尔顿（Terry Eagleton）在1970年《流亡者和移民：现代文学研究》一书中也对《缅甸岁月》提出自己的看法。他认为奥威尔憎恨的不是帝国主义的政治现实而是其中的"氛围"。② 在这种"氛围"下，弗洛里不堪忍受"白人责任"这个谎言的虚伪，从而产生负罪感。伊格尔顿认为这种自我反省实质上是弗洛里对表明自己道德立场的妥协和逃避：道德的"善"和"恶"被内心的"诚实"和"虚伪"所代替。③ 他对殖民者的怒火是一种主观的男性气概的表现，而不是针对帝国主义真正而又客观的批评。是跟随白人集团还是继续作为孤独的反思者，弗洛里脸上的胎记象征了这个矛盾。虽然胎记标志着他与其他殖民者的背离，但是，胎记的遗传性却成为他妥协的借口。因此，他的批评只是用来表示"他疏离的状态和需要被人理解的渴望……发自他的单身现状和脸上的瑕疵"④。这样，胎记的生理功能就超越了社会问题，减弱了他与其他白人的政治和道德冲突。伊格尔顿对于弗洛里矛盾心理的剖析是非常深入的，但是，他忽视了"氛围"也是帝国主义专制制度影响下的结果。伊格尔顿的"氛围"之说提出了关于帝国主义、思想和话语这三者关系的思考。不少研究者除了分析了小说中帝国

---

① Christopher Hitchens, *Why Orwell Matters*, New York: Basic Books, 2002, pp. 20, 22.

② Terry Eagleton, *Exiles and Émigrés: Studies in Modern Literature*, London: Chatto & Windus, 1970, p. 78.

③ Ibid. , p. 80.

④ Ibid. , p. 85.

主义对殖民地人民心理、道德的腐蚀以及经济上的剥削外，也注意到帝国主义利用话语机制对殖民者和被殖民者思想的腐蚀过程，这是对小说反帝国主义主题的延伸。

早在 1954 年出版的《乔治·奥威尔：文学研究》一书中，作者约翰·阿特金斯（John Atkins）就指出了奥威尔对"谎言"和"迷信"的关注和揭露。谎言中最具代表性的是吉卜林的"白人的责任"，奥威尔认为这个谎言掩盖了帝国主义统治的真实目的是经济剥削，是依靠军队和暴力机关来维系。书中一个典型例子就是当仆人学着用标准英语与白人艾里斯（Ellis）说话时却遭到他的斥责。"文明之光"的到来却被"文明社会"的白人所不容，这个反讽彻底揭穿了白人的谎言。小说中的"上等白人条例"① 也是这种谎言的具体体现，另外谎言还包含了白人对于"中暑"和"遮阳帽"等诸多"迷信"② 的编织。③ 1985 年出版的伊安·斯兰特（Ian Slater）专著《奥威尔：通往一号空降场之路》指出小说中殖民统治下权威意识对个人意识的压制。弗洛里"不仅抨击了经常由传教士激发的用来维护'帝国主义是白人道德责任'的传统套语和隐喻，而且还讽刺了对于'世界上白人一概优越'既非道德上又非宗教上的盲从所塑造出来的形象"④。这些"套语""隐喻""形象"都和上面的"条例"

---

① "上等白人条例"包括五条：维护我们的权威；铁血手腕（不许流露半点仁慈）；我们白人必须团结一致；他们会得寸进尺；我们要保持团队精神。

② "遮阳帽""中暑"等"迷信"是白人从人种学的角度来运作殖民话语的策略。白人"迷信"地认为他们的颅骨比当地人"薄"，因此很容易在热带地区"中暑"，在他们去殖民地途中都会争先恐后地购买"遮阳帽"（topi），这样"遮阳帽"成了白人身份的象征。这种对生物意义上差异的强调构建了白人优越的神话。

③ John Atkins, *George Orwell: A Literary Study*, London: John Calder Ltd., 1954, pp. 67 – 83.

④ Ian Slater, *Orwell: The Road to Airstrip One*, New York: W. W. Norton & Company, 1985, p. 32.

"迷信""责任"紧密相关。"如果思想能够腐蚀语言，那么语言同样也能腐蚀思想"，① 奥威尔意识到生活在这种"无意识宣传"即帝国主义口号谎言下的危险。白人为了维持殖民统治和自身安全，为了在异国不被排斥在外，将这种生活模式化并不断加强这些偏见。因此，帝国主义者除了对"上等白人条例"坚定不移地遵从外，并无意改变殖民社会的现状。这样殖民者的生活模式会像套上紧身衣那样使得个体不由自主地服从集体意识，任何逃脱或挑战都不可能。② 这种个体与集体意识的矛盾而导致自由的丧失，正是弗洛里悲剧的根本所在。上面提到的古尼提内克也指出："上等白人条例"出现在《缅甸岁月》而不是《印度之行》，是因为英帝国当时受到越来越多的威胁，"条例"是应对这一历史背景的变化而采取的重要措施。③ 针对罗伯特·A. 李（Robert A. Lee）认为小说的主题是语言导致了交流的失败，斯迪芬·英格尔（Stephen Ingle）在 1993 年出版的《乔治·奥威尔的政治生涯》一书中反驳道："语言局限本身是（殖民）关系下的产物，并不是独立的变量。"④ 在 1998 年的《英国殖民文学，1870—1940：写作与帝国管理》一书中，作者丹尼尔·比沃娜（Daniel Bivona）专门对"条例"作了定义：这是"一套真理用来描述缅甸和缅甸人以及规定白人如何在他们面前恰当地展现自我身份，有时这已成为白人在俱乐部社交场合上共同遵守的

---

① Ian Slater, *Orwell: The Road to Airstrip One*, New York: W. W. Norton & Company, 1985, p. 33.

② Ibid. , p. 40.

③ D. C. R. A. Goonetilleke, *Images of the Raj: South Asia in the Literature of Empire*, Houndmills: the Macmillan Press Ltd. , 1988, pp. 118 – 119.

④ Stephen Ingle, *George Orwell: A Political Life*, Manchester: Manchester UP, 1993, p. 10.

部分礼仪，不过常常是把白人禁锢在一种潜在制度约束下的社团里"①。奥威尔认为这种条例对白人的束缚与思想控制并无区别。在2002年出版的《奥威尔为何重要》一书中，作者希琴斯总结道："奥威尔终生致力于权力与暴力的主题以及统治者与被统治者之间残酷而又微妙的关系，而他与殖民主义相关的作品是其中不可分解的组成部分……奥威尔可以被当作后殖民理论的奠基者之一，也是英国从帝国主义的、单色调的（或讽刺的说法隔绝的）社会迈向多文化、多种族社会这一历史转型的文学记录者之一。"② 香港大学教授道格拉斯·科尔（Douglas Kerr）2003年在其专著《奥威尔》中将上面的"氛围""谎言""责任""条例""迷信"等转化为后殖民理论术语：殖民话语。他分析道：在小说中，弗洛里曾进入丛林深处在清澈的小河里游泳，与自然融为一体，他仿佛摆脱了殖民者的堕落，返回了人的本真。但是在和伊丽莎白打猎一幕中，为博得她的好感，他却扮演了猎人这一传统的白人英雄形象，成为自然的掠夺者，而丛林成了战利品的潜在市场。在"打猎"这一殖民征服的隐喻中，他已屈从于强大的殖民话语。③ 奥威尔对于语言和政治的关系十分敏感，他在小说中十分形象和深刻地揭露了殖民话语与帝国主义的共谋关系。后殖民主义的殖民话语理论，则很好地解释了帝国主义制度如何运行话语机制来腐蚀人的思想。

① Daniel Bivona, *British Imperial Literature, 1870—1940: Writing and the Administration of Empire*, Cambridge: Cambridge UP, 1998, p. 182.

② Christopher Hitchens, *Why Orwell Matters*, New York: Basic Books, 2002, p. 34.

③ Douglas Kerr, *George Orwell*, Horndon: Northcote House Publishers Ltd., 2003, p. 15.

二 艺术性之争：奥威尔是否具有小说家的天赋？

奎妮·多萝西·利维斯（Q. D. Leavis）在 1940 年评论奥威尔的三十年代小说时说："奥威尔先生为尝试成为小说家而浪费了太多的精力，我想我已读过他的三四本小说，这些乏味的小说给我留下的唯一印象就是自然并没有赋予他成为小说家的天赋。"① 汤姆·霍普金森（Tom Hopkinson）在 1953 年出版、1965 年修订的《乔治·奥威尔》一书中同样认为奥威尔的天分不在小说而在散文："他缺乏想象力，缺乏对人际关系的了解，他同情的是整个人性而不是个体。他的天赋在于来自常识的灵感和稳定的思想力量，在于防止被观念和口号所蒙骗的那种谨慎，在于孤独者不怕孤独的勇气以及在孤独中保持一定距离来权衡自己的能力。"② 凯斯·沃德瑞特（Keith Alldritt）在 1969 年的《成就奥威尔：文学史中的一篇论文》一书中也认为奥威尔"既没有复杂细致的情感也没有真正小说家具有的创造力""能够清新而又精确地描写环境，但是他却不能够将这些特点用来描写人物、人际关系或者情感状态。以下是他小说失败的基本表现：他从不会以避免固定呆板的类型化方式来展现人物；他的人物像推导出的文学公式。这就部分解释了他为何过度使用作者的声音来干预和破坏他所有小说的原因。由于奥威尔不能使其人物焕发生气，他就始终无法通过人物或者人物交流或者人物发展等方式来提出需要解决的问题。导致的结果就是奥威尔自己不得不站出来直接

---

① Keith Alldritt, *The Making of George Orwell: An Essay in Literary History*, London: Edward Arnold Publishers Ltd. , 1969, p. 19.

② Tom Hopkinson, *George Orwell*, London: Longmans, Green & Co Ltd. , 1965, p. 5.

和读者建立起面对面的关系"。① 总之，这些对奥威尔小说艺术性的指责常常遵循的是现代主义的艺术标准，认为小说情节方面存在过多作者干预和偶然事件；人物塑造方面过于类型化，对人物的内心情感和人际关系展示不够。

但是不少评论家也提出了相反的观点。1954年，劳伦斯·布兰德尔（Laurence Brander）在《乔治·奥威尔》一书中指出："讽刺和漫画效果是小说艺术特色"；奥威尔对于当地官员尤泼金（U Po Kyin）的塑造就足以将他归入讽刺作家之列。② 托马斯在书中也认为：奥威尔具有描写客观事物的天赋，而他的感情是通过客观描述与个人的修辞方法结合才传递出来。他的出众之处不仅在于对下层的同情更在于他具有能力写出创造性的智性发展，他的观念的产生不是来自他人而是来自生活经历本身。针对弗洛里的悲剧决定于太多的外部偶然事件的批评，如他与伊丽莎白月夜下约会发生的地震，作者认为作家是通过偶然事件来强调两个人物由于彼此无法看见对方在观念上的冲突而导致关系破裂的必然。③ 乔治·伍德库克在1966年出版的《水晶般的精神：乔治·奥威尔研究》一书中特别强调了奥威尔对艺术性的重视：奥威尔的《我为什么要写作》在强调创作被一种"无法抗拒或者无法明白的恶魔的驱使"的同时，也提出"同样确实的是，除非你不断努力把自己的个性磨灭掉，你是无法写出什么可读的东西来的。好的文章就像一块玻璃窗"。作者特别

① Keith Alldritt, *The Making of George Orwell: An Essay in Literary History*, London: Edward Arnold Publishers Ltd. , 1969, pp. 19, 25.

② Laurence Brander, *George Orwell*, London: Longmans, Green & Co Ltd. , 1954, pp. 75, 79.

③ Edward M. Thomas, *Orwell*, Edinburgh: Oliver and Boyd Ltd. , 1965, pp. 6, 8, 10.

分析了小说中动物意象的艺术应用，即动物不光是以意象出现，而且还潜在地参与了人物的行动和塑造。① 罗伯特·A. 李中在 1970 年出版的第一部研究奥威尔小说的专著《奥威尔小说》中首先肯定了小说的艺术性："小说是建立在一系列的象征模式之上，有些明显，有些比较微妙。"② 他认为虽然有些象征可能明显看出受到弗洛伊德主义的影响，但这正体现了作家对于艺术性的关注。小说中的丛林和俱乐部象征了两种截然不同的世界，弗洛里的胎记象征了他对于俱乐部世界的游离和反对。胎记的形状与伊丽莎白在丛林中"遇险"的那头水牛的牛角形状相似，这象征了一种原始的男性生殖力量对于代表俱乐部世界伊丽莎白的威胁。反讽的是，只有在丛林猎杀豹子的暴力中而不是在俱乐部或丛林之外，伊丽莎白才与具有威胁的男性弗洛里满足了隐喻意义上的性欲快感。③ 这些象征的使用是非常精湛地与情节结构融合在一起，并没有突兀的感觉，也便于读者理解弗洛里孤独和疏离的精神状态。因此，作者认为小说"符合艺术成功的最高标准：小说'读懂'了我们，使我们怀疑的东西具体化，赋予我们知道的东西以形式；使我们的一切都具体起来"④。J. R. 汉蒙德（J. R. Hammond）在 1982 年的《乔治·奥威尔指南：小说、文献和散文》一书中认同这是他"最为成功的"的小说。弗洛里是可信的圆形人物，读者不仅参与了他的行动而且还潜入了他的内心深处。作者认为小说的艺术性体现在以他自己的《巴黎伦敦落魄记》

---

① George Woodcock, *The Crystal Spirit: A Study of George Orwell*, New York: Schocken Books, 1984, pp. 86, 96.

② Robert A. Lee, *Orwell's Fiction*, London: University of Notre Dame Press, 1970, p. 1.

③ Ibid., pp. 4 – 5.

④ Ibid., p. 21.

和《绞刑》为代表的现实描写和毛姆或康拉德现实小说中的虚构手法这两种文学类型的完美结合。[1] 1987 年安维里·盖德勒（Averil Gardner）在《乔治·奥威尔》一书中认为小说中大量的事件和环境的细节描写使其成为奥威尔"最为丰富的小说"。小说具有一种"诗意"（poetic quality）和"中国盒子"（Chinese box）的叙事结构，塑造了复杂而又可信的人物世界和人际关系。[2] 罗杰·福勒（Roger Fowler）在 1995 年的《乔治·奥威尔的语言》一书中对小说的艺术成就做了全面的总结，他认为小说在情节结构、人物塑造和语言等方面都是最为出色的小说。[3] 作者仔细分析了情节的戏剧性、语言的象征性、印象主义技巧、明喻的使用和陌生化的意象。作者特别指出小说中的描写，并不是所谓的"华丽辞藻堆砌的段落"，而是用来象征场景的气氛或者人物的思想状态：景色的特征、动植物、光、热与雨都是激发情感和营造气氛的象征，T. S. 艾略特称这种方式为"客观对应物（the objective correlative）——情感不是被描述而是通过具体事物的象征"。[4]

以上评论家对于小说的主题和艺术性之争都不能脱离作家本人和文献学的视野。主题之争的解决需要综合考虑作家缅甸经历的创伤和写作环境对于小说创作的影响，也需要考虑奥威尔在作品和评论中表达的所有对于帝国主义的态度以及小说的出版情况和读者的

———————

① J. R. Hammond, *A George Orwell Companion*：*A Guide to the Novels*, *Documentaries and Essays*, Houndmills：the Macmillan Press Ltd.，1982, pp. 89, 94 - 95, 97.

② Averil Gardner, *George Orwell*, Boston：Twayne Publishers, 1987, pp. 25, 26, 29.

③ Roger Fowler, *The Language of George Orwell*. Houndmills：the Macmillan Press Ltd.，1995, p. 120.

④ Ibid.，122.

接受情况；而艺术性之争需要从《我为什么要写作》这篇重要的文章中找到答案。除了这两大核心问题的争论外，小说《缅甸岁月》也成为当代西方文学批评方法实践的典型文本，概括起来主要有心理学、女性主义、存在主义和文化研究等四种方法。

1979 年理查德·I. 斯迈尔（Richard I, Smyer）所著《原始的梦和原始的罪：奥威尔作为心理小说家的成长》是心理学批评的典型代表。首先，斯迈尔将小说的背景分为殖民缅甸和自然缅甸，其中殖民缅甸代表西方文明的侵蚀，自然缅甸代表原始的乐园。弗洛里在丛林中与自然融合暗示着时间的倒转，人类又回到了史前的伊甸园："亚当"弗洛里渴望着"夏娃"伊丽莎白的到来。但是伊丽莎白在丛林中激动地握着枪猎杀鸽子的场景说明她只会给乐园带来性欲和暴力，只会诱发弗洛里的堕落和性焦虑。弗洛里的胎记象征了他与生俱来的原罪，而胎记的弯形与水牛角相似暗示着弗洛里返回原始注定是一种虚幻，因为这个乐园的动物也负载着这个罪恶的标志；弗洛里的性焦虑象征了所谓进步和文明对自然进行强暴的文化负罪。其次，作者认为弗洛里也具有个体的心理特征。比如地震的偶然性，如果从心理分析来看，是因为代表弗洛里性侵犯特征的另一重人格维若尔即将出现；而弗洛里的游江解围则是一种洗净仪式的象征，洗除他成年前具有力比多症状的反叛自我。[①]

1984 年出版了丹弗尼·帕苔（Daphne Patai）专著《奥威尔之迷：男性意识研究》。这部颇有影响的研究运用女性主义批评分析了小说中的男权话语和女性的他者地位。帕苔认为："小说的评论都集

---

① Richard I. Smyer, *Primal Dream and Primal Crime: Orwell's Development as a Psychological Novelist*, Columbia: University of Missouri Press, 1979, pp. 24 – 40.

中在帝国主义而忽略了小说另外的重要主题：性别身份和社会身份以及两者的联系。"① 在殖民社会的等级中，处在最高层的是男性英国人，最底层的是当地女性，而英国女性和当地男性处在模糊尴尬的位置。对于伊格尔顿所说胎记并没有使弗洛里脱离他所攻击的殖民者阶层，帕苔认为其中的重要原因是弗洛里能够"拒绝帝国主义，但他决不能忍受被认为不是男人"②。弗洛里与伊丽莎白的关系只是表明他是以一种优人一等男性地位和女性恩人的身份来挽救他在白人社会的身份危机，而他与情妇玛拉美（Ma Hla May）的关系则是赤裸裸的性剥削关系。因此，整个故事中女性都是集体失声的：她们无法表达思想，无法作出选择，无法采取实质性的行动，她们始终受到男权话语和意识的控制和支配。帕苔总结道："弗洛里的自杀并不是完全在于他对帝国主义的绝望，更多的原因在于他的男性权力的丧失。令人讽刺的是，这种丧失都和两个女人相关：玛拉美和伊丽莎白。她们都没有弗洛里所享有的独立性。她们都是被殖民者，她们所属的殖民地就是整个女性。"③

1985 年出版了迈克·卡特（Michael Cater）的专著《乔治·奥威尔与真实存在的问题》。卡特认为弗洛里在小说中不断遭受存在问题的困扰。首先，在殖民社会中，当地人的处境恰恰与存在主义核心理论"存在先于本质"相反。当地人"劣等"本质是白人的"他们"通过统治手段强加而被合法化。对这种本质质疑的弗洛里只有通过向印度医生维拉斯瓦米（Veraswami）的倾诉才能减缓他违背真

---

① Daphne Patai, *The Orwell Mystique: A Study in Male Ideology*, Amherst: the University of Massachusetts Press, 1984, pp. 21 – 22.

② Ibid., p. 29.

③ Ibid., p. 52.

实存在的生活而产生的负罪感。但是这种对于"劣等"人的倾诉其实正是弗洛里对于"他们"本质的利用：他可以倾诉真实所想而不会受到惩罚；而印度医生也利用这种本质来证明他是处于劣等人种的优等。其次，弗洛里与玛拉美纯粹的肉体买卖关系凸显了弗洛里生存关系中"我与你"（I – You）关系的缺失。这种非真实的存在困境被弗洛里接受为既定事实，因为胎记这一遗传缺陷表明他的存在不是自己的选择而是"他们"的强加。这种既定的事实成为他对医生不忠诚的借口——缺乏胆量提名医生加入俱乐部。"是朋友还是妻子？"他特别渴望一位英国女人来分担他的生存焦虑，因为此刻他需要来自"他们"世界的认同。但是弗洛里与伊丽莎白的相遇一开始就基于欺骗：英雄其实是怯弱，高雅其实是庸俗。弗洛里"美取决于趣味"的相对主义价值观严重威胁了伊丽莎白所代表的"他们"世界非好即坏的二元对立。在"他们"存在本质的模式下，弗洛里和伊丽莎白的交流仅停留在"闲聊"和不断地扮演"英雄"角色，这样越发加剧了他的生存困境。弗洛里最后受到的"耻辱"发生在教堂，这表明代表权威意识的"他们"聚集在这个特定的场合来拯救最后的"堕落"。弗洛里最终只能以自杀来结束这种没有自由的非真实存在。①

在 2007 年出版的《争论中的男性气概：从约瑟夫·康拉德到萨蒂亚吉特·雷伊的殖民男性身份危机》一书的第四章，作者娜琳·贾娅森娜（Nalin Jayasena）从文化研究角度分析了小说中含有殖民统治隐喻的俱乐部、情妇、同性恋和狩猎等现象以考察政治、性别

---

① Michael Carter, *George Orwell and the Problem of Authentic Existence*, London：Croom Helm Ltd. , 1985, pp. 54 – 84.

和种族之间的内在关系。作者认为俱乐部核心问题是"俱乐部资格"（clubbability）。"俱乐部资格"的含义是："只有特定的个体才能被吸收为俱乐部会员，它是以一系列的排斥机制为基础的。"① 殖民地的俱乐部既体现了男权意识，又旨在维护殖民统治的权威。对于情妇问题，作者认为英国人对当地女性身体的规训是维持帝国权威的一种方式。当弗洛里由于包养本地情妇而被伊丽莎白拒绝时，无数记不清脸相（faceless）的情妇形象在他记忆中浮现，这只是他对征服对象数量的记录。② 另外小说中殖民者不遗余力地区分妻子、情妇还是妓女，也表现了当地女性的身份困境和帝国主义对于女性不同程度的控制。作者还认为小说中"是朋友还是妻子"暗示在殖民地找到男性朋友比异性妻子要容易，这就可能产生威胁帝国的同性恋问题。弗洛里与印度医生的友谊被艾里斯认为是一种同性关系。这种同性恋的情结在传统的殖民意识中是和女性化相联系的。弗洛里（Flory）的名字不仅和罗马鲜花女神的名字相同，而且还标志着整个生物界。③ 他与丛林的融合不仅偏离英国殖民者的强者形象，也使他的男性气概受到质疑。伊丽莎白的名字容易联想到英国女王伊丽莎白，因此，她代表了英国官方对于同性关系造成帝国衰落的恐惧。④ 白人妇女的责任就是在英国本土之外代表英国，对那些在遥远的殖民地的英国男性起到意志的监督和引导作用。对于殖民地的狩猎，作者认为这不仅可以使殖民者享受到与英国相似的悠闲生活，更是

---

① Nalin Jayasena, *Contested Masculinities: Crises in Colonial Male Identity from Joseph Conrad to Satyajit Ray*, New York: Routlege, 2007, p. 110.

② Ibid., p. 122.

③ Ibid., p. 129.

④ Ibid., p. 132.

一种男性和帝国权威的象征。在英印殖民地，即使"丘比特也会放弃他的弓与箭来换取猎枪和弹药"。① 伊丽莎白对于猎杀的兴奋，在于她暂时获得了跨越性别界限的权力。弗洛里对俱乐部的解救，就是在伊丽莎白鼓励下维持这种英雄男子猎手的形象。作者最后总结道："小说中英国男性对酒精和妓女的依赖以及这种堕落生活导致特权逐渐丧失所带来的无限感伤，代表了帝国主义宏大叙事的衰落。"②

以上通过大量的文献资料力图从问题、方法、视角和历史演进四个层面来梳理西方研究该小说的学术史。其中，问题是研究者争论的焦点；方法是研究者具体应用的文学批评方法；视角是指不同的研究主体，包括作家本人、文献学、国外评论家的研究等；历史演进是以时间顺序展现问题的起点、继承、发展和对话。另外本研究还特别注意评论家对于小说主要象征等关键细节的不同解读、殖民文学的文本特征以及学术研究史的撰写方法。总之，通过对《缅甸岁月》研究的梳理，我们可以把握西方奥威尔学术研究史的基本轨迹。

---

① Nalin Jayasena, *Contested Masculinities: Crises in Colonial Male Identity from Joseph Conrad to Satyajit Ray*, New York: Routlege, 2007, p. 136.

② Ibid. , p. 140.

第二部分
奥威尔与中国

第一章

奥威尔作品中的中国形象*

　　乔治·奥威尔这位在西方产生重要影响的英国作家在中国曾被当作"反苏反共"作家。这一受到苏联影响的意识形态评价从 20 世纪 50 年代开始一直持续到 80 年代，给国内读者留下了奥威尔对中国充满了偏见和敌视的印象。笔者根据奥威尔与萧乾、叶公超等人的直接交往史料已经指出这种评价的错误。①本章着重分析奥威尔作品中的中国形象，力求从文学创作层面进一步还原奥威尔对中国的真实态度。

　　奥威尔早期对中国的认知主要来自阅读中国题材作品和在缅甸

---

　　* 本章主要内容发表在《英美文学研究论丛》2014 年春。
　　① 参见拙文《奥威尔与萧乾、叶公超交游考》，《新文学史料》2012 年第 4 期。

殖民地的警察工作①。这些认识不仅对其政治观的形成影响颇深，而且也深入文学创作的潜意识。如果细读他的全部作品，我们能够从中找到不少中国元素。概而言之，这些元素主要体现在奥威尔对"东方乐土"（Pleasure - dome）、"上海"（Shanghai）、"中国佬"（Chinaman）和"东亚国"（Eastasia）这四个中国形象的利用、消解和建构。其中，"东方乐土"是西方文明构建的"乌托邦"中国，"上海"代表充满着诱惑和恐怖的中国，"中国佬"为种族主义话语体系中的中国，而"东亚国"则是奥威尔建构的极权主义统治下的东方世界。从中外文学交流史来看，西方作家眼中的中国往往是"异己"的他者，是西方文明陪衬下的"文化构想物"，他们利用中国文化的最终目的是为了解决自身的问题。奥威尔同样也继承了这一传统，利用"东方乐土"的中国形象来审视西方社会面临的危机。但是，奥威尔具有基于东西方平等关系的双重视角，他批判了以"上海"和"中国佬"为代表，体现西方帝国主义霸权和殖民话语的中国形象建构。在极权主义威胁凸显的国际政治环境下，奥威尔还利用中国建构了与西方极权世界相互依托的东方极权世界"东亚国"，向世人警告了未来极权社会统治整个人类这一梦魇的现实显现。

---

① 奥威尔阅读的中国题材作品如吉卜林（Rudyard Kipling）的《基姆》（Kim）、《曼德勒》（Mandalay），赛珍珠（Pearl S. Buck）的《大地》（The Good Earth），杰克·伦敦（Jack London）的《中国狗》（The Chinago）等。奥威尔 1903 年出生在印度，他的家庭具有很深的殖民传统，其父供职于英印政府鸦片部，负责向中国销售鸦片。1922—1927 年，奥威尔在缅甸担任警察，目睹了缅甸犯人因鸦片上瘾痛苦不堪的样子。因此，传记作家迈耶斯（Jeffrey Meyers）认为奥威尔最后辞职是因为他产生了强烈的社会良知，对于其父参与过的这种最不道德、最不可原谅的帝国主义掠夺行为而深感内疚。另就地理而言，奥威尔的缅甸岁月也是他距离中国最近的时候。他驻扎的最后一个地方缅甸北部小镇杰沙（Katha）已十分接近中国的云南边境。小说《缅甸岁月》（Burmese Days）的凯奥克他达镇（Kyauktada）就是以此为背景，这个镇上有四千居民，其中就有几十个中国人。

第一节　"东方乐土"

寻找"东方乐土"，构建心灵的乌托邦，将中国当作一面认识自我的镜子，寻求解决自身困境的灵丹妙药，这常常是一些西方哲人和作家认识中国的基本策略。早期的代表如《马可·波罗游记》，18世纪如哥尔斯密的《世界公民》，20世纪如罗素、奥登等人的作品。英国作家迪金森（Lowes Dickinson）的《约翰中国佬的来信》（*Letters from John Chinaman*）也是寻找"东方乐土"的典型代表。

奥威尔在 1946 年 4 月 7 日的《观察家报》（*The Observer*）上发表了《约翰中国佬的来信及其他散文》（*Letters from John Chinaman and Other Essays*）的书评。迪金森借约翰中国佬的八封来信高度赞扬了中国人勤劳、平等和友善的民族特性。不过在奥威尔看来，这些发表在 1901 年的来信是对中国文明优越论一种缺乏变化的坚持（monotonous insistence），他所谈的中国文明似乎是静止和几近完美的，其美德主要表现在对机器和重商主义的排斥。相比来信中的狂热情绪，奥威尔认为作者在 1913 年到过中国之后发表的散文则显得比较冷静和理性。他发现了东方文明的传统正在迅速地瓦解，中国只有引进工业文明才能够摆脱外国的征服。虽然作者大大低估了亚洲国家的民族主义力量，但是他后来的观察是十分敏锐的。① 奥威尔

① George Orwell, *CW*, Vol. 18, ed. Peter Davison, London: Secker & Warburg, 1998, p. 225.

对迪金森后期观点的赞同其实很大程度上受到当时在英国的中国记者萧乾的影响。奥威尔在这篇书评中提到萧乾的《千弦琴》（*A Harp With a Thousand Strings*）编选了迪金森的后期散文。奥威尔曾多次与萧乾通信，并发表过对其英文著作《龙须与蓝图》（*The Dragon Beards Versus Blueprints*，1944）的书评。萧乾关于龙须（中国古老文化）和蓝图（工业化）的辩证观点向西方人描述了真实的中国以及中国未来的希望，他所针对的是罗素和韦利（Arthur Waley）等对"东方乐土"的向往者。奥威尔的书评显然接受了萧乾的部分观点，并且站在以萧乾为代表的中国立场之上。

奥威尔与中国人的直接接触加深了他对中国的认知。在"二战"中，他通过新闻报道和对印度广播等渠道积极宣传中国抗战。反法西斯战争胜利后，战争的残酷特别是原子弹的使用加重了战后西方资本主义社会人们精神的空虚和对自然的漠视。有感于此，奥威尔在1946年1月11日发表了《欢乐谷》（*Pleasure Spots*）一文。他认为英国浪漫主义诗人柯勒律治《忽必烈汗》诗中的"东方乐土"（Pleasure-dome）与现代的"欢乐谷"（Pleasure Spots）有着本质区别："东方乐土"是自然的，而"欢乐谷"是人造的。他在文中提到一位企业家梦想设计一个可以给战后身心疲惫的人们提供放松的"欢乐谷"：在几英亩的空间里，有可滑动的屋顶，中间是宽阔的舞池，半透明的塑料地板之下灯光闪烁。辅助设施有可远眺城市夜景的阳台酒吧和旅馆、两个可供专业和业余游泳者分别使用的礁湖、可模拟太阳光功能的太阳灯以及灯下享受日光浴的小床、从四周传来的广播音乐……奥威尔认为这种"欢乐谷"表明柯勒律治梦幻中的忽必烈汗行宫完全是错误的设计，因为"那深不可测的山洞"（measureless cavern）可以装上空调，点亮灯，岩壁铺上塑料装饰，改建成一个摩尔、高加索或夏威夷风格的洞中茶坊；"圣河"（Alph）可以筑成人工调节温度的游泳池；"冥冥大海"（sunless sea）可以在下面装上彩灯，乘坐威尼斯小船，听着广播音乐，悠闲地在海面上游弋；"原始森林"（ancient forests）和"阳光草地"（sunny spots of greenery）则全部砍伐，开辟为网球场、演奏台、溜冰场和九个球洞的高尔夫球场。① 特别注意的是，这里"阳光草地"的自然绿色（greenery）已被改为"欢乐谷"的人造景观，奥威尔的文章题名 Pleasure Spots 具有强烈的讽刺意味。

奥威尔认为人最大的幸福不是"快乐谷"般的享受，因为"人只有大量地保留了生活的简单才不会异化。而许多现代发明，特别是电影、广播和飞机，将会削弱人的意识，钝化人的求知欲，使人越来越像动物"。② 奥威尔借用诗中的"东方乐土"对现代"快乐谷"进行了斯威夫特式的讽刺，表达了他强烈的生态意识。《欢乐谷》并不是一个孤立文本，这种生态意识在《上来透口气》和《一九八四》等许多作品中都有充分体现。西方著名学者克里斯托夫·希琴斯（Christopher Hitchens）在《奥威尔为何重要》（Why Orwell Matters）中指出了奥威尔的当代意义，其中包括"他对自然环境和现在称作'绿色'或'生态'的关注"。③ 大卫·伊瑞菲尔德（David Ehrenfeld）深入分析了奥威尔与自然的关系，并认为奥威尔做出了两种乌托邦的预言：一是政治上建立一个人与人相互尊敬、

---

① George Orwell, *CW*, Vol. 18, ed. Peter Davison, London：Secker & Warburg, 1998, pp. 29 – 30.

② Ibid. , pp. 31 – 32.

③ Christopher Hitchens, *Why Orwell Matters*, New York：Basic Books, 2002, p. 11.

公平以待、没有剥削的社会；二是生态上建立一个珍爱自然，以一种采取温柔和关怀方式的人类文明来改善自然的社会。他认为这两种社会在奥威尔的《通往维根码头之路》的描述中合二为一：简单甚至有点辛苦的、以农业生活方式占主导的社会。这个社会也存在机器，但是必须在人类控制之下。社会的进步不能定义为只是为少数肥胖的人提供安全，而且这种进步也不能是一种剥削方式。① 这种人与人和谐，人与自然和谐的理想社会其实正是奥威尔一直追求和建构的社会主义社会。奥威尔认为在这个理想社会中，政治上没有种族歧视，没有阶级压迫，人有充分的尊严和自由；生态上人与自然和谐相处，人仍然保留自然的纯真，追求物质简单、精神丰富的幸福生活。柯勒律治诗中的"东方乐土"形象，成为奥威尔表达这种思想的有力工具。

第二节 "上海"

除了对"东方乐土"的利用外，奥威尔还利用上海题材来表达他反帝国主义的政治思想，消解了以上海 Shanghai 形象为代表的西方构建中国的殖民话语体系。奥威尔的《巴黎伦敦落魄记》取材于他在巴黎和伦敦下层生活的亲身体验，因此，贫困的描写十分生动，令人感同身受。对巴黎下层生活有同样体验的美国作家亨利·米勒

---

① David Ehrenfeld, *Beginning Again: People and Nature in the New Millennium*, Oxford: Oxford UP, 1993, pp. 8 - 28.

（Henry Miller）曾在 1936 年 8 月给奥威尔的信中这样写道："它几乎妙不可言；真实得那么不可思议！我无法理解你怎么能坚持那么久……你去过中国吗？可惜你不能去上海（Shanghai）再落魄一次，那将是惊世之举！"①

　　奥威尔的传记作家戈登·伯克（Gordon Bowker）指出奥威尔在寄宿学校圣塞浦里安（St Cyprian）读书时就对绞刑题材作品很感兴趣，因此后来写了散文名篇《绞刑》。② 同时，伯克十分敏锐地发现《绞刑》与毛姆（W. S. Maugham）《在中国屏风上》（*On a Chinese Screen*）的短篇《副领事》（*The Vice - Consul*）具有惊人的相似，特别是叙述者视角下的细节描写和死刑执行之后的顿悟具有异曲同工之妙。③《副领事》叙述了一位英国使馆的副领事去监督一个中国囚犯被执行死刑。毛姆通过他的视角聚焦了一些细节：在行刑的城外放着一口蹩脚的棺材，"犯人过身的时候他看了一眼"。在文章结尾，副领事在监督完死刑后回到俱乐部喝酒，其他同事对他说"一切顺利？""'他不过蠕动了一下。'他转对酒吧间侍者，'约翰，照往常一样。'"文中的顿悟发生在副领事坐轿从刑场回来的路上："蓄意地使一条生命终结是如何可怕，这好像是一种负有巨大责任的摧毁，其结果是毁灭了数不清的时代。人类的种族已经存在这样长久，这里我们中的每一个都是作为超自然事件的无穷连续的结果。但在同时，他困惑了，他有一种生命微不足道的感觉。多一个或少一个是

---

　　① ［美］杰弗里·迈耶斯：《奥威尔传》，孙仲旭译，东方出版社 2003 年版，第 154 页。

　　② Gordon Bowker, *George Orwell*, London：Abacus, 2004, pp. 39 – 40.

　　③ Ibid. , p. 89.

这样无关紧要。"① 奥威尔的《绞刑》发生在缅甸，犯人是印度人，在走向绞刑台的路上，"尽管有狱卒抓住他的两肩，他还是稍微侧身，躲开地上的一洼水"。在结尾，"我们大家又都笑了起来……我们大家在一起相当亲热地喝了一杯酒，本地人和欧洲人都一样。那个死人就在 100 码以外的地方"。文章的叙述者"我"——绞刑的目睹者——也有相似的顿悟："当我看到那个囚犯闪开一边躲避那洼水时，我才明白把一个正当壮年的人的生命切断的意义，它的无法用言语表达的错误……他和我们都是一起同行的人，看到的、听到的、感觉到的、了解到的都是同一个世界；但是在两分钟之内，啪的一声，我们中间有一个人就去了——少了一个心灵，少了一个世界。"②

伯克认为奥威尔《绞刑》的创作灵感几乎可以肯定是来自毛姆的《副领事》，但是由于奥威尔对绞刑之邪恶的揭示是透过一位具有良知的叙述者内心所想，相比之下显得更加形象、真实和有力。③ 奥威尔被英国著名批评家普里切特（V. S. Pritchett）誉为"一代人冷峻的良心"，不过这里伯克对于"有良知的叙述者"谈得还不具体。我们通过细读文本可以发现虽然毛姆是第三人称叙事，奥威尔是第一人称叙事，但是叙述者都是故事的参与者，他们都暗含了作者赞同和批判的两种声音：赞同的是叙述者对"囚犯"的同情部分——生命的存在；批判的是对"囚犯"的漠视部分——笑和喝酒。而叙述者的顿悟则表达的是作者的真实思想。不同的是，奥威尔的第一

① ［英］毛姆：《在中国屏风上》，陈寿庚译，湖南人民出版社 1987 年版，第 223—228 页。

② ［英］乔治·奥威尔：《奥威尔文集》，董乐山编译，中国广播电视出版社 1997 年版，第 61—66 页。

③ Gordon Bowker, *George Orwell*, London：Abacus, 2004, p. 89.

人称视角更能强烈地表达作者对殖民者任意剥夺本地人无辜生命的谴责态度；奥威尔顿悟中的"错误"一词也比毛姆的"可怕"和"困惑"更加有力地批判了帝国主义制度的邪恶。《绞刑》以及随后的小说《缅甸岁月》和散文《射象》可谓是奥威尔反对英帝国主义在缅甸殖民统治的"三部曲"。

毛姆在《副领事》中并没有指出死刑具体发生在中国的哪个地方，但是伯克这位著名的英国传记作家认为"故事发生在上海的英租界"。① 这是一个十分重要的信息。毛姆于 1919 年来到中国，在中国游历四个月，于 1920 年元月回到上海。②《在中国屏风上》于 1922 年出版，因此毛姆这部中国游记包含上海经历。之后不久，毛姆又开始了新的东方之旅，他于 1922 年来到缅甸仰光，并坐火车来到曼德勒，这段经历记录在游记《客厅里的绅士》（*The Gentleman in the Parlour*）一书中。奥威尔也差不多在这个时候来到缅甸，因此，伯克认为"正是布莱尔在杜弗林堡（Fort Dufferin）期间，毛姆在去泰国和印度支那途中经过曼德勒。布莱尔很有可能在一些官方接待场合或者俱乐部与他会面，因为毛姆毫不修饰的文风和叙事魅力从小就令他钦佩不已，毛姆对他的影响之深远也超出了一般人的想象"。③ 尽管毛姆是否对奥威尔讲过上海经历还不能完全确定，但是奥威尔对上海是非常关注和了解的。首先，他后来在报道中国抗战

① Gordon Bowker, *George Orwell*, London：Abacus, 2004, p. 89. 除了奥威尔外，伯克也为乔伊斯（James Joyce）、达雷尔（Lawrence Durrell）和劳瑞（Malcolm Lowry）等 20 世纪英国著名作家作传。

② ［美］特德·摩根：《人世的挑剔者——毛姆传》，梅影、舒云、晓静译，湖南人民出版社 1986 年版，第 263 页。

③ Gordon Bowker, *George Orwell*, London：Abacus, 2004, p. 79. 杜弗林堡是曼德勒的警察培训学校所在地，奥威尔到缅甸后先在这里接受警察培训。

时对上海多有提及，如在 1942 年 5 月 9 日的《每周新闻评论》
(*Weekly News Review*) 中提道："中国军队已经向上海……英勇地发
起了一系列进攻……"① 奥威尔也读过法国作家马尔罗 (André Mal-
raux) 的作品《上海风暴》(*Storm Over Shanghai*)，② 他在 1934 年 10
月 9 日的信中还提到，如果《缅甸岁月》翻译成法文的话，可以请
马尔罗写序，他曾写过有关中国和印度的小说，因此有可能对这本
小说感兴趣。③ 英国作家赫胥黎 (Aldous Huxley) 与奥威尔关系密
切，他的《美妙新世界》(*Brave New World*) 对奥威尔的《一九八
四》产生了不小的影响。奥威尔极有可能读过他的散文《上海》
(*Shanghai*)，并被文中描述的上海所深深吸引。该文编入萧乾的
《七弦琴》，奥威尔曾为该书写过书评。赫胥黎描写的老上海 (Old
Shanghai) 可谓是世界上最富有生机和活力的城市，④ 这无疑是他对
真正的美妙新世界的内心表露。奥威尔还评论过罗兹·法默
(Rhodes Farmer) 的《上海丰收》(*Shanghai Harvest*)。该书记录了
1937 年到 1939 年的中国抗战，揭露了日军暴行和南京大屠杀，并向
世界宣传了中国抗战在世界反法西斯战争中的作用，呼吁世界给予
中国更多的物资支持。奥威尔认为书中每页内容都十分生动，图片

---

① George Orwell, *CW*, Vol. 13, ed. Peter Davison, London: Secker & Warburg, 1998,
p. 312.

② George Orwell, *CW*, Vol. 18, ed. Peter Davison, London: Secker & Warburg, 1998,
p. 63. 该书中文译名是《人的状况——中国：1927 风云》，参见［法］马尔罗《人的状
况——中国：1927 风云》，杨元良、于耀南译，漓江出版社 1990 年版。

③ Peter Davison, *The Lost Orwell: Being a Supplement to the Complete Works of George Or-
well*, London: Timewell Press Ltd., 2006, pp. 8 – 9.

④ Hsiao Ch'ien, *A Harp With a Thousand Strings*, London: Pilot Press LTD, 1944,
pp. 191 – 192.

也具有史料价值。① 奥威尔甚至在死后未完成的短篇小说《一个吸烟房间的故事》（*A Smoking Room*）的提纲草稿中也提到上海："房间里从新加坡和上海传来的回声，来自 1886 年和 1857 年。"② 戴维森在注解中说："1857 年英国获得长江的航权以保护在上海的商业利益。1886 年和 1857 年都表明殖民利益的扩大。"③ 奥威尔在最后一本文学笔记本上还记载了他在报纸上看到有关上海的消息："在上海（现在到处是难民），路上随时都能看到被遗弃的儿童，人们对此都有些熟视无睹了。"④ 奥威尔的《绞刑》发表于 1931 年 8 月，根据他后来对上海的关注程度，我们可以判断奥威尔在写《绞刑》之前对上海有一定的认知，比如他很有可能在那时就读了马尔罗的《上海风暴》。因此，综合以上伯克、毛姆、马尔罗和其他有关上海的所有证据，我们可以确定奥威尔在创作《绞刑》时正是利用了毛姆《副领事》中的上海题材。

小写的"shanghai"用作动词时有"用麻醉或其他不正当方式强迫人当水手"和"强迫或诱骗"这两个意思。这个词源和早期来沪的英国人从事鸦片走私和向美洲贩卖人口等肮脏的殖民贸易有关。因此，大写的"Shanghai"具有神秘和恐惧的双重文化意象，代表着神秘而又恐怖的中国形象。上海是中国在西方列强的坚船利炮下最早开埠的城市，租界、巡捕、十里洋场、"华人与狗不得入内"、洋泾浜英语，甚至上海俚语如"赤佬"（英语 cheat 和中文"佬"的混

---

① George Orwell, *CW*, Vol. 17, ed. Peter Davison, London: Secker & Warburg, 1998, pp. 35 – 36.

② George Orwell, *CW*, Vol. 20, ed. Peter Davison, London: Secker & Warburg, 1998, p. 189.

③ Ibid., p. 192.

④ Ibid., p. 203.

杂语）、"混枪势"（混 chance）等都使上海极富殖民主义色彩，因而上海也被称为"东方的巴黎""富人的天堂和冒险家的乐园"。一些描写上海的西方作家，如马尔罗在《上海风暴》中通过突出上海镇压革命党人的血腥场面来达到他揭示人类生存荒诞性的目的；巴拉德（James Graham Ballard）在以上海生活的童年记忆为题材的《太阳帝国》（*Empire of the Sun*）中也描绘了上海恐怖的异托邦景象。这些文本都迎合和渲染了西方人关于上海的主导意象：神秘而又恐怖，从而帮助西方殖民帝国建构和维护了这一中国的认知网络。[1] 但是，奥威尔在《绞刑》和后来评论中对"Shanghai"的认知和利用却在瓦解和拆除这个网络的防火墙，向世人揭穿了西方殖民主义的谎言和邪恶，谴责和批判了西方列强在中国的野蛮行径。

第三节 "中国佬"

奥威尔在创作中也对"中国佬"（Chinaman）这一种族主义形象进行了消解和批判。他在《巴黎伦敦落魄记》有这样的描述："拉姆浩斯（Limehouse）贫民区多为东方人，有中国佬……不知怎么来的。"[2] 拉姆浩斯是伦敦最大的华人聚居地，在英国人眼中这个"中国城"代表着毒品、犯罪和堕落，因此"拉姆浩斯的引诱"成

---

① 葛桂录：《Shanghai、毒品与帝国认知网络——带有防火墙功能的西方之中国叙事》，《福建师范大学学报》（哲学社会科学版）2010 年第 3 期，第 97—100 页。

② ［英］乔治·奥威尔：《巴黎伦敦流浪记》，朱乃长译，书林出版有限公司 2003 年版，第 134 页。

为华人区罪恶的代名词。① 在该书论及如何解决英国游民问题时，奥威尔认为首先要抛弃"游民（tramps）全是无赖（blackguard）"这一根深蒂固的偏见。对于把游民说成"游民妖魔"（tramp-monster）的荒谬言论，奥威尔认为"这和杂志小说所描绘的邪恶'中国佬'同样荒诞不经，但是这种言论一旦深入人心，就很不容易摒弃"。②

奥威尔在《缅甸岁月》描写了一位初来缅甸的英国白人妇女伊丽莎白（Elizabeth）对于"中国佬"李晔（Li Leik）根深蒂固的种族偏见。小说主人公弗洛里（Flory）幻想刚来的伊丽莎白能够理解和分享他的东方生活，便迫不及待地带她去逛缅甸的集市（bazaar），不料集市浓烈的东方氛围立刻使伊丽莎白感到窒息，弗洛里于是带她来到一个中国朋友李晔的店中休息。进入伊丽莎白视线的这个"中国佬"是"一个老头，罗圈腿，穿着蓝色的衣服，留着一条辫子，黄黄的脸上没有下巴，净是颧骨，就像个和善的骷髅"。她对弗洛里说"我们坐在这些人的屋里合适吗？是不是有点——有点失身份？"不过弗洛里的回答却是："跟中国佬在一起无所谓。他们在这个国家很受欢迎，而且他们的想法也很民主。最好跟他们平等相待。"文中对这次不愉快的经历总结道："他（弗洛里）根本没有意识到，自己这样子反复不停地试图让她对东方产生兴趣，在她眼中只是极不正常、缺乏教养的表现，是故意追求肮脏和'龌龊'的东西。即使是在现在，他也没弄清她看待'土著'用的是什么眼光。

① 葛桂录：《Shanghai、毒品与帝国认知网络——带有防火墙功能的西方之中国叙事》，《福建师范大学学报》（哲学社会科学版）2010年第3期，第100—101页。
② ［英］乔治·奥威尔：《巴黎伦敦流浪记》，朱乃长译，书林出版有限公司2003年版，第199页。

他只知道，每当自己试图让她分享自己的人生、自己的思想、自己的审美感触时，她都像一匹受惊的马儿躲得远远的。"① 很显然，伊丽莎白代表的是西方殖民者对于"中国佬"蔑视、仇恨和恐惧的普遍态度。

《缅甸岁月》被认为是 20 世纪英国"最重要的反帝国主义小说之一"。② 希琴斯甚至认为"奥威尔可以被当作后殖民理论的奠基者之一"。③ 奥威尔通过同情东方文化，与其他白人格格不入的叙述者弗洛里批判了以伊丽莎白为代表的西方顽固种族主义分子对于"中国佬"歧视态度。同时，奥威尔也通过自己的声音批判了弗洛里认识的局限性：他只能将自己真实想法隐藏于心，并幻想找到一个理解自己思想的"伴侣"，但是，"即使是在现在，他也没弄清她看待'土著'用的是什么眼光"。奥威尔将两种矛盾的声音融入叙述者的叙述，形成了强烈的反讽效果，实现了作家对帝国主义彻底的批判。弗洛里与伊丽莎白沟通的彻底失败导致他最后的自杀，这位小说中最具有反帝国主义思想的英国白人也难逃殖民主义话语的束缚，这个反讽式结局深刻地揭示了帝国主义制度对所有殖民者和被殖民者的思想和道德具有无比强大的腐蚀作用。

西方人对"中国佬"形象的塑造也是西方殖民帝国建构和维护中国认知网络的重要策略。最典型的例子就是英国作家阿瑟·沃德（Arthur Ward）以笔名莎克斯·罗默（Sax Rohmer）所塑造的"中国

---

① ［英］乔治·奥威尔：《缅甸岁月》，李锋译，南京大学出版社 2007 年版，第134—138 页。

② John Newsinger, *Orwell's Politics*, Houndmills：Macmillan Press Ltd., 1999, p. 7.

③ Christopher Hitchens, *Why Orwell Matters*, New York：Basic Books, 2002, p. 34.

佬"傅满楚（Fu Manchu）形象。在罗默笔下，傅满楚是个残忍、狡诈的恶魔，同时又法力无边，给西方白人世界带来巨大的恐慌和威胁。这个形象经由西方大众媒体的传播更加深入人心，成为中国"黄祸"的化身。① 因此，奥威尔在《通往维根码头之路》曾有这样的描述："在英国，我们甘愿被盘剥以维持五十万游手好闲者的奢侈生活，也不愿遭受中国佬的统治，如果真有这种不幸，我们宁愿战斗到最后一个。"② 对于"中国佬"这一西方殖民话语构建的他者形象，奥威尔在缅甸殖民地经历之后有了清醒的认识。除了上述对游民妖魔／中国佬偏见和以伊丽莎白为代表的英国白人殖民者的批判外，奥威尔还对"中国佬"形象背后的西方种族主义进行了深刻的反思。

在 1947 年 2 月 27 日的《随我所愿》（As I Please）中，奥威尔提到他曾读过写给小孩的漫画字母表，其中 J、N、U 的英文解释分别是：

J for the Junk which the Chinaman finds

Is useful for carrying goods of all kinds.

N for the Native from Africa's land.

He looks very fierce withhis spear in his hand.

U for the Union Jacks Pam and John carry

While out for a hike with their nice Uncle Harry. ③

---

① 葛桂录：《Shanghai、毒品与帝国认知网络——带有防火墙功能的西方之中国叙事》，《福建师范大学学报》（哲学社会科学版）2010 年第 3 期，第 103—106 页。

② George Orwell, *CW*, Vol. 5, ed. Peter Davison, London：Secker & Warburg, 1998, p. 135.

③ Ibid. , p. 50.

被誉为英国文化研究先驱的奥威尔认为这小人书中将中国人、非洲人和英国人三种形象并置非常形象地说明了英国人的种族主义意识。"坐在舢板船上、梳着长辫的'中国佬'"无非是在凸显"头戴大礼帽，乘着单马双轮双座马车的英国人"。小人书中把种族优越观念无意识地灌输给一代又一代的小孩，难怪在一些很有思想的知识分子当中，这种潜意识也会突然冒出来，并产生了令人不安的后果。奥威尔认为，中国人应该称作"中国人"（Chinese）而不是"中国佬"，英国应该尊重中国人的选择而放弃使用具有贬义色彩的"中国佬"。① 在 1943 年 12 月 10 日的《随我所愿》中，奥威尔指出美国黑人受歧视现象，其实反映的是世界范围内的种族歧视问题，这在资本主义制度下是无法解决的。因为，"即使一个全靠救济金生活的英国人在印度苦力眼中也和一个百万富翁差不多"，但在英国无论是左派还是右派，对殖民地有色人种受到的剥削都视而不见。为了避免发生这种不平等造成的种族战争，奥威尔认为个人目前所能够做的就是停止使用对有色人种有侮辱性的绰号，如"negro""Chinaman""native"等。奥威尔指出，即使在当今左派的出版物上，这些词语仍然屡见不鲜。因此，如果还有人觉得这些改变微不足道，那么英国所谓的民族主义也是微不足道的，因为英国人也没人愿意被称为"Limeys"或"Britishers"（英国佬）。② 奥威尔在这里明确地阐述了一个国家的民族主义必须建立在世界各国平等的种族关系之上，揭露了资本主义制度的殖民掠夺本质和当时左派政治家在虚伪的理论外衣下与殖民主义保持的共谋关系。因此，奥威尔在 1944 年

---

① George Orwell, *CW*, Vol. 19, ed. Peter Davison, London: Secker & Warburg, 1998, pp. 50 – 51.

② Ibid., pp. 23 – 24.

为企鹅出版社重新修订《缅甸岁月》时，仔细校对了有种族歧视的地方，并把 "Chinaman" 改成了 "Chinese"。①

第四节　"东亚国"

奥威尔除了对 "Shanghai" 的殖民主义和 "Chinaman" 的种族主义形象进行解构和批判外，他同时又建构了 "东亚国"（Eastasia）这一极权主义形象。在冷战时期，奥威尔对人类社会的极权主义威胁深感忧虑。他在生命最后阶段创作的小说《一九八四》把极权主义统治的世界描绘到了极致，在世界范围内产生了巨大的影响。在小说中，大洋国核心党人奥勃良（O' Brien）交给温斯顿（Winston）一本反党秘密组织兄弟会的领导爱麦虞埃尔·果尔德施坦因的（Emmanuel Goldstein）禁书《寡头政治集体主义的理论与实践》。温斯顿所读的其中的第一章 "无知即力量" 与第三章 "战争即和平" 集中描绘了极权社会的地理分布和运行机制，温斯顿认为该书 "把他已经掌握的知识加以系统化"。② 书中描述的世界在 20 世纪中叶分成三个超级大国：其中大洋国（Oceania）由美国控制，包括南北美和大西洋岛屿，英国只不过是其边缘的一个 "一号空降场"（Airstrip One）；欧亚国（Eurasia）由俄国统治，从葡萄牙到白令海

---

① George Orwell, *CW*, Vol. 2, ed. Peter Davison, London: Secker & Warburg, 1998, pp. 309 – 310.

② ［英］乔治·奥威尔：《一九八四》，董乐山译，辽宁教育出版社 1998 年版，第 193 页。

峡，占亚欧大陆的整个北部；东亚国（Eastasia）是经过十年混战以后出现的，较其他两国小，占据中国和中国以南诸国、日本各岛和满洲、蒙古、中国西藏大部，但经常有变化，其西部边界不甚明确。① 这三个超级大国中任何一国都不可能被任何两国的联盟所打败。欧亚国的屏障是大片陆地，大洋国是大西洋和太平洋，而东亚国是居民的多产和勤劳。三个超级大国之间还有一块四方形的地区，以丹吉尔、布拉柴维尔、达尔文港和香港为四个角，它不属于三国任何一方，为了争夺这个地区，三国不断战争，部分地区不断易手，友敌关系不断改变，但没有一个大国控制过这个地区的全部。② 三个超级大国的生活基本相同。大洋国的统治哲学是"英社原则"（Ingsoc），欧亚国是"新布尔什维主义"（Neo‐Bolshevism），而东亚国的是一个中文名字，翻译成"崇死"（Death‐worship），但其实是"灭我"（Obliteration of the Shelf）。③ 这三种哲学其实很难区分，其社会制度也并无区别：都是金字塔式结构，搞领袖崇拜，靠战争维持其经济。因此，三个超级大国并不是为了征服对方，他们之间的战争冲突事实上是为了相互支撑，"就像三捆堆在一起的秫秸一样"（like three sheaves of corn）。④

从以上描述可见奥威尔在小说中构建了和温斯顿所在的大洋国相分庭抗礼的"东亚国"，但是在冲突的背后却隐藏着极权统治的共同秘密：权力的争夺和维系。他们之间的战争并没有被征服的威胁，

---

① ［英］乔治·奥威尔：《一九八四》，董乐山译，辽宁教育出版社 1998 年版，第 166 页。

② 同上书，第 167 页。

③ 同上书，第 175 页。

④ 同上书，第 167 页。

而是金字塔的上层为了维护统治的特权，通过战争来消费国内剩余经济和过剩劳动力，不断调动无产阶级的劳动热情，使其无暇顾及社会不公，从而丧失独立思考能力，达到统治阶级继续剥削的目的，因而"战争即和平"在极权社会中得以成立。在思想控制方面，上层阶级通过"犯罪停止"（crimestop）的内心训练扼杀危险思想的念头，通过颠倒"黑白"（blackwhite）的训练来篡改历史、忘却过去；通过"双重思想"（doublethink）来保持并接受相互矛盾的认识。这三个阶段的思想控制使无产阶级形成了"无知即力量"的意识，从而接受"自由即奴役"的极权统治。奥勃良就是"双重思想"的完美体现，他在温斯顿眼中是一个和自己一样具有反核心党思想的党员，他送给温斯顿的这部禁书其实是他和其同伙伪造的。然而，他正是温斯顿的审讯者、惩罚者和思想改造者，他使温斯顿和裘莉娅（Julia）背叛了反抗极权的最后手段——爱情，最终从反叛者变成"我爱老大哥"。温斯顿和裘莉娅一起阅读这部禁书的温馨阁楼却隐藏着无处不在的电幕，给他们提供爱巢的六十多岁房东切林顿（Charrington）却是逮捕他们的只有三十五岁的思想警察（Thought Police）。这些围绕着禁书体现出来的大洋国极权统治图景同样也是东亚国社会的反映，因为"像三捆堆在一起的秫秸一样"的三个超级大国互为依托，共同构建了世界极权主义统治的稳定模式。

奥威尔被当作"反苏反共"作家固然是冷战意识形态对奥威尔利用的结果，而小说"东亚国"的构建似乎也可以为之增添证据。但是应该看到，在"东亚国"中还有和当时中国意识形态完全不同的国家日本。因此《一九八四》的中文译者董乐山认为奥威尔"不是一般概念中的所谓反共作家"，《一九八四》"与其说是一部影射苏联的反共小说，毋宁更透彻地说是反极权主义的预言"，而他反极权主义的动力来自"对于社会主义的坚定信念"。① 至于为何中国被建构在"东亚国"之中，奥威尔并没有做出解答，不过我们可以在小说和其他文本中找到一些线索。奥威尔在 1945 年 10 月 19 日的《你和原子弹》（*You and the Atomic Bomb*）一文中提道："世界越来越明显地被分为三大帝国，每个帝国都独立自足，与外面世界切断联系，不管用了何种伪装，都是由自己选举的寡头政权来统治……第三大超级大国——东亚国，它由中国统治——仍然还没有真正形成。但是，它最终的形成不会有什么问题，近年来的每次科学发现已经加快了这个进程。"② 在 1949 年 5 月 19 日的信中，奥威尔提到他想和已到中国的燕卜荪（William Empson）联系："……但是我想现在要是在中国的外国人收到来自外国的信件会是多么难堪的事。燕卜荪的妻子海姐（Hetta）现在或者过去曾是个共产党员，燕卜荪本人对共产主义也不怎么反对，但是在共产党的政权下，我仍然怀疑这样贸然写信会不会给他们带来好处。"③ 另外，在小说《一九八四》中还有这样一些细节：奥勃良的仆人马丁（Martin）"是个小个子，长着黑头发，穿着一件白上衣，脸型像块钻石，完全没有表情，很可能是个中国人的脸"，奥勃良说他是"咱们的人"，然后叫他一起喝只有核心党员才有的葡萄酒，他"坐了下来，十分自在，但仍

① 详见董乐山《奥威尔和他的〈一九八四〉》，［英］乔治·奥威尔《一九八四》，董乐山译，辽宁教育出版社 1998 年版。该文为译文序，原文没有页码。

② George Orwell, *CW*, Vol. 17, ed. Peter Davison, London: Secker & Warburg, 1998, p. 320.

③ Ibid., p. 117.

有一种仆人的神态，一个享受特权的贴身仆人的神态"。① 奥勃良在
101 房准备用放出铁笼子里的老鼠撕咬温斯顿时，他说"这是古代
中华帝国的常用惩罚"。② 这个惩罚让温斯顿发出了"咬裘莉亚！"
（do it to Julia）这最震撼人心的吼声。甚至在俄国统治的"欧亚
国"，居民也具有"蒙古人种"的脸，小说中唯一出现的军队就是
由欧亚人组成。这些描述说明西班牙内战经历以及斯大林的内部清
洗等历史事件使奥威尔将苏联的政权模式视为一种极权主义，因此，
他创作了《动物庄园》来打破当时英国左派仍然盲信的"苏联神
话"。由于当时中苏相似的意识形态和政治同盟关系，没有来过中国
的奥威尔把新中国政权也误读为"苏联神话"的一部分。他为了警
告极权主义在世界蔓延的危险，强调极权主义统治世界的稳固性，
在小说中建构了一个"东亚国"，并利用西方人固有的中国"黄祸"
论渲染了极权统治的恐怖。如果综合考查奥威尔的政治观、当时的
政治格局和他对中国已有的认知和接触，我们可以发现，他其实是
反对中国"黄祸"的论调，对独立自主的新中国也没有敌意。但是
在当时冷战的政治环境下，他认为极权主义已对全人类的自由、民
主和平等构成了最大的威胁，也使他追求的社会主义理想面临破灭，
因此，他以生命为代价创作了《一九八四》。对于奥威尔在利用中国
形象过程中既解构又建构的矛盾，我们如果把反对极权主义这个主
要矛盾考虑进去就可以得以理解。

　　通过以上分析，我们发现奥威尔在文学创作中对中国形象的利
用，表达的是他反对帝国主义、资本主义、法西斯主义、极权主义

---

　　① ［英］乔治·奥威尔：《一九八四》，董乐山译，辽宁教育出版社 1998 年版，第
150—153 页。

　　② 同上书，第257 页。

以及追求社会主义的政治观。奥威尔通过与萧乾等人的接触，加深了对中国这个"东方乐土"的认识。他进而对"东方乐土"的典型文本加以改写，深刻反思了"二战"的残酷和资本主义的危机，表达了其构建人与人、人与自然之间平等和谐关系的社会主义观。奥威尔也持有坚定的反帝国主义政治观，对以"上海"和"中国佬"为代表的西方殖民帝国建构和维护的中国认知网络防火墙予以坚决拆除。他在生命最后阶段预感到极权主义可能会统治整个世界，因此在《一九八四》中建构了与大洋国、欧亚国互为依托的东方极权世界"东亚国"，警告了极权主义可能从西方世界蔓延到东方世界的危险。

奥威尔的东方经历和与中国的接触使其具有了以东西方的平等关系为基础来看待问题的双重视角。正如安索尼·斯迪沃特（Anthony Stewart）所说，奥威尔能够站在真正知识分子的立场，以独立于官方的意识形态和主流知识话语的视角来思考当前问题，说出事实真相，并采取解决问题的实际行动。① 奥威尔的文学创作充分体现了这种双重视角，因此他能够站在中国立场上考虑问题，在行动中支持中国抗战，反对西方在中国的帝国主义行径。我们由此可以得出结论：总体而言，奥威尔对于中国的态度不是傲慢和敌对，而是尊重和理解。

---

① Anthony Stewart, *George Orwell, Doubleness, And the Value of Decency*, New York: Routledge, 2003, p. 9.

第二章

奥威尔与萧乾、叶公超交游考[*]

奥威尔的小说《动物庄园》与《一九八四》家喻户晓、影响深远。这位对西方产生重要影响的作家在中国大致经历了"反苏反共作家""反极权主义作家""一代人冷峻的良心""鲁迅是中国的奥威尔"和"多一个人看奥威尔，就多了一份自由的保障"等称谓的变化。但是，奥威尔到底是如何看待中国，他与中国有没有直接的接触，目前国内对这些问题并没有进行全面细致的梳理和讨论。本文通过细查戴维森（Peter Davison）编订的 21 卷《奥威尔全集》（包括 1 卷补遗）对奥威尔与中国作家萧乾和叶公超等的交游情况进行系统考辨，这为中国新文学和中英文学关系的研究提供一些重要史料。

* 本章主要内容发表在《新文学史料》2012 年第 4 期。

第一节　奥威尔与萧乾的书信交往

二十世纪伊始，中英文学、文化交流又掀起了新的高潮。第一次世界大战以后，英国一些知识分子有感于战争的残酷和西方现代文明的弊病，纷纷来到中国，希望从古老的东方文明找到治疗西方"精神现代病"的良方。三四十年代，中日战争的爆发和中国反法西斯战场的开辟让英国一些具有革命理想的青年奔赴中国前线。这些人士和奥威尔有密切关系的有：伊顿公学的同学美学家阿克顿（Harold Acton）和历史学家伦西曼（Steven Runciman）、同时代的诗人奥登（W. H. Auden）和 BBC 广播公司的同事燕卜荪（William Empson）等。另外，奥威尔第一部长篇《巴黎伦敦落魄记》（*Down and Out in Paris and London*）的出版商戈兰茨（Victor Gollancz）组建了左派读书俱乐部。他赞助奥威尔到英国北部考察矿区，出版了他的考察报告《通往维根码头之路》（*The Road to Wigan Pier*）。与此书一样在读书俱乐部产生了重要影响的是斯诺（Edgar Snow）的《西行漫记》（*Red Star Over China*）①。为了支持中国抗战，左派读书俱乐部举行了上百次的游行集会，戈兰茨还组建了援华会。虽然奥威尔没有去过中国，但是他可以通过与这些人士的交往获得十分重要的中国信息。

不过更应该注意的是，奥威尔也有和在英国学习和工作的中国

---

① 奥威尔《一九八四》的中文译者董乐山也翻译了斯诺的《西行漫记》。

人直接交往的经历。奥威尔 1941—1943 年在英国 BBC 广播公司工作期间，和他在远东部共事的有几位中国职员。① 1939 年 10 月，时任香港《大公报》副刊《文艺》负责人的萧乾在好友余道泉的推荐下到英国伦敦大学东方学院中文系任教，同时兼任《大公报》驻英特派记者。在出发的第二天，他就从船上广播中听到英法对德宣战，欧战正式爆发。1941 年 12 月 7 日，日本偷袭珍珠港，太平洋战争爆发，美国正式参战。1942 年 1 月 1 日，中、苏、美、英等 26 国在华盛顿发表《联合国家共同宣言》，世界反法西斯同盟形成。中国成为英国的盟邦后，英国民众对中国抗战的关注成为当时的热潮。萧乾作为当时在英国的唯一中国记者，而且具有沦陷区采访的经历，自然成为英国知识界了解中国的一个重要渠道。此后，萧乾参加了培训英国公谊会赴中国前线救护志愿队、为援华会作有关中国抗战的演讲和伦敦国际笔会等社会活动。这些机会使他与当时英国知识界名人或团体如罗素（Bertrand Russell）、李约瑟（Joseph Needham）、韦利（Arthur Waley）、福斯特（E. M. Forster）、威尔斯（H. G. Wells）、阿克顿以及布卢姆斯伯利文化圈（Bloomsbury Group）等交往密切。他在英期间共出版了五本有关中国的著作：《苦难时代的蚀刻》（*Etching of a Tormented Age*）、《中国并非华夏》（*China But Not Cathay*）、《千弦琴》（*A Harp With A Thousand Strings*）、《吐丝者》（*Spinners of Silk*）和《龙须与蓝图》（*The Dragon Beards Versus Blueprints*），引起了当时英国知识界的关注和好评。萧乾在英期间曾

---

① 在 1943 年 8 月 21 日所印的 BBC 工作人员名单中，有负责中文新闻的助手 Wang Chang - su、Chen Chung - sieu 和 Su Cheng，负责粤语新闻的 Ma Yuen - Cheung。George Orwell, *CW*, Vol. 13, ed. Peter Davison, London：Secker & Warburg, 1998, p. 18。

在福斯特和韦利推荐下，进入剑桥大学王家学院攻读英国文学硕士学位，研究英国心理小说，后中断学业作为战地记者奔赴欧洲，并采访过联合国成立大会和波茨坦会议以及纽伦堡对纳粹战犯的审判。萧乾于 1946 年 3 月回国，旅欧时间长达 7 年。另外需要指出的是，萧乾早期在燕京大学新闻系读书的时候，斯诺曾是他的老师，一起编选过中国现代短篇小说集《鲜活的中国》（*Living China*）。

在 BBC 负责对印度广播的奥威尔鉴于当时印度面临日本侵略的严峻形势，因此希望能有中国人来向印度讲述中国的抗战和沦陷区人民的生活状况，揭穿日本对印度的宣传谎言，激励印度和中国团结合作，共同反抗日本法西斯主义。萧乾自然成为奥威尔的最佳人选，他于是写信邀请萧乾作讲座，从此开启了他们一段时间的书信交往。根据《奥威尔全集》记载，奥威尔一共给萧乾写了九封信，现将信件主要内容概述如下。[①]

在 1942 年 2 月 1 日，BBC《透过东方之眼》（*Through Eastern Eyes*）栏目的《接下来三个月》（*The Next Three Months*）广播中，奥威尔提到准备对这个栏目的内容作一些调整，其中一个新的节目叫作《这对我意味着什么》（*What it Means to Me*），主要介绍

---

① 在奥威尔写给萧乾的书信当中，下文没有专门提到的有：第三封信写于 1942 年 1 月 27 日，信中提到准备把两份讲稿的打印稿寄还给萧乾，并期盼他的来信；第六封信写于 3 月 25 日，主要通知萧乾的两个中国当代文学的讲座将连续两周播出，第二个讲座将在 5 月 26 日播出，因此需要不迟于 5 月 22 日寄达讲稿，这些讲座大概持续 20 分钟左右，2500—3000 个字，信末表达希望读到他关于现代中国文化的文章；第八封信写于 5 月 6 日，主要提醒萧乾两次关于当代中国文学的讲座时间分别是 5 月 19 日和 26 日，并询问萧乾是直播还是录播，如果录播的话，要提前和他约定，这样好安排时间，最后表示非常希望读到萧乾的讲稿，其中第一次的讲稿最迟在下周初给他，这样如果直播的话可以事先安排时间试播。详见 George Orwell，*CW*，Vol. 13，ed. Peter Davison，London：Secker & Warburg，1998，pp. 141，243，298。

透过东方人的视角来看待"民主""自由"和"主权"等抽象概念。奥威尔看到中国和印度团结合作在抗战中的重要性，因此希望能有更多的中国人来参加这个节目。他在广播中说："我们会特别播出一些中国人所作的讲座，这样平时一些主要谈论西方的节目会中断。我特别想请大家收听由萧乾先生所作的两个讲座。他现在在伦敦读书，曾到过中国沦陷区的很多地方。他会向你们讲述在日本统治下的生活意味着什么以及日本企图征服和奴化沦陷区人民的种种手段。"① 显然，萧乾的这两个讲座是关于政治方面的，这在 1942 年 1 月 14 日奥威尔给萧乾的第一封信中有详细的介绍。

　　亲爱的萧乾先生②：

　　非常感谢您寄来的讲稿，我非常喜欢。我只作一些字面上的轻微改动。当然，如果您能就相关内容再写一篇讲稿赶在这篇播出之前播出，那就再好不过了。因为您正按我说的那样，在这篇讲稿中讲述了日本为了蛊惑中国人为他们效力而采取的一些十分狡诈的办法。但是我也特别需要一个专门谈论日军暴行常见种类的讲座。所以我想，把您新的讲稿放在这篇之前播出会更好一些。除您之外，我至今还没能遇到来自沦陷区的其他中国人。从您之前和我讲的以及您这篇讲稿的内容来看，我想您是当仁不让的人选。我想得到一些有关日本敲诈、掠夺、

---

① George Orwell, *CW*, Vol. 13, ed. Peter Davison, London：Secker & Warburg, 1998, p. 165.

② 在 1942 年 3 月 25 日奥威尔给萧乾的第六封信中提到今后通信称呼可以去掉"先生"二字，这表明他们关系进一步熟悉。George Orwell, *CW*, Vol. 13, ed. Peter Davison, London：Secker & Warburg, 1998, p. 243。

奸淫和鸦片运输等方面的报道。您可以约好时间来和我面谈，这样我们就有可能在接下来两周连续播出您的讲稿。

您的真挚的

埃里克·布莱尔①

萧乾随后寄来奥威尔信中需要的讲稿。奥威尔在 1942 年 1 月 24 日的第二封信中写道："能播出这两篇讲稿我非常高兴，这正是我需要的内容"。信中邀请萧乾在合适的时间前来录制这两次讲座。②从 1 月 30 日的 BBC 讲座预订单（BBC Talks Booking Form）可以看到第一次讲座的名称是"日本与新秩序"（Japan and the New Order），在 2 月 26 日播出。③ 2 月 17 日的预订单提到第二次讲座的名称是"这发生在中国的沦陷区"（It Happened in Occupied China），在 3 月 5 日播出。④除了中国政治方面的话题，奥威尔还在 1942 年 3 月 13 日的第四封信中邀请萧乾作有关中国现代文学的讲座。

亲爱的萧乾先生：

您给我寄来的《苦难时代的蚀刻》一书，我直到读完后才写信向你表达迟到的谢意。我对此书非常感兴趣，我也认识到自己对中国现代文学是多么的无知。不知您是否可以在大概四月底的时候就这个话题为我们再作两个讲座。我们正在进行关

---

① George Orwell, *CW*, Vol. 13, ed. Peter Davison, London：Secker & Warburg, 1998, pp. 123 – 124. 在戴维森的注释中提到，萧乾 1942 年 3 月 7 日提交给 BBC 的简历中写道："我教过书，但是小说写作才是我真正的工作。" George Orwell, *CW*, Vol. 13, ed. Peter Davison, London：Secker & Warburg, 1998, p. 124。

② George Orwell, *CW*, Vol. 13, ed. Peter Davison, London：Secker & Warburg, 1998, pp. 140 – 141.

③ Ibid., p. 145.

④ Ibid., p. 183.

于当代文学的系列讲座，现在开始的是六次英国文学讲座，接下来是四次苏联文学和两次中国文学。我想您是后者的最佳人选。讲座为半小时节目，因此每次不超过 27 分钟。我需要在两次讲座播出日期的前一周拿到讲稿。您能否告诉我您是否愿意来参加我们这个节目，如果您愿意的话，我会给您详细信息。如果您不能在播出日期来直播的话，我们可以事先把它录好。

　　　　　　　　您的真挚的

　　　　　　　　埃里克·布莱尔①

　　在 3 月 19 日奥威尔给萧乾的第五封信中，他对中国现代文学讲座的情况作了一些补充："……您书中的内容完全给我开启了一个新的世界，之前我对此一无所知，我想我们的听众也会有同样的感受。我需要让他们认识到中国现代文学是多么地充满生机，不过他们需要通过英文的翻译才能有所体会。当然，也请您先介绍一些早期中国文学的背景知识，这样他们才能知道当代的作品在哪些方面进行着革新……"同时奥威尔在信中提到他在《新写作》(New Writing) 中读到了一些中国作品②，因而产生了举办这些讲座的想法。③ 在 3

<hr>

① George Orwell, *CW*, Vol. 13, ed. Peter Davison, London：Secker & Warburg, 1998, p. 223.

② 韦斯特在《战时广播》中提到有两篇中国作品选入 John Lehmann 所编的《企鹅新写作》(*Penguin New Writing*)："Hatred"(Tchang T'ien-Yih, 张天翼) 和 "Along the Yunnan-Burma Road"(Pai Ping-Chei)。详见 W. J. West, *Orwell：The War Broadcasts*, London：Gerald Duckworth & Co Ltd, 1985, p. 182。另，萧乾在《中国的文学革命》(*China's Literary Revolution*) 中提到《新写作》发表的中国作品有《华威先生》(张天翼)、*Third Rate Gunner* 和 *Half a Cart of Straw Short*(《差半车麦秸》, Yao Hsueh Hen 著，即姚雪垠，曾使用笔名雪痕)。详见 E. M. Forster, et al., *Talking to India*, London：George Allen & Unwin Ltd, 1943, pp. 33-34。

③ George Orwell, *CW*, Vol. 13, ed. Peter Davison, London：Secker & Warburg, 1998, p. 235.

月 31 日的第七封信中，奥威尔提到萧乾关于讲座中涉及中国政治史的问题，他说："你可以畅所欲言，因为到目前为止我们还没有遇到麻烦，也没有可能会得罪谁。"① 5 月 6 日，这两份讲座签署了预订单，计划在 5 月 19 日和 26 日连续播出。② 在 5 月 11 日的第九封信中，奥威尔欣喜地向萧乾反馈了听众的意见："中国谈话人 2 月 26 日所作的有关中国沦陷区和日本新秩序的讲座非常有趣"，奥威尔表示对萧乾中国当代文学的第一个讲座充满着期待。③ 在 7 月 23 日的《战时日记》（*War-time Diary*）中，奥威尔提到萧乾在读到发表在《听众》（*Listener*）的六次现代英国文学讲座后深有感触，正在用汉语写一部现代西方文学的书，他的书充分利用了我们的讲座。因此，他认为"一些针对印度的宣传并没有影响到印度，反而很偶然地影响了中国。或许影响印度的最好方式会是向中国广播"。④

萧乾有一篇讲座《中国的文学革命》（*China's Literary Revolution*）收入福斯特等著（包括萧乾）、奥威尔作序的《对印度广播》（*Talking to India*）一书中⑤。在 1943 年 4 月 5 日给此书出版商的信

---

① George Orwell, *CW*, Vol. 13, ed. Peter Davison, London：Secker & Warburg, 1998, p. 254.

② George Orwell, *CW*, Vol. 13, ed. Peter Davison, London：Secker & Warburg, 1998, p. 295.《奥威尔全集》中没有具体指出这两个讲座的名称，有可能是编入萧乾《龙须与蓝图》的两篇对印广播稿《易卜生在中国》和《文学与大众》。

③ George Orwell, *CW*, Vol. 13, ed. Peter Davison, London：Secker & Warburg, 1998, p. 316.

④ Ibid. , p. 426.

⑤ 在笔者从中国社会科学院图书馆复印的这本书扉页的背面印有 HSIAO CH'IEM, King's College, Cambridge 字样。

中，奥威尔推荐将萧乾和 J. M. Tambimuttu 的合影放在书的封面。①
在书中，这幅合影正好出现在第 100 页的右半页。另外奥威尔还向
出版商确定了萧乾的"乾"字英文拼写是"Ch'ien"，带有一个撇
号。② 萧乾在《中国的文学革命》中首先介绍了中国文学革命发生的
历史背景，然后将白话中国文学史分为三个阶段：第一阶段从 1916 年
至 1925 年，即文学革命时期，主要是文白之争，集中在作为工具的语
言方面；第二阶段从 1925 年的五卅运动到 1931 年九一八事变，开始
了革命文学时期，主要是左翼的无产阶级文学与右翼的资产阶级文学
之争，焦点是艺术是服务于生活还是"为艺术而艺术"；第三个阶段
始于 1931 年，文学的主要任务是为抗战服务，联合文艺界成立统一阵
线。1938 年中华全国文艺界抗敌协会在武汉成立，萧乾称这个时期为
成熟期。③ 奥威尔除了为本书作序外，还选录了他 1942 年 3 月 10 日
的讲话《重新发现欧洲》(*The Re - discovery of Europe*)。

萧乾给奥威尔的来信在《奥威尔全集》中提到的共有四封，时
间分别是 1942 年的 3 月 17 日、3 月 29 日、8 月 14 日、1946 年的 1
月 10 日。在第三封信中，萧乾恭喜他的"重新发现欧洲"讲座十分
成功，并赞扬文章"涉及广泛，新颖观点比比皆是"，认为 H. G. 威
尔斯的评论显然缺乏幽默感；在第四封信中，萧乾提出奥威尔可否
为《大公报》写一篇 2000—3000 字关于香港的文章，并在信后的附

---

① George Orwell, *CW*, Vol. 15, ed. Peter Davison, London：Secker & Warburg, 1998,
p. 57. 在奥威尔《对印度广播》的序言之后有这样介绍：J. M. Tambimuttu（1915—1983），
年轻诗人，锡兰泰米尔人，英国现存唯一的诗歌专门杂志《诗歌》(*Poetry*) 编辑。George
Orwell, *CW*, Vol. 15, ed. Peter Davison, London：Secker & Warburg, 1998, p. 323。

② George Orwell, *CW*, Vol. 15, ed. Peter Davison, London：Secker & Warburg, 1998,
p. 172.

③ E. M. Forster, et al. , *Talking to India*, London：George Allen & Unwin Ltd, 1943,
pp. 27 - 34.

注中询问在他回中国之前可否在伦敦会面。戴维森在随后注释中说他们后来是否会面不得而知。[1]

第二节　奥威尔对萧乾英文著作的书评

奥威尔在 1944 年 8 月 6 日的《观察家报》（*The Observer*）发表了对萧乾《龙须与蓝图》的书评。《龙须与蓝图》于 1944 年 5 月在英国出版，包括《关于机器的反思》《龙须与蓝图》《易卜生在中国》和《文学与大众》。奥威尔的书评认为该书主要关注的是机器时代对中国文化的影响。在书中，萧乾首先提出机器进入亚洲是十分突然和令人困扰的，中国并不像英国那样具有机器发展的传统。对此，奥威尔认为萧乾考虑到听众是英国人，出于礼貌并没有强调西方文明是以"子弹"的形式来"惠顾"中国，因此中国经历过极为仇视机器的阶段是可以理解的。中国在早期比西方文明发达的时候对西方科技也持有这样的态度，但是现在却走向了另一个极端：盲目崇拜，而且只看重实用性而忽视了基础理论研究。奥威尔认为萧乾关注的另一问题是：当中国转型为现代化国家后是否还能保留中国古代文化？这也是世界其他国家关注的问题，即中国会不会走和日本相同的道路。萧乾的观点是中国对于单单的物质文明并没有兴趣，中国的艺术传统根深蒂固很难

---

① 这四封信分别源自 George Orwell, *CW*, Vol. 13, ed. Peter Davison, London: Secker & Warburg, 1998, pp. 235, 254, 220, CW, Vol. 18, 1998. p. 29。

被机器所破坏。但同时，中国也需要立足于现代，不愿意老是听到"辫子比钢盔帽漂亮"诸如此类的话。如果中国能够抵御外部干涉，中国是非常愿意回到"龙须"，即中国书法和其象征的中国古代那种悠闲的文化。① 萧乾后来提到这里的"龙须"象征中国的古老文化，"蓝图"象征工业化。② 萧乾关于"龙须"和"蓝图"辩证关系的阐释即表达了中国奋发图强，立足于世界强国之林的决心和希望，也回答了罗素等人对中国因发展工业而丧失精神文明的担心。奥威尔曾在 1946 年 4 月 7 日的《观察家报》（The Observer）上发表了对英国作家迪金森（Lowes Dickinson）《约翰中国佬的来信和其他散文》（Letters for John Chinaman and Other Essays）的书评。奥威尔认为迪金森之前的《约翰中国佬的来信》是对中国文明优越论一种缺乏变化的坚持（monotonous insistence），而作者 1913 年到过中国之后所写的散文就显得比较冷静和理性，因为他发现东方文明的传统正在迅速瓦解，中国只有引进工业文明才能够摆脱外国的征服。虽然作者大大地低估了亚洲国家的民族主义力量，但他后来的观察是十分敏锐的。③ 奥威尔对迪金森后期观点的赞同显然很大程度上受到萧乾的影响。奥威尔对萧乾的书进一步评论道："这本书不厚……但是十分值得一读。要是萧乾先生不过于担心可能对英国读者造成的一些冒犯，这本书就会更好一些。欧洲对于亚洲的行为并

---

① George Orwell, *CW*, Vol. 16, ed. Peter Davison, London: Secker & Warburg, 1998, pp. 321 – 323.

② 萧乾：《萧乾全集（第五卷）/生活回忆录文学回忆录》，湖北人民出版社 2005 年版，第 150 页。

③ George Orwell, *CW*, Vol. 18, ed. Peter Davison, London: Secker & Warburg, 1998, p. 225.

不友好，在某些情况下有必要如此明说。"① 从这里的评论可以看出奥威尔一贯的反帝国主义态度。

　　奥威尔在 1945 年 11 月 11 日的《观察家报》发表了萧乾《千弦琴》的书评。奥威尔首先认为虽然萧乾并不具有官方身份，也没有直接的政治目的，但是他这几年出版的书都有助于促进中英关系，而这本《千弦琴》是一部十分奇特的混合选集。他认为本书的目的主要是揭示欧洲人自马可·波罗以来对于中国不断变化的态度，比如 17 世纪《鲁滨逊漂流记》中对中国的恶意攻击，18 世纪对中国的过多赞誉，19 世纪和 20 世纪初塑造的既邪恶又可笑的中国人形象，如英国作家德·昆西（Thomas De Quincey）、穆勒（John Stuart Mill）、兰姆（Charles Lamb）和迪金森的作品。直到最近，中国人才真正受到平等对待，奥威尔认为这恐怕与停止使用"中国佬"（Chinaman）一词有关。在萧乾选译的中国文学作品中，奥威尔认为最吸引人的是发生在 18 世纪"男尚风雅，女工才艺"繁荣盛世的故事《浮生六记》。而其他作品主要反映了家庭和个人的冲突以及婆母对于儿媳的虐待，揭示了在中国反抗宗法制度的艰难。关于书中选录的中国谚语，奥威尔认为除了少数精华如"骑虎难下"之外，大部分读起来比较令人失望，不如西方谚语那样古朴自然。总之，奥威尔认为这是一本较为混杂的书，学者兴趣不大，但是如果把书都浏览一下，一定会从中受益。②

---

　　① George Orwell, *CW*, Vol. 16, ed. Peter Davison, London：Secker & Warburg, 1998, p. 323.

　　② George Orwell, *CW*, Vol. 17, ed. Peter Davison, London：Secker & Warburg, 1998, pp. 366 – 368。另参见左丹译文，收入鲍霁编《萧乾研究资料》，北京十月文艺出版社 1988 年版，第 549—551 页。

第三节　萧乾对奥威尔的回忆

萧乾在 1987 年 1 月 7 日的一份英文致辞《我在英国结交的文友》中也回忆了他和奥威尔的这段交往："我为英国广播公司工作过一个时期，主要是针对中国和印度进行广播，是《兽园》的作者乔治·奥威尔推荐我去做的。当时他主管英国广播公司远东部。这可能缘于他早年与远东的联系——在缅甸做警察。一个月前，我曾赴英，有位朋友告诉我，他读到过奥威尔的日记中写我的一个段落，他肯定地说，奥威尔亲切地回忆起我。"[1] 萧乾在后来的自述中也提道："《蚀刻》的出版，为我带来了不少朋友，其中特别应提一下的是《畜牧场》及《一九八四年》的作者乔治·奥维尔。他读后给我写了一封十分热情的信。当时他在英国广播公司工作，负责对印度广播，并在组织一批关于英国和苏联文学的广播。那是 1941 年纳粹开始侵苏，英国由反苏突然转为一片苏联热时。他约我也做了几次有关中国文学近况的广播。他在信中说：'我要使他们知道现代中国文学是多么生气勃勃。'最近我读到韦斯特所编的一本《奥维尔与战时广播》，书中记述了奥维尔与我这段往来，还收了奥维尔给我的几封信，也摘录了他的日记中有关部分。我从而知道，在我第一次做有关日军在华暴行的广播后，他嫌我宣传色彩太重。可题目是他出的。他对后来几次专谈'中国文艺'的广播，都还满意，并写信告

---

[1]　萧乾：《萧乾全集（第四卷）/散文卷》，湖北人民出版社 2005 年版，第 996 页。

诉我：'印度听众反应良好。'我从书中摘录的他与福斯特的通信中，知道这位《印度之旅》的作者，在对印广播中也谈起过我的《蚀刻》。"①从这两份材料可以看出萧乾也十分看重与这位《动物庄园》和《一九八四》作者之间的友谊，不过萧乾所说的"他嫌我宣传色彩太重"明显是错怪了奥威尔。

第四节　奥威尔、叶公超和燕卜荪

　　奥威尔除了与萧乾保持书信来往之外，还和时任国民政府中央宣传部国际宣传处驻伦敦办事处处长叶公超（George K. C. Yeh）有书信联系，这还没有引起注意。奥威尔在 1942 年 9 月 2 日给叶公超的信中这样写道：

　　　　亲爱的叶博士：

　　　　我想您肯定还能记得我吧，那天晚上我们一起和燕卜荪吃饭时见过面。我想知道您是否有时间为我们的印度广播节目作一次英语讲座？我们正在进行有关现代日本的三个系列讲座，这个系列叫作"日本对亚洲的威胁"。第一个讲座是明治时期的日本，第二个是从 1894 年的中日战争到 1931 年，第三个是从"九一八事变"至今，我认为您如果有时间来为我们讲讲这个时期最为合适不过了。讲座的时间是 9 月 29 日，但我们需要一周

---

　　① 傅光明：《风雨平生——萧乾口述自传》，北京大学出版社 1998 年版，第 153—154 页。

前提供讲稿。讲座时间 13 分钟多一点，1500 字左右。如果您愿意的话，可否尽快告诉我？

您的真挚的

乔治·奥威尔①

叶公超 9 月 3 日回信称他不能在 9 月 29 日作报告，因为那段时间他不在伦敦。不过，叶公超于 1943 年 9 月 20 日去 BBC 录制了另外一个英语讲座"我希望的世界"（The World I Hope For），这个讲座曾在 9 月 16 日译成印度斯坦语播出。② 信中提到的燕卜荪在1941—1946 年为 BBC 远东部中文编辑，是奥威尔的同事，曾共同主持节目。燕卜荪曾于 1937—1939 年在西南联大任教，讲授英国文学。燕卜荪 1947 年返回北京大学任教，直到 1952 年回国。燕卜荪返回中国期间，奥威尔在信中曾屡次提及燕卜荪。比如，他在 1949年 4 月 14 日信中提道："燕卜荪跟很多人一样也消失了，到了中国。我甚至连他现在有没有写作都不知道。"在 5 月 19 日的信中，他提到对于燕卜荪决定留在北京，他很感兴趣，只要是他的消息他都很高兴知道。在 6 月 16 日的信中，奥威尔关注燕卜荪在北京的消息，他听到了很多传言，因此想从他的美国出版商那里问到一些信息。在 1949 年 8 月 30 日信中，奥威尔提到在中国的燕卜荪想要一本他刚出版的《一九八四》，因此他让经纪人摩尔（Leonard Moore）转告伦敦和纽约的两家出版商分别寄出两个版本，并嘱咐不要按照惯例在信中所附卡片写上"作者赠呈"字样，以免寄到中国的信被打开，

---

① George Orwell, *CW*, Vol. 14, ed. Peter Davison, London: Secker & Warburg, 1998, p. 4.

② Ibid., p. 247.

给他带来麻烦。他在信末还附上了燕卜荪的地址："11，Tung Kao Fang，Near Peking National University，Peiping 9，China。"① 这恐怕是小说《一九八四》最早传播到中国的时间。

另外，萧乾、叶公超和燕卜荪之间也有一定的联系。萧乾与燕卜荪在 BBC 就有过合作。叶公超在伦敦期间，他的办公室是中国的"记者之家"，萧乾是这里的常客。② 在萧乾回国后，他的《大公报》老板胡霖曾受南京当局所托，借调他去伦敦接替叶公超的文化专员职务，萧乾坚决谢绝，他说："我不是国民党员，生平也最怕做官。如今好不容易回来了，再也不想走了。"③ 在燕卜荪任教于西南联大时，叶公超也在西南联大任外国文学系主任，他们关系紧密，当时同住一个房间，曾有打油诗这样描述他俩："愿公超上莫蹉跎""堂前燕子亦卜荪"。④

以上梳理的奥威尔与萧乾、叶公超和燕卜荪等人的关系是奥威尔与中国交游的重要内容，奥威尔通过同他们的接触更加直观和准确地了解到中国的政治和文化现状，也使他能够更加理解和接受以中国人的视角来看待中国问题的立场。

---

① George Orwell，*CW*，Vol. 20，ed. Peter Davison，London：Secker & Warburg，1998，pp. 84，117，137，162.

② 傅国涌：《叶公超传》，河南人民出版社 2004 年版，第 100 页。

③ 傅光明：《风雨平生——萧乾口述自传》，北京大学出版社 1998 年版，第 215 页。

④ 傅国涌：《叶公超传》，河南人民出版社 2004 年版，第 75—76 页。

第三章

国内赛珍珠和萧乾研究未发现的
两则奥威尔书评*

彼得·戴维森（Peter Davison）花费二十多年时间编订了《乔治·奥威尔全集》（*The Complete Works of George Orwell*）20 卷（2006 年有 1 卷补遗），其中收录了一则奥威尔对赛珍珠（Pearl S. Buck）《大地》（*The Good Earth*）的书评和一则对萧乾英文著作《龙须与蓝图》（*The Dragon Beards versus the Blue Prints*）的书评，至今国内学界仍鲜有知晓。郭英剑主编的《赛珍珠评论集》（漓江出版社 1999 年版）没有收录奥威尔的《大地》书评，而鲍霁主编的《萧乾研究资料》（北京十月文艺出版社 1988 年版）收录了奥威尔对萧乾英文著作《千弦琴》（*A Harp With a Thousand Strings*）的书评，但却没有收录他对《龙须与蓝图》的书评。本章特此将这两篇第一时间发表的重要书评译出，供相关研究者参考。

---

* 本章主要内容发表在《江苏大学学报》（社会科学版）2014 年第 2 期。

第一节　奥威尔对赛珍珠《大地》的书评

1931 年，赛珍珠的《大地》在纽约出版，迅速成为当时世界了解中国的畅销书。《大地》出版后在中国也引起了很大关注，鲁迅曾在评论中提到"即如布克夫人，上海曾大欢迎"。奥威尔在《大地》出版后的第一时间（1931 年 6 月）发表了书评，刊载于英国的文学杂志《阿德尔菲》（*The Adelphi*）。[1] 在这篇书评中，奥威尔已触及当时中国农民的两个重要问题：土地和妇女地位。奥威尔的评价是准确和到位的，赛珍珠因这部作品在 1938 年获得诺贝尔文学奖，颁奖词是"她对中国农民生活史诗般的描述，这描述是真切而取材丰富的……"

> 这是一本非常特别的书。书的开头不够清晰，文笔与朗格[2]的《奥德赛》译文一样并不出色，这是书中的瑕疵。但是，人们很少在意这些，因为重要的是小说触及了最深处的真实。小说没有太多情节，但记录的每个事件并非可有可无。书中也没有什么让人怜悯的语言，只有对生活忠实的描写，这让人乐观不起来。小说对一个东部城市黄包车夫生活的描写特别

---

① George Orwell, *CW*, Vol. 10, ed. Peter Davison, London: Secker & Warburg, 1998, pp. 205 – 206.

② 安德鲁·朗格（Andrew Lang, 1842—1912），英国文学家，编有著名的世界童话集《朗格童话》（又称《彩色童话集》），1879 年同 S. H. Butcher 合作，用散文体翻译了《奥德赛》。

感人。他们双手拉着车像马一样奔跑，任何见过这样可怕景象的读者都会产生共鸣。作者显然像中国人一样了解中国，但又像是离开了中国相当长的时间，可以注意到中国人没有注意到的东西。《大地》会很快进入极少数一流的东方题材作品之列。

小说讲述的是一位中国农民王龙的故事。王龙出生一贫如洗。他背锄挖地，由于茶叶太贵，他只能天天喝白开水，要吃上肉需要等到过节。他是十分典型的东方人：安守本分、目不识丁、朝耕暮耘。他对土地的眷念超过了其他任何情感，种种善举和恶行对他而言毫不重要。一些人爱的是美女，但他爱的是土地。他一生的智慧都化为一句话：拥有土地是好的，卖掉土地是最愚蠢的。他是一个地道的农民。

或许本书最精彩的是王龙与他妻子阿兰之间的故事。阿兰像个奴仆，王龙娶她为妻是因为她长得丑，因为漂亮的女人（即裹着小脚的女人）无法在土地上派上用场。阿兰为王龙一个接一个地生小孩，不生小孩的时候，她就待在旁边干活，像狗一样服从他。王龙对她的感情没有一点我们所说的爱，有的只是责任。她总有活干，正如牛有它干的活，王龙对此安排得井井有条。她只不过是一种工具，说爱她是有些丢脸的事，乃一时冲昏了头脑所致，因为这等于是说自己爱上了一头牛。人怎么可能会爱上一个大脚女人？爱是献给情人的呀。阿兰被劳动和生育拖垮了身体。当她躺着快要死去时，王龙看着她，心想她是多么丑啊！他知道她是一位好妻子，甚至还隐约地觉得自己应该有一些内疚。但是他没有内疚，她的大脚让他极不舒服。

不过，他还是知道自己的责任，为她买了一口好棺材。

E. A. B[1]

第二节　奥威尔对萧乾英文著作
《龙须与蓝图》的书评

"二战"期间，奥威尔与中国驻英国的唯一记者萧乾有过直接的交往。[2] 他在萧乾英文著作《龙须与蓝图》出版后的第一时间发表了书评，刊登在 1944 年 8 月第 6 期的《观察家报》（*The Observer*）。[3] 奥威尔通过阅读萧乾的英文著作加深了对中国的认知，并在书评中表达了他坚定不移的反帝国主义政治观。萧乾在英国共出版了五本有关中国的英文著作：《苦难时代的蚀刻》（*Etching of a Tormented Age*）、《中国并非华夏》（*China But Not Cathay*）、《千弦琴》、《吐丝者》（*Spinners of Silk*）和《龙须与蓝图》。《龙须与蓝图》的副标题是"战后文化的思考"，由《关于机器的反思》《龙须与蓝图》《易卜生在中国》和《文学与大众》四篇文章组成。

读过萧乾先生早期作品《苦难时代的蚀刻》的会记得书中谈论的大多数问题是我们非常熟悉的。从发展历程来看，辛

---

① E. A. B 是奥威尔的真名 Eric Arthur Blair 的缩写。
② 详见拙文《奥威尔与萧乾、叶公超交游考》，《新文学史料》2012 年第 4 期。
③ George Orwell，*CW*，Vol. 16，ed. Peter Davison，London：Secker & Warburg，1998，pp. 321–323.

亥革命之后成长起来的中国知识分子与欧洲同时代的知识分子虽然在个别顺序上有一些差异，但是总体经历的阶段十分相似。中国的情况也同英国一样，那些连如何挤奶都不知道的诗人却写着农村生活的颂歌，另一些搞无产阶级文学创作的人写出的作品让无产阶级根本读不懂，还有一些支持文学是宣传或纯艺术的人也针锋相对，各不相让。在本书（大多数文章是过去的演讲和广播内容）中萧乾先生继续谈论这些问题，但是他没有局限地谈文学，而是拓展到机器时代对整个中国文化的影响。

正如他所说，机器引入亚洲是十分突然和令人不安的。"今天的伦敦巴士是你们维多利亚的公共马车发展而来，谁又知道接下去会出现什么？或许是开辟伦敦的空中交通，空姐大声喊着'请抓紧时间，我们就要起飞了！'但是香港或上海的公共汽车没有这样的历史。你们的无线电收音机从某种程度上说是自动钢琴和八音盒的发展产物……但是中国的无线收音机却像是从天上掉下的馅饼。"这里需要补充一个事实（萧先生因考虑到英国读者，出于礼貌没有对此过多强调）：几十年来，西方文明是以"子弹"的形式来"惠顾"中国。因此，他们这段时期对机器的憎恨也是很自然的事。在此之前，他们还把西方科学斥为是夷人的无聊发明。在 17 世纪——

"当一位德国占星家汤若望准备将阳历引入中国时，他首先遭到了中国学者的责难，最后心力交瘁，死在狱中。当时的一位学者杨光先写道：'宁可使中夏无好历法，不可使中夏有西洋人。无好历法不过如汉家不知合朔之法，日食多在晦日，而犹享四百年之国祚。'"①

这种态度是可以理解的，因为此时中国显然比西方更加文明（比如，此时东方人有洗澡的习惯，而西方人没有）。时过境迁，中国处在了亡国的危难关头，不过中国的智者仍然不断发表乐观的看法，认为机器并无好处。例如在 19 世纪中期，王韧秋写道：

"火轮者，至拙之船也；洋炮者，至蠢之器也。船以轻捷为能，械以巧便为利。今夷船煤火未发，则莫能驶行；炮需人运，而重不可举。若敢决之士，奄忽临之，骤失所恃，束手待毙而已。"②

贝当元帅③可能会抨击坦克。但是，轮船和大炮无疑是利器。在经历一段时间的固执和保守后，中国人改变了对机器的态度，但却开始走向萧先生所说的"盲目崇拜"。科学研究大受欢迎，但只对那些实用价值高的东西感兴趣。年轻人热衷于研究畜牧业而不是生物学，研究造船而不是基础工程。直到最近，他们才开始认识到西方的科技成就是以那些无法立马见效的理

---

① 杨光先（Yang Kwang–hsien）此处原文出自其作品《不得已》中的《日食天象验》。见（清）杨光先《不得已》（附二种），黄山书社 2000 年版，第 79 页。汤若望（Johann Adam Schall von Bell）和杨光先是清初"历案"的重要当事人。

② 王韧秋（Wang Jen Chiu）即王闿运。王闿运（1832—1916），初字韧秋，友人称壬秋，又字壬父，号称湘绮先生。晚清经学家、文学家，是罕有的一位经历了中国近代各种历史变化全过程的人物。王闿运此处原文出自《湘绮楼诗文集》中的《陈夷务疏》，见王闿运著，马积高主编，岳麓书社 1996 年版，第 44 页。

③ 亨利·菲利普·贝当（Henri Philippe Pétain, 1856—1951），曾在第一次世界大战期间担任法军总司令，带领法国与德国对战，被认为是民族英雄，1918 年升任法国元帅，但 1940 年任法国总理时，他向入侵法国的德国投降，至今在法国仍被视为叛国者，战后被判死刑，后改判终身监禁。

论研究为基础的。

萧乾先生自然会思考这个问题：当中国转型成一个现代机器化国家时，古老的中国文化还能够保存吗？对世界其他国家来说这或许更是一个亟待回答的问题。因为，中国要是走上与日本相同的道路，那么后果将难以预测。中国已经能够制造机关枪，毫无疑问不久后也能制造战斗机。然而，萧先生相信（他能引用许多表述来证明），他的同胞对单单的物质文明并没有太多兴趣，他们的艺术传统根深蒂固，因此很难被机器破坏。同时，中国也必须要屹立于现代国家之林，并不愿意老是听到"辫子比钢盔帽更漂亮"诸如此类的话。但是，如果她能够抵御外部干涉，她也非常愿意回到"龙须"（比如回到中国书法及其代表的悠闲文化）。

本书除了谈论机器时代的文章外，还有一篇文章谈论易卜生和萧伯纳对中国戏剧的影响，另外一篇谈论近期的中国文学。中国的白话文戏剧在开始阶段像是直接模仿欧洲样式，无不带有宣传功能。一位作家这样评论自己的作品："虽然这部戏剧在美学上还不成熟，我也很乐意地指出它已涉及婚姻和农村破产我们当今面临的这两大社会问题。"易卜生和萧伯纳都被推崇为"问题剧作家"，虽然《华伦夫人的职业》（*Mrs. Warren's Profession*）1921 年在上海演出时还引起了公愤。之后，人们喜欢的是情感爱情剧，再后来，人们又偏爱"无产阶级"戏剧。有趣的是，最早被改编并在中国上演的戏剧是《茶花女》和《黑奴吁天录》①。后者很偶然地产生了向中国人表明"西方人并不冷

---

① 即《汤姆叔叔的小屋》（*Uncle Tom's Cabin*）。

漠"的效果。

这本书不厚，花上一个小时左右的时间去读读是非常值得的。要是萧乾先生不过于担心可能对英国读者造成的一些冒犯，这本书就会更好一些。欧洲对亚洲并不友好，在某些情况下有必要如此明说。值得祝贺的是出版商对本书的设计，书的印刷纸张是手工制作的，我们大多数人已有好几年没见过这种纸了。

第四章

奥威尔论中国抗战

在第二次世界大战正面战场的背后还进行着一场激烈的没有硝烟的战争——宣传战。广播这种新的宣传工具在宣传战中发挥着十分重要的作用。为了揭穿法西斯轴心同盟通过广播散布的战争谎言和对印度的反英宣传，英国 BBC 广播公司承担了这场反法西斯宣传战的重任。由奥威尔负责的《每周战事评论》（*Weekly News Review*）就是远东部对印广播的一档重要节目。奥威尔的主要目的是揭露希特勒在欧洲所谓的"新秩序"或者日本在亚洲的"大东亚共荣圈"的真实面目。日本为了"以战养战"，实施"大东亚共荣圈"计划，发动了珍珠港袭击，并向东南亚发起进攻，太平洋战场特别是中国的抗战便成了奥威尔《每周战事评论》的中心。在评论中，他及时报道了中国抗战的进程，揭露了日军的法西斯暴行，在抗战胜利后支持中国废除不平等条约，取消西方列强在中国的特权。

奥威尔在 1942 年 5 月 16 日的《每周战事评论》中首先对"二

战"的性质进行了总体评价。他认为这场战争准确地讲是始于 1931年日本侵占中国东三省，建立伪满洲国，而国际联盟（League of Nations）并没有及时采取行动制止。后来随着战争的升级，战争的性质已成为渴望获得自由、幸福的世界民族同无视人权、追崇特权的少数利益集团之间的斗争，也成为民主和独裁两种意识形态之间的斗争。奥威尔高度评价中国的抗战，他认为虽然日本占领了中国很多地方，但他们所谓的"中国事件"（China incident）远远没有像他们想象的那么很快结束，中国也从未被征服，这除了中国大量的人力资源和中国人民的聪明和勤劳外，最主要的原因是他们是在为自由而战，永远不会放弃抵抗。对这样一个民族，战场上的失利只是军事上的失利，这并不重要。重要的是中国人民在艰难的环境下仍然保持着坚决抵抗、毫不屈服的顽强精神。他认为这种精神同样鼓励着正遭受德军侵略的苏联和英国以及遭受日本侵略的印度，并坚信只要他们坚持这种抵御外敌、争取自由的精神，就一定能够在未来赢得幸福的生活。①

奥威尔在战事评论中及时报道了中国抗战的最新信息。他在1942 年 1 月 10 日的战事评论中对中国战场的第三次长沙会战进行了报道："日本侵略者在长沙遭受惨败……他们三年内向长沙发动了三次攻击，每次都宣称已经攻占长沙，但每次又损失惨重地撤退。这次战役，日军估计有两三万人被击毙，另有两万人被中国包围，很可能被全部歼灭。"奥威尔认为这次胜利不仅对英勇的中国守军重要，而且这是世界反法西斯战争的重要一环，因为"日本向中国的

---

① George Orwell, *CW*, Vol. 13, ed. Peter Davison, London: Secker & Warburg, 1998, pp. 324 – 327.

投入的军队越多，他们对印度和澳大利亚的全面进攻就越不可能成功；同样，英国和美国若能更快地投入更多兵力来攻击日军，中国就能更快地把侵略者赶出中国的领土。"①在 7 月 11 日的报道中，奥威尔提到这周是中国抗日战争周年纪念，在英国有许多庆祝活动，不仅有中国驻英大使和其他名流的官方讲话，还有全国各地的市长发起了纪念中国抗战的集会并为中国基金（Chinese Fund）募捐。中国抗战的决心使英国人民钦佩不已。② 奥威尔还十分关注中国的缅甸远征军战况。在 2 月 14 日的报道中，他强调即使缅甸的仰光失陷，滇缅公路被切断，仍然还有其他道路可以将战略物资运往中国，比如穿过苏联和新疆的中亚路线，印度路线可以从阿莎姆邦（Assam）到中国，北方路线从阿拉斯加到东北，海上路线建立美国海军在太平洋的控制区。奥威尔认为现在建立中、印两国的合作关系十分重要，因此蒋介石最近访问印度是令人鼓舞的消息，只要中、印两国人民站在一起，他们就不可能被最凶残的侵略者所征服。③ 在 1943年 2 月 20 日，奥威尔报道了宋美龄访美并在参、众两院演讲的消息。宋美龄在演讲中特别警告了抗战胜利后不彻底解除日本潜在威胁的危险，另外还谈到中国在抗战中遭受的苦难要远远超过其他盟国。她此次访美对促进中国和其他盟国的关系具有重要意义。④

奥威尔在及时报道中国战事的同时，也揭露了日本侵略战争的谎言和暴行。在 1942 年 1 月 17 日的报道中，奥威尔对于日本所谓在亚

---

① George Orwell, *CW*, Vol. 13, ed. Peter Davison, London: Secker & Warburg, 1998, p. 121.

② Ibid., pp. 389 – 390.

③ Ibid., p. 180.

④ Ibid., p. 352.

洲扮演拯救者的宣传一针见血地指出："一个最好的办法是看他做过什么，而不是看他说过什么。因此对于日本，不是看他明天为印度或缅甸承诺了什么，而是看他现在和过去在朝鲜，在中国东北和其他地区都干了什么。"① 对此，奥威尔在 1943 年 3 月 13 日的报道中用了三个字"Look At China"（看中国）作为向印度传递日军暴行的最好信息。② 奥威尔在 1942 年 3 月 14 日的报道中继续揭露了日军的暴行："日本宣布将香港的一个区域全部划作军队妓院，这意味着这个区域的妇女都会遭到日军士兵任意强暴……我们可以明白日本所谓'亚洲人的亚洲'（Asia for the Asiatics）这一口号背后的真相。它代表的是'日本人的亚洲，以及不幸处在他们统治下的人民所遭受的奴役、贫穷和折磨'。"③ 1944 年 7 月 14 日奥威尔在给玛瑞（John Middleton Murry）的信中严厉批评了他在一篇文章中对中国抗战的评论。他先引了玛瑞的原文："我们习惯于以欧洲人的战争观念来描述中日战争。但是这两者完全不是一回事，因为普通的中国人希望被征服，这是他们几千年的历史教会的。中国会吸纳日本，日本会使中国强大。这对印度也一样。"对此，奥威尔说道："如果这不是表示赞扬和鼓励日本侵略中国，然后邀请日本接下来侵略印度，我不知道还会有什么其他含义。你根本没有考虑自 1912 年以来在中国发生了什么就直接套用了我们拿来证明英国在印度统治合法化的相同论调（'这些人习惯被征服'）。不管怎样，这个谬论宣扬的是'不要帮助中国人'……你反对的是还不够暴力的暴力，在我看来，你现在或者以前是喜欢纳粹胜过了喜欢

---

① George Orwell, *CW*, Vol. 13, ed. Peter Davison, London: Secker & Warburg, 1998, p. 127.

② Ibid., p. 28.

③ Ibid., p. 226.

我们，至少在他们看上去不断胜利的时候。"①

　　奥威尔在报道中也支持中国废除不平等条约的要求。奥威尔在《日记：导致战争的事件》（*Diary of Events Leading Up to the War*）中记录了 1939 年 7 月 2 日到 9 月 1 日从各大报纸中摘录的新闻，其中有一条新闻报道的是西方列强在中国胡作非为的事件。这个事件发生在天津，有四个中国人因被日本怀疑杀死了日本银行的一名中国经理而躲进英国租界，英国拒绝交人，日本便于 1939 年 6 月 14 日封锁了英法租界，最后英国妥协，和日本达成协议，同意将这四名中国人移交给日本。②在 1942 年 10 月 10 日中国辛亥革命纪念日这天，奥威尔报道了英、美两国政府已经决定取消他们在中国所有的治外法权："一个世纪以来，欧洲列强在上海、天津和中国的其他城市都建立了租界。他们不受中国法律约束，在中国驻扎军队，享受各种特权。现在随着英国、美国和中国政府协议的签署，这些特权都即将终止。这一举措不仅表明了中国和国际联盟其他盟国的相互信任和友谊，也标志着中国以现代国家的平等身份屹立在世界强国之林。这是对今天中国辛亥革命纪念日最好的祝贺。"③ 1943 年 1 月 16 日，奥威尔报道中、英、美三国正式签约宣布废除在中国所有的治外法权，这表明了国际联盟为自由而战，反对侵略和独裁的宣言并不是一纸空话。④在 1946 年 3 月 22 日发表在《论坛报》（*Tribune*）的文章《就在你的面前》（*In Front of Your Nose*）中，奥威尔以香港

---

①　George Orwell, *CW*, Vol. 16, ed. Peter Davison, London：Secker & Warburg, 1998, p. 288.

②　Ibid. , pp. 377, 383.

③　George Orwell, *CW*, Vol. 14, ed. Peter Davison, London：Secker & Warburg, 1998, p. 95.

④　Ibid. , pp. 313 – 314.

为例批评了政客的双重思想："在战前每个人都知道根据目前的远东局势，我们在香港的地位是难以维持的，战争如果来临，我们肯定会失去香港。但是这种认识对于政客来说是无法忍受的，因此每届政府都毫不例外地将香港抓得紧紧的，而不将其交还给中国。他们也一定知道在日本攻击的前几周再把军队派遣入港无疑是送给日本当俘虏，但他们仍然这样做。接下来战争爆发了，香港很快陷落，每个人早就知道会是这个结果。"①

奥威尔与中国的交游和对中国抗战的新闻报道是有机的整体，他们的主要目的是为了通过对印度广播来进行反法西斯主义的宣传。早在 1985 年，韦斯特（W. J. West）就编订了《战时广播》（Orwell：The War Broadcasts）和《战事评论》（Orwell：The War Commentaries）这两本书来记录奥威尔在 BBC 对印度广播中的主要内容。1998 年，戴维森耗费二十年时间编订完成的 20 卷《奥威尔全集》出版（2006 年出版了一卷补遗），为奥威尔与中国的关系研究提供了更为完备的资源。

通过对这些重要文献中有关奥威尔与中国交游和对中国抗战新闻报道史料的梳理，我们有以下重要发现，首先，史料印证了《一九八四》的中文译者，著名翻译家董乐山先生的判断：奥威尔"不是一般概念中的所谓反共作家"，《一九八四》"与其说是一部影射苏联的反共小说，毋宁更透彻地说是反极权主义的预言"，而他反极权主义的动力来自"对于社会主义的坚定信念"。② 把奥威尔当作"反苏反共"作家在国内影响很深，至今仍有人残留着这种由于冷战时期的意识形态

---

① George Orwell，*CW*，Vol. 14，ed. Peter Davison，London：Secker & Warburg，1998，p. 162.

② 详见董乐山《奥威尔和他的〈一九八四〉》，［英］乔治·奥威尔《一九八四》，董乐山译，辽宁教育出版社 1998 年版。该文为译文序，原文没有页码。

斗争而造成的误读。从以上的史料梳理可以十分清晰地看到奥威尔具有坚定不移的反帝国主义和反法西斯主义思想。奥威尔甚至对萧乾过于担心英国听众的接受也表达了自己鲜明的批评态度。奥威尔在为英国企鹅出版社修订他的这部被誉为"20 世纪英国最重要的反帝国主义小说之一"[①] 的《缅甸岁月》（*Burmese Days*）时也把书中所有的"Chinaman"（中国佬）改成了"Chinese"（中国人）。他认为虽然爱国主义和民族主义在反法西斯主义战争中具有重要作用，但这也不能建立在帝国主义的殖民剥削基础之上。如果一些英国左派进步人士认为改变这些种族歧视的名称是微不足道的，那么英国的民族主义也是微不足道的。[②] 在奥威尔看来，帝国主义和法西斯主义是典型的极权主义，也是对他一直所追求人与人平等、人与自然和谐的社会主义理想的践踏。因此，国内对奥威尔是"反苏反共"作家的接受是一种意识形态影响下的误读，奥威尔对中国的态度不是敌对和仇视，而是尊重和理解。其次，奥威尔对中国的认知和接触也参与和影响了他反极权主义思想和社会主义理想的形成和构建。通过与萧乾等人的接触，奥威尔理解并接受了以中国人的视角来看待中国问题的立场，更加坚定了他在不断追求事实真相过程中所采取的与同时代作家迥异的双重视角。这种双重视角使他能够以公共知识分子的身份，站在东西文化平等对话的立场来思考当前的问题。这种双重视角对奥威尔政治思想的形成发挥了重要作用，也解释了奥威尔为什么能够创作出对世界影响深远的反极权主义小说《动物庄园》和《一九八四》。

---

① John Newsinger, *Orwell's Politics*, Houndmills: the Macmillan Press Ltd. , 1999, p. 89.

② George Orwell, *CW*, Vol. 16, ed. Peter Davison, London: Secker & Warburg, 1998, pp. 23 – 24.

第五章

奥威尔在中国大陆的传播与接受[*]

对西方的政治、文化等诸多领域产生了深远影响的英国作家乔治·奥威尔在中国大陆是如何被传播和接受的？对这一问题，西方学界颇感兴趣，但又充满偏见。例如，自称"奥威尔继承者"的当代西方知名学者、奥威尔研究专家克里斯托弗·希琴斯（Christopher Hitchens）甚至认为，《动物庄园》在进入 21 世纪的中国大陆仍是禁书。^①而中国大陆的知识界和学术界日益认识到奥威尔的重要性，为推进研究，也需要系统了解该作家在国内传播和接受的具体情况。^②

　＊　本章主要内容发表在《中国比较文学》2017 年第 3 期。

　①　John Rodden, ed. , *The Cambridge Companion to George Orwell*, Cambridge：Cambridge UP, 2007, p. 202. 本文在奥威尔最著名的两部小说译名上统一使用《动物庄园》和《一九八四》，不同时期不同译者使用了不同的译名，请注意对照。

　②　前期成果散见于李辉《乔治·奥维尔与中国》，《读书》1991 年第 11 期；仵从巨：《中国作家王小波的"西方资源"》，《文史哲》2005 年第 4 期；汤晨光：《奥威尔书信中的萧乾》，《民族文学研究》2006 年第 3 期；林建刚：《乔治·奥威尔在中国的传播历程——兼说钱钟书夫妇与乔治·奥威尔》，谢冰主编《钱钟书和他的时代》，上海辞书出版社，2009 年；许卉艳：《奥威尔〈动物农庄〉在中国大陆的翻译出版与展望》，《时代文学》（下半月）2010 年第 8 期；许卉艳：《奥威尔〈一九八四〉在中国的翻译与出版》，载《名作欣赏》2011 年第 5 期；陆建德：《击中痛处》，上海书店出版社 2013 年版。

同时，作为西方"文化符号"的奥威尔在国内传播和接受过程中，因受到国内外政治因素的影响而具有其独特性。本章基于史料对奥威尔在国内的传播和接受历程及其独特性进行详细考察。

第一节　新中国成立以前：早期传播和接受

奥威尔与中国有交集。奥威尔自幼喜爱阅读东方题材的作品，曾在与中国毗邻的缅甸担任警察（1922—1927 年）。在英国 BBC 广播公司远东部工作期间（1941—1943 年），他与驻英国的中国记者萧乾和外交官叶公超有直接交往，并在对印度广播中大力宣传中国抗战。奥威尔对中国的认知和接触使其作品具有不少中国元素。① 以上是奥威尔在中国大陆传播和接受的基础和原点。

就目前的资料来看，最早把奥威尔作品译介到中国大陆的是金东露，他翻译的《缅甸射象记》（*Shooting an Elephant*）发表在上海的《大陆》杂志 1941 年第 5—6 期上。② 这篇反帝国主义主题的散文名篇得以最先译介，与当时国内的抗日战争背景不无关系。

1946 年，英国首相丘吉尔发表"铁幕演说"，世界进入冷战时期。

---

① 详见拙文《奥威尔与萧乾、叶公超交游考》，《新文学史料》2012 年第 4 期；《乔治·奥威尔作品中的中国形象》，《英美文学研究论丛》2014 年第 1 辑；《国内赛珍珠和萧乾研究未发现的两则乔治·奥威尔书评》，《江苏大学学报》（社会科学版）2014 年第 2 期。

② 《缅甸射象记》现译为《射象》，与散文《绞刑》（*A Hanging*）和小说《缅甸岁月》（*Burmese Days*）并称为奥威尔有关缅甸题材的"反帝国主义三部曲"。《射象》最早发表于 1936 年的《新写作》（*New Writing*），后收入 1950 的散文集《射象及其他》（*Shooting an Elephant and Other Essays*）。另外，昔仕也在《太平洋月刊》杂志 1947 年第 1 卷第 1 期发表《缅甸射象记》译文。

奥威尔因创作揭露"苏联神话"的《动物庄园》而享誉国际。这时，奥威尔的作品引起国内一位著名学者的关注，他就是钱钟书。吴学昭在《听杨绛谈往事》记录道："钟书和杨绛读过许多描写苏联铁幕后面情况的英文小说，或买或借，见一本读一本。乔治·奥威尔的书几乎每本都读过，《一九八四》内容很反动，《动物农场》亦是。"① 钱钟书对奥威尔的作品的确很熟悉，他曾在 1947 年 12 月 6 日的《大公报》发表了奥威尔政论文小册子《英国人》（*The English People*，1947）的书评。② 钱钟书将《英国人》视为向外国人介绍英国民族品质的艺术作品，因而其内容并不具有科学性。他认为奥威尔（文中为"渥惠尔"）"政论、文评和讽刺小说久负当代盛名"；议论"明通清晰"，文笔"爽利"，即"有光芒，又有锋芒，举的例子都极巧妙，令人读之惟恐易尽"。③ 钱钟书对奥威尔的写作风格给予很高的评价。由于《英国人》出自"Britain in Pictures"丛书，钱钟书将此当作介绍民族品质之作，不过奥威尔此文实际写于 3 年前，他当时强调英国民族性的主要目的是凝聚和激发本国人民反抗法西斯侵略的爱国主义精神。

奥威尔的《动物农庄》（当时的译名）在 1948 年 10 月首次被译介到大陆，作为"少年补充读物"由商务印书馆出版。译者任穉羽写了一篇重要的序言，④ 首先对奥威尔（文中为佐治·俄维尔）的生平进行

---

① 吴学昭：《听杨绛谈往事》，生活·读书·新知三联书店 2008 年版，第 229 页。

② 该文收入钱钟书：《写在人生边上；人生边上的边上；石语》，生活·读书·新知三联书店 2002 年版，第 301—304 页。

③ 同上，第 302 页。董乐山曾写有《钱钟书论奥威尔》一文，对钱钟书此篇书评进行了介绍。董乐山文中赞扬钱钟书治学的独立思考能力，并对钱钟书没有具体评论《动物庄园》和《一九八四》而感到遗憾。参见董乐山《董乐山文集》第二卷，李辉编，河北教育出版社 2002 年版，第 21—22 页。

④ 任穉羽在序言中的落款时间是 1947 年 8 月，地点是美国康桥，即马萨诸塞州的剑桥市。该译本在 2013 年由华中师范大学出版社重版。

了十分到位的介绍，并对小说作出评价："这不但因为他这篇寓言式的小说富于讽刺的趣味，即对于动物心理的了解与描写，也有其特至的地方。这是一部文学的书，读者若作政治小说观，那就错了。"① 译者避谈小说的"政治性"，一是担心该书若作为政治讽喻小说宣传可能会影响在国内的出版，二是强调小说的艺术性，即如奥威尔所说，小说经过了"故事"的艺术加工，② 三是突出"动物心理"符合"少年补充读物"的定位。

奥威尔的《一九八四》在英国出版不久便传播到国内。小说在1949 年 6 月 8 日由英国 Secker 和 Warburg 公司出版。奥威尔的 BBC同事，当时在北京大学任教的燕卜荪（William Empson）希望能及时读到这本书。奥威尔在 1949 年 8 月 30 日的信中提到他曾委托经纪人摩尔（Leonard Moore）转告伦敦和纽约的两家出版商分别寄出两个版本给燕卜荪，③ 并嘱咐不要按照惯例在信中所附卡片写上"作者赠阅"字样，以免寄到中国的信被无故打开，给他带来麻烦。他在信末还附上了燕卜荪的地址："11, Tung Kao Fang, Near Peking National University, Peiping 9, China。"④

由此可见，早在 20 世纪 40 年代初，奥威尔就与中国知识分子有直

---

① 任穉羽：《关于本书的作者》，［英］乔治·奥威尔《动物农庄》，任穉羽译，商务印书馆 1948 年版，第 1 页。

② ［英］乔治·奥威尔《奥威尔文集》，董乐山编译，中国广播电视出版社 1997 年版，第 105 页。

③ 奥威尔的《一九八四》在美国首次出版的时间是 1949 年 6 月 13 日，由 Harcourt, Brace and Company 出版。

④ George Orwell, *CW*, Vol. 20, ed. Peter Davison, London：Secker & Warburg, 1998, pp. 162 – 163. 陆建德在文章中说燕卜荪与中国同事（学生）对小说报以冷淡态度。见陆建德《击中痛处》，上海书店出版社 2013 年版，第 188—189 页。他们对小说冷淡可能是认为小说具有明显的"反苏反共"政治倾向。一位英国奥威尔研究者给笔者写信说，他曾与燕卜荪的儿子联系，得知燕卜荪至少是收到了小说的一个版本，燕卜荪夫妇收到书后非常急切地将其分成两半，一起阅读。

接接触，他的重要作品也在出版不久便在中国大陆以阅读、译介和评论等方式传播，国内学者对其"反动内容"保持警惕和批判的态度。

第二节　20世纪50—70年代："反苏反共作家"

受冷战时期美、苏两大意识形态对峙的影响，处在社会主义阵营的新中国把奥威尔视为"反苏反共作家"，其作品遭禁①，基本无人涉足奥威尔研究。在整个20世纪50—70年代，奥威尔只是零星地出现在一些译介国外评论文章的期刊之中（当然只刊载马克思主义观点的文章）。例如，《译文》杂志（即《世界文学》前身）1956年7月号和1958年6月号分别刊载了译自苏联文学杂志的两篇文章《谈谈英国文学》和《五十年代的英国小说》，文章将奥威尔划为英国的"反动作家"，认为其反共产主义信仰已经"发展成了严重的精神病"，他的《动物庄园》与《一九八四》是"仇视人类的病态幻想的产物"。② 这些来自苏联文学界的批判极大地影响了新中国成立国后国内学界对奥威尔作为"反苏反共作家"的认知和接受。③

---

① 1950年奥威尔去世后，文学声望飙升，成为两大敌对意识形态阵营的文化冷战工具。西方资本主义阵营借奥威尔攻击社会主义是极权主义，而以苏联为首的社会主义阵营把奥威尔当作"人民的公敌"和"资产阶级反动作家"，其作品在社会主义国家成为禁书。

② 详见［苏］阿诺德·凯特尔《谈谈英国文学》，《译文》1956年7月，第172—185页；［苏］弗·伊瓦谢娃《五十年代的英国小说》，《译文》1958年6月，第178—188页。

③ 另外，《现代外国哲学社会科学文摘》1959年第10期上刊载了周煦良摘译自《伦敦杂志》1959年6月号的文章《赫胥黎：〈美丽的新世界重游记〉》提及《一九八四》这部"反乌托邦"小说，该文有一则"编者按"对这类小说进行批判："帝国主义的宣传者总是污蔑社会主义国家为和法西斯一样的极权国家，而他们的政体是民主政体；这一套手法早已成为司空见惯了。A.赫胥黎的毒箭其实已经是强弩之末，从这篇书评看来，连英国人对他的危言耸听也变得腻味了。"详见布鲁克《赫胥黎：〈美丽的新世界重游记〉》，周煦良译，《现代外国哲学社会科学文摘》1959年第10期，第32—33页。

　　虽然奥威尔的作品成为禁书，但正如陆建德所说，"一个作家被禁了读者就想把他读个遍"①，一些从国外留学回国的知识分子对奥威尔的作品比较关注和熟悉，比如陈梦家和巫宁坤等②。翻译家傅惟慈也回忆曾读到《动物农场》，并以此作为教学材料。③这里所说的教学材料当然是"反面"的，杨绛曾因强调过《动物农庄》的"反动性"而顺利通过"洗澡"（即50年代初期知识分子的思想改造运动）。吴学昭有这样一段记录：

　　　　运动期间，为了避嫌疑，要好的朋友也不便往来。杨业治在人丛中走到杨绛旁边，自说自语般念叨"*Animal Farm*"，连说两遍，杨绛已经有数了，这就是她的"底"。她在课堂上介绍英国当代小说时，讲过 *Animal Farm* 是一部反动小说。检讨中杨绛做了说明，"洗澡"顺利通过；专管"洗澡"的全校学习领导小组还公布为"做得好的"检讨。④

　　这则记录十分典型地说明了奥威尔当时是被视为西方资本主义阵营的"反动作家"，其作品是国内主要的"反面教材"，中国知识分子通过对他展开批判，甚至可以顺利渡过难关。

　　70年代末期，随着国内改革开放和思想解放运动的开展，董乐山得以机会将这位"反动作家"的《一九八四》译成中文，这是国内最早的，也是最具影响力的中译本。据董乐山本人回忆，他对奥

---

　　① 陆建德：《击中痛处》，上海书店出版社2013年版，第189页。
　　② 参见林建刚《乔治·奥威尔在中国的传播历程——兼说钱钟书夫妇与乔治·奥威尔》，谢冰主编《钱钟书和他的时代》，上海辞书出版社2009年版，第160—161页。
　　③ 详见傅惟慈《关于乔治·奥威尔和〈动物农场〉》，[英]乔治·奥威尔《动物农场》，傅惟慈译，北京十月文艺出版社2004年版，第1—11页。
　　④ 吴学昭：《听杨绛谈往事》，生活·读书·新知三联书店2008年版，第256页。

威尔情有独钟，在 50 年代初期翻译国际新闻电讯稿时就接触到奥威尔的名字，但当时还无法读到他的作品，只能推测其为反极权主义作家。① 董乐山是在 1977 年偶然读到《一九八四》，他回忆说："我……立刻被它所描述的抑压窒息的气氛像梦魇一样所震慑住了，我仿佛成了一个身历其境的过来人一样"②，而且唯独这部书让他一生"感到极度的震撼"③。1978 年 8 月，外文出版局研究室创刊编印了《国外作品选译》。④ 该期刊负责人，新华社副社长陈适五向董乐山约稿。⑤ 董乐山当时在外文局工作，之前已经翻译完成《西行漫记》和《第三帝国的兴亡》。董乐山认为这两本书的翻译加上他的亲身经历使他对以日本和德国法西斯主义为代表的右翼极权主义极为痛恨，因此他选择将奥威尔的《一九八四》译成中文。董乐山曾在 1957 年被打成右派，入狱、下乡 20 年，在劳动改造中左臂折断，这种身体和精神的巨大创伤使董乐山在翻译中具有高度的自觉意识。巫宁坤这样说道："从斯诺到奥威尔，从《西行漫记》到《一九八四》，这不是一个翻译家无所谓的选择，也不是甚么思想的飞跃或突变，而是勾画了一个始终关注中华民族和人类终极命运的智者曲折的心路历程。"⑥ 在当时特殊的历史时期，他对于人的命运和社会前途的思考在奥威尔《一九八四》书中产生了强烈的共鸣，这句译文极能说明问题："很像雄鸡一唱天下白时就销

---

① 董乐山：《董乐山文集》第二卷，李辉编，河北教育出版社 2002 年版，第 23 页。
② 董乐山：《抗战、欧战、太平洋战争》，《中国翻译》，1995 年第 4 期，第 8 页。
③ 董乐山：《董乐山文集》第二卷，李辉编，河北教育出版社 2002 年版，第 23 页。
④ 它是《编印参考》的增刊，内部发行的不定期刊物，主要发表某些有参考价值而篇幅过长或性质不合的材料，供领导及其他同志参考。
⑤ 董乐山：《董乐山文集》第二卷，李辉编，河北教育出版社 2002 年版，第 23 页。
⑥ 巫宁坤：《董乐山和〈一九八四〉》，《中华读书报》1999 年 2 月 10 日。

声匿迹的鬼魂一样。"①《一九八四》的翻译既是个人选择的结果，也是历史的必然。

董乐山的译文以"1984 年"为书名在《国外作品选译》第 4 期至第 6 期连续刊载（1979 年 4—7 月），内部发行，印数 5000 册。在第 4 期译者写有"关于本书及其作者"的说明：《1984 年》同札米亚金的《我们》和赫胥黎的《奇妙新世界》一起被称为"反面乌托邦三部曲"，是资产阶级知识分子看不到人类前途而陷入绝望的代表作。② 但在第 5 期连载时增加了一则"编者按"：奥威尔"是一个从'左翼'转到'极右翼'的作家"；《1984 年》对集权主义统治下的未来社会中各种现象"极尽夸大、丑化之能事，以煽动反苏、反共情绪，为当时的冷战论战服务""为了知己知彼，本刊从上期起全文刊载"。③

《一九八四》的翻译出版说明了在十一届三中全会开启思想解放运动之后，极左意识形态得以有效遏制，这位"反苏反共"作家在国内已有解禁的松动，而上面这则添加的"编者按"恰好说明当时主流意识形态对于解禁的态度仍然是有所顾虑的。但是，董乐山对《一九八四》的翻译毫无疑问是奥威尔在中国大陆传播和接受的拐点。

----

① 整句话是："但是突然之间，他们又泄了气，于是就围在桌子旁边坐着，两眼茫然地望着对方，很像雄鸡一唱天下白时就销声匿迹的鬼魂一样。"英文是："And then sud-denly the life would go out of them and they would sit round the table looking at one another with extinct eyes，like ghosts fading at cock‑crow."参见［英］乔治·奥威尔《一九八四》，董乐山译，辽宁教育出版社 1998 年版，第 265 页。

② 详见外文出版局研究室《国外作品选译》1979 年第 4 期，第 1 页。

③ 详见外文出版局研究室《编者按》，《国外作品选译》1979 年第 5 期。原文没有页码。有论者认为这则"编者按"可能是受到"左翼"方面的压力。作者举了一个例子：七十年代末八十年代初，亚历山大编的《新概念英语》被引进我国。其中第四册推迟了一两年才得以成套引进，因为该册有奥威尔《体育精神》（The Sporting Spirit）一文的节选。详见张桂华《有关〈一九八四〉的版本》，《博览群书》2000 年第 10 期，第 25—27 页。

第三节　20 世纪 80 年代："解禁作家"

　　董乐山 1979 年译本的影响凸显。不久，"奥威尔"出现在国内大型百科全书的条目之中。巫宁坤在《中国大百科全书》外国文学卷对奥威尔的生平与创作给予简短而完整的介绍，但出现了一些明显的错误，如奥威尔出生时间。① 条目对奥威尔持批判态度，比如对《动物庄园》和《一九八四》评价道："前者以寓言的形式嘲笑苏联的社会制度，后者幻想人在未来的高度集权的国家中的命运。"② 这些百科全书中的错误和评价恰好说明奥威尔正处在解禁前的"解冻期"，国内学者和译者因受到意识形态和研究资料匮乏的双重影响，对这位作家的生平和创作还缺乏准确的了解。

　　1984 年前后，西方出现奥威尔研究的热潮，讨论的主题是极权主义。国内一些期刊也对西方的研究进行了译介。1983 年《科学对社会的影响》第 2 期刊登了 3 篇翻译文章《一九八四年：从虚构到现实》《奥威尔对 1984 年的世界的看法》和《1984 年：科学对社会的影响》，涉及机器导致的标准化和一致化、技术与战争的关系以及人如何被管制等问题。这组文章添加了一个"译者注"，以说明奥威

---

　　① 奥威尔出生时间是"1903 年 6 月 25 日"，而该条目写成"1903 年 1 月 23 日"。
　　② 详见中国大百科全书总编辑委员会《外国文学》编委会等编《中国大百科全书》外国文学Ⅰ，中国大百科全书出版社 1982 年版，第 85 页。1985 年国内还出版了《简明不列颠百科全书》，其中的"奥威尔"条目较为清晰地介绍了他政治思想的演变和作品的艺术特点。

尔是"资产阶级记者、讽刺作家和传记作家"①。1984 年，《国外社会科学》也对这场研究热潮进行了介绍，选译的是西方马克思主义者 E. 沃尔伯格的评论《1984 年——当代西方文化研究》。该文认为奥威尔代表了"晚期资本主义的知识先锋"，透露了"西方知识分子所处的困境"，他的作品是"失望留下的遗产"。② 国内期刊对"西方奥威尔热"有选择性的介绍说明，虽然当时国内主流意识形态对奥威尔仍然持批判的态度，但是已经认识到这位西方作家的重要影响。

1985 年 12 月，董乐山翻译的《一九八四》作为"乌托邦三部曲"之一由广州花城出版社出版，但仍是内部发行，印数有 15900 册。③ 译本中"编者的话"明确地指出小说描写了"人性泯灭，六亲不认，观念颠倒，谎言当作真理，自由遭到剥夺，思想受到控制"的极权主义社会，而小说翻译出版的目的是"了解一下西方世界的一些政治观点，以及某些作家的创作方法"。④ 董乐山特别在译本的"写在出版之前"指出不能把小说"仅仅看作讽刺某一个国家或某一个制度的政治预言，事实上，作者所着眼的是更广阔的全人类的前途"。他具体说道：

　　　　作者所描述的未来社会实际上是当时（即第二次世界大战

① 详见 Robert H. Maybury《本期说明》，田冬冬译，《科学对社会的影响》1983 年第 2 期，第 4 页。

② 详见 E. 沃尔伯格《1984 年——当代西方文化研究》，迪超译，《国外社会科学》1984 年第 8 期，第 13—14 页。

③ 时任花城出版社编辑、著名学者林贤治曾回忆说是花城出版社的译文编辑室主任蔡女良决定，以内部发行的形式出版一套《反乌托邦三部曲》。

④ 详见《编者的话》，[英]乔治·奥威尔《一九八四》，董乐山译，花城出版社 1985 年版，第 1—2 页。

前后）法西斯极权主义统治的进一步恶性发展：人性遭到了泯灭，自由遭到了剥夺，思想受到了管制，感情受到了摧残，生活的单调和贫乏就更不用说了。个人完全成了一个庞大的官僚主义化社会中的一个自动化的机器，尤其可怕的是人性的堕落达到了没有是非善恶之分的程度。①

董乐山在评论中开始把奥威尔当作"反极权主义"作家，《一九八四》也不是攻击社会主义之作，而是描绘了全人类被极权主义统治的梦魇。1988 年 7 月，花城出版社出版了该书第二版，题名变为"一九八四"，印数增加到 25480 册，取消了"内部发行"字样。此版还增加了译本序《奥威尔和他的〈1984〉》。董乐山谈到了译介该书的两个目的：一是《一九八四》影响深远，是"向整个人类社会提出警告"；二是"语言学上的原因"，因为小说中不少词语收入了权威性的辞典。② 董乐山的《一九八四》译本从内参刊物的内部发行到出版社的内部发行再到最后的公开发行，历时十载，代表了奥威尔在国内逐步"解禁"的历程。

在《一九八四》翻译出版的影响下，一些经历过"文革"的知识分子和读者对奥威尔的另一部重要小说《动物庄园》也产生了强烈共鸣，因此 1988—1989 年，小说连续有 4 个中译本正式发表和出版，这离任稺羽的首部中译本的出现已隔 40 年。第一位译者是景凯

---

① 详见董乐山《写在出版之前》，[英] 乔治·奥威尔《一九八四》，董乐山译，花城出版社 1985 年版，第 1—3 页。另外，译者在提到"欧亚国、大洋国和东亚国"时，特别小心地加上了说明："请读者不要对号入座！"

② 详见董乐山《奥威尔和他的〈1984〉》，乔治·奥威尔《一九八四》，董乐山译，花城出版社 1988 年版，第 1—5 页。

旋，译文发表在《小说界》1988 年第 6 期。① 景凯旋在附记中提出
奥威尔"洞悉了一个简单的历史法则，用中国的俗话来说便是，抬
轿的终归是抬轿，坐轿的终归是坐轿"。他认为"奥威尔所抨击的当
然不是社会主义本身，而是被歪曲了的社会主义"，② 景凯旋同样把
奥威尔当作反极权主义作家。1988 年 10 月，上海人民出版社出版了
由张毅、高孝先翻译的《动物庄园：一个神奇的故事》。这是第二个
译本，为"青年译丛"，印数二万册。译者在序言中高度赞扬奥威尔
写作的主要动力是"良知和真诚"，同时也指出他的"民主社会主
义"的追求具有"某些褊狭"和"时代的局限"。③ 另外在 1988
年，花城出版社在其刊物《译海》第 4 期发表了龚志成翻译的
《动物农庄》，置于"外国争议作品"一栏，这是小说的第 3 个译
本。④ 1989 年 9 月，上海翻译出版公司出版了方元伟翻译的《动物
农场：一个童话》，印数 1000 册，这是第 4 个译本。译者在"出
版说明"谈道，"凡是从极左岁月中走出来的人，大概都会对奥威
尔杜撰的故事产生似曾相识的感觉"，奥威尔"至少称得上是一名
资产阶级阵营中的民主人士……改革使我们终于有勇气倾听来自

---

　　① 译者标注于 1987 年 10 月 26 日译毕。译者另外指出译介的目的是"或许能为人们
提供一个反思历史的参照物"。详见景凯旋《毫无目的的残酷》，《书屋》1998 年第 5 期，
第 4 页。

　　② 详见 ［英］乔治·奥威尔《动物农庄》，景凯旋译，《小说界》1988 年第 6 期，
第 197—198 页。

　　③ ［英］乔治·奥威尔：《动物庄园：一个神奇的故事》，张毅、高孝先译，上海人
民出版社 1988 年版。在该书 2000 年第 2 版中，译者增加了再版序言《为了关怀我们自
己——写在再版〈动物庄园〉前》。译者谈到十多年前的第一版是"寂寞无声之中得到的
反应，是认真而热烈的""小书所得到的每一个回响，千真万确是发自读者生命最深处的
叹息""读后有捶胸顿足之感"。2014 年出版该书第三版，为奥威尔《动物庄园》出版 70
周年的插图珍藏纪念版，增加了序言《历史的镜子》和编后絮语《一个特别的纪念》。

　　④ ［英］乔治·奥威尔：《动物农庄》，龚志成译，《译海》1988 年第 4 期，第 107—
133 页。另外，《译海》杂志 1986 年第 5 期还发表了《枪杀大象》（即《射象》）一文。

另一个世界的批评之声"。①《一九八四》和《动物庄园》在国内的译介触动了当时知识分子反思历史的神经，加深了他们对这位重要作家的认知。

在国内学术界，侯维瑞率先提出应对奥威尔进行全面研究的重要性和必要性。他的《现代英国小说史》和发表在《外国文学报道》1985年第6期的论文《试论乔治·奥韦尔》，是国内最早对奥威尔进行研究的代表成果。在《现代英国小说史》中，作者详细介绍了奥威尔的生平、思想以及长篇作品和散文，提出奥威尔创作的两个基本主题是贫困和政治。② 他在论文中总结说：

> 他从对资本主义现实不满出发接触社会主义思想，参加社会进步斗争，最后却又走上反社会主义反共产主义的道路，这不能不说是个可悲的结局。由于他在英美文坛产生了较大的影响，成为最有争议的作家之一，研究奥韦尔的作品并对他的创作过程作出比较客观、全面的认识和评价，也就成为我国外国文学研究者的必要的课题。③

侯维瑞等学者④对奥威尔的介绍和评论使这位作家进入国内学术界的研究视野。奥威尔的译介和研究对当时国内一些著名作家产生了重要影响，其中最为典型的是王小波。王小波在《〈怀疑三部曲〉

---

① 在本书"作者简介"中，奥威尔被认为是"一生痛恨帝国主义，痛恨专制独裁制度，向往民主，向往社会主义"；小说的唯一寓言是"一个纯洁的理想是怎样被权力腐蚀掉的。绝对的权力产生绝对的腐化，前者必然导致后者"。

② 详见侯维瑞《现代英国小说史》，上海外语教育出版社1985年版，第357—375页。

③ 侯维瑞：《试论乔治·奥韦尔》，《外国文学报道》1985年第6期，第23页。

④ 陈嘉在《英国文学史》第4卷中也对奥威尔的生平和作品进行了介绍，同样认为奥威尔是从左翼走向了右翼。详见陈嘉《英国文学史》第4卷，商务印书馆1986年版，第511—514页。

序》中谈到奥威尔对其创作的直接影响。

　　1980 年，我在大学里读到了乔治·奥威尔（G. Orwell）的
《一九八四》，这是一个终生难忘的经历。这本书和赫胥黎
（A. L. Huxley）的《奇妙的新世界》、扎米亚京（Y. I. Zamyatin）
的《我们》并称"反面乌托邦三部曲"，但是对于我来说，它已
经不是乌托邦，而是历史了。不管怎么说，乌托邦和历史还有一
点区别。前者未曾发生，后者我们已经身历。前者和实际相比只
是形似，后者则不断重演，万变不离其宗。奥威尔的噩梦在我们
这里成真，是因为有些人认为生活就该是无智无性无趣。他们推
己及人，觉得所有的人都有相同的看法。既然人同此心，就该把
理想付诸实现，构造一个更加彻底的无趣世界。因此应该有《寻
找无双》，应该有《革命时期的爱情》，还应该有《红拂夜奔》。
我写的是内心而不是外形，是神似而不是形似。①

有论者从机构、新话、双重思想、拷打和鞭打、回落于人群等
方面找到奥威尔对王小波产生影响的文本证据。例如，奥威尔提出
了二加二等于四还是等于五的问题。"所谓自由就是可以说二加二等
于四的自由。承认这一点，其他一切就迎刃而解"。② 这实质上是承
认"经验事实"还是"功利事实"的问题。王小波曾在杂文《人
性的逆转》中说："我更相信乔治·奥威尔的话：一切的关键就在

①　王小波：《王小波全集》第二卷，云南人民出版社 2006 年版，第 69 页。王小
波这里强调的是他 80 年代初读大学期间阅读奥威尔作品对其创作的影响，因此放在 80
年代介绍。
②　［英］乔治·奥威尔：《一九八四》，董乐山译，辽宁教育出版社 1998 年版，第
70 页。

于必须承认一加一等于二；弄明白这一点，其他一切全会迎刃而解。"①

以上可见，在20世纪80年代中期以前，把奥威尔视为"反苏反共作家"的早期评价仍在产生影响，但在此后，特别是在董乐山《一九八四》译本的影响下，奥威尔在国内已开始被接受为"反极权主义作家"。既然奥威尔不再是"反社会主义"作家，国内的知识分子也就可以较为自由地阅读奥威尔的作品，开展相关学术研究。《一九八四》和《动物庄园》在80年代末的公开出版和发行标志着奥威尔在中国大陆已全面解禁。

第四节　20世纪90年代："反极权主义作家"

1998年3月，辽宁教育出版社再版了董乐山翻译的《一九八四》，该版本补译了原著的重要附录《新话的原则》，小说原貌得以完整呈现。董乐山在更为详尽的译本序《奥威尔和他的〈一九八四〉》中，首先对奥威尔有一个明确的定性：奥威尔"不是一般概念中的所谓反共作家"，《一九八四》"与其说是一部影射苏联的反共小说，毋宁更透彻地说是反极权主义的预言"，而他反极权主义的动力来自"对于社会主义的坚定信念"。董乐山接着介绍了奥威尔政治思想的演变，认为他最后找到了反对极权主义，建立政治民主和

---

① 详见罗晓荷《行走在入世与出世之间——论奥威尔和卡尔维诺对王小波小说的影响》，硕士学位论文，复旦大学，2005年，第6—17页。

社会公正的社会主义的政治"自性"（Identity），而在文学"自性"方面，他找到的是"新新闻写作方法"（New Journalism）。① 董乐山这里评论的核心是奥威尔因"坚定地支持社会主义"而成为"反极权主义作家"。

奥威尔专题学术研究在这个时期也有较大拓展。孙宏②、刘象愚③等学者继侯维瑞之后也强调应该对奥威尔及其作品进行客观公正的评价，避免以往贴政治标签的简单做法。另外，《外国文学》刊发了张中载④和朱望⑤的两篇奥威尔论文，奥威尔开始成为国内外国文学专业期刊关注的作家。这两篇论文讨论的话题都与反极权主义有关，但对其反抗结果的认识却不相同，前者认为是"绝望"，而后者是"毫不留情面的批判"。

90年代的国内奥威尔研究已经走出了极左意识形态的樊篱，对奥威尔的反极权主义思想有了较为深入的分析。奥威尔不是"反苏反共作家"，而是"反极权主义作家"，这在国内学界已达成共识。但是关于奥威尔的文学地位，学界仍是争议不断。王佐良和周珏良

---

① 详见董乐山《奥威尔和他的〈一九八四〉》，收入《一九八四》，董乐山译，辽宁教育出版社1998年版。该文为译文序，原文没有页码。董乐山在序言的最后较以往更为明确地指出："只有彻底否定了诸如文化大革命这类恐怖的极权主义，才给我们这些多年为社会主义奋斗的人，带来了真正值得向往的社会主义！"另外，董乐山也编译了《奥威尔文集》，于1997年6月由中国广播电视出版社出版，内含《如此快乐童年》《我为什么要写作》《西班牙战争回顾》（节选）和《狄更斯》等重要文章，这样可以看到一个"完整的、血肉丰满的"奥威尔。

② 孙宏：《论阿里斯托芬的〈鸟〉和奥威尔的〈兽园〉对人类社会的讽喻》，《西北大学学报》（哲学社会科学版）1996年第3期。

③ 刘象愚：《奥威尔和反面乌托邦小说》，黄梅主编《现代主义浪潮下：1914—1945》，中国社会科学出版社1995年版。

④ 详见张中载《十年后再读〈1984〉——评乔治·奥威尔的〈1984〉》，《外国文学》1996年第1期，第66—71页。

⑤ 详见朱望《乔治·奥韦尔的〈一九八四〉与张贤亮系列中篇小说之比较》，《外国文学》1999年第2期，第64—70页。

主编的《英国二十世纪文学史》于 1994 年出版，这是研究 20 世纪英国文学的重要参考书。但是该书对奥威尔并无任何介绍，而一些深受他影响的如新左派作家等却占有一席之地。这充分说明奥威尔的文学地位在当时并没有得到学界的认可。

董乐山对奥威尔的文学成就有所论及。他曾在 1988 年版的《一九八四》序言中写道："（小说的）文学形式只是一层薄薄的外衣而已"，因此它"在文学界的影响远远不如思想界那么大"。① 另外，上面提到董乐山将奥威尔的艺术成就归于"新新闻写作方法"，这种方法是"把新闻写作发展成一种艺术，在极其精准和客观的事实报道的外衣下，对现实作了艺术的复原和再现"②。董乐山这里是从新闻工作者的角度来定位奥威尔的文学成就，虽然不尽合理，比如无法解释《动物庄园》和《一九八四》等小说的艺术价值，但仍是国内对奥威尔最早、最有影响力的文学定位。

在 1998 年出版的《英国散文的流变》中，王佐良对奥威尔的态度有所修正，对他的散文进行了一些分析。同年，《外国文学评论》有一则盛宁撰写的《动态》，及时介绍了彼得·戴维森（Peter Davison）在这一年编订出版的 20 卷《奥威尔全集》。《奥威尔全集》的出版具有重大学术意义，直接推动了西方奥威尔研究另一个高潮（2003 年）。"动态"还提到了一篇《奥威尔全集》的书评。该评论认为奥威尔在"平实"的风格之下，掩藏着一种"自负"和"纤巧"；奥威尔还是一位"独具只眼的文学批评家"，率

① 董乐山：《奥威尔和他的〈1984〉》，［英］乔治·奥威尔《一九八四》，董乐山译，花城出版社 1988 年版，第 5 页。

② 详见董乐山《奥威尔和他的〈一九八四〉》，［英］乔治·奥威尔《一九八四》，董乐山译，辽宁教育出版社 1998 年版。

先开创了英国的对大众文化的批评。① 这个书评已经提出了奥威尔的文学思想及其对英国文化研究的开拓性贡献这两个重要话题。《外国文学评论》作为国内外国文学的权威期刊对《奥威尔全集》进行了及时报道，这说明奥威尔在 90 年代末的文学地位相比以前已有所提高。

从 90 年代国内的奥威尔译介和研究来看，奥威尔作为"反极权主义作家"已经广为接受，但这种认知并不全面，主要关注奥威尔的政治身份，忽视了这位作家的文学思想价值。

第五节　21 世纪以来："公共知识分子"和 "世界经典作家"

2003 年是奥威尔诞辰 100 周年，西方掀起了奥威尔研究的新高潮。奥威尔研究专家迈耶斯（Jeffrey Meyers）根据《奥威尔全集》材料所著的《奥威尔传》② 被译介到中国，这部以"一代人的冷峻良心"为副标题的传记产生了较大影响，国内知识界开始对奥威尔

---

① 盛宁：《动态》，《外国文学评论》1998 年第 4 期，第 137—138 页。

② 参见［美］杰弗里·迈耶斯《奥威尔传》，孙仲旭译，东方出版社 2003 年版。参见 Jeffrey Meyers, *Orwell：Wintry Conscience of a Generation*, New York：W. W. Norton & Company, Inc., 2000. 另一部被译介的传记是［英］D. J. 泰勒：《奥威尔传》，吴远恒、王治琴、刘彦娟译，文汇出版社 2007 年版。D. J. Taylor, *Orwell：The Life*, New York：Henry Holt and Company, 2003。

作为公共知识分子的思想价值进行探讨。①

　　该传记译者孙仲旭以"无痕"为笔名撰文提出，奥威尔是"欧洲最后一位知识分子"，我们在这个商品经济和明星照耀的时代更需要去亲近他。② 止庵用"圣徒"和"先知"形象来形容奥威尔。③ 林贤治认为奥威尔的写作"忠于他的良知"，是真正的"个人写作"。④ 余世存认为"只有圣徒、大德和先知们才明了人性的高端跟底层、跟平民大众相连"，奥威尔的意义就在于他是这样的圣徒和先知。⑤ 木然认为奥威尔的政治预言成为思想史的组成部分，极权主义的现实给他的双重思想提供了"不舒服的却又是令人信服的印证"。⑥ 徐贲认为奥威尔所思考的重大问题——社会主义的正义和自由理想、知识分子的自我欺骗、文学与政治的联系、极权对人类的毒害和摧残——都仍然与我们今天的世界有关。⑦ 另外，《中华读书报》的一则报道引起关注。该文介绍美国汉学家华志坚在《时代》周刊撰文称鲁迅为"中国的奥威尔"。他认为奥威尔与鲁迅都是绝对不可缺失的作

---

　　① 2001 年，美国著名学者理查德·波斯纳（Richard A. Posner）研究公共知识分子的著作《公共知识分子——衰落之研究》（*Public Intellectuals: A Study of Decline*）出版。该书认为奥威尔是公共知识分子的完美代表，在国内外学界产生较大影响。波斯纳在书中将公共知识分子定义为"知识分子就'公共问题'——即政治问题面向社会公众写作，或者其写作对象至少比仅仅是学术人员或专业读者更为广泛"。［美］理查德·波斯纳：《公共知识分子——衰落之研究》，徐昕译，中国政法大学出版社 2002 年版，第 27 页。

　　② 详见无痕《奥威尔百年后再陷孤独——写在中文版〈奥威尔传〉出版之际》，《深圳商报》2003 年 12 月 27 日。

　　③ 详见止庵《从圣徒到先知——读〈奥威尔传〉》，《博览群书》2004 年第 3 期，第 90—94 页。

　　④ 详见林贤治《奥威尔式的"个人"写作》，《中国图书商报》2006 年 6 月 20 日第 A04 版。

　　⑤ 详见余世存《奥威尔的意义》，《时代教育（先锋国家历史）》2009 年第 1 期，第 143—144 页。

　　⑥ 详见木然《双重思想的变奏曲》，《读书》2010 年第 1 期，第 159—165 页。

　　⑦ 详见徐贲《奥威尔文学、文化评论的政治内涵》，［英］乔治·奥威尔《政治与文学》，李存捧译，凤凰出版传媒集团译林出版社 2011 年版。

家，他们都有新名词进入政治词典：鲁迅的阿 Q 主义（Ah－Q－ism），奥威尔的"老大哥"；两位皆半生以左派独立思想者立命，批判教条主义与政治光谱中的一切伪善；两者皆行文简朴，皆作讽刺小说。①

这些讨论除了强调奥威尔的"先知"和"圣徒"形象特征外，而且还将他与"平民"和"个人"等联系。奥威尔研究专家罗登（John Rodden）曾对奥威尔在西方的接受历程进行了详细考察并梳理了奥威尔的四种形象特征："叛逆者"（the rebel）、"普通人"（the common man）、"先知"（the prophet）和"圣徒"（the saint）。② 这四个形象的核心是"圣徒"。他之所以为"圣徒"，因为他具有"先知"的能力和"叛逆者"的行动，但是这位"圣徒"并不是高不可攀的，而是"普通人"可以仿效的。③ 这些形象特征体现了奥威尔的道德品质、独立思想、批判精神、社会责任和平民意识，因此奥威尔被当作"公共知识分子"的典范。

国内知识界对奥威尔"公共知识分子"特征的讨论引起了更多研究者对奥威尔的关注，他们尝试运用多元的研究视角和方法对奥威尔的作品进行解读。这些解读除了反极权主义和反乌托邦等传统主题思想研究以外，还广泛借鉴和应用西方文学理论视角（女性主义、生态主义、后殖民主义、叙事学理论、空间理论、身

---

① 详见康慨《美国汉学家华志坚：鲁迅是中国的奥威尔》，《中华读书报》2009 年 12 月 2 日第 4 版。

② 详见 John Rodden, *The Politics of Literary Reputation：The Making and Claiming of St. George Orwell*, Oxford：Oxford UP, 1989。

③ 正如特里林（Lionel Trilling）所说，他的"天赋"（genius）并不是遥不可及，因为"他传递给我们一种感觉：他所做的一切其实我们每一个人也都能做到"。Lionel Trilling, *The Opposing Self：Nine Essays in Criticism*, New York：The Viking Press, 1955, p. 157. 参见拙文《"真相的政治"——论莱昂内尔·特里林的奥威尔批评》，《外国文学评论》2014 年第 2 期，第 201—214 页。

体理论）、跨学科视角（思想史、政治学、语言学）和比较文学视角（影响研究、形象学）。讨论的话题也拓展到奥威尔的语言观、学术史、与媒体的关系以及对当代社会的影响等新领域。① 新世纪以来的国内奥威尔研究已经完全摆脱早期意识形态的桎梏，呈现多姿多彩的繁荣局面。

奥威尔作品的译介同样呈现繁荣局面。在新世纪前十年里，除了《动物庄园》和《一九八四》，不断有新译本问世外（包括改写本、注音彩绘本、评点本等），奥威尔的其他作品如《巴黎伦敦落魄记》《缅甸岁月》《向加泰罗尼亚致敬》《上来透口气》《奥威尔书信集》《战时日记》等也有中译本出版。随着日本作家村上春树《1Q84》中文译本 2010 年在国内出版，《动物庄园》和《一九八四》的再版和重译掀起高潮，不少版本在封面上冠以村上春树所说的"《1Q84》向《一九八四》作者致敬"字样。同年，由刘绍铭翻译并在台湾出版的《一九八四》被引进到国内出版社出版，② 他的评论"多一个人看奥威尔，就多了一份自由的保障"也成为出版社常引用的宣传语。

2011 年以后，国内出版社每年都竞相推出《动物庄园》和《一九八四》各种中译本。不同版本的奥威尔文集如《政治与文学》《奥威尔日记》等也相继在国内出版。《奥威尔小说作品集》

---

① 目前国内奥威尔的专题博士学位论文主要有：王小梅：《女性主义重读乔治·奥威尔》，博士学位论文，北京外国语大学，2004 年；李锋：《乔治·奥威尔作品中的权力关系》，博士学位论文，南京大学，2007 年；王晓华：《乔治·奥威尔创作主题研究》，博士学位论文，山东大学，2009 年；许淑芬：《肉身与符号——乔治·奥威尔小说的身体阐释》，博士学位论文，浙江大学，2011 年；陈勇：《奥威尔批评的思想史语境阐释——以 20 世纪英美知识分子团体为中心》，博士学位论文，福建师范大学，2013 年；丁卓：《乔治·奥威尔三十年代小说研究（1934—1939）》，博士学位论文，吉林大学，2015 年。

② ［英］乔治·奥威尔：《一九八四》，刘绍铭译，北京十月文艺出版社 2010 年版。

（含《叶兰在空中飞扬》）、《奥威尔作品集》（含《通往维根码头之路》《奥威尔信件集》）也分别由云南人民出版社（2014 年）和华中科技大学出版社（2016 年）成套出版。2017 年，哈尔滨出版社和辽宁人民出版又分别出版了新的奥威尔文集。这些文集、作品集的翻译、重译、出版和再版，充分说明奥威尔的文学声望在中国大陆有了显著提高。①

　　奥威尔文学声望提高的另一重要标志是人民文学出版社出版的《奥威尔读本》《奥威尔散文》以及中文简体字版"企鹅经典"系列《动物庄园》② 和《一九八四》③ 的新译本。《奥威尔读本》属于"外国文学大师读本丛书"④；《奥威尔散文》属于"外国散文插图珍藏版"，是为读者"全面欣赏和收藏中外散文经典提供便利"⑤，在其前言中奥威尔被视为"文学大师"和"坠落人间的普罗米修斯"⑥；中文简体字版"企鹅经典"在"出版说明"指出"所有的书目都是名至实归的经典作品"，也就是说"那本让自己从书架上频繁取下的经典，正是我们这套丛书的某一种"。⑦ 另外在新世纪以来的

---

①　目前奥威尔的长篇作品都已出版中译本。另外，在已出版的奥威尔研究中译本有：［美］阿博特·格里森等：《〈一九八四〉与我们的未来》，董晓洁等译，法律出版社 2013 年版；［美］杰弗里·迈耶斯：《奥威尔：生活与艺术》，马特等译，经济科技出版社 2013 年版。后者封面上写有"纪念奥威尔诞辰一百一十周年"；［美］艾玛·拉金：《在缅甸寻找乔治·奥威尔》，王晓渔译，中央编译出版社 2016 年版。

②　［英］乔治·奥威尔：《动物农庄》，李美华译，人民文学出版社 2012 年版。

③　［英］乔治·奥威尔：《一九八四》，唐建清译，人民文学出版社 2012 年版。

④　［英］乔治·奥威尔：《奥威尔读本》，刘春芳等译，人民文学出版社 2011 年版。

⑤　"出版说明"，［英］乔治·奥威尔《奥威尔散文》，刘春芳、高新华译，人民文学出版社 2011 年版。

⑥　详见"前言"，［英］乔治·奥威尔《奥威尔散文》，刘春芳、高新华译，人民文学出版社 2011 年版，第 1—6 页。

⑦　详见"出版说明"，［英］乔治·奥威尔《动物农庄》，李美华译，人民文学出版社 2012 年版。

教材中①，奥威尔也大多被归入战后时期作家进行专题介绍，比较有代表性的是王守仁等编写的《20 世纪英国文学史》和朱望的《现代英国文学大家》。国内权威文学出版社对奥威尔作品的收录和评价以及国内教材对奥威尔的专章介绍，标志着奥威尔在中国大陆已逐渐被赋予了"世界经典作家"的地位。

综上所述，进入新世纪以后，奥威尔在国内的传播进入历史最好时期，学术研究和译介出现繁荣局面，奥威尔被知识界和学术界接受为"公共知识分子"和"世界经典作家"。但是在保持繁荣的同时，如何把握国际研究动态、进一步提高质量、创造精品是当前奥威尔研究和翻译工作中的重心。

第六节　奥威尔在中国大陆传播和接受的主要特征

从上述考察可知，奥威尔在中国大陆的传播和接受大致经历了新中国成立前的早期译介和传播、新中国成立后 50—70 年代的"反苏反共作家"、80 年代的"解禁作家"、90 年代的"反极权主义作家"、新世纪以来的"公共知识分子"和"世界经典作家"5 个阶段，历经七十余年，奥威尔形象也几经变化。与其他外国作家相比，奥威尔在国内的传播和接受有如下三点主要特征。

---

①　除了引进的《新概念英语》第 4 册"体育精神"节选外，选编奥威尔作品的早期重要教材还有张汉熙《高级英语》第 2 册的"马拉喀什"（Marrakech），李观仪《新编英语教程》中的《绞刑》和《射象》、黄源深《英国散文选读》中的《政治与英语》（*Politics and the English Language*）、《春蟾畅想曲》（*Some Thoughts on the Common Toad*）等。

　　第一，奥威尔作为一位"资产阶级反动作家"被引介到大陆，其传播与接受较长时间受到了国际冷战对峙和国内极左政治意识形态的影响。在西方，奥威尔 1950 年去世后不久便被确立了经典作家的地位，被称为"奥威尔传奇"，其经典化历程与国际冷战东、西方两大阵营意识形态斗争的激化紧密相关，奥威尔作品迅速被西方利用为"意识形态的超级武器"（ideological super - weapon）① 对社会主义阵营进行攻击。新中国属于社会主义阵营，50—70 年代又是极左意识形态思想盛行的时期，在苏联文艺界批判之风的影响下，奥威尔被定性为"反苏反共作家"而遭禁，其作品很难进入大众的阅读视野。另外，当时国内极左意识形态的特征是追求乌托邦理想主义，奥威尔的反乌托邦之作自然会受到批判。在十一届三中全会以后，国内进入了思想解放和改革开放的新时期，此时急需了解西方相关信息，做到"知己知彼"，这促成董乐山对《一九八四》的翻译。80 年代中期以前是奥威尔"解禁"过程中的"解冻期"，国内主流意识形态允许对这位重要作家进行介绍，必须但要对其资本主义作家身份加以说明，这说明极左意识形态当时仍在施加影响。到了 80 年代末，随着《一九八四》和《动物庄园》译本的正式出版，奥威尔的接受也逐渐由"反苏反共的资产阶级反动作家"转变为"拥护社会主义的反极权主义作家"，知识分子可以通过阅读奥威尔的作品反思历史。总体而言，在国际冷战走向终结的大背景下，奥威尔译介和研究在 80 年代末基本上突破了极左意识形态的樊篱，这为国内学界在 90 年代和新世纪能够更加深入地认识奥威尔政治思想

---

① Isaac Deutscher, *Heretics and Renegades*：*And Other Essays*, London：Hamish Hamilton Ltd. , 1955, p. 35.

和文学价值奠定了基础。换言之，奥威尔的传播和接受也只有摆脱了国内极左意识形态的影响才能步入正轨。

第二，奥威尔在中国大陆的传播与接受具有强烈的政治和现实指向。从奥威尔在西方的接受来看，自奥威尔去世后，"如果奥威尔今天还活着，他会怎么办"成为一个核心话题，不同政治谱系的知识团体和个人利用奥威尔来表达自身政治和文化诉求。① 新世纪以后，"奥威尔为何仍然重要"成为研究主题，例如希琴斯总结了奥威尔对当今社会的重要影响，涉及英国性、语言、大众文化、真理、文学影响、生态以及核武器主义等七个方面。② 国内情况也是如此，例如新中国成立前奥威尔与萧乾关于中国抗战和现代文学的讨论、新中国成立后 50 年代初杨绛在思想改造运动中对奥威尔的批判、70年代末思想解放运动与董乐山的《一九八四》翻译、80 年代《一九八四》和《动物庄园》的译本与知识分子对"文革"时期极权主义的反思、90 年代对奥威尔的学术研究、新世纪以后知识界对奥威尔公共知识分子身份的讨论、李零在《读书》杂志谈论奥威尔的政治思想以及奥威尔与斯诺登事件的联系。③ 正是因为奥威尔具有如此显著的现实参照性，奥威尔在国内知识界传播与接受的影响一般而言要大于学术界。从萧乾、任穉羽、钱钟书、杨绛、董乐山、巫宁坤、王小波到当今国内知识界和学术界名人，可以说奥威尔在大陆的传

---

① 典型的例子是美国第三代纽约知识分子、新保守主义领袖诺曼·波德霍雷茨（Norman Podhoretz）在《如果奥威尔今天还活着》（*If Orwell Were Alive Today*）这篇文章提出如何奥威尔今天还活着，他会是新保守主义的精神领袖。Norman Podhoretz, *The Bloody Crossroads: Where Literature and Politics Meet*, New York: Simon and Schuster, 1986。

② Christopher Hitchens, *Why Orwell Matters*. New York: Basic Books, 2002, p. 11.

③ 详见李零《读〈动物农场〉（一）、（二）、（三）》，载《读书》2008 年第 7、8、9 期，第 111—122、123—136、69—83 页；《电视断想：斯诺登、奥威尔和西班牙内战》，《读书》2013 年第 9 期，第 82—91 页。

播和接受历程就是中国现当代思想史变迁的一个缩影，国内知识分子评论奥威尔的主要目的同样是在表达自身的政治和文化诉求。

第三，奥威尔作品的经典性问题在传播与接受过程中的作用日益受到关注。"经典性"是指"作品的美学质量的衡量"①。在新世纪以前，国内学界还没有充分认识到奥威尔作品的经典性，对奥威尔的讨论似乎总离不开政治意识形态，其作品只是披上了文学的外衣，表达的是抽象的思想和观念。新世纪以后，这种情况有所匡正，经典性问题开始得到重视，这也是当今西方奥威尔研究的一种趋势。② 从奥威尔在西方的接受史来看，他作为著名的"政治作家"，其政治的一面也被谈论得过多，但是他作为作家和文学批评家却被长期忽视。其实奥威尔还是一位文体大家，他提倡"好的文章就像一块玻璃窗"（Good prose is like a windowpane），这种独特的创作风格也是其产生巨大影响的重要因素。因此，奥威尔关于政治与文学关系的讨论，在语言、文化研究等方面的论述，作品自身的文学和历史价值及其现实参照意义都可能成为今后奥威尔研究的重要方向。奥威尔的经典性因素将推动其在中国大陆成为持续关注的世界经典作家。

---

①　E. Dean Kolbas, *Critical Theory and the Literary Canon*, Boulder: Westview Press, 2001, pp. 139 – 140.

②　例如，索恩德斯（Loraine Saunders）的专著《奥威尔未被颂唱的艺术：从小说〈缅甸岁月〉到〈一九八四〉》（*The Unsung Artistry of George Orwell: The Novels from Burmese Days to Nineteen Eighty – four*, 2008）揭示了奥威尔风格的独特美学价值在于他运用了自由间接思想、有效的建构系统以及作者和人物之间一种新的二元关系来表达他的政治观点。

第六章

中国大陆的奥威尔研究*

　　乔治·奥威尔是 20 世纪下半叶最有影响力的英国作家之一。他的代表作《动物庄园》和《一九八四》在各种世界百部文学经典排行中名列前位，先后被译成六十多种语言。奥威尔的《动物庄园》于 1945 年出版，1947 年 8 月就被身在美国的任穉羽翻译成中文，1948 年 10 月作为"少年补充读物"由商务印书馆出版。译者认为"这篇寓言式的小说富于讽刺的趣味，即对于动物心理的了解与描写，也有其特至的地方。这是一部文学的书，读者若作政治小说观，那就错了"。①其实，这还不是奥威尔在中国的最早译介。早在 1941 年，他的散文《缅甸射象记》（今译《猎象记》）就已经被翻译成中文，

---

　　* 本章主要内容发表在《英国文学研究在中国：英国作家研究（下卷）》，张和龙主编，上海外语教育出版社 2015 年版。
　　① 任穉羽：《关于本书的作者》，［英］乔治·奥威尔《动物农庄》，任穉羽译，商务印书馆 1948 年版。

并连载在上海的报纸《大陆》第 5—6 期上。① 新中国成立后，因受极"左"思潮与苏联文艺观的影响，奥威尔长期作为"反苏反共作家"而遭受批判，至 80 年代，奥威尔译介与研究才开始"解冻"，90 年代步入正轨，新世纪以来则出现了多姿多彩的繁荣局面。本节将梳理 70 年来中国文艺界对这位重要作家的研究历程，并对不同时期奥威尔研究的特点与成就进行评析和探讨。

第一节　从禁区到解冻：政治意识形态影响下的早期译介和研究

1950 年奥威尔去世，时值冷战时期，西方资本主义阵营利用奥威尔攻击社会主义是极权主义，而以苏联为首的社会主义阵营则把奥威尔当作"人民的公敌"和"资产阶级反动作家"。奥威尔成为两大敌对阵营的文化冷战工具，他的作品在社会主义国家成为禁书。受这一国际政治形势以及意识形态的影响，奥威尔在 20 世纪 50—70 年代的中国同样被当作"反苏反共作家"，他的作品也成为禁书，国内相关研究几乎是空白。不过，一些学术期刊在介绍当代英国文学时对他的创作仍有零星介绍与评论，但主旨是批判。据现有资料来看，新中国成立后最早提及奥威尔及其创作的是 1956 年 7 月发表在《译文》上的《谈谈英国文学》②。作者将奥威尔划入英国"反动作

---

① 这篇译作的中译者是金东露。

② 这篇文章译自苏联的《外国文学》杂志 1956 年 4 月号，作者是英国马克思主义批评家阿诺德·凯特尔（Arnold Kettle）。

家"之列，并指出其"反共产主义"的"信仰"已经"发展成了严重的精神病"，他的《动物庄园》与《一九八四》是仇视人类的病态幻想的产物。1958 年《译文》6 月号上刊载的《五十年代的英国小说》也提到了他的这两部代表作，并将它们看成对整个进步人类充满憎恨的毁谤作品。①这两篇论文都译自苏联的文学杂志，代表了冷战时期苏联文艺界对奥威尔的批判态度，极大地影响了当时国内学界对奥威尔的认知。

奥威尔的创作颇受赫胥黎的影响，《一九八四》和《美丽新世界》都被当作 20 世纪"反乌托邦"小说的重要代表作。这一创作特质已经为当时的学界所认识，但是当时主流意识形态把"反乌托邦"作品所描绘的世界当作对社会主义国家的攻击而加以批判。1959 年，《现代外国哲学社会科学文摘》第 10 期上刊载周煦良摘译的《赫胥黎：〈美丽的新世界重游记〉》②一文。文章作者将这两部"反乌托邦"小说进行了对比，认为"奥威尔的未来图景则是纯粹政治性质的"，"在《一九八四》里，宗教冲动被导致为一种官方制造的大哥信仰"。在"编者按"中，这类"反乌托邦"小说受到了猛烈的抨击："帝国主义的宣传者总是污蔑社会主义国家为和法西斯一样的极权国家，而他们的政体是民主政体；这一套手法早已成为司空见惯了。A. 赫胥黎的毒箭其实已经是强弩之末，从这篇书评看来，连英国人对他的危言耸听也变得腻味了。"③《现代外国哲学社会科学文摘》（现名《国外社会科学文摘》）主要介绍现代资本主义国家哲学

---

① 弗·伊瓦谢娃：《五十年代的英国小说》，《译文》1958 年 6 月号，第 183 页。

② 原文刊登在《伦敦杂志》1959 年 6 月号上。

③ 详见布鲁克《赫胥黎：〈美丽的新世界重游记〉》，周煦良译，《现代外国哲学社会科学文摘》1959 年第 10 期，第 32—33 页。

社会科学的现状、思潮与流派。这则"编者按"典型地代表了当时国内主流意识形态把奥威尔看成典型的反社会主义作家。

十一届三中全会以后，国内开启了改革开放和思想解放的新时期，学界对奥威尔的译介与评论也开始"解冻"。奥威尔"解冻"的标志是著名翻译家董乐山将小说《一九八四》译成中文，并于1979年以"1984年"为书名和"内部发行"的形式在《国外作品选译》第4—6期上连载。但是此刻的"解冻"并非没有遇到阻力。在《国外作品选译》第二次连载时增加了一则"编者按"，其中强调奥威尔"是一个从'左翼'转到'极右翼'的作家"。有学者认为这则"编者按"可能是受到了来自"左翼"方面的压力。① 董乐山译本的出版也历经坎坷。1985年，《一九八四》作为"乌托邦三部曲"之一，由广州花城出版社"内部发行"。直到1988年，该社在出版小说第二版时才取消了"内部发行"的字样。董乐山翻译的《一九八四》是国内最有影响力的小说译本，对当时许多知识分子如作家王小波②影响深刻。

《国外作品选译》之后不久，奥威尔又出现在国内两部大型百科全书的条目之中。陆建德曾提道："1982年版的《大百科全书》上面收有奥威尔的条目，不长，是巫宁坤先生写的。那时奥威尔已经成为研究的对象。"③ 巫宁坤在《中国大百科全书》"外国文学卷"

---

① 参见张桂华《有关〈一九八四〉的版本》，《博览群书》2000年第10期，第25—27页。

② 王小波在《怀疑三部曲》序言中说："1980年，我在大学里读到了乔治·奥威尔的《一九八四》，这是一个终身难忘的经历……对我来说，它已经不是乌托邦，而是历史了。"

③ 华慧：《陆建德谈乔治·奥威尔》，《东方早报》2010年02月07日。

中最早对奥威尔的生平与创作给予简短而完整的介绍。①《中国大百科全书》为奥威尔立传代表了国内学界对其文学地位的认可，但这仍然只是初步的认识与了解。这则条目出现了一些明显的基本信息错误，如奥威尔出生时间、作品题名等。条目中的一些说法，如"信仰马克思主义""思想开始右倾""鼓吹社会民主主义"等，并没有准确地反映出奥威尔的政治观，因为奥威尔反对空谈理论而对现实冷漠的左派知识分子，反对教条地搬用经典或者苏联的马克思主义理论，反对极权主义而"拥护民主社会主义"。这则条目基于政治立场而对奥威尔的创作持批判态度，如作者认为《动物庄园》"以寓言的形式嘲笑苏联的社会制度"，而《一九八四》"幻想人在未来的高度集权的国家中的命运"。1985 年出版的《简明不列颠百科全书》在介绍奥威尔政治思想的演变和作品的艺术特点时，也出现一些类似信息错误。这些错误都说明：奥威尔在"解冻"早期，因受到意识形态和研究资料匮乏的双重影响，国内学者和译者对这位作家的生平和创作还缺乏准确的了解。

1984 年前后，西方出现奥威尔研究的热潮，这些研究大都将《一九八四》的小说世界与现实社会进行比对，讨论的重点是极权主义。国内学界对西方的这一研究动向与态势进行了译介，并开始注意到了奥威尔作品中的反极权主义主题。1983 年《科学对社会的影响》第 2 期刊登了三篇翻译文章：《一九八四年：从虚构到现实》《奥威尔对 1984 年的世界的看法》和《1984 年：科学对社会的影响》。杂志中的"本期说明"准确地揭示了《一九八四》的反极权

---

① 中国大百科全书总编辑委员会《外国文学》编委会等编：《中国大百科全书》"外国文学"，中国大百科全书出版社 1982 年版，第 85 页。

主义主题。其中的"译者注"称：奥威尔是"资产阶级记者、讽刺作家和传记作家""他的世界观从来就是典型的资产阶级的""他的《动物饲养场》和《一九八四年》含沙射影地攻击社会主义制度，博得资本主义世界一片喝彩声"。① 可见，意识形态式批评在奥威尔"解冻"初期仍然发挥着巨大的作用。这一特征在国内学者沈恒炎的专文介绍中表现得更加明显。在他看来，这场研究热潮"反映了世界进入新的历史时期西方社会的动态和思潮，表现了资本主义社会个人和社会之间的不协调、日益加剧的社会异化以及道德和文明的危机；同时也反映了资本主义的思想家们对日益强大的社会主义的恐惧感"。②

　　1984 年，《国外社会科学》上发表的中译文《1984 年——当代西方文化研究》，也对这场研究热潮进行了介绍。作者沃尔伯格认为奥威尔代表了"晚期资本主义的知识先锋"，透露了"西方知识分子所处的困境"，他的作品是"失望留下的遗产"。由于这些知识分子没有马克思主义的阶级观和历史观作指导，冷战后的文化变得异常贫乏，甚至产生了消极的社会作用。因此，"西方知识分子可以重建他们往日与进步力量结成的同盟，并且从《1984 年》的文化破产转向以理解和批评为基础的文化上生机勃勃的局面"。③ 这篇译文选择的是西方马克思主义知识分子对奥威尔的评价。他们继承了英国左派读书俱乐部创办者戈兰茨（Victor Gollancz）、斯大林传记作者多

---

① 中国大百科全书总编辑委员会《外国文学》编委会等编：《中国大百科全书》"外国文学"，中国大百科全书出版社 1982 年版，第 85 页。

② 沈恒炎：《〈1984 年〉和西方社会——西方对预言小说〈1984 年〉的评论》，《未来与发展》1985 年第 4 期，第 45—47 页。

③ ［加］E. 沃尔伯格：《1984 年——当代西方文化研究》，迪超译，《国外社会科学》1984 年第 8 期，第 13—14 页。

伊彻（Isaac Deutscher）和英国新左派代表人物威廉斯（Raymond Williams）的批评传统，指责奥威尔作品中的悲观主义和对社会主义者的攻击已对西方社会主义运动造成了巨大损害。

可以看出，国内学界对当时西方奥威尔研究热潮作出了一些积极反应，但是他们在译介过程中非常注意"政治正确性"：第一，坚持社会主义立场，对资本主义进行批判；第二，尽量选译马克思主义观点的评论；第三，即使原文引进也要小心翼翼地加上作家具有"资产阶级"身份的说明。这些基本原则和处理方式既反映了1980年美国总统里根上台后美苏对抗加剧的冷战气氛，也表现了国内学界在"解冻"初期对奥威尔译介的那种忐忑不安的真实心态。比如，董乐山1983年在美国康奈尔大学访问时曾和西方的奥威尔研究学者进行交流，他十分清楚这场研究热潮的主旨是反极权主义，所以他在1985年"内部出版"的《1984》中译本说明中已经指出极权主义对人性的摧残。但是，他同样小心地加上了这样的说明文字："请读者不要对号入座！"①

1985年，侯维瑞的专著《现代英国小说史》和论文《试论乔治·奥韦尔》（《外国文学报道》1985年第6期）是国内最早对奥威尔进行专题研究的重要代表成果。在《现代英国小说史》中，作者将奥威尔的创作放在"社会讽刺作品"一章中，并将其早期作品划为"贫困题材作品"，把《向卡德罗尼亚致敬》《动物庄园》和《一九八四》等作品划为"政治题材作品"，认为其创作"反映了从痛恨英国资本主义的早期奥韦尔到仇视苏联社会主义的后期奥韦尔的

---

① ［英］乔治·奥威尔：《1984》，董乐山译，花城出版社1985年版。

变化历程"①。在《试论乔治·奥韦尔》一文中，作者也有类似的政治化评判："他从对资本主义现实不满出发接触社会主义思想，参加社会进步斗争，最后却又走上了反社会主义反共产主义的道路，这不能不说是个可悲的结局。"② 这种既有所肯定也不得不批评的现象并不罕见，如方汉泉认为《动物庄园》和《一九八四》表现了反共、反苏的政治观点和立场，但是奥威尔对极权主义的预言极为准确，"许多触目惊心的事不幸被他言中了"。③ 此外，王蒙的《反面乌托邦的启示》一文在国内较早分析西方"反乌托邦三部曲"，一方面指出《一九八四》的"阴郁、悲观、病态以及反苏狂热"，但更多强调三部小说"对'现代化'的极端焦虑""对科学主义与技术主义的批判"。④

　　国内奥威尔的译介和研究从禁区到"解冻"是一个漫长的过程，这和国内思想解放运动的推进息息相关。"解冻"并不意味着可以毫无顾忌。由于受到政治意识形态的影响，学者在发表成果时必须表明态度，指出奥威尔是反社会主义的作家，但当时也开始出现一些积极的变化。知识分子可以较为自由地阅读和研究奥威尔作品，也可以通过变通的方式发表一些不同于主流意识形态的看法。侯维瑞在 80 年代最早提出对奥韦尔的创作应"作出比较客观、全面的认识和评价"⑤。1988 年公开出版的《一九八四》增加了董乐山在 1986 年 5 月 23 日撰写的译本序《奥威尔和他的

① 侯维瑞：《现代英国小说史》，上海外语教育出版社 1985 年版，第 357—375 页。
② 侯维瑞：《试论乔治·奥韦尔》，《外国文学报道》1985 年第 6 期，第 23 页。
③ 方汉泉：《二十世纪英美政治小说初探》，《暨南学报》（哲学社会科学版）1987年第 1 期，第 99—101 页。
④ 王蒙：《反面乌托邦的启示》，《读书》1989 年第 3 期，第 44—47 页。
⑤ 吴景荣：《论语言的规范和变化》，《外交学院学报》1988 年第 1 期，第 25—33 页。

〈1984〉》。关于译介目的，他谈到了两点：一是《一九八四》影响深远，它"向整个人类社会提出警告"；二是"语言学上的原因"，因为小说中不少词语收入了权威性的辞典。① 1988—1989 年，小说《动物庄园》连续有四个中译本发表和出版②，译者大都将小说场景与"文革"经历进行联系，并开始认识到奥威尔所向往的是社会主义，所反对的是歪曲了的社会主义（即斯大林主义）和法西斯主义。这些中译本说明或序言中所表达的观点立场和董乐山翻译的《一九八四》公开出版，标志着国内奥威尔研究在 80 年代末期开始走向理性，步入正轨。

第二节　反极权主义作家：20 世纪 90 年代奥威尔研究的转向

　　西方奥威尔研究在 80 年代经历了一次高潮后，90 年代初逐渐归于平静，但此时彼得·戴维森（Peter Davison）正在辛勤耕耘，为 20 卷《奥威尔全集》的编订完成做着最后的努力。90 年代中国的奥威尔研究已经摆脱了以往意识形态批评模式的束缚，进入较为自由的发展期，奥威尔的称谓也从"反苏反共作家"转变成为"反极权

---

① ［英］乔治·奥威尔：《一九八四》，董乐山译，花城出版社 1988 年版。
② ［英］乔治·奥威尔：《动物农庄》，景凯旋译，《小说界》1988 年第 6 期；［英］乔治·奥威尔：《动物庄园：一个神奇的故事》，张毅、高孝先译，上海人民出版社 1988 年版；［英］乔治·奥威尔：《动物农庄》，《译海》1988 年第 4 期；［英］乔治·奥威尔：《动物农场：一个童话》，方元伟译，上海翻译出版公司 1989 年版。

主义作家"。研究者反对给奥威尔贴上政治标签，并围绕"反极权主义"这个主题进行了较为深入的研究，中国奥威尔研究也从此发生了重要的转向。

80 年代末，《动物庄园》的译者已经认识到奥威尔是对社会主义向往的作家，他所反对的是极权主义。董乐山同样在 80 年代末表明奥威尔所反对的是极权主义，但是受意识形态的影响，他并没有明确地提出奥威尔是反极权主义作家。直到 1998 年，董乐山才在自己的译本序言《奥威尔和他的〈一九八四〉》中十分明确地指出："奥威尔不是一般概念中的所谓反共作家""《一九八四》与其说是一部影射苏联的反共小说，毋宁更透彻地说是反极权主义的预言""奥威尔反极权主义斗争是他对社会主义的坚定信念的必然结果"。①摘掉"反苏反共作家"帽子，揭示反极权主义主题，明确追求社会主义信念，董乐山的序言不仅把奥威尔正名为"反极权主义作家"，而且也预示着国内奥威尔研究将在 90 年代进入一个新的历史时期。

90 年代初，《读书》杂志刊发了三篇文章讨论奥威尔，标志着中国奥威尔研究的全面转向。李辉在《乔治·奥维尔与中国》一文中根据韦斯特的《战时广播》和《战时评论》梳理了奥威尔与遥远的中国之间的关系。该文认为从奥威尔与萧乾的通信和对中国抗战的报道可以看出他对中国的态度是理解、同情和支持。②冯亦代发表了对谢尔登《奥威尔传》的书评，他认为奥威尔首先是个人道主义者，然后才是政治理论家。他的《动物庄园》和《一九八四》是关

---

① 详见董乐山《奥威尔和他的〈一九八四〉》，[英]乔治·奥威尔《一九八四》，董乐山译，辽宁教育出版社 1998 年版。该文为译文序，原文没有页码。

② 李辉：《乔治·奥维尔与中国》，《读书》1991 年第 11 期，第 131—138 页。

于全能主义者对语言和生活所造成的一切伤害，即"有害的政治恶化了语言，恶劣的语言赋予政治以有害的权力。如果我们要反对恶劣的政府，我们就得开始说平淡的语言，而不是装腔作势"。① 作家赵健雄在《读〈一九八四〉一得》一文中感觉到小说与他自己曾经有过的生活"彼此真是太逼真了""现代科技如果与独裁苟合，真是何其可怕！"② 第一篇文章是对"反苏反共作家"之说的有力反驳；第二篇文章指出奥威尔的反极权主义来自他的人道主义思想，而语言的滥用是极权主义的表征；第三篇文章是探讨科技与极权主义的关系。

90 年代中期，随着奥威尔研究的深入，一些学者提出应该对奥威尔及其作品进行客观公正的评价，避免以往贴政治标签的简单做法。例如，孙宏在《论阿里斯托芬的〈鸟〉和奥威尔的〈兽园〉对人类社会的讽喻》一文中认为："把《兽园》这部小说比成一支用巴松管吹奏的乐曲似乎更为中肯，而原子弹式的比喻同冷战时代对文学作品的其他种种对号入座式的评论一样，都早已过时。"他通过《鸟》与《兽园》的比较表明："奥威尔的现代寓言，继承和发展了阿里斯托芬的田园风格，这两部文学名著都是针对人类社会从古至今普遍存在的弊病所作的讽喻，而绝非讨伐某个特定国家、某一个别社会的政治檄文。"③ 也就是说，作者把《动物庄园》当作旨在讽刺人类社会弊病的田园牧歌，而不是像冷战时期把这部小说当作攻击苏联的"原子弹"。刘象愚在《奥威尔和反面乌托邦小说》一文

---

① 冯亦代：《奥威尔传》，《读书》1992 年第 7 期，第 140—143 页。
② 赵健雄：《读〈一九八四〉一得》，《读书》1993 年第 3 期，第 116 页。
③ 孙宏：《论阿里斯托芬的〈鸟〉和奥威尔的〈兽园〉对人类社会的讽喻》，《西北大学学报》（哲学社会科学版）1996 年第 3 期，第 42 页。

中也反对给作家贴标签的做法。他认为博大的人道主义是奥威尔的感情内核，"与其说他是一个写政治的作家，莫若说他是一个写人的作家"；《一九八四》这部反乌托邦小说讽刺的是当时普遍存在的极权主义思潮以及高度集中的经济体制必然导致的极权政治。① 两位学者所分析的都是奥威尔作品中的反极权主义主题，但孙宏更多强调的是一种田园眷念，而刘象愚则和冯亦代一样强调奥威尔的人道主义精神。

90 年代中后期，《外国文学》刊发了两篇奥威尔论文，奥威尔第一次成为国内主流外国文学专业期刊关注的作家。这两篇论文也都与反极权主义主题有关，但结论却并不一样，一个是"绝望"，另一个是"毫不留情面的批判"。第一篇是张中载的《十年后再读〈1984〉——评乔治·奥威尔的〈1984〉》。该文认为奥威尔对资本主义、极权主义的憎恨使他幻想一个乌托邦式的社会出现，幻想破灭，于是迷茫、彷徨，陷入了政治信仰的真空，并用绝望的心态写出《一九八四》这样的反乌托邦小说。② 把《一九八四》看作奥威尔生命最后时刻的悲观绝望之作，这在西方奥威尔研究中具有一定的代表性。关于奥威尔"绝望"的根源，西方有着不同的解释：或是来自奥威尔当时的身体状况和童年时期的受虐心理，或是来自他作为"流放者"所具有的"无根性"，或是来自他推崇置于"鲸腹之内"的消极思想。心理、文化和政治这三种解读方式都和奥威尔的真实思想相差甚远。奥威尔曾非常明确地表明过他的反

---

① 刘象愚：《奥威尔和反面乌托邦小说》，黄梅主编《现代主义浪潮下：1914—1945》，中国社会科学出版社 1995 年版。

② 张中载：《十年后再读〈1984〉——评乔治·奥威尔的〈1984〉》，《外国文学》1996 年第 1 期，第 71 页。

极权主义思想："极权主义如果无人与之抗争的话就一定会在世界各个地方蔓延。"① 因此，奥威尔不是悲观主义者，而是一位行动主义者。

另一篇是朱望的《乔治·奥韦尔的〈一九八四〉与张贤亮系列中篇小说之比较》。该文以张贤亮系列中篇小说《绿化树》《土牢情话》《男人的一半是女人》和《习惯死亡》为参照，来分析奥威尔及其作品的思想价值。文章首先比较了两位作家作品中的主要人物在精神困惑、感情压抑和物质困顿三方面的相似之处，然后分析了他们所处时代的文化思潮背景及其所凸显的价值意义。两位作家的可比性在于"他们关注社会现实，对曾在历史上一度猖獗的极右或极左的极权主义进行了毫不留情的批判"。② 作者认为奥威尔研究的重要价值是要考察奥威尔的思想史意义，特别是他反极权主义的政治思想，这可以说是把国内奥威尔研究带到了一个新的方向。特别是作者将奥威尔与张贤亮进行对比，在当时的条件下不仅方法新颖，而且蕴含的思想十分前沿。

从以上论文可以看出，90 年代的国内奥威尔研究已经走出了意识形态的樊篱，对奥威尔的反极权主义思想有了较为深入的分析。奥威尔不是"反苏反共作家"，而是"反极权主义作家"，这在国内学界已经没有争议。但是关于奥威尔的文学地位与文学成就，学界的看法并不一致。在中译本序言中，董乐山认为奥威尔的艺术成就

---

① Sonia Orwell and Ian Angus, eds., *The Collected Essays*, *Journalism and Letters of George Orwell*, Vol. Ⅳ, Harmondsworth：Penguin Books Ltd, 1970, p. 564.

② 朱望：《乔治·奥韦尔的〈一九八四〉与张贤亮系列中篇小说之比较》，《外国文学》1999 年第 2 期，第 64—70 页；《论乔治·奥韦尔〈一九八四〉的创作思想》，《中外文学》1998 年第 12 期。

是"新新闻写作方法"，即"把新闻写作发展成一种艺术，在极其精准和客观的事实报道的外衣下，对现实作了艺术的复原和再现"。① 这是当时对奥威尔文学地位的肯定性定位。不过，在王佐良和周珏良主编的《英国二十世纪文学史》中，撰写者对奥威尔只字未提，而一些深受他影响的新左派作家却占有一席之地。这充分说明奥威尔虽然在当时受到较多的关注，但是其文学地位并没有得到学界的广泛认可。

在1998年出版的《英国散文的流变》中，王佐良对奥威尔的态度有所修正，对他的散文进行了一些分析。同样在1998年，《外国文学评论》有一则盛宁撰写的《动态》，及时介绍了戴维森在这一年出版的20卷《奥威尔全集》。这一巨著的出版具有重大学术意义，直接推动了21世纪初西方奥威尔研究高潮的形成。"动态"还提到了一篇《奥威尔全集》的书评。书评作者认为奥威尔在"平实"的风格之下，掩藏着一种"自负"和"纤巧"；奥威尔还是一位"独具只眼的文学批评家"，率先开创了英国学界对大众文化的批评。② 这个书评还提到了奥威尔的文学思想价值和他对英国文化研究的开拓性贡献这两个重要话题。《外国文学评论》是国内外国文学的权威期刊，它对《奥威尔全集》的及时报道说明奥威尔在20世纪90年代末的文学地位比以前已经有很大提高。

---

① 详见董乐山《奥威尔和他的〈一九八四〉》，[英]乔治·奥威尔《一九八四》，董乐山译，辽宁教育出版社1998年版。该文为译文序，原文没有页码。
② 盛宁：《动态》，《外国文学评论》1998年第4期，第137—138页。

第三节 公共知识分子与当代经典作家：
21 世纪以来的奥威尔研究

2003 年，著名奥威尔研究专家迈耶斯（Jeffrey Meyers）根据《奥威尔全集》材料所著的《奥威尔传》① 被译介到中国。这部以"一代人的冷峻良心"（wintry conscience of a generation）为副标题的传记具有较大的影响力。此后，国内学术界和思想界开始对奥威尔作为公共知识分子的思想价值进行了深入的探讨。该传记译者孙仲旭以"无痕"为笔名撰文谈到在奥威尔百年诞辰之际，国内悄然出现一股贬低奥威尔之暗流，而他认为奥威尔作为"欧洲最后一位知识分子"，我们这个时代更需要去亲近他。② 止庵认为可以用"圣徒"和"先知"来形容奥威尔，认为他明察现在，洞彻未来。③段怀清认为奥威尔对家庭以家长为中心的威权专制批判发展成对大英帝国的殖民主义、帝国主义以及各种极权主义的批判，对于世界上任

---

① 参见［美］杰弗里·迈耶斯《奥威尔传》，孙仲旭译，东方出版社 2003 年版。Jeffrey Meyers, *Orwell: Wintry Conscience of a Generation*, New York: W. W. Norton & Company, Inc. , 2000. 另一部被译介的传记是［英］D. J. 泰勒:《奥威尔传》，吴远恒、王治琴、刘彦娟译，文汇出版社 2007 年版。D. J. Taylor, *Orwell: The Life*, New York: Henry Holt and Company, 2003。

② 无痕:《奥威尔百年后再陷孤独——写在中文版〈奥威尔传〉出版之际》，《深圳商报》2003 年 12 月 27 日。

③ 止庵:《从圣徒到先知——读〈奥威尔传〉》，《博览群书》2004 年第 3 期，第 90—94 页。

何一位严肃认真的思想者具有不可忽略的启发意义。① 徐贲认为奥威尔的民主社会主义不仅主张正义和自由，更主张一种知识、文学、文化的平等和民主。奥威尔所思考的重大问题——社会主义的正义和自由理想、知识分子的自我欺骗、文学与政治的联系、极权对人类的毒害和摧残——都仍然与我们今天的世界有关。② 李锋分析了奥威尔的"在路上"情结，指出了他特立独行、坚韧克己的个性气质，卓尔独行、不群不党的独立思想以及有意选择艰辛的生活方式。③ 以上直接或间接由奥威尔传记引发的讨论不仅涉及奥威尔的公共知识分子特征，比如他的个性、他的"圣徒"和"先知"形象，而且还涉及他对当代知识分子和社会现实的重要影响。

奥威尔研究专家罗登（John Rodden）曾对西方接受奥威尔的历程进行了详细考察，并梳理了奥威尔的四种形象特征："叛逆者"（the rebel）、"普通人"（the common man）、"先知"（the prophet）和"圣徒"（the saint）。④ 这四个形象的核心是"圣徒"。他之所以被称为"圣徒"，因为他具有"先知"的能力和"叛逆者"的行动，但是这位"圣徒"并不是高不可攀的，而是"普通人"可以仿效的⑤。这些形象特征体现了奥威尔的道德品质、独立思想和批判精

---

① 段怀清：《一代人的冷峻良心：奥威尔的思想遗产》，《社会科学论坛》2006 年第 5 期，第 29—41 页。

② 徐贲：《奥威尔文学、文化评论的政治内涵》，乔治·奥威尔《政治与文学》，李存捧译，译林出版社 2011 年版。

③ 李锋：《在路上：一个特立独行的奥威尔》，《译林》2006 年第 6 期，第 178—180 页。

④ 详见 John Rodden, *The Politics of Literary Reputation：The Making and Claiming of St. George Orwell*, Oxford：Oxford UP, 1989。

⑤ 正如特里林（Lionel Trilling）所说，他的"天赋"（genius）并不是遥不可及，因为"他传递给我们的感觉是他所做的一切其实我们每一个人也都能做到"。参见 Lionel Trilling, *The Opposing Self：Nine Essays in Criticism.* New York：The Viking Press, 1955, p. 157。

神，因此在上述评论中，奥威尔被当作了"公共知识分子"的典范。不难看出，国内学术界、文化界也围绕"一代人冷峻的良心"这一中心话题，深入地探讨了奥威尔作为"公共知识分子"的思想内涵和价值，使奥威尔这一新形象逐渐被国内学界接受。"一代人冷峻的良心"是英国著名文学评论家普里切特（V. S. Pritchett）具有深远影响的评论。他所说的"一代人冷峻的良心"可以这样理解："冷峻"首先是指他深切感受到阶级社会的"冷漠"而产生道德"负罪感"；其次是"冷静"，唯我独醒，看穿政治谎言；最后是反抗的"冷酷"，以"讽刺"（satire）为武器，一针见血，不留情面。而"良心"是对"严峻"现实的道德反应，表达了他坚定的批判立场和采取行动的勇气。"一代人"是指英国 20 世纪 30 年代的知识分子，又称"奥登一代"。奥威尔对这些盲信"苏联神话"，盲目照搬苏联社会主义理论教条的左派知识分子严厉批评。他在最不合时宜的时间（1945 年）创作《动物庄园》去揭穿"苏联神话"的谎言。在奥登（W. H. Auden）和斯彭德（Stephen Spender）等人感慨"'上帝'已失败"[①] 而陷入幻灭时，他反而更加坚定了社会主义信念。在冷战时期，他以生命为代价创作《一九八四》以警告极权主义在世界蔓延的威胁。因此，新世纪以来中外学界都不约而同地把奥威尔当作"公共知识分子"的典范，讨论知识分子的品质和在当代社会的责任。不论上面论述是否准确，他们都推动了奥威尔在中国大陆的形象从"反苏反共作家""反极权主义作家"到"公共知识分子"的转变。

---

① 参见 Richard Crossman, ed. , *The God That Failed*, New Yorker Bantam Books, Inc. , 1959。其中收录一篇斯彭德描述他从信仰共产主义理想到幻灭的心路历程。

2003 年奥威尔诞辰 100 周年之际，世界许多地方举行了各种纪念活动或研讨会，大量奥威尔研究专著问世。在西方奥威尔研究热的推动下，国内奥威尔研究在进入新世纪以后也随之快速发展，奥威尔作为经典作家的地位得以全面确立。此外，学界不断拓展奥威尔研究的理论视野，研究方法趋向多元，对奥威尔的很多作品进行了更为深入的解读。国内的奥威尔研究已经完全摆脱早期意识形态的桎梏，出现了多姿多彩的繁荣局面。

新世纪以来，大量引进的西方文学理论被广泛地应用到奥威尔作品的解读中，加深了学界对其作品意义的理解。这些理论视角的运用首先在几篇博士学位论文中得到充分体现。王小梅的博士学位论文《女性主义重读乔治·奥威尔》从女性主义视角重新解读了奥威尔的五部小说，认为奥威尔有着强烈的厌女情绪，并大力宣扬男权中心论；[①] 李锋的《乔治·奥威尔作品中的权力关系》从意识形态的角度分析了统治者对受控对象行使权力时所采取的三种方式：身份的建构、话语的操纵和思想的控制；[②] 许淑芬的《肉身与符号——乔治·奥威尔小说的身体阐释》运用身体理论分析了《缅甸岁月》《牧师的女儿》《让叶兰飞扬》和《一九八四》中的殖民主义、基督教信仰、文学神话和极权统治这四个现代化进程中形成的强大的符号体系对人的自然之身的侵害和剥夺，并分析了身体特征在小说中的叙事功能，以及奥威尔关于拯救和解放身体的主张。[③] 他们的研究都十分注重文本细读，特别是运用了不同理论具体阐释了

①　王小梅：《女性主义重读乔治·奥威尔》，博士学位论文，北京外国语大学，2004 年。
②　李锋：《乔治·奥威尔作品中的权力关系》，博士学位论文，南京大学，2007 年。
③　许淑芬：《肉身与符号——乔治·奥威尔小说的身体阐释》，博士学位论文，浙江大学，2011 年。

奥威尔一些被人忽视的早期作品。然而，对这些鲜有人问津的次要作品进行解读恐怕主要不是为了开拓奥威尔研究的新领域，发现作品的新价值，而是为了证明理论分析的合法性。因此，这种理论先行的分析方法具有一定的局限性：一是忽视文献基础；二是忽视历史语境；三是忽视奥威尔的独特性。奥威尔的重要性在于他文学和政治思想上的贡献。以女性主义和身体理论去分析英国20世纪30年代以"革命"为主旋律的作家作品并不十分具有说服力，理论的运用难免有生搬硬套之嫌。

理论视角的运用在一些期刊论文中也不时出现，而奥威尔的代表作《一九八四》成为主要研究对象。汤卫根运用福柯的规训权力理论分析了极权社会消解主体的权力运行机制。[①] 李锋认为边沁的全景式监狱所设计的有效规训与惩罚机制在小说中得到生动的再现，但不同的是，边沁无意毁灭人类大脑的感知/认知系统，而小说则能对思想进行彻底清洗和重塑。[②] 贾福生认为小说采取了内聚焦来反映温斯顿的内心世界，外聚焦再现了奥布赖恩的言行。温斯顿的毁灭来自外界的极权统治，同时也来自他本人自我认证的欲望。[③] 丁卓认为小说中个人空间的结局都是被公共空间同化，或者被极限空间摧毁。[④] 这些论文分别运用了福柯的权力理论、叙事学理论和空间理论对极权主义对个体的压抑进行了多元化的解读，很多观点颇有新意，

---

① 汤卫根：《论〈1984年〉中的权力运行机制》，《当代外国文学》2006年第3期，第90—93页。

② 李锋：《从全景式监狱结构看〈一九八四〉中的心理操控》，《外国文学》2008年第6期，第68—71页。

③ 贾福生：《〈1984〉的聚焦分析：自我的追寻与破灭》，《河南大学学报》（社会科学版）2004年第3期，第113—116页。

④ 丁卓：《〈1984〉的空间解读》，《东北师大学报》（哲学社会科学版）2011年第2期。

但理论先行也有一定的局限性，常常会导致偏颇的结论。

奥威尔的第一部小说《缅甸岁月》曾被誉为"20世纪英国最重要的反帝国主义小说之一"，因此也成为国内后殖民主义批评青睐的重要文本。王卫东认为奥威尔实际上是一个在殖民者和被殖民者两边都找不到依附的孤独的游魂；① 尹锡南认为小说对英帝国提出了质疑和抨击，但并不彻底，而奥威尔与吉卜林具有很多相似点，他们共同把东方彻底"东方化"，变成真实可信的"他者"；② 陈勇认为奥威尔在殖民家庭传统、教育、文化和殖民地警察工作中都受到了殖民话语潜移默化的影响，但是殖民地的严酷现实使他发现正是殖民话语构建了白人的虚伪世界，因而对帝国主义和殖民话语进行了深刻的揭露和批判；③ 李锋分析了小说中殖民者对被殖民者采取的身份建构和建立俱乐部制度等种族政治策略。④ 以上论文主要围绕后殖民研究有关帝国主义和殖民话语的理论对小说进行了丰富的解读。奥威尔研究专家希金斯（Christopher Hitchens）认为奥威尔是"后殖民理论的奠基者之一"。⑤ 然而值得注意的是，西方学者对《缅甸岁月》的研究主要围绕"反帝国主义主题"和小说的"艺术性"而展开，国内学界则主要探讨"反帝国主义主题"，较少涉及"艺术性"问题。这一差异充分反映了中西学界在奥威尔研究与接受上的不同

---

① 王卫东：《孤独的游魂：乔治·奥威尔与帝国主义》，《解放军外国语学院学报》2002年第6期，第76—80页。

② 尹锡南：《英国文学中的印度》，四川出版集团巴蜀书社2008年版，第127—137页。

③ 陈勇：《试论乔治·奥威尔与殖民话语的关系》，《外国文学》2008年第3期，第55—62页。

④ 李锋：《奥威尔小说〈缅甸岁月〉中的种族政治》，《英美文学研究论丛》2011年第2期，第94—107页。

⑤ Christopher Hitchens, *Why Orwell Matters*, New York：Basic Books, 2002, p. 34.

理念与学术路径。

对反极权主义主题的探讨一直是 90 年代国内奥威尔研究的一个重要课题，而新世纪以来的相关研究则更加深入，研究内容也更为丰富。王岚认为奥威尔在《一九八四》中通过描写温斯顿对母爱和性爱的追求、对生命的热爱、对历史和未来的思索，以及对基本真理和人生意义的探求，来唤醒人们对生活的热爱。[①] 朱平认为这部小说仍然给予反抗极权统治体制的希望，因为历史的真实到底有没有在无产者中保留下来，在文本之中仍是一个谜，而无产者至少还保有正常的人性和永恒的生命力。[②] 作者虽然仍围绕着极权主义这一主题，但是却提出了一些新的看法。比如，小说并不是悲观绝望之作，无法泯灭的人性和占大多数人口的无产者仍然保留着反抗极权主义的希望。王晓华的博士学位论文《乔治·奥威尔创作主题研究》则讨论了极权以及贫困、殖民话语、极权、传媒、生态等多个创作主题，认为这些主题反映了奥威尔的人道主义思想，而公共知识分子情怀是其人道主义思想的重要载体。[③] 虽然用人道主义统筹包括极权在内的五个不同主题并不太具有说服力，但却大大地拓宽了《一九八四》主题研究的范围。

对反极权主义主题的探讨也经常化为对政治隐喻、欲望与权力等主题的深入分析。2008 年，《读书》杂志连载了李零的文章《读〈动物农场〉》。作者通过对书中主要角色和故事情节的历史语境解

---

① 王岚：《〈1984 年〉中人性的探求》，《当代外国文学》2000 年第 4 期，第 152—158 页。

② 朱平：《绝望还是希望？——〈一九八四〉中的反抗策略及局限》，《解放军外国语学院学报》2010 年第 6 期，第 91—95 页。

③ 王晓华：《乔治·奥威尔创作主题研究》，博士学位论文，山东大学，2009 年。

读，认为这部童话是压缩版的"联共布党史"。文章澄清了冷战时期对奥威尔的误读，认为作为左翼作家的奥威尔是为了反对资本主义和法西斯主义才批判斯大林主义，而批判斯大林主义是为了捍卫社会主义。作者最后梳理了西方的主要价值观如"民主""专制""极权主义"等概念史，指出在后冷战时代，西方"自由世界"的代理人代表的并不是本国的民主，而是强国在海外的利益。这篇长文通过对这部经典作品的详细解读，厘清了对奥威尔政治思想的认识误区，其深层次目的是利用奥威尔来为中国革命进行辩护。① 同样，潘一禾认为这部小说表现了一个政治世界从建立到衰败，然后迅速从起点回到起点的"恶性循环"过程，表达了奥威尔希望后人能够找到走出政治幽暗的理性和摆脱"强权轮转"命运的实践之路。② 杨敏从批判式语篇分析理论的角度分析了小说中不同角色分别利用了语言的鼓动、强制、误导和塑造等功能来获取和维持各自的权力，语言并不是透明的交际工具，而是与欲望和权力的紧密结合。③

第四节 问题和思考

回顾 70 年来奥威尔学术史可以看出，国内奥威尔研究的历程特殊而艰辛。从禁区到解冻，从正名到繁荣，从"反苏反共作家"到

---

① 李零：《读〈动物农场〉（一）、（二）、（三）》，《读书》2008 年第 7、8、9 期，第 111—122、123—136、69—83 页。

② 潘一禾：《小说中的政治世界——乔治·奥威尔〈动物庄园〉的一种诠释》，《宁波大学学报》（人文科学版）2008 年第 2 期，第 30—36 页。

③ 杨敏：《穿越语言的透明性——〈动物农场〉中语言与权力之间关系的阐释》，《外国文学研究》2011 年第 6 期。

"反极权主义作家",从"公共知识分子"到"当代经典作家",这些变化反映了国内奥威尔研究与中国社会思潮变迁之间的紧密关联。尤其近30年来,思想解放带来了奥威尔研究的解冻与繁荣,所取得的学术成就有目共睹。不过,国内的奥威尔研究也存在一些问题,反思这些问题有助于推动国内奥威尔研究向纵深发展。

第一,新世纪以来研究论文虽然出现"井喷"现象,数量急剧增加,但整体质量仍然有待提高。据现有资料统计,80年代奥威尔相关文章和信息只有十余篇,90年代增加到三十余篇(包括2篇硕士学位论文),新世纪以来则猛增至三百多篇。这些数据一方面说明新世纪以来国内对奥威尔研究越来越受到重视,另一方面也应看到,国内高校扩招后高校英语教师大幅度增加,高校职称评审实施的量化标准,也带来了奥威尔研究论文的大量增加。但是,这些研究论文极少发表在国内外文学主流期刊或外语专业主流期刊上,研究成果的整体质量明显不高。

第二,在西方,奥威尔研究成果汗牛充栋,已形成"奥威尔产业"(Orwell Industry)①,但是我们对此了解不多。奥威尔国际研讨会②在亚洲只召开过一次(中国台湾东海大学,2011年),但没有中国大陆学者参加。对国外相关研究状况和研究热点不了解、不关注可能是国内研究质量无法整体提高的重要原因之一。奥威尔研究具有十分丰富的学术资源,特别是戴维森的20卷本《奥威尔全集》汇集了奥威尔几乎所有的作品和档案资料,具有巨大的学术价值。但

---

① 据现有资料来看,国外奥威尔研究英文专著(不含奥威尔单篇的论著)一百八十多部。其中20世纪50年代5部,60年代13部,70年代26部,80年代63部,90年代22部,2000年以来五十多部。

② 根据现有资料,20世纪80年代以来,国际奥威尔研讨会至少在12次以上。

令人不安的是，国内学者在研究中参考和引用《奥威尔全集》的寥寥无几，这样的成果很难对奥威尔研究有实质性的推进。除了20卷本《奥威尔全集》外，奥威尔的妻子索尼娅所编4卷本《乔治·奥威尔散文、新闻和信件集》、6部主要传记，芬维克（Gillian Fenwick）所编《奥威尔目录》（*George Orwell：A Bibliography*），哈蒙德（J. R. Hammond）的《奥威尔编年》（*A George Orwell Chronology*）和迈耶斯编写的《乔治·奥威尔：批评遗产》（*George Orwell：Critical Heritage*）、《乔治·奥威尔：批评文献目录提要》（*George Orwell：Annotated Bibliography of Criticism*）等也是西方奥威尔研究的重要文献资料。文献学的研究方法是提高国内奥威尔研究质量十分重要的先决条件。国内学界若能有效利用这些重要文献与学术成果，将会大大推动国内的奥威尔研究。

此外，奥威尔研究还存在另外三个问题：一是过于集中在《一九八四》和《动物庄园》两部小说上，对其早期作品重视不够；二是过于集中"反极权主义"和"反乌托邦"等层面，创新不足；三是对理论视角的运用存在过度阐释的现象，尤其是忽视历史语境容易把文本阐释变成理论操演的游戏。

就未来的奥威尔研究前景来看，首先，可以从中西奥威尔研究的学术盲点入手，以寻求新的突破。不难发现，奥威尔30年代的早期作品是研究的一个重要盲点。奥威尔这个时期的作品几乎可以当作一部描绘英国30年代的断代史，具有很高的文学和历史价值。他的第一部长篇作品《巴黎伦敦落魄记》生动幽默但又发人深省；《通往维根码头之路》是研究奥威尔社会主义观的重要作品；《向加泰罗尼亚致敬》是描写西班牙内战的重要文本；小说《上来透口气》对英国 20 世纪 50 年代 "愤怒的青年" 作家影响很大。这些作品都有值得进行深入探讨的必要性。

其次，《乔治·奥威尔剑桥指南》（*The Cambridge Companion to George Orwell*）提出 "奥威尔首先是一个政治作家"。[①] 研究者过多地关注了奥威尔 "政治" 的一面，而极度地忽视了他的 "作家" 一面，也就是说，注重他的政治思想而忽略了他的文学思想。国内一些学者甚至认为奥威尔作品的语言过于简单和直接，不如那些后现代主义迷宫般的文本具有研究价值或者适合新理论的阐释。有鉴于此，对奥威尔作品本身的艺术价值（特别是他的 30 年代作品）进行探讨显得极为必要。

最后，奥威尔写过大量的文学评论，如阐述其创作观的《我为什么写作》、体现他社会学批评方法的《论狄更斯》、开英国文化研究先河的《唐纳德·麦吉尔的艺术》，以及他对于语言的独特论述等。如果从他的创作观、语言观、文学批评、大众文化研究，以及作品的艺术价值等层面入手，就可以全面深入地揭示奥威尔文学思想的内涵与特质。

---

① John Rodden, ed. , *The Cambridge Companion to George Orwell*, Cambridge: Cambridge UP, 2007, p. 1.

第三部分
中国奥威尔研究的新视野

第一章

特里林："真相的政治"*

莱昂内尔·特里林（Lionel Trilling，1905—1975）是 20 世纪美国著名文学评论家，为纽约知识分子①重要成员。奥威尔在美国的经典化与特里林的大力推介和经典评论是分不开的，特别是其影响深远的一篇奥威尔评论《乔治·奥威尔与真相的政治》（*George*

---

　　* 本章主要内容发表在《外国文学评论》2014 年第 2 期。
　　① 纽约知识分子大致分为老、中、青三代。第一代在 1900—1910 年出生，主要有特里林、麦克唐纳（Dwight Macdonald）、拉夫（Philip Rahv）、格林伯格（Clement Greenberg）、胡克（Sidney Hook）、玛丽·麦卡锡（Mary McCarthy）等；第二代在 1915—1925 年出生，主要有欧文·豪（Irving Howe）、丹尼尔·贝尔（Daniel Bell）、克里斯托（Irving Kristol）和卡赞（Alfred Kazin）等；第三代则更为年轻，主要有波德霍雷茨（Norman Podhoretz）和桑塔格（Susan Sontag）等。纽约知识分子对美国社会产生了重要影响，主要经历了从激进主义到新自由主义再到新保守主义的思想历程。在这一思想的转变过程中，奥威尔的影响不可低估，大多数纽约知识分子都著有重要的奥威尔批评文本。除特里林将奥威尔当作应该效仿的榜样外，豪也把他视为"知识分子的英雄"，波德霍雷茨则把他称为"新保守主义的精神领袖和先驱"。纽约知识分子团体是推动奥威尔在美国经典化的重要力量。

Orwell and the Politics of Truth）。①该文首先于 1952 年在《评论》
（*Commentary*）杂志发表，后成为 1952 年美国出版的《向加泰罗尼
亚致敬》（*Homage to Catalonia*）② 序言，并收入特里林 1955 年出版
的关于 19、20 世纪重要作家的文学批评文集《反抗的自我》（*The
Opposing Self：Nine Essays in Criticism by Lionel Trilling*）。本章将从分
析批评文本入手，对特里林的奥威尔批评及其批评动机进行层层分
析，并揭示这个批评文本的重要思想史意义。

---

① 威廉斯（Raymond Williams）认为该文"标志着奥威尔文学声望的形成"。Raymond Williams, ed., *George Orwell：A Collection of Critical Essays*, Englewood Cliffs：Prentice–Hall, Inc., 1974, p. 6. 特里林还在 1949 年 6 月 18 日《纽约客》（*New Yorker*）发表对奥威尔《一九八四》的书评，他认为小说并非完全是攻击苏联共产主义，而是警告一种纯粹以权力为中心的统治制度对人的自由造成了最大的威胁。奥威尔作为批评者也对已沦为教条的激进思想进行了批评。Jeffrey Meyers and Valerie Meyers, *George Orwell：Annotated Bibliography of Criticism*, New York & London：Garland Publishing, Inc., 1977, p. 111. 另外，与纽约知识分子关系紧密的美国著名文学评论家埃德蒙·威尔逊（Edmund Wilson）也是奥威尔在美国经典化的积极推动者，他在《纽约客》系列书评中称其为"最有才能、最具有吸引力的作家""具有良好意志的人"和当代文化研究"唯一的大家"。

② 奥威尔这部长篇报道的主要目的是揭露西班牙内战真相。新婚不久的奥威尔在西班牙内战爆发五个月后奔赴西班牙前线。实属偶然，他参加的是马克思主义统一工人党（POUM），而不是共产党组织。共产党的方针是先打败佛朗哥的法西斯军队再进行革命，而马党则认为先建立革命政府才能打败弗朗哥。奥威尔支持共产党的策略，想参加共产党控制的国际纵队，但是他对政治内部争斗毫无兴趣和准备，因为他来西班牙参战的目的只是为了打败法西斯。然而，苏联的大清洗波及西班牙，受苏共支持的政府军开始对持有不同政见的马党及其他组织进行镇压，不少和他在前线浴血奋战的马党成员被当作托派分子和叛徒而受到清洗。奥威尔在一次战斗中喉咙被子弹击中差一点儿丧命，但是真正让他生命受到威胁的是共产党警察对他的追捕，他最后九死一生逃到法国边境。奥威尔回到英国后发现当地报纸上刊登的都是惊天谎言，莫须有地攻击马党是法西斯主义的同谋。奥威尔的西班牙经历是他继缅甸经历之后第二次人生重大转折，从此他写作的政治目的是"反对极权主义和拥护民主社会主义"。英国诗人斯蒂芬·斯彭德（Stephen Spender）和诺姆·乔姆斯基（Noam Chomsky）等都曾赞扬奥威尔在这部记录西班牙内战的长篇报道中具有揭穿谎言，说出真相的勇气。

第一节　《向加泰罗尼亚致敬》序言

特里林在这篇序言中提出了奥威尔的文学声望在美国最终确立的重要论点："他［奥威尔］是一位有德行的人"（he is a virtuous man）；"他是我们生活中的一个人物""他不是一位天才""他所做的一切我们任何人都可以做到"。① 这里，特里林对奥威尔作出了与英国文学批评家普里切特（V. S. Pritchett）的"一代人冷峻的良心""一位圣人"② 一样最为经典的评论：他是一位有德行的人，因此他是"我们"生活中值得尊重的人物，这个人物并不是高不可攀，难以企及，而是"我们"每个人通过反思和效仿就完全可以成为像他一样的时代人物。

特里林首先对"他是一位有德行的人"进行了解释。"有德行"是一个再寻常不过的词，指的是人的内在道德品质，以此界定他是一位时代人物似乎有些奇怪。但是，特里林认为其不寻常之处正是在于这种"老套"的描述："这是一个古语，特指过去对情感的勇敢执着以及过去所具有的简单朴实。"③ "古语"意味现在不再使用了，特里林这里所说的"德行"具有深刻含义：一是以前寻常的品

① Lionel Trilling, *The Opposing Self*: *Nine Essays in Criticism*, New York: The Viking Press, 1955, pp. 154, 155, 157.

② Jeffrey Meyers, *George Orwell*: *The Critical Heritage*, London: Routledge, 1975, p. 294.

③ Lionel Trilling, *The Opposing Self*: *Nine Essays in Criticism*, New York: The Viking Press, 1955, p. 154.

质现在变得不寻常了，这说明现在"我们"丢失了这种品质，因此
"我们"应该效仿仍然拥有这种品质的"时代人物"；二是奥威尔的
"德性"是来源于过去的道德传统，具有简单和朴实的特征，这正是
现代知识分子所欠缺的。特里林详细说道："通过语言的某种双关内
涵，这个句子的形式带来'有德性'一词的最初意义——这并不只
是道德意义上的善良，而是在善良中还具有坚毅和力量的意义。"①
特里林对"善良"和"德性"作了区分，甚至"他是一位有德性的
人"这句话与"有德性"这一修饰语也是不一样的。这句话表明奥
威尔的"德性"是"善良中的坚毅和力量"，继承的是过去朴素的
道德传统。

正是基于这样的评价，特里林认为："奥威尔是我们生活中一个
人物。他不是一位天才，而这正是他其中一个与众不同的地方，也
是使我称之为人物所具备的一种品德要素。"② 特里林列举了美国的
马克·吐温、梭罗、惠特曼和英国的劳伦斯、艾略特和福斯特等时
代人物，但他们是"天才"，"我们钦佩天才，爱戴他们，但是他们
让我们感到沮丧"，因为"天才"遥不可及，并非常人可以达到，
而奥威尔不是"天才"，"这是多么大的宽慰，多么大的鼓励啊！"
"他解放了我们"。特里林说道："他的影响在于他能够使我们相信
自己也能成为有思想的社会成员。这就是他成为我们时代人物的原
因。"③ 也就是说，奥威尔的"德性"是"我们"已经忽视或丧失
的，但是可以通过效仿"这位时代人物"而重获"德性"，成为有

---

① Lionel Trilling, *The Opposing Self*: *Nine Essays in Criticism*, New York: The Viking Press, 1955, p. 155.

② Ibid. .

③ Ibid. , p. 158.

思想的人。

那么为什么特里林把奥威尔当作"有德性"的人呢？显然，他认为奥威尔在《向加泰罗尼亚致敬》中揭示了历史的真相。由此可见，"德性"和"真相"密切相关。特里林对《向加泰罗尼亚致敬》这样评论道："［这是］我们时代的重要文献之一"①"现在，我相信他书中的记录已被每位判断力值得关注的人接受为本质的真相"②。特里林对奥威尔的西班牙内战经历进行了详细的介绍，并指出："他没有刻意表明他是支持右派还是左派……他只对讲述真相有兴趣。"③ 而当时大多数知识分子对官方的报道深信不疑，他们一致认为是马党（POUM）挑起了内战，背叛了革命。因此，特里林认为奥威尔的《向加泰罗尼亚致敬》"既说明了现代政治生态的本质，也是作者［为我们］演示了应对这一政治生态的其中一种正确方式，这对当前和未来都很重要"。④ 特里林由此提出了"真相的政治"（the politics of truth）这一关键问题。

要理解奥威尔代表的"真相的政治"需要区分与之相对的"观念的政治"（the politics of ideas）。"观念的政治"中的"政治"是指一种"放之四海而皆准的设计"，支撑这种政治的精神动力是把政治当作田园诗，是"观念和理想"（ideas and ideals）。显然，特里林这里指的是 20 世纪 30 年代许多左派知识分子的"共产主义信仰"。

---

① Lionel Trilling, *The Opposing Self*: *Nine Essays in Criticism*, New York: The Viking Press, 1955, p. 151.

② Ibid., p. 170.

③ Ibid., p. 172

④ Ibid., pp. 151 – 152.

但是和斯彭德一样，"上帝"失败后①是理想的幻灭，由此产生了许多类似特里林所说的"忏悔文学"（confession literature）。但是特里林认为奥威尔并没有"转变态度"，或者"丧失信仰"。他没有"忏悔"，而是坚持自己的政治方向，这是因为他在思考，他关注的是客观真相。这表明他是"一个非同寻常的人，他具有现在十分稀缺的头脑和心灵"②，他坚守的是"真相的政治"。这里"政治"的意义有较大的拓展，特里林在《自由主义的想象》（*The Liberal Imagination: Essays on Literature and Society*）序言中对"政治"解释说："我们现在需要应对的是该词的广义，这是因为现在我们一提到'政治'很清楚的是指'文化的政治'（the politics of culture），它是指把人类的生活组织起来，一是为了这样或那样的目标，二是为了调整情感，即人类的生活质量。"③ 可以看出，特里林并不是号召知识分子去效仿奥威尔一样出生入死地参加西班牙内战这样激进的政治斗争，他强调的"真相的政治"是一种"文化的政治"，它指向的不是抽象的观念，而是活生生的现实和人类情感，坚持"真相的政治"可以改变人类生活的方向和质量。

那么，为什么奥威尔具有这种讲述真相的能力呢？特里林特别强调了奥威尔对"公共规范"（common decency）和道德传统的重视。他说道：

---

① 详见 Richard Crossman, ed., *The God That Failed*, New Yorker: Bantam Books, Inc., 1959.《失败的"上帝"》主要讲述柯斯勒（Arthur Koestler）、伊尼亚齐奥·西洛内（Ignazio Silone）、理查德·赖特（Richard Wright）、安德烈·纪德（André Gide）、路易斯·费希尔（Luis Fischer）和斯蒂芬·斯彭德这六位前共产党作家从追求共产主义理想到最后脱党的心路历程。

② Lionel Trilling, *The Opposing Self: Nine Essays in Criticism*, New York: The Viking Press, 1955, p. 153.

③ Lionel Trilling, "preface," *The Liberal Imagination: Essays on Literature and Society*, New York: New York Review Books, 2008, p. xvii.

他针对的真理并不限于一种：他既对早期和简单的真理作出了反应，也对现代痛苦和复杂的真理作出了反应……他所关注的是生存，他将之与以前简单的观念相联系，这些观念其实并不算是观念而只是一些信仰、偏好和偏见。在现代社会中，他把这些当作新发现的真理，这是魅力和胆量的召唤。我们许多人至少是在文学生涯中卷入了对人性痛苦的、形而上的探索，但是当奥威尔赞扬一些诸如责任、个人生活的有序、公平和勇气甚至是势利和虚伪时——因为它们有时可以帮助支撑摇摇欲坠的道德生活堡垒，这让我们既吃惊又沮丧。①

这段话清晰地说明了"真相的政治"与"观念的政治"的区别。"观念的政治"是"痛苦的形而上"，而"真相的政治"的基础是"生存"和"简单的观念"。"简单的观念"是与"抽象的观念"相对的，它指的是基本的道德品质：责任、秩序、公平、勇气甚至一些道德缺陷（它们是真实的，并非"观念政治"中的"人的完美"）。这些品质如果用奥威尔的话来讲就属于"公共规范"②，如果用哲学意义来阐释的话就是指自由主义的核心价值观。

特里林认为奥威尔之所以能够坚持"真相的政治"，是因为他保留了他中产阶级出身的一些品质（责任、公平等），并对中下阶级的品质（生存）加以吸收。相反，其他中产阶级知识分子要么对前者完全抛弃，要么对后者又很鄙视。因此，他认为奥威尔正是基于这些品

---

① Lionel Trilling, *The Opposing Self*: *Nine Essays in Criticism*, New York：The Viking Press，1955，pp. 158 – 159.

② 奥威尔所说的"共同规范"核心原则是："只要每个普通人行为得体，世界就会变得公平美好。"

质对热衷于抽象理论而忽视具体经验的知识分子提出了严厉批评："当代知识分子阶层并没有去思考，没有真正地去热爱真理。"[①] 他最后指出奥威尔揭示的真相其实是一种普遍真理，这种真理以及揭示这种真理的人对"我们"现在和未来都十分重要。[②] 十分明显，特里林提出的"真相的政治"是一种"普遍的真理"，是对存在本质的探求。奥威尔对"当代知识分子"的批评其实也是特里林对美国50年代知识分子的一种告诫：要思考，不要盲从；要真理，不要迷信神话。不过，要理解特里林批评的动机，必须对他50年代两部重要文集《反抗的自我》和《自由主义的想象》进行分析，考察这些文本背后的思想语境。

第二节　反抗的自我

特里林在《反抗的自我》中指出批评文集的主题即"自我观念"（idea of the self）。自我是人类自我反省的行为，在哲学中也有"主体""意识""身份"等衍生概念，不同时期对此有着不同的阐述。自我与文学关系紧密，也与社会关系紧密，文学是联系自我与社会的纽带。哈桑（Ihab Hassan）曾说："文学是自我的文学，是栖息在世界中的自我的文学，是自我与世界被写成文字的

---

① Lionel Trilling, *The Opposing Self*: *Nine Essays in Criticism*, New York: The Viking Press, 1955, p. 166.

② Ibid. , p. 172.

文学。"① 特里林对"自我"和"现代自我"进行了分析。他在文集序言中提道"自我对其赖以生存的文化进行着强烈而又反抗的想象",而文化"不仅是指一个民族关于知识和想象的杰作,而且也包括他们一些假想和未成形的价值判断以及他们的习惯、行为和迷信"。那么,"现代自我"的特征是"〔他〕具有表达某种愤怒感受的力量,能够对准文化的潜意识部分,并使其成为有意识的思想"②。特里林这里和《自由主义的想象》所说的"文化的政治"是一致的,他认为"现代自我"可以感受到文化之下的不文明因素,通过与之对抗,使其成为公众意识,而文学则是表现"反抗自我"的舞台,可以承担拯救文化的使命。特里林引用阿诺德(Matthew Arnold)的"文学就是对生活的批评",目的也在于此。

特里林用"囚笼"意象来形容"现代自我"的处境。在现代社会,"囚笼"不只来自社会的外力,更来自个体对强制力的默认,这种强制力让"囚犯"不得不给自己签署"秘密逮捕令"(lettere de cachet)。家庭、职业、体面、信仰和责任甚至语言本身都是这样的"囚笼""'现代自我'如何看待、指明和谴责他的压迫者将决定自身的本质和命运。"③ 奥威尔的作品也突出表现了"现代自我"身处"囚笼"的困境,比如《巴黎伦敦落魄记》中所谓"流浪汉是可怕的魔鬼"、《缅甸岁月》中的"上等白人条例"、《牧师的女儿》中的"宗教清规"、《让叶兰继续飞扬》的"金钱崇拜"、《通往维根码头之

---

① Ihab Hassan, "Quest for the Subject: The Self in Literature," *Contemporary Literature*, Vol. 29, No. 3 (Autumn, 1988), p. 420.

② Lionel Trilling, *The Opposing Self: Nine Essays in Criticism*, New York: The Viking Press, 1955, p. x.

③ Ibid., pp. x – xi.

路》的"工人阶级身上有味道"、《向加泰罗尼亚致敬》的"马党与法西斯主义勾结"、《上来透口气》的"日常生活的琐碎"、《动物庄园》的"苏联神话"以及《一九八四》的"英社"和"新话"。这些"谎言"充斥在文学作品描绘的社会生活之中，构成强大的话语网络体系，如同"禁忌"桎梏着"现代自我"的思想，"现代自我"反抗着这些政治、社会和文化的"囚笼"，但多以失败告终。但是，奥威尔运用反讽策略揭示了"现代自我"的困境，将对"囚笼"的"无意识"认识以"像窗户玻璃一样透明的"语言转换成"公众意识"以警示世人。奥威尔创作的目的就是要揭露这些"谎言"①，与这些"现代文化"的"囚笼"现象对抗。因此，特里林所说的"真相的政治"就是依靠文学中的"现代自我"去揭露"谎言"，与"囚笼"的压迫者进行对抗的文化政治。奥威尔以其"德性"品质和"反抗"的作品拯救现代文化，这就是特里林号召知识分子效仿他的原因。当然，对特里林而言，"文化的政治"是对 30 年代"激进的政治"的扬弃，他也在为战后的知识分子指明思想方向。

第三节　自由主义的想象

欧文·豪明确地指出特里林以上评论的受众是"自由主义者"，他把奥威尔当作"自由主义知识分子应该效仿的坚毅和真诚的榜

①　奥威尔在《我为什么写作》（*Why I Write*）一文提出其创作目的是"使政治写作成为一种艺术"，既要揭露政治谎言，又要把写作当作审美活动。

样"。同时，豪认为特里林在 20 世纪 50 年代特别关注"美国自由主义者在对待左、右两派的极权主义上应该持有什么道德和政治立场时所面临的问题"。① 另外，特里林还特别提到他在答应为出版商写这篇《向加泰罗尼亚致敬》序言时碰巧与他的一位研究生讨论奥威尔，这位研究生与他不约而同地认为"奥威尔是一位有德性的人"。这些证据以及特里林批评文本中的诸多细节表明，特里林以一种公认的文学批评家权威身份告诫战后的自由主义知识分子及其年轻一代应该效仿奥威尔这样"有德性的人"，他们应该摆脱"观念的政治"，像奥威尔一样追求"真相的政治"。特里林这种告诫实质上是想说明自由主义者应该对自己的思想进行修正，确立新的自由主义方向。他的重要著作《自由主义的想象》也是出于这样的目的而写的。②

特里林指出《自由主义的想象》的主题是"自由主义观念"，特别是这些观念与文学的关系。③ 前面讲到《反抗的自我》主题是"自我观念"，探讨的是文学中具有反抗意识的"现代自我"，文学是"现代自我"与社会文化相联系的纽带。因此，文学把"自由主义"、反抗的"现代自我"和社会与文化联系在了一起。我们有理由推测文学将在特里林所说"自由主义的想象"中发挥重要作用，

---

① Irving Howe, *Orwell's Nineteen Eighty - four*: *Text*, *Sources*, *Criticism*, New York: Harcourt, Brace & World, Inc., 1963, p. 217.

② 奥威尔是西方不同政治派别"争夺"的对象，正如波德霍雷茨所说，"将这个时代最伟大的政治作家争夺到自方阵营可不是一件小事。这会给我们的政治立场带来自信、权威和力量"。Norman Podhoretz, *The Bloody Crossroads*: *Where Literature and Politics Meet*, New York: Simon and Schuster, 1986, p. 51. 因此，西方知识分子团体对奥威尔的政治利用主要表达的是自身的政治主张和思想诉求。

③ Lionel Trilling, "preface," *The Liberal Imagination*: *Essays on Literature and Society*, New York: New York Review Books, 2008, p. xv.

如同奥威尔一样，通过"反抗自我"的文学想象来改造社会和文化。特里林在序言开宗明义地说："在美国这个时期，自由主义不仅占主导地位，而且也是唯一的思想传统。因为显而易见的事实是，现在保守主义和反动主义的思想并没有得到传播。"① 结合这一判断的上下文语境，特里林的暗含之意是说，当今保守主义和反动主义虽然还没有形成观念气候，但是具有很强大的思想暗流，认为他们"观念破产"是非常危险的，我们必须要防止坠入"保守和反动"的暗流，始终坚持自由主义，因为自由主义是美国唯一的思想传统。这里关键是如何解决好当下的思想困境问题，而特里林提出自由主义应该根据时代和自身的需要而被修正。

第一，自由主义者应该明确自由主义的总体趋势是正确的，但是个别表达却可能有错误，因此可以通过加深对对手（如保守主义和反动主义）的了解，知彼而知己，这样才能给己方施加思想压力，产生修正自身的动力。特里林特举自由主义的奠基者约翰·斯图亚特·密尔（John Stuart Mill）为例予以说明。密尔认为应该对保守主义者柯勒律治（Samuel Taylor Coleridge）的思想加以了解，因为"像柯勒律治这样的对手施加思想压力可以使自由主义者反省自身立场的弱点和自满"②。

第二，既然情感和观念是相互影响的，那么文学与政治也具有十分紧密的关系。前面讲到"文化的政治"是关注人类的生活质量，

① Lionel Trilling, "preface," *The Liberal Imagination*: *Essays on Literature and Society*, New York: New York Review Books, 2008, p. xv. 保守主义者是现状最忠实的支持者，这并不是因为他们喜欢现状，而是因为他们相信现状是此时此刻所能达成的最好状态。反动主义者主张倒退变革，支持将社会带回先前的状态甚至是先前的价值体系。

② Lionel Trilling, "preface," *The Liberal Imagination*: *Essays on Literature and Society*, New York: New York Review Books, 2008, p. xvi.

自由主义原则与此是一致的，因此，自由主义者应该以文学想象的方式介入政治。特里林认为一个多世纪以来凡是有创见的文学批评家和作家都把他们批判的激情投入政治，比如文学中的"反抗自我"便是典型。他还指出密尔重视柯勒律治的另一重要原因在于他的诗人身份。密尔认为诗人之见"可以修正自由主义总是以一种他称为'散文'的方式来看待世界的错误，提醒自由主义者应该感受到多样性和可能性"，而且这种修正"在思想上和政治上都是必须的"。①特里林对密尔的上述阐释意在告诉自由主义者应该走文学想象和批判之路，因为文学是必然性和或然性的统一，文学可以认识到个人和社会存在的本质，也可以把握现实中的复杂性和偶然性。这与纯粹的抽象观念截然不同，抽象的现实是单一的，真实的现实是多样的，文学中的"反抗自我"揭示的是无意识的"囚笼"，是"真实中的真实"。文学无疑是自由主义、"现代自我"和社会文化相互作用的平台。

第三，自由主义具有一种与生俱来的悖论：自由主义关注情感，人的幸福是其中心议题，但在以自由的方式去实现这些情感时又往往会排斥情感。当今自由主义也存在这个悖论：当它在朝扩大化、自由和人生的理性方向想象时，它就会排斥情感的想象；当它对思维能力越有信心时，它就越会使思维机械化。这就是说，自由主义的本质特征是理性主义的，对人的前途是乐观的，在以进步观念实现最大自由的时候往往会与情感产生矛盾。这是理智与情感的矛盾。特里林主张以一种均衡的批判精神来对待这个矛盾，对待自由主义想象。

① Lionel Trilling, "preface," *The Liberal Imagination*: *Essays on Literature and Society*, New York: New York Review Books, 2008, p. xix.

当我们以一种批判的精神来分析自由主义时，如果我们没有考虑其朝组织化发展的冲动是必须的，也是有价值的话，那么我们的批判是不完整的。但是，我们同样必须理解组织意味着团体、机构、部门和专业技术人员。那些能在团体中保留下来的观念以及那些能传递到机构、部门和技术专业人员的观念通常都是某种类型的，具有某种简单性。这些观念要能保留的话通常会失去一些整体（largeness）、调节（modulation）和复杂性。偶然、可能性以及那些有可能使规律走向终结的例外等所带来的鲜活感受并不能与组织化的冲动协调一致。因此，当我们以批判精神看待自由主义时，我们要考虑到在我所称的自由主义的最重要想象与它现在特定的显现是存在差异的。①

特里林所说的"自由主义的想象"中的"想象"一词有一语双关之意，既表示对自由主义的设想和看法，也突出"想象"在以"理性"为主导的自由主义中的重要反拨作用。那么，"自由主义的最重要想象"是指自由主义的本质，即多样性和可能性，也暗示着文学可以抵达真正的自由主义。因此，特里林在序言的最后强调了文学在自由主义想象的重要作用。

批判的任务就是提醒自由主义最为本质的想象是它自身的多样性和可能性，这就是要使其意识到复杂性和困难性。在对自由主义想象进行批评时，文学具有独特的关联性（unique relevance）。这不仅是因为许多现代主义文学已经十分明确地指向

---

① Lionel Trilling, "preface," *The Liberal Imagination: Essays on Literature and Society*, New York: New York Review Books, 2008, pp. xx – xxi.

政治，更重要的是因为文学是最完整、最准确地记录多样性、可能性、复杂性和困难性的人类活动。①

特里林通过分析自由主义的外在动力、内在悖论以及文学与政治的关系，强调了文学与自由主义的本质特征完全吻合，自由主义者可以投身于文学创作和文学批评来达到改造社会和文化的目的，这一"文化政治"策略既不偏激，又不保守，理智与情感均衡协调，自由主义知识分子大有可为。特里林均衡的文化发展观是对自由主义的修正，与他在奥威尔批评提出的"真相的政治"精神实质是一样的。特里林在新的历史时期将奥威尔"真相的政治"去掉激进的政治介入，改造成为一种"文化政治"，成为修正自由主义的有力工具。

《自由主义的想象》收录的是特里林在三四十年代所写的 16 篇文学评论，后依"自由主义观念"主题进行了统一修改。这些评论是他阐发文学（包括文学批评）在修正自由主义想象中发挥重要作用的典范和实践，尤以其中一篇《美国的现实》（*Reality in America*）最为重要。特里林在该文批评对象是自由主义进步论的代表帕林顿②。他的代表作《美国思想的主流》（*Main Currents in American Thought*）是一部以经济和社会决定论介绍美国自殖民时期以来作家的"教科书"，被几代人尊奉为美国思想文化的"标准和指导"而占据中心地位。帕林顿在书中试图说明"美国长期存在的信念是现

---

① Lionel Trilling, "preface," *The Liberal Imagination: Essays on Literature and Society*, New York: New York Review Books, 2008, p. xxi.

② 帕林顿（Vernon Louis Parrington, 1871—1929），美国研究创始人之一，他对美国历史的进步主义阐释在 20 世纪 20—40 年代具有重要的影响力。1908 年，帕林顿在西雅图的华盛顿大学任教，思想开始"左"倾。

实和观念的二元对立，但一个人必须加入现实这一方"①。但是特里林毫不留情地指出，他最根本的错误在于他对现实的态度。在帕林顿眼中，现实是唯一的、可靠的且只是外部的，因此作家应该像一面透明的镜子将现实记录在案，这样他就把想象力和创造力当作民主的天敌。比如，霍桑的作品以探索人的内心阴暗面为主，但帕林顿认为这于实现民主毫无益处，与美国现实（Yankee reality）严重脱离。特里林针锋相对地说：

> 阴暗面也是现实的一部分……霍桑在完美地处理现实，这是实实在在的东西。一个能够对自然和道德完美提出种种精彩而又严肃质疑的人，一个能够与"美国现实"保持距离的人，一个能够在异议的正统中保持着异议（dissent from the orthodoxies of dissent）并告诉我们许多关于道德狂热本质的人，这样的人当然在处理真正的现实。②

特里林受到弗洛伊德很大影响，比如他关于"自我"和"无意识"的观点，这里的"阴暗面"也是如此。帕林顿推崇的美国现实是以进步主义和实用主义为评判标准，忽略了现实的复杂性。"在异议的正统中保持着异议""告诉我们道德狂热的本质"无疑也是奥威尔的写照，他正是批判地继承了英国的异议传统。"道德狂热的本质"是与奥威尔"真相的政治"相对的"观念的政治"。30年代许多左派自由主义者都陷入这种"道德狂热"。特里林通过这篇文学评论为当代自由主义者指出了在对待现实时应采取的正确立场。

---

① Neil Jumonville, ed., *The New York Intellectuals Reader*, New York: Routledge, 2007, p. 170.

② Ibid., p. 169.

　　特里林还把矛头指向该书标题"主流"一词的错误。他说："文化不只是一条主流，甚至也不是合流。其存在的形式是斗争或者至少是辩论——如果不是辩证则什么都不是。"① 特里林曾在《反抗的自我》中详细分析到黑格尔，特别是他的"异化"理论。这里他以正题—反题—合题的动态逻辑来分析文化不是一家独大，也不是思想相安无事的交汇，而是一种思想与其针锋相对的思想进行论辩，促进自身的完善。这种斗争不是暴力的镇压，而是智力的交锋。他对此进一步阐述道：

　　　　在任何文化都会有某些艺术家充满了辩证思想，他们表达的意思和力量就存在于矛盾之中。可以说他们触及的正是文化的实质，其标志是他们不会顺从于任何一种意识形态团体或者趋势。正是美国文化的重要环境，一种需要经常作出解释的环境，使得多得出奇的 19 世纪著名作家成为他们时代辩证的宝库，他们对其文化既有肯定又有否定，他们因此能够预言未来。②

　　阿诺德认为民主文化的健康平稳发展需要最优秀思想的发现和保留，而文学及其对生活的批评是发掘闪光思想、鉴定良莠的最佳工具。特里林深受阿诺德的影响，因此他主张文化的均衡发展，对文化需要辩证地看待，而非陷入某种"意识形态"的狂热。在这个问题上，特里林特意将西奥多·德莱塞（Theodore Dreiser）和亨利·詹姆斯（Henry James）进行对照，指出自由主义者对前者是"教条般的沉迷"，而对后者则很苛刻。两者的对照会"立即让我们

---

　　① Neil Jumonville, ed., *The New York Intellectuals Reader*, New York: Routledge, 2007, p. 169.

　　② Ibid..

处在文学与政治相遇的黑暗而又血雨腥风的交叉路口"。① 在帕林顿描述的美国人思维里，德莱塞关注工人阶级是现实和进步的；詹姆斯关注人的内心，讲究小说叙事技巧，但却不实用。德莱塞是美国二三十年代无产阶级文学的代表，受到美国共产党的推崇，而以拉夫为代表的纽约知识分子推崇的是像詹姆斯这样的现代主义文学。文学是政治的宣传工具还是具有自足性，这是战前纽约知识分子在其主办的刊物《党派评论》（*Partisan Review*）与听从斯大林指令的美国共产党展开的重要争论。特里林通过这篇文学评论对帕林顿与德莱塞的批评旨在告诫战后的自由主义者应该反思历史，认识到现实的多样性和复杂性，均衡地发展现代文化。由此可见，特里林走的是依靠"现代自我"反抗社会"囚笼"的压迫者，从而唤醒公众意识，改变社会方向的文学批评之路。

第四节　从自由主义到新自由主义

我们已从特里林在奥威尔批评中凸显的"真相的政治"与"观念的政治"的冲突谈到反抗的"现代自我"和"自由主义观念"。可以发现，特里林提出"真相的政治"其真实目的是为了修正自由主义，为战后自由主义知识分子指明方向。自由主义者既要放弃三

---

① Neil Jumonville, ed., *The New York Intellectuals Reader*, New York: Routledge, 2007, p. 170. 美国新保守主义者波德霍雷茨的《处在血雨腥风的十字路口：当文学与政治相遇》一书标题受其影响。参见 Norman Podhoretz, *The Bloody Crossroads: Where Literature and Politics Meet*, New York: Simon and Schuster, 1986。

四十年代"左"倾的激进主义和意识形态狂热，也要反对战后出现的右倾冷战思维，他们只能坚持一种新自由主义，即修正后的自由主义，而修正的策略就是依靠能够认识现实多样性和可能性的文学。那么战后美国社会出现了哪些显著变化促使这种新自由主义的产生呢？这需要追溯一下欧洲的自由主义传统以及在美国演变的历程。①

欧洲大陆的自由主义（古典自由主义）的奠基者是 17 世纪英国思想家约翰·洛克（John Locke）、密尔和亚当·斯密（Adam Smith）。洛克在《政府论》提出生命、自由和财产是人类不可分割的基本权利，其中最为根本的是自由；密尔在《论自由》中提出涉及他人的行为个人才对社会负责，而涉及本人的部分则完全由他自己做主；斯密在《国富论》中主张经济应该是市场自由竞争，政府不能干预。19 世纪是自由主义的世纪，在不断社会实践中达成一些基本共识：自由主义是个人主义的，无论权力和责任都以个人为中心；自由主义是理性主义的，人的理性有能力使其享受自由；自由主义具有广泛适用性，在自然权力和法律面前人人平等；自由主义是进步主义的，相信社会进步，对人类持乐观态度。②

特里林对自由主义是美国占主导的思想传统这一判断是很有道理的。美国的自由主义直接来自欧洲，并没有通过资产阶级与封建王权的革命，因此有"天然"得来的味道，即美国人生来就主要受到自由主义思想的滋养。美国受洛克的古典自由主义影响很深，比如《独立宣言》中"人生而平等"原则。《独立宣言》标志着古典自由主义在美国思想传统正式确立。但是从 19 世纪末的"镀金时

---

① 参见钱满素《美国自由主义的历史变迁》，生活·读书·新知三联书店 2006 年版。
② 同上书，第 6—7 页。

代"到 20 世纪初，以"进步"为特征的工业化导致资本主义经济从自由竞争走向垄断，经济危机频发，贫富差距悬殊，阶级矛盾日益突出。此时出现的"进步主义"运动则是为了控制垄断，对放任的经济自由主义进行干预，这是对"古典自由主义"的一次修正，其代表是美国总统西奥多·罗斯福（Theodore Roosevelt）的"新国家主义"和威尔逊（Woodrow Wilson）的"新自由"。罗斯福的"新国家主义"将国家利益放在首位，威尔逊的"新自由"则试图恢复自由竞争，两者的目的都是为了抑制垄断，促进公平，这为后来富兰克林·罗斯福（Franklin Delano Roosevelt）的新政奠定了基础。1929年经济危机爆发，美国进入大萧条时期。1933 年，罗斯福临危受命，推行"新政"对经济进行国家干预，实施福利政策，这是新的社会变化所导致的对自由主义的重大修正，标志着美国从古典自由主义进入现代自由主义。

"新政"不仅使美国安全度过了经济危机，也取得了反法西斯战争的胜利，同时也使美国战后经济繁荣。经济的繁荣也使美国文化充满活力，不少著名欧洲知识分子纷纷来到美国。经济的繁荣使国内知识分子的地位迅速提高，他们在高校教书之余可以安心著书立说，或在政府部门担任智囊，也是这个时候，纽约知识分子开始从社会边缘走向中心。在政治方面，战后美国国内的和平时期有利于知识分子对"左"倾激进主义、斯大林主义和法西斯主义进行反思。但是，战后国际形势并不太平，美、苏两个超级大国从盟友变成争霸世界的对手，冷战取代了热战，给世界带来了新的战争威胁和紧张气氛。在美国国内，杜鲁门政府的冷战政策和麦卡锡主义掀起反共产主义高潮，名单事件、指控诽谤、调查迫害等反共活动刺激着美国知识分子的神经，仿佛莫斯科审判的历史将会在美国重演，自由主义的核心价值观遭到严重挑战。面对战后美国社会的新变化，知识分子何去何从成为重要议题：是走"左"倾激进主义的老路，还是跟随抬头的右倾保守主义，或者非党派的中间路线？《党派评论》在 1952 年发起的"吾国与吾国文化研讨会"（Our Country and Our Culture）① 正是要解决这个路线问题。与拉夫和欧文·豪继续坚持激进路线不同，特里林走的是均衡的中间路线，即以了解保守主义为动力对自由主义传统进行修正，以文学批评干预社会生活，以文化政治取代激进政治。

战后的纽约知识分子普遍认为"要想取代不合适的自由主义，一种新的自由主义必须要建立起来。一是打铁需要自身硬，足以抵御传统自由主义常常暴露的自身弱点；二要能够经受得住极权主义的激进分子和歇斯底里的反动分子发起的攻击"。② 这也是特里林在《反抗的自我》和《自由主义的想象》中所要解决的问题。传统的自由主义知识分子过于乐观，过于相信自己的理性，他们想在激情

---

① 《党派评论》编委会提出研讨的问题是：1. 美国知识分子在多大程度上改变了对美国及其机构的态度？2. 是不是美国知识分子和作家一定要去适应大众文化？如果是一定的话，那么将以什么形式去适应？或者说，你是否相信一个民主社会必须使文化拉平与大众文化一致，并让这种大众文化凌驾于西方文明传统的思想和美学价值之上？3. 当艺术家不能再依靠欧洲作为文化的榜样和活力的源泉时，他们可以从美国生活的什么地方找到力量、更新和认知的基础？4. 如果重新发现和认同美国势在必行，那么批判的异议传统——这个传统可以追溯到梭罗（Henry David Thoreau）和梅尔维尔（Herman Melville）并在美国思想史上占据一席之地——能够一直保持强劲的势头吗？Alexander Bloom, *Prodigal Sons: The New York Intellectuals & Their World*, New York: Oxford UP, 1986, p. 199. 这些问题是针对美国战后出现的新变化提出，思考知识分子应该作哪些调整，发挥什么样的作用。拉夫的文章《美国战后的知识分子》（*American Intellectuals in the Postwar Situation*）即是按照以上问题进行回答，强调了知识分子在地位和环境发生变化后不能安于现状，缺乏危机意识，而应该自始至终保持批判和创新精神。

② Alexander Bloom, *Prodigal Sons: The New York Intellectuals & Their World*, New York: Oxford UP, 1986, p. 180.

的"革命岁月"和多灾的"战乱年代"中"独善其身",被不少激进主义者斥为"过于幼稚"。特里林还敏锐地发现,自由主义自身的"悖论"会造成人的理性简单化和机械化。不少自由主义者陷入了"观念政治"的狂热。特里林指出现实的多样性和复杂性,人的理性光环之下存在着弗洛伊德所说的无意识的恶。他从历史的教训得出无论是"左"还是"右"的极端主义都无助于解决美国现实问题,意识形态的神话只能导致极权主义,"修正需要替代革命成为时代精神"[1]。美国知识分子只能走均衡的非党派路线,建立新的自由主义是唯一的出路。

战后美国经济和文化的繁荣也使许多纽约知识分子对美国态度从批判走向接受。虽然仍有拉夫等将妥协顺从美国的态度斥为"美国知识分子的资产阶级化",但是不少人放弃了以前的激进主义政治,转向了重新界定的自由主义。他们立足于现实,以自己渊博的知识特长分析美国社会问题。由此,社会科学取代了抽象的意识形态理论,在美国开始兴盛。社会学、心理学和人类学的学者开始考虑如何将这些致力于拓展人对自身认识的研究发展成为一种应对自由社会出现的问题的解决之策。[2] 其中最有代表的成果之一是丹尼尔·贝尔的《意识形态的终结》(*The End of Ideology*)[3]。贝尔说:"摆在美国和世界面前的问题是坚决抵制在'左派'和'右派'之

---

[1]　Alexander Bloom, *Prodigal Sons: The New York Intellectuals & Their World*, New York: Oxford UP, 1986, p. 184.

[2]　Ibid. , p. 185.

[3]　此书虽是在 1960 年出版,但其主要论文都在 50 年代出版,其副标题是"五十年代政治观念衰微之考察"(On the Exhaustion of Political Ideas in the Fifties)。详见 Alexander Bloom, *Prodigal Sons: The New York Intellectuals & Their World*, New York: Oxford UP, 1986, pp. 186 – 187。

间进行意识形态争论的古老观念，现在，纵使'意识形态'这一术语还有理由存在的话，它也是一个不可救药的贬义词。"① 对他而言，"通向天国城市的梯子不再是一个'信仰之梯'（a'faith lad-der'），而是经验之梯"②，因此他信奉"今天属于活着的人"③。贝尔在1949年1月25日《新领导者》（*New Leader*）发表的《一九八四》评论贯彻了这种思想。他说，"当我们可能总是在探求最终结果的时候，我们却是活在这里和当下。因此，我们需要的是一些经验的判断（empirical judegments），它们能够对一个行动的后果作出肯定的回答"。④《意识形态的终结》就是一部以社会学理论来分析当代美国社会的论著，贝尔还称自己"在经济领域是社会主义者，在政治上是自由主义者，而在文化方面是保守主义者"。⑤ 特里林的《反抗的自我》和《自由主义的想象》正是在这样一个大的思想背景下产生的。

　　如果说贝尔论证走自由主义之路的理论基础是"意识形态的终结"，具体操作之法是社会学的话，特里林的理论基础则是自由主义

---

① ［美］丹尼尔·贝尔：《意识形态的终结》，张国清译，江苏人民出版社2001年版，第467页。

② Alexander Bloom, *Prodigal Sons*: *The New York Intellectuals & Their World*, New York: Oxford UP, 1986, p. 187.

③ ［美］丹尼尔·贝尔《意识形态的终结》，张国清译，江苏人民出版社2001年版，第467页。

④ Jeffrey Meyers, *George Orwell*: *The Critical Heritage*, London: Routledge, 1975, p. 265. 贝尔提供的具体建议是：第一，既要承认没有固定的答案，也不要过激地怀疑任何答案；第二，认识到人类境况是有限的；第三，任何社会行为都应该受到实证的检验。他在评论的最后说道："一个人只能有意识地或有自我意识地生活在长期存在的双重意象之中，如介入与隔离、忠诚与质疑、爱与批判地赞同等，没有它们，我们就会迷失。最好的情况是，我们能在矛盾中生活。"Jeffrey Meyers, *George Orwell*: *The Critical Heritage*, London: Routledge, 1975, p. 266.

⑤ ［美］丹尼尔·贝尔：《资本主义文化矛盾》，赵一凡等译，生活·读书·新知三联书店1989年版，第21页。

的"想象"——文学的想象，他的具体方法是文学批评。正如贝尔利用奥威尔表达了他"活在这里和当下""在矛盾中生活"的自由主义政治观，特里林则利用奥威尔来强调"有德性"的自由主义品质和"真相的政治"中真理的重要性和复杂性——这是特里林所定义的新自由主义的核心。① 只有"有德性的人"才能追求"真相的政治"，奥威尔就是这样的人。这不仅是特里林想向美国自由主义者（包括他的学生）传递的重要信息，而且也是他对自己思想道路的历史抉择。奥威尔是特里林五位最钦佩的知识分子中唯一的一位当代作家，这是他的另外一位学生得出的结论。② 可以说，特里林的奥威尔经典评论《乔治·奥威尔与真相的政治》为 20 世纪 50 年初期处于思想困惑的美国自由主义知识分子指明了方向，具有重新界定美国自由主义的思想史意义。

特里林将奥威尔赞誉为"有德性的人""讲真话的人"以及每个人如果去效仿都能达到的天才，这些经典评论不仅扩大了奥威尔在美国知识界的声望，而且背后凸显的是本土文化和政治取向对奥威尔的利用，这也充分说明奥威尔经典地位在美国的确立。

---

① 英国新左派威廉斯对特里林这篇评论发表了看法。他介绍到这是一篇对奥威尔评价的经典陈述（classic statement）：奥威尔是一位讲述真相的人。但是，《向加泰罗尼亚致敬》并没有像《动物庄园》和《一九八四》广为流传，这说明"奥威尔的讲述真相是在多大程度上被官方文化收编用来反对革命社会主义"。例如，特里林在评论中对后期巴塞罗那幻灭的讲述就要多于早期充满革命精神的巴塞罗那。详见 Raymond Williams, ed. , *George Orwell: A Collection of Critical Essays*, Englewood Cliffs: Prentice - Hall, Inc. , 1974, p. 6。这一评论典型地反映了西方知识分子团体对奥威尔的政治利用。

② John Rodden, *The Politics of Literary Reputation: The Making and Claiming of St. George Orwell*, Oxford: Oxford UP, 1989, p. 77.

第二章

"悲观主义"的政治

　　乔治·奥威尔作为反乌托邦小说《一九八四》的作者被不少论者视为"悲观主义者",认为他对人类未来持"悲观主义"态度。英国文化研究的鼻祖雷蒙德·威廉斯(Raymond Williams)评论奥威尔这部小说"切断了希望的源泉"①。在国内,该小说(包括《动物庄园》)在20世纪50—70年代被视为"仇视人类的病态幻想的产物"②而遭禁,即使到了解禁的八九十年代,仍有不少学者认为奥威尔在以"绝望的心态"进行小说创作③,并且这一观点影响至今。奥威尔真是一位"悲观主义者"吗?笔者对此提出质疑,并主张从

---

　　① Raymond Williams, *George Orwell*, New York: The Viking Press, 1971, p. 78.

　　② 详见《译文》1956年7月刊载的《谈谈英国文学》和1958年6月刊载的《五十年代的英国小说》这两篇译自苏联文学杂志的文章。苏联文学界对奥威尔的批判态度极大地影响了国内早期学界对奥威尔的认知和接受。

　　③ 参见张中载《十年后再读〈1984〉——评乔治·奥威尔的〈1984〉》,载《外国文学》1996年第1期,第71页。

政治层面对这一问题展开调查。① 本文首先确定将奥威尔评判为"悲观主义者"最关键的批评家及其批评文本，然后从相关的思想史语境和西方奥威尔批评的政治谱系深入考察此批评家从事奥威尔批评的政治动机，从而揭示批判奥威尔宣扬"悲观主义"的政治意蕴。

第一节　《鲸腹之外》

笔者基于上述政治考察立场对西方奥威尔批评的相关评论进行梳理，发现批判奥威尔的"悲观主义"与"置身鲸腹"之说密切相关，而这背后的主要推手是英国新左派代表人物汤普森（E. P.

---

① 有一些西方知识分子是从非政治因素层面来评论奥威尔的"悲观主义"。例如，罗素（Bertrand Russell）认为奥威尔在《一九八四》中"完全绝望"（utter despair），这与他的疾病折磨有关，这是典型的"生理阐释"。See Bertrand Russell, "George Orwell", *World Review*, 16（June 1950），p. 5. 安东尼·韦斯特（Anthony West）则将《一九八四》中的"冷酷的悲观主义"（remorseless pessimism）归因于作家童年在寄宿学校所遭受到的虐待，这是典型的"心理阐释"。Jeffrey Meyers and Valerie Meyers, *George Orwell：Annotated Bibliography of Criticism*, New York & London：Garland Publishing, Inc. , 1977, pp. 122 – 123. 这些阐释具有一定合理性，然而奥威尔以"政治作家"闻名于世，批评家政治因素层面的阐释才能把握问题实质（介绍奥威尔研究最新研究成果的《乔治·奥威尔剑桥指南》同样提出这一观点，参见 John Rodden, ed. , *The Cambridge Companion to George Orwell*, Cambridge：Cambridge UP, 2007, p. 194。换言之，有关奥威尔"悲观主义"的评判必须首先当作一个政治议题，特别要与 20 世纪 30 年代以来英国左派知识分子的社会主义运动紧密联系起来。文章前面所举对奥威尔"悲观主义"的指责其实都具有政治意蕴。威廉斯是英国新左派，而国内对奥威尔的接受也受到极左意识形态的影响。

Thompson，1924—1993）①。他与人合著的《走出冷漠》（*Out of Apathy*）在 1960 年出版，该书收录了汤普森本人的一篇奥威尔评论文章《鲸腹之外》（*Outside the Whale*）②，针对的是奥威尔早在 1940 年出版的评论文集《鲸腹之内》（*Inside the Whale*）中收录的同名文章《鲸腹之内》③。汤普森在这篇评论中认为奥威尔《鲸腹之内》一文宣扬的是"置身鲸腹"的"悲观主义"和"冷漠态度"，并对此进行了十分严厉的批判，极大地影响了西方知识分子对奥威尔的认知和接受。这也说明奥威尔早于《一九八四》较长时间创作的《鲸腹

---

① 相关梳理可参见本文的第四部分。如果从政治层面考察奥威尔的"悲观主义"，我们需要考察的是英国左派知识分子，特别是老左派与新左派的奥威尔批评，因为这一判定主要是由该政治谱系的知识分子团体和个人作出的，而矛盾的核心源自社会主义观的不同。其中，多伊彻和威廉斯也是指责奥威尔"悲观主义"的重要批评家，不过 E. P. 汤普森是居于两者之间"承前启后"的关键人物。多伊彻和威廉斯分别从"神秘主义"和"流放者的悖论"角度切入，而汤普森对奥威尔"悲观主义"的批判则更为直接、严厉和系统，使"置身鲸腹"之说几乎成为奥威尔悲观主义模式的代名词，后为不少批评家引以为据。例如，以下批评文本的标题和观点明显受到汤普森这篇评论的影响，如 David L Kubal，*Outside the Whale：George Orwell's Art & Politics*，Notre Dame：University of Notre Dame Press，1972；作家拉什迪（Salman Rushidie）1984 年的《鲸腹之外》一文，参见 http：// granta. com/outside – the – whale/（该文同样批判奥威尔的"悲观主义"，认为"置身鲸腹"是他为作家提供了一个逃避政治现实的避难所）；西方左派知识分子在 20 世纪 80 年代批判奥威尔的文集 Christopher Norris，ed.，*Inside the Myth：Orwell：Views from the Left*，London：Lawrence and Wishart，1984。

② 汤普森是英国新左派运动的领袖人物，代表作《英国工人阶级的形成》（*The Making of the English Working Class*，1963）奠定了他的史学家地位，另著有重要传记《威廉·莫里斯：从浪漫主义到革命》（*William Morris：Romantic to Revolutionary*，1955）。对于汤普森的另一部著作《走出冷漠》，威廉斯认为这是"英国新左派早期宣言书之一"。Raymond Williams，ed.，*George Orwell：A Collection of Critical Essays*，Englewood Cliffs：Prentice – Hall，Inc.，1974，p. 6. 该书为"新左派书系"（*New Left Books*）第一卷，涉及的主要领域有：新型阶级社会的内部结构、英国工业社会中的共同文化以及新帝国主义、北约和核裁军运动等全球问题。E. P. Thompson，*Out of Apathy*，London：Stevens & Sons Ltd.，1960，pp. x – xi. 需要注意的是，《鲸腹之外》从标题上看与《走出冷漠》意思相似，这说明该文反映了全书的核心观点。另外，该文是关于奥威尔的文学评论，而不是一般政论文。20 世纪的批评家在文学批评中承载了更多的社会责任。

③ 奥威尔的评论文集《鲸腹之内》由英国维克多·格兰兹公司（Victor Gollancz）出版，包括《狄更斯》（*Charles Dickens*）、《男生周报》（*Boys' Weeklies*）和《鲸腹之内》（*Inside the Whale*）三篇著名文学评论。

之内》一文成为批评家判定其为"悲观主义者"的重要文本。

那么，汤普森在《鲸腹之外》是如何判定奥威尔为"悲观主义者"呢? 汤普森文中特别引用了奥威尔《鲸腹之内》的一段话。

> 被动态度将会回归，而且作家将比以往更加自觉地采取被动。进步与反动都是骗局。剩下的只有隐遁 (quietism) ——通过服从现实而消除现实中的恐怖。隐遁到鲸鱼的肚子里去 (get inside the whale) ——或者说，承认自己已经身处鲸鱼的肚子之中 (当然，你实际上也是如此)。将自己交给世界的进程，不再反抗，也不再假装自己能够控制它; 只能是接受它，忍受它，记录它。①

据此，汤普森认为奥威尔这篇文章中的"作家"就是那些在 20 世纪三四十年代思想从激进走向幻灭的英国知识分子，而战后的年青一代由于深受他们的影响并没有仔细考察历史语境和现实状况，造成对社会主义运动报以失望甚至是冷漠的态度。这种冷漠态度正是当前西方世界 (汤普森称之为北约政治，Natopolitan) 意识形态的主要特征。汤普森分析了冷漠发展的两个阶段: 第一个阶段是具有责任感的知识分子从他们无法解释或者无法忍受的社会现实中退缩出来。这种退缩的主要形式是对共产主义的幻灭，因而到了 40 年代中期，失望成为西方文化的中心主题。② 第二个阶段是这种退缩导致了对现状的接受，汤普森称之为"文化缺席"(cultural default)。也就是说，知识分子在面临社会压力时对本应承担的责任彻底放弃，

---

① [英] 乔治·奥威尔:《政治与文学》，李存捧译，译林出版社 2011 年版，第 138 页。参见 E. P. Thompson, *Out of Apathy*, London: Stevens & Sons Ltd., 1960, p. 158。

② E. P. Thompson, *Out of Apathy*, London: Stevens & Sons Ltd., 1960, p. 145.

对与反动势力的共谋进行辩解。到了 60 年代，这一主流意识形态甚至朝着否定人的方向发展。① 汤普森列举了两位影响当前西方知识分子形成冷漠态度的典型作家——一位是奥登，另一位就是奥威尔。汤普森继而指出《鲸腹之内》代表的是对无为主义（quietism）的辩护，奥威尔的政治悲观主义与奥登的精神悲观主义实质是一致的，同属上面提及的文化缺席模式。

首先，汤普森认为奥威尔的政治悲观主义对西方知识分子产生了十分消极的影响。汤普森举了一个形象的例子：这就像一场足球赛，但是看不到法西斯主义等反动的一方，只是看到反法西斯主义、共产主义和进步的一方在相互不断地犯规或者把球踢向自家球门。因此，奥威尔"就像一个只对一方极为苛刻而对另一方麻木的人"。② 他以一种厌恶或者欺骗的说辞代替对现实的理性分析，也就是说，他没有看到 30 年代共产主义运动中高度民主的一面，而是不分青红皂白地全盘予以否定。汤普森对此评论道：

> 这一失败的影响非常大，它不仅阻碍了年轻一代理解共产主义转型过程中的内部力量，而且还否定了在共产主义影响下可能发生社会转变的希望。它对希望的否定具有非理性禁忌的效果。正如奥威尔在《对文学的阻碍》（*The Prevention of Literature*）所说，"甚至只是一个禁忌就能对思想进行全方位的伤害"。在此情况下，禁忌破坏了社会人的所有信心，也桎梏了奥威尔的思想，因而产生了《一九八四》中的那些消极认识。③

---

① E. P. Thompson, *Out of Apathy*, London：Stevens & Sons Ltd.，1960，p. 146.

② Ibid.，p. 161.

③ Ibid.，p. 163.

其次，汤普森认为奥威尔总是以诋毁动机的方法来取代客观分析，从而篡改了事实的记录。比如，他对人民阵线、左派读书俱乐部等的看法并不是置于一个特定的政治背景下的政治反应，而是"一部分英国中产阶级神经质和卑劣动机的投射反应"①。汤普森评论道：

> 正是在这篇文章而不是其他，一代人的抱负都被埋葬了。它埋葬的不仅是一场令人尊重的政治运动，而且还埋葬了为一个政治事业无私奉献的观念。奥威尔指责这个事业是一场骗局，讽刺那些支持者的动机，这无疑拉直了"行动的弹簧"（springs of action）。他在失望的一代人中播撒了对自己极不信任的种子。社会主义的理想主义不仅被低估了，也被诡辩为仅仅是中产阶级罪责、挫折或倦怠的功能。②

最后，汤普森认为奥威尔的"置身鲸腹"与奥登把所有鲸鱼都归属于"短暂的细节"（transient details）一样，说明的是他们毫不在乎鲸鱼是否会游走（navigation）。③汤普森对冷战时期的政治形势作了十分形象的描述。

> 在大约 1948 年的某个地方，一只北约政治的真正鲸鱼穿越了冷战的海洋沿着这个路线游来。它注视着那些正在拼命打水的失望者——他们转动小眼睛进行着卑劣的思考。突然它张开嘴，一口把他们吞下。这并不是让那些知识分子能够在它肚子

---

① E. P. Thompson, *Out of Apathy*, London: Stevens & Sons Ltd. , 1960, p. 164.
② Ibid. .
③ Ibid. , p. 167.

里保持一个突出的坐姿，而是为它的消化系统增加营养。①

显然，西方资本主义统治者容不得这些"失望者"躺在"鲸腹之内"去"安享太平"。在如此残酷的意识形态斗争情况下，汤普森把冷漠看作意志的一种病态表现，只能将此"瘟疫"赶走。② 因此，"我们必须从鲸腹之内出来（we must get outside of the whale）"③，继续积极投入社会主义运动当中去。他相信在此行动中，"人性具有革命的潜力"。对这一重要问题，汤普森具体解释道：

> 社会主义的目标并不是去废除"邪恶"（那会是虚妄的目标），也不是将善恶之间的斗争提升到建立一种完美无瑕的，完全亲如父亲关系的国家（无论是马克思主义或者是费边主义者的设计），而是要终止以前人类历史中出现的对这种斗争的操纵，即在一种极权社会或者贪婪的社会环境下对善的压制。社会主义不只是一种组织生产的方式，而且还是生产"人性"的方式。这里也不是只有一种规定好了的，或者具有决定意义的方式产生社会主义人性。在建立社会主义的过程中，我们应该找到一种方式，在不同选择中加以甄别，从人们的真正需求和存在的可能性中找到我们选择的依据，而不是参照什么绝对的历史法则或者《圣经》文本。同时，这种方式还需要在公开、持续的思想和道德争辩中予以揭示。它的目标不是建立一个凌驾于人之上，决定人的一切等具有这样本质特征的社会主义国家，而是建立一个"人性化的社会或者社会化的人性"（an hu-

---

① E. P. Thompson, *Out of Apathy*, London：Stevens & Sons Ltd., 1960, p. 167.
② Ibid., p. 181.
③ Ibid., p. 191.

man society or socialised humanity），在其中是人而不是金钱发挥所有的作用（改编莫尔的话）。①

汤普森在这段重要引言（后文将做详细分析）中集中表达了他以"人性"（人道主义）为中心的社会主义观，这是他从事奥威尔批评的主要目的。从以上评论可以看出，汤普森认为奥威尔在《鲸腹之内》宣扬了悲观主义，这种悲观主义给当前的社会主义运动造成了巨大损害，他对奥威尔进行了严厉的批评。汤普森号召西方知识分子"必须从鲸腹之内出来""走出冷漠"，投身到"社会主义人道主义"的政治行动当中去。那么，奥威尔的《鲸腹之内》一文是否真如汤普森所说宣扬了"悲观主义"和"冷漠态度"？

第二节　《鲸腹之内》

《鲸腹之内》是奥威尔对美国作家亨利·米勒（Henry Miller）《北回归线》（*Tropic of Cancer*）的书评。奥威尔认为《北回归线》既不像英国 20 年代的作家在艺术技巧有所创新，又不像 30 年代的作家对社会现象进行抨击。它的重要性仅仅是"象征意义的"，"米勒是个不寻常的、值得一读的作家；而且，他是个完全消极、非建

---

① E. P. Thompson, *Out of Apathy*, London：Stevens & Sons Ltd. , 1960, p. 185. 莫尔即英国空想社会主义者托马斯·莫尔（Thomas More）。

设性的、非道德的作家，是现代的约拿①，是被动地接受恶的人，是尸堆里的惠特曼"。②

奥威尔继而谈到"约拿"典故中的大鱼在后来的流传过程中变成了鲸鱼。"鲸鱼的肚子就好比一个子宫，足够一个成年人待在里面。你待在那里，四周漆黑，松松软软，跟外面的世界全然隔绝……除了死亡，那可以说是不承担责任的最高境界。"③ 米勒在其他作品中也使用了约拿的典故，奥威尔认为米勒旨在表明"被鲸鱼吞掉是件很诱人的事""他一点也不想去改变或者控制自己的命运。他跟约拿一样，被吞掉，保持被动，认可一切"。④ 诗人惠特曼（Walt Whitman）"认可"的是 19 世纪中期美国的繁荣期的自由和平等，但在 20 世纪 30 年代的战争"尸堆里"，米勒仍然逃避责任，认可一切，对此奥威尔是否认可呢？显然从上面引文中已经能够看出，奥威尔是反对米勒的这种态度的。奥威尔只是认为米勒的作品写出了美国人在巴黎落魄的见闻，这些题材在 30 年代是不合时宜的，但比当时许多政治宣传色彩浓厚的作品更加真实。但是，奥威尔并不认为米勒是"伟大的作家"，他也不代表"英国文学的新希望"，他

---

① 约拿是《圣经》中的先知，上帝派他去亚述帝国的尼尼微传递停止作恶的信息。约拿违抗命令，坐船渡海向相反地方逃走，后遭上帝惩罚，船遇风浪，行将倾覆，约拿叫水手把他投入大海。在听到约拿祈祷声后，上帝派一条大鱼将他吞没。鱼肚子里面很黑，又臭又冷。他用很多时间思考究竟发生了什么。他意识到自己逃跑是非常愚蠢之后便下定决心遵照命令去尼尼微。三天以后，这条大鱼把约拿吐到一个海滩上。约拿到了尼尼微宣告了上帝旨意，那里的所有人，包括国王，都脱下华丽的衣服，穿上破旧的衣服并往自己脸上抹灰。上帝最后宽恕了他们所有的邪恶。
② ［英］乔治·奥威尔：《政治与文学》，李存捧译，译林出版社 2011 年版，第 138 页。着重号为笔者所加，下同。
③ 同上书，第 132 页。
④ 同上书，第 131、132 页。

的作品只是表明"在新世界诞生之前产生伟大的文学作品的不可能性"①，因为这个世界的极权主义对文学进行了阻碍。从以上分析可以十分清晰地看出，汤普森正是将米勒的态度等同于奥威尔的态度，并由此得出结论：奥威尔信奉消极的无为主义。

奥威尔在本文还记录了他和米勒的第一次相遇。奥威尔去参加西班牙内战，经过巴黎。米勒认为如果出于好奇去西班牙还能理解，可为了奥威尔所说的"反抗法西斯""保卫民主"等某种"责任感"去则是白痴行为。奥威尔写道："他认为，我们的文明注定要消亡，被某种非人的文明所取代，但他对此毫不担心。他的作品中贯穿着这一观点，弥漫着走向毁灭的感觉，而且到处暗含一切都无所谓的信念。"② 事实是十分清楚的，是米勒采取了消极的态度，而奥威尔在西班牙内战中曾喉部中弹，险些丧命。再举一例予以反驳。"置身鲸腹"的另一种说法是"返回母体"（womb）。奥威尔曾在《欢乐谷》（*The Pleasure Spot*，1946）一文中反对远离自然、贪图享受的都市生活，认为这种生活"如同人返回了母体"——"没有阳光但有人陪伴，温度可以调节，不用为工作和食物担忧，人的思想被心脏有节奏的悸动所淹没"。③ 由此可见，认为奥威尔的"返回母体（子宫）"之说是一种消极和倒退，或者只是根据这一说法来判定奥威尔具有"原始主义情怀"，都是对奥威尔原文的极端忽视。另外，奥威尔在《鲸腹之内》中还严厉批评了奥登《西班牙》（*Spain*）一诗中

---

① ［英］乔治·奥威尔：《政治与文学》，李存捧译，译林出版社2011年版，第138页。着重号为笔者所加，第138、139页。

② 同上书，第130页。

③ George Orwell, *CW*, Vol. 18, ed. Peter Davison, London：Secker & Warburg, 1998, p. 31.

所说的"必要的谋杀"（necessary murder）①，汤普森将奥威尔与奥登放在一起是不符合事实的。作为历史学家的汤普森在《鲸腹之外》的评论完全脱离了《鲸腹之内》的文本语境和奥威尔的真实意图。

第三节 社会主义人道主义

汤普森不无矛盾地引用了奥威尔在《通往维根码头之路》（*The Road to Wigan Pier*）中的一句话，对本文第一部分的最后一段关键引文做出说明："一位有思想的人并不是去放弃社会主义，而是决心去使之更具有人性（humanise it）。"② 其实通过仔细对比可以发现他们之间具有不少相似之处。比如，他们都看重经验，轻视理论；他们都重视英国传统，强调英国民族性③。另外从上面的批评文本引文可以看出，汤普森的语言形象生动，具有斯威夫特式讽刺的效果，

---

① 《西班牙》一诗概述"优秀党员"的一天。奥威尔对此评论道："我知道什么是谋杀——恐怖、仇恨、号哭的家属、尸体解剖、血、臭味。对我来说，谋杀是件应当避免的事。每个普通人也都这么看。希特勒们和斯大林们觉得谋杀是必须的，但他们也不宣扬谋杀的可怕，他们也不称那是谋杀，而是'蒸发''清除'，或者别的能安慰人的什么词。如果在谋杀发生的时候，你是在其他地方，那么，奥登先生的那种无道德感才有可能产生"。[英]乔治·奥威尔《政治与文学》，李存捧译，译林出版社 2011 年版，第 126 页。奥威尔讽刺了奥登这样出身中产阶级的诗人与大众和现实是脱离的，因此他们无法看清政治背后的权力角逐，他们最后的幻灭是必然结局。

② E. P. Thompson, *Out of Apathy*, London：Stevens & Sons Ltd. , 1960, p. 185. 奥威尔《通往维根码头之路》的原文参见 George Orwell, *CW*, Vol. 5, ed. Peter Davison, London：Secker & Warburg, 1998, p. 204.

③ 汤普森反对安德森等大量从国外理论资源中建构社会主义思想，他曾说这如同 30 年代的左派知识分子，"奥威尔曾讽刺过他们的结果"。张亮：《英国新左派思想家》，凤凰出版传媒集团 2010 年版，第 106 页。

这同样也是奥威尔的语言风格。① 再者，作为新左派代表人物，汤普森早期也同样受到奥威尔的影响（见下节论述）。这种情况下，难道他真是没有读懂上述《鲸腹之内》的内涵吗？

我们可以作出推测：汤普森作为史学大家，很有可能是有意识、有目的地犯了"寻章摘句"的错误。有论者认为汤普森的史学观是"倾听"和"责任"的结合：一方面是"敞开胸怀去接受不同的经验"，另一方面是"以偏袒的方式，用具体行动去干预某一社会的政治生活"。发现"过去"的过程时要"暂时悬隔我们的价值观"，一旦历史已被发现，我们可以"自由地对它进行判断""政治责任并不必然污损一个人作为历史学家的判断"。② 据此可以发现，汤普森知道奥威尔的真实意思，但是他有"责任"对它进行"政治"解读。因此，汤普森的观点"我们必须从鲸腹之内走出来"正是威廉斯所说的"新左派的宣言书"。

20世纪30年代的西班牙内战、苏德签订互不侵犯条约和苏联内部大清洗等历史事件使一些英国左派知识分子从理想走向了幻灭，"失败的'上帝'"③ 导致的结果或是"压抑的呼喊"④，或是寄希望

---

① 有论者说"就像奥威尔一样，汤普森经常以同样辛辣的笔调批评自己同一个战壕中的战友，因为他自己既将批判的锋芒瞄准敌对的意识形态右派，但同时也准备接受与自己的专业意识形态传统不同甚至相反的观念和假设"。张亮：《英国新左派思想家》，凤凰出版传媒集团2010年版，第93页。

② 详见张亮《英国新左派思想家》，凤凰出版传媒集团2010年版，第86—87页。

③ 参见《失败的"上帝"》（the God That Failed）一书。该书主要讲述柯斯勒（Arthur Koestler）、伊尼亚齐奥·西洛内（Ignazio Silone）、理查德·赖特（Richard Wright）、安德烈·纪德（André Gide）、路易斯·费希尔（Luis Fischer）和斯蒂芬·斯彭德这六位前共产党作家从追求共产主义理想到最后脱党的心路历程。详见 Crossman, Richard, ed., *The God That Failed*, New Yorker: Bantam Books, Inc., 1959。

④ 约翰·斯特拉奇（John Strachey）出版了《压抑的呼喊》（*The Strangled Cry*），对战后西方的思想气候进行反思，其中有一节内容专论奥威尔。详见 John Strachey, *The Strangled Cry and Other Unparliamentary Papers*, New York: William Sloane Associates, 1962。

于工党，或是从宗教找到慰藉，或是转向右翼成为麦卡锡主义的帮凶。1956 年的苏共二十大、匈牙利事件和苏伊士运河危机等加重了左派知识分子的信仰危机。汤普森敏锐地指出西方知识界的精神病症就是"冷漠"。他们从历史现场退缩，安于现状，放弃了知识分子应该承担的责任。那么，如何分析资本主义社会的新变化，如何为社会主义寻找出路？汤普森认为苏联模式、听命于苏联的英共以及受到资本主义北约阵营保护的英国工党政府都无法给出正确答案。因此，英国新左派的当务之急便是号召这些前共产党员，英国工党左派、核裁军运动积极分子以及其他知识分子团体摆脱"冷漠"，凝聚人心，以新左派为阵营，重新找到走向社会主义的正确道路。由此可见，汤普森把奥威尔当作了表达政治诉求的重要工具，通过对奥威尔《鲸腹之内》一文中"消极态度"的批判，号召西方知识分子"走出冷漠"。

"走出冷漠"只是第一步。从本文第一部分最后一段引文还可以看出，汤普森的这份"新左派宣言书"积极号召进行一场"社会主义革命"。汤普森提出的"社会主义革命"与正统马克思主义的社会主义革命观和英国工党左、右两派的争论有很大不同。汤普森说道：

　　社会主义的目的不是为一个盈利社会创造机会的平等，而是去创造一个平等的社会，一个协作的共同体。它的先决条件是：为利润而生产需要被为使用而生产所替代。一个社会主义社会既可能是不发达的也可是很发达的，既可以是贫穷的也可以是富足的。社会主义与资本主义的区别不是体现在生产力水平，而是体现在典型的生产关系，体现在社会优先配给的秩序和整体生活方式。①

汤普森所说的社会主义既不同于资本主义的唯利是图，也不同于庸俗马克思主义的经济决定论。社会主义制度的本质特征不是贫穷或者富足，而是社会公正、道德水准和生活质量。这是社会主义的目的，那么以什么手段实现呢？显然不是英国诗人斯蒂芬·斯彭德（Stephen Spender）在对共产主义幻灭时所说崇高目的和残酷手段相对立的情况。汤普森说道："平等社会的实现不能离开具有道德态度和社会实践的革命。这场革命应该深入人心，不为任何国家行政部门的'公式'所限制。"②汤普森提出的手段是"革命"，但是这个"革命"不能沦为"公式"或"教条"的工具，革命不是依据"绝对的历史法则"或者《圣经》文本。也就是说，革命不是通过苏联模式的暴力手段，即"无产阶级专政"，也不是英国工党鼓吹的费边社会主义的渐进方式。革命的手段是道德的，它不是抽象的理论，而是要在积极主动的实践中实现。

汤普森特别反对通过阶级斗争，采取砸破现存国家机器获得政权的方式。他认为"资产阶级革命"和"无产阶级革命"是人为划分的虚拟界限。这种冲突会造成完全脱离的、赤裸裸的对抗关系。在他看来，实际的界限应该是在"垄断者"和"人民"之间。他还认为资本主义社会的平衡关系是不稳定的，内部蕴藏着抵御力量。它既可以倒退走向极权主义，也可以在强烈的民众压力下朝前发展。当民主力量不再处于防御之时，社会就会以积极的动态方式朝自身

---

① E. P. Thompson, *Out of Apathy*, London: Stevens & Sons Ltd., 1960, p. 3.
② Ibid., pp. 289 – 290.

方向发展。这就是发生革命的临界点（breaking point）。①

汤普森认为革命不是自动发生的，而是由"人们的行动和选择推动的"，决定革命范围和结果的不是暴力，而是"人们的成熟和行动"。汤普森在《英国工人阶级的形成》中通过大量社会史的研究得出重要结论：工人阶级不是工厂无产阶级，而是没落的手工业工人。工人阶级的形成并非完全由经济因素决定，英国传统、意识形态和社会组织形式同样发挥重要作用。工人阶级是在"客观因素的作用下被形成时又主观地形成自己的过程"。② 也就是说，工人阶级的形成（making）在于工人阶级具有了主动和团结的阶级意识。③ 工人阶级形成中的文化与人的主动性使汤普森乐观地认为英国能够和平地实现革命，因为"1942—1948 的社会进步是真实存在的""社会主义者的潜能已经得到拓展，社会主义形式尽管还不完善但已经在资本主义'内部'逐渐成熟"。④

汤普森列举了一些具体的革命行动。在国内，比如取消上议院等机构，对下议院等进行调整，把一些新的功能转交给市议会等组织。在国际上，退出北约，停止帝国主义干涉和侵略。除此之外，还要加强民主的革命策略，比如在俱乐部讨论、社会成员的意见交流和建立教育和宣传组织等。这些民主态度和方式有助于培育汤普森所说的"社会主义人性"。概言之，汤普森提出的"社会主义革

---

① E. P. Thompson, *Out of Apathy*, London：Stevens & Sons Ltd. , 1960, pp. 301 – 302.

② ［英］E. P. 汤普森：《英国工人阶级形成》，钱乘旦等译，译林出版社 2001 年版，第 1004 页。

③ 有论者认为："工人阶级在漫长而屈辱的曲折前进过程中，痛苦地建构和提纯出来的一种自我形象。道德勇气，对所处环境的创造性反思，在改变自己的效忠对象的过程中的痛苦抉择，这些都是阶级意识形成过程中的关键因素。"张亮：《英国新左派思想家》，凤凰出版传媒集团 2010 年版，第 73 页。

④ E. P. Thompson, *Out of Apathy*, London：Stevens & Sons Ltd. , 1960, p. 302.

命”是指各阶层人民采取主动积极的行动和民主道德的手段，以和平的方式成功实现社会主义的最终目标。

汤普森的"社会主义革命"观点是基于他的社会主义人道主义精神。社会主义人道主义批判的是斯大林主义采取的非人性、非道德的统治手段。他在《新理性者》（the New Reasoner）杂志的《社会主义人道主义》一文提到这是对斯大林主义的教条主义、反智主义（anti - intellectualism）和非人性立场的反抗。① 他的理论依据是莫里斯（William Morris）所代表的英国社会主义传统和马克思有关"异化""必然王国和自由王国""人的自我完善"等方面的阐述。汤普森反对暴力手段，他说："如果我们（就像我这样）认为对于被奴役的人而言，反叛能够使人性变得更为丰富，那么我们肯定不会对手持钢枪的反叛是实现人性的唯一方式的观点信以为真。"② 相反，他主张"一种倡导开诚布公讨论的社会主义运动能够促使人们做出更好的道德选择，因为道德主体的创造性主要来自自我意识。"③ 这种主动性表现在道德主体的批判理性和欲望的内在矛盾：批判理性会因人的创造、情感和欲望而变得鲜活和深化；"激情"想获得"善"的道德目标，就必须听从合理性和自我理解的"命令"。④ 汤普森提出我们可以"设计出一种能够让道德大行其道、邪恶得到限制的社会制度。如果今天想要的证据似乎否定了这种希望，那么，我们依旧可以抗争，拒绝成为环境或我们自己的牺牲品"。⑤

---

① Lin Chun, *The British New Left*, Edinburgh：Edinburgh UP, 1993, p. 33.
② ［英］迈克尔·肯尼：《新一代英国新左派》，李永新、陈剑译，凤凰出版传媒集团 2010 年版，第 85 页。
③ 同上。
④ 详见张亮《英国新左派思想家》，凤凰出版传媒集团 2010 年版，第 101—102 页。
⑤ 张亮：《英国新左派思想家》，凤凰出版传媒集团 2010 年版，第 103 页。

　　汤普森的社会主义人道主义思想与他的人生经历有关。他与威廉斯的经历较为相似，"二战"时期他同样中断剑桥大学的生活参加反法西斯战争，曾领导一支坦克部队在北非和意大利作战。1948 年，他在隶属于利兹大学的成人教育点教书。不同的是，汤普森主要从事史学研究，威廉斯主要从事文学和文化研究。另外，汤普森不像威廉斯出生在一个工人阶级家庭，他的父亲是一位自由主义者[①]，但在他哥哥弗兰克[②]的影响下，于 1942 年在剑桥大学加入共产党（1956 年主动退出，而威廉斯重返剑桥时共产党员身份是自动取消）。汤普森是积极的行动主义者，他在从事成人教育时曾参加了"共产党历史学家小组"（The Communist Party Historians'Group），后主办《新理性者》杂志。70 年代参与欧洲和平运动，80 年代成为欧洲核裁军运动领导人之一，旨在通过自身的政治行动自下而上地改变紧张的世界冷战对峙局面。汤普森说："任何一个小问题的突破都能将直接有助于将原本发散性的激情瞬间凝聚为一场积极的运动。"[③] 汤普森的行动主义思想体现在：从小事做起，从自我做起，人人为之努力，这样通过人类文化的循环发展就能够如同滚雪球般地造成重大结构性改变。这正如汤普森所说："我们是非能动的被决定的能动主体。"[④]

---

　　① 汤普森父亲爱德华·约翰·汤普森（Edward John Thompson，1886—1946）曾作为卫斯理公会的传教士长期工作在印度南部地区，与泰戈尔、印度独立运动领袖尼赫鲁建立深厚友谊。

　　② 弗兰克·汤普森（Frank Thompson，1920—1944），1939 年加入英国共产党。"二战"爆发后参加反法西斯战争，1944 年在巴尔干地区游击战争中被捕并被杀害。

　　③ 张亮：《英国新左派思想家》，凤凰出版传媒集团 2010 年版，第 75 页。

　　④ 同上书，第 83 页。

第四节　英国左派知识分子批评
谱系中的"悲观主义"

通过以上分析，我们发现汤普森在《鲸腹之外》评论中具有把《鲸腹之内》中米勒的消极态度等同于奥威尔态度的"主观故意"，其政治目的是号召战后的西方知识分子"走出冷漠"，积极投身到"社会主义人道主义"的行动当中去。从本质上说，汤普森的奥威尔批评是一种政治和文化利用，表达的是自身的政治诉求。

如果是从思想史而非单纯从学术史视角来考察西方奥威尔批评，可以发现不少批评家及其所属的知识团体对奥威尔的评论都存在类似的政治利用。奥威尔的《鲸腹之内》一书同时收录了文学评论名篇《狄更斯》，汤普森对此应该不会陌生。评论开篇写道："狄更斯是那些很值得偷窃的作家之一"，事实情况是，奥威尔在 20 世纪成为"最值得偷窃的作家"。这里所说的"偷窃"是指对作家"声望"的政治利用。美国新保守主义领袖诺曼·波德霍雷茨（Norman Pod-horetz）在评论奥威尔时一语道破天机，他说："将这个时代最伟大的政治作家争取到自方阵营可不是一件小事。这会给我们的政治立场带来自信、权威和力量。"[1] 威廉斯也认为批评家对奥威尔的评论不仅是"对他身体或者声望的占据""凸显其继承者的荣耀"[2]，而

---

① Norman Podhoretz, *The Bloody Crossroads*: *Where Literature and Politics Meet*, New York: Simon and Schuster, 1986, p. 51.

② Raymond Williams, *George Orwell*, New York: The Viking Press, 1971, p. 88.

且更是"自身立场的表述"①。有意思的是，他们即知之，又用之——两位著名知识分子的奥威尔批评同样表达的是他们自身（美国"新保守主义"和英国"新左派"）的政治立场。从 20 世纪英美知识分子团体来看，英国的老左派、新左派、"愤怒青年"作家，美国的纽约知识分子、女权主义者都是利用奥威尔批评来表达自身政治主张的典型个案。这种知识分子团体的"政治争夺"在进入新世纪以后逐渐被知识分子个体所代替，例如希琴斯（Christopher Hitchens）与卢卡斯（Scott Lucas）围绕奥威尔的褒贬之争②。汤普森是英国左派知识分子的典型代表，因此对于他为何批判奥威尔的"悲观主义"这个问题，还需要将此置于英国左派知识分子（主要是英国老左派和新左派）的奥威尔批评谱系之中作进一步考察才能得以更加深入的理解。

汤普森是从英国老左派转变为第一代新左派，他对奥威尔"悲观主义"批判的根源必须要追溯到奥威尔与 20 世纪 30 年代英国老左派的争论。奥威尔的《通往维根码头之路》引发的"社会主义之争"是他与当时左派知识分子之间矛盾的开始。1936 年，英国左派读书俱乐部（English Left Book Club）负责人戈兰茨（Victor Gol-

---

① Raymond Williams, ed., *George Orwell: A Collection of Critical Essays*, Englewood Cliffs: Prentice – Hall, Inc., 1974, p. 4.

② 希琴斯与卢卡斯对奥威尔的褒贬之争成为新世纪奥威尔研究的一个重要话题。卢卡斯在专著《奥威尔》（*Orwell*, 2003）中认为奥威尔是位非常复杂的作家，因此不能简单地把他看作"得体"（decency）这一符号的化身，进而认为他能够对于过去和现在的所有不确定性事件都能发挥指导作用。这本书和他的另一部专著《持异见者的背叛：超越奥威尔、希琴斯和美国新世纪》（*The Betrayal of Dissent: Beyond Orwell, Hitchens and the New American Century*, 2004）针对的是希琴斯的《奥威尔为何重要》（*Why Orwell Matters*, 2002）一书的观点。希琴斯一直把奥威尔当作自己的知识和思想的"老大哥"，他是奥威尔的"继承者"。希琴斯认为奥威尔对当代社会仍然产生重要影响，涉及英国性、语言、大众文化、真理、文学影响、生态以及核武器主义等方面。

lancz) 资助奥威尔去英国北部考察矿区。奥威尔在其考察报告《通往维根码头之路》的第二部分集中论述了自己的社会主义观，并对社会主义者的中产阶级习惯进行了批评①，这在当时的英国左派中引起了激烈的争论。戈兰茨在该书序言中指责奥威尔所说的社会主义是非科学的"情感社会主义"（emotional socialism）②，俱乐部的其他负责人拉斯基（Harold Laski）和斯特拉齐（John Strachey）也发表类似批评。英共领导人哈里·波立特（Harry Pollitt）等更是严厉批评该书的观点"十分糟糕"③。奥威尔的社会主义观概括地说是"公共规范"加上社会主义的基本信条④，这对当时盲信"苏联神话"的英国左派而言无疑是"异端"，必然会遭到批判。

奥威尔与老左派的矛盾在随后发生的历史事件中进一步加深。他在《向加泰罗尼亚致敬》（*Homage to Catalonia*）等西班牙内战题材作品中率先向英国读者揭露了西班牙内战真相——马党（POUM）并非与法西斯主义勾结而是遭到共产党政府军的清洗（在苏联暗中支持下），当时英国老左派一味听从苏联指令，因而对这种观点予以

---

① 奥威尔在该书中称英国社会主义者是由"喝果汁的、裸体主义者、穿凉鞋的、色情狂、教友派信徒、自然疗法庸医、和平主义者和女权主义者"组成的"怪人"（cranks）。George Orwell, *CW*, Vol. 5, 1998, p. 161. 他还称奥登、斯彭德等诗人为"同性恋诗人"（Nancy poets），英国共产党员为"某某同志"（Comrade X），前者是左派文学知识分子的代表，后者是正统马克思主义者代表。See George Orwell, *CW*, Vol. 5, pp. 30 – 31.

② George Orwell, *CW*, Vol. 5, ed. Peter Davison, London：Secker & Warburg, 1998, pp. 216 – 225.

③ George Orwell, *CW*, Vol. 11, ed. Peter Davison, London：Secker & Warburg, 1998, p. 16.

④ 奥威尔认为"社会主义就是公平和公共规范""社会主义不能只简单地等同于经济上的公平"——这会给人类文明和生活方式带来剧变。社会主义社会应该是"现在的社会，但要去掉最糟糕的毛病，关注的中心是类似当今存在的一些东西——家庭生活、小酒馆、足球和地方的政治"。George Orwell, *CW*, Vol. 5, p. 164. 奥威尔所说的"共同规范"核心原则是：只要每个普通人行为得体，世界就会变得公平美好。（If men would behave decently the world would be decent）

强烈谴责。奥威尔在"二战"前曾坚定地反对西方列强之间的"帝国主义战争"，但是，1939 年"二战"爆发后，奥威尔从反战人士"一夜之间"转变为爱国者，主张将爱国主义和反法西斯主义转变为社会主义革命，这种态度突变在左派中备受诟病。1945 年反法西斯战争取得胜利后，奥威尔的《动物庄园》"不合时宜"地揭露了"苏联神话"。1946 年，苏美从同盟变成对手，冷战开始。奥威尔在生命最后时期创作《一九八四》，描绘了极权主义可能统治世界的"梦魇"。奥威尔这两部小说在当时被认为是对苏联社会主义的攻击，成为资本主义阵营右派对抗社会主义阵营左派的"意识形态超级武器"①。

　　1950 年奥威尔去世，但是其文学声望却直线飙升，英国文学批评家普里切特（V. S. Pritchett）称之为"一代人冷峻的良心"和"一位圣人"②，这是奥威尔成为世界经典作家的重要标志。威廉斯曾说："奥威尔去世后不久实际上成了一位象征性人物。"③ 他在《政治与文学》（*Politics and Letters*）一书中还回忆道："在 1950 年代的英国，沿着你前进的每一条道路，奥威尔的形象似乎都在那里静候。如果你尝试发展一种新的大众文化分析，奥威尔在那里；如果你想要记录工作或者日常生活，奥威尔在那里；如果你参与了任何一种社会主义的论证，一个巨大膨胀的奥威尔形象在那里向你发出

---

① Isaac Deutscher, *Heretics and Renegades*: *And Other Essays*, London: Hamish Hamilton Ltd. , 1955, p. 35.

② Jeffrey Meyers, *George Orwell*: *The Critical Heritage*, London: Routledge, 1975, p. 294.

③ Raymond Williams, *George Orwell*, New York: The Viking Press, 1971, p. 85.

回头的警告。"① 威廉斯不仅形象地描述了奥威尔当时巨大的影响力，而且也表明他作为坚持社会主义立场的新左派对奥威尔的批判态度。鉴于奥威尔的影响力和被资本主义右派利用为"文化冷战"工具的严峻现实，以英共为主体的正统左派相继发表奥威尔评论予以反击。最为典型的是沃西（James Walsh）在英共杂志《马克思主义季刊》（*the Marxist Quarterly*）的评论，认为奥威尔"代表着一些小资产阶级根深蒂固的幻想和偏见"②，他号召共产党员应该在支持和平与社会主义的人民运动中发挥关键作用。这与汤普森的奥威尔批评一样，强调的是文学批评的意识形态功能。

与沃西等人的谩骂式评论不同，具有共产党背景的历史学家伊萨克·多伊彻（Isaac Deutscher）③ 则采用辩证唯物主义的分析方法对奥威尔进行批判，表达其坚定的马克思主义政治立场。他 1955 年出版的《异端、变节者及其他文集》（*Heretics and Renegades and Other Essays*）收录一篇重要的奥威尔批评文章《"1984"——残暴的神秘主义》（*"1984"——The Mysticism of Cruelty*）。多伊彻认为奥威尔

---

① ［英］雷蒙德·威廉斯：《政治与文学》，樊柯、王卫芬译，河南大学出版社 2010 年版，第 398 页。

② Jeffrey Meyers, *George Orwell: The Critical Heritage*, London: Routledge, 1975, p. 291. 与沃西遥相呼应，西伦（Samuel Sillen）在美国共产党杂志《大众与主流》（*Masses and Mainstream*）发表评论《本月的蛆虫》（Maggot – of – the – Month）。他把《一九八四》这本被选入美国每月之书俱乐部（the Book – of – the – Month Club）的书当作"蛆虫"，因为它宣扬的是资本主义的腐朽思想，奥威尔使用充满仇恨和反人性的反乌托邦形式表明资本主义已在垂死挣扎。Irving Howe, *Orwell's Nineteen Eighty – four: Text, Sources, Criticism*, New York: Harcourt, Brace & World, Inc., 1963, p. 212.

③ 伊萨克·多伊彻（1906—1967）是一位出生在波兰，后在"二战"爆发时迁居到英国的犹太马克思主义作家、历史学家和新闻工作者。多伊彻在 1927 年初加入了波兰共产党，1932 年加入托洛茨基反对派被波兰共产党开除。他最为人知的身份是托洛茨基、斯大林的传记作者和苏联时事评论家。他的三卷本托洛茨基传记《先知三部曲》在英国新左派中有着巨大影响，迄今仍是研究托洛茨基最权威的著作。

对极权主义的非理性（如人类屠杀、领袖崇拜等）难以找到理性的
解释，因此他只能将此解释为"施虐狂式的权力欲望"（sadistic
power - hunger），只能"透过类似带有神秘色彩的悲观主义
（quasi - mystical pessimism）的黑色眼镜来看待现实世界"。① 他批评
奥威尔以"残暴的神秘主义"方式阐释非理性现象是超越阶级的，
并没有通过历史语境把握事物的本质。多伊彻的奥威尔批评针对的
是前共产党员幻灭后的悲观主义，他在该书序言中说道："我……反
对前共产党员'上帝'已失败的哀叹，反对他们绝望和谴责的呼
喊。"② 他坦诚在书中贯穿着"永不绝望"的基调。多伊彻的观点是
正统左派批判奥威尔的思想利器，同时也对英国新左派产生了重要
影响。例如，英国第二代新左派佩里·安德森（Perry Anderson）在
总结多伊彻的思想遗产时就谈及这篇评论，并指出他批评的目的是
回应西方资本主义世界对于奥威尔"天才预见的诸多称颂"。③ 另
外，从多伊彻对奥威尔"悲观主义"的指责，也可以发现汤普森受
其影响的"踪迹"。

　　汤普森的奥威尔批评正是沿着上述英国左派知识分子的批评谱
系发展而成，同时也是基于奥威尔对英国新左派的深远影响。威廉
斯对此毫不讳言："英国新左派与奥威尔之间、与讨论他的［思想］
气候之间的复杂关系是其自身发展历程的主要特征，特别是对1956

---

①　Isaac Deutscher, *Heretics and Renegades*: *And Other Essays*, London: Hamish Hamilton Ltd. , 1955, p. 46.

②　Ibid. , p. 7.

③　http://marxists. anu. edu. au/chinese/Isaac - Deutcher/deutcher - Perry - Anderson. htm.

年到 1963 年的第一代新左派而言。"① 不同于支持激进政治的老左派，新左派将文化政治置于社会主义运动的中心。新左派认为，"文化问题在社会发生变化和转型过程中具有重要的政治意义"②，对文化问题的分析可以唤醒大众从文化上抵制资本主义意识形态，这是走向社会主义的一条通途。新左派之所以坦承受到奥威尔很大影响，主要原因在于他们把奥威尔视为文化研究的先驱。事实上，他们的文化研究是对奥威尔的大众文化相关评论进行了系统化的阐述。同时，他们也通过奥威尔批评来实践其"文化政治"主张。

基于这一逻辑和立场，我们发现新左派对奥威尔的文化研究是尊敬的，而对奥威尔的政治观是批判的。在第一代新左派三大代表人物中，伯明翰文化研究中心的创建者霍加特（Richard Hoggart）主要致力于文化研究，因此更为接近奥威尔，将其视为"同道"和"榜样"，即如威廉斯所说"对奥威尔有着同事般的强烈情感和友好态度"③；汤普森的政治立场最为激进，因此对奥威尔的批评最为严厉；威廉斯则居于其中，如同霍加特一样尊敬他的文化研究，但又近似于汤普森去批判他对社会主义运动的消极影响。而第二代新左派安德森等人倾心于西方马克思主义的理论建构，政治思想比第一代更为激进，因而对奥威尔的批判也更加严厉。

汤普森的奥威尔批评对威廉斯产生了重要影响，因此以威廉斯的相关评论为参照可加深对汤普森批评动机的认识。英国新左派在

---

① Raymond Williams, ed., *George Orwell: A Collection of Critical Essays*, Englewood Cliffs: Prentice – Hall, Inc., 1974, pp. 6 – 7.

② Lin Chun, *The British New Left*, Edinburgh: Edinburgh UP, 1993, p. 26.

③ Raymond Williams, ed., *George Orwell: A Collection of Critical Essays*, Englewood Cliffs: Prentice – Hall, Inc., 1974, p. 6.

1962 年以后思想逐渐激进，他们积极反对越战，支持 1968 年法国爆发的学生运动，重新从文化研究转向政治介入。因此，此前一直从事文化研究的威廉斯在政治上开始趋近汤普森。威廉斯是奥威尔的重要批评家①，他采用的主要批评策略是"建构"一个"奥威尔"人物，其"身份"变动不居，通过对此人物的文化分析发现"流放者的悖论"（paradoxes of the exile）这一情感结构。流放者具有一定的洞察力，但却存在无法克服的"紧张感"和"悖论"：他在人生旅程中始终在流浪，没有归属感，无法"荣归故里"，找不到"共同体"（community）②。威廉斯认为作为"流放者"的奥威尔只是在西班牙内战时期短暂地找到了"共同体"（奥威尔此时是位"革命社会主义者"），而对于此后的作品，如果说《动物庄园》还有些"集体投射的智慧"③ 的话，那么《一九八四》则标志着这位"流放

---

① 威廉斯在不同时期写有评论奥威尔的文章和著作，具体是：1955 年在学术期刊《批评论丛》（*Essays in Criticism*）上发表的对布兰德尔（Laurence Brander）专著《乔治·奥威尔》（*George Orwell*, 1954）的书评；1958 年出版的《文化与社会》（*Culture and Society*）最后一章"奥威尔"；1971 年出版的专著《乔治·奥威尔》；1974 年主编的《奥威尔批评文集》（*George Orwell: A Collection of Critical Essays*）；1979 年出版《新左派评论》（*New Left Review*）专访威廉斯的《政治与文学》（*Politics and Letters*），书中受访内容有"奥威尔"一节；1984 年出版的专著《乔治·奥威尔》第二版中的后言：《〈一九八四〉在 1984 年》（*Nineteen Eighty - Four in 1984*）。其中 1971 年的奥威尔专著反映了威廉斯的基本观点，因而最为重要。

② 威廉斯在《文化与社会》（*Culture and Society*）提出具有"共同文化"（common culture）的"共同体"。这个共同体是基于工人阶级发展形成的团结观念（the idea of solidarity），它不仅有团结感（the feeling of solidarity），而且在民主原则的基础之上，处理好专业化和个性化与共同体的关系。

③ 威廉斯认为虽然这部小说没有一个奥威尔塑造的人物，但是"这个人物其实是投射到一种集体行动（project into a collective action）之中：动物开始解放自己，但是遭到暴力和欺诈后又重新回到奴役的境况"。威廉斯认为这种集体投射（collective projection）具有更加深远的效果，这是一种共同的经历，以往那种"孤独者的绝望轨迹"被"批判叙事中活跃和沟通的声音"所代替。"这种矛盾的自信，即一种确定的、活跃的和令人忍俊不禁的智慧，在深入揭露失败的经历中无处不在。"Raymond Williams, *George Orwell*, New York: The Viking Press, 1971, p. 74。

者"在寻找政治身份的过程中完全步入迷途，陷入悲观和幻灭，离"共同体"渐行渐远。威廉斯在不同时期对奥威尔持有不同的态度：从相识阶段的"钦佩"，到新左派早期的"文化英雄"和"文化案例"，再到转向激进和理论建构时期的"怀疑的尊敬""无法容忍、彻底放弃"，最后在"新保守主义"兴起时承担起左派领袖的责任，号召抵制"妥协的信仰"。① 威廉斯的奥威尔批评同汤普森一样是对新左派文化政治的实践，反映了他坚定的社会主义政治立场。不同于汤普森对奥威尔"悲观主义"的直接宣判，威廉斯采取了"冷静"的文化分析方式，但他的结论"奥威尔具有流放者的悖论"实质上也宣判了奥威尔最终成为一位"悲观主义者"。

威廉斯的奥威尔批评起到规范读者阅读的重要作用。"规范"（policing）是指批评家扮演"立法者"的角色，以权威的口吻告诫读者应该按照他的评论来阅读和理解作品，其真实目的是引导读者接受他的政治主张。这种批评策略最典型的是威廉斯在"现代大师"系列（Modern Masters）② 中介绍奥威尔的专著和在《奥威尔批评文集》所写的序言。威廉斯借助这些看似非常客观的学术介绍和文集"巧妙地"表达了他的政治思想，而且还规范了奥威尔在广泛年轻读者群的接受。威廉斯担心奥威尔的声望太具影响力，资本主义阵营将其作为有效工具来加以利用必然会对社会

---

① 威廉斯不同时期的批评文本折射出对奥威尔的态度变化：《批评论丛》中是"文化英雄"，《文化与社会》中是"文化案例"，专著《乔治·奥威尔》中是"怀疑的尊敬"，《政治与文学》专访中是"无法容忍、彻底放弃"，《〈一九八四〉在1984年》中是"妥协的信仰"。

② 威廉斯的奥威尔专著是由弗兰科·克莫德（Frank Kermode）主编的"现代大师"系列之一。这个系列还包括加缪（Albert Camus）、法农（Frantz Fanon）、维特根斯坦（Ludwig Wittgenstein）、乔姆斯基（Noam Chomsky）等"已经改变并正在改变我们时代的生活和思想"的现代大师。

主义运动造成严重损害。"对待他的作品，他的历史便是去阅读它，但是不要模仿……我们既要认识到他的存在又要保持距离。"①他告诉读者理解奥威尔的重点是抓住两个关键：一个是身份问题；另一个是资本主义民主的本质问题。奥威尔只是一位"流放者"，并不是"圣人"。威廉斯先是像这样把奥威尔赶下了"神坛"，接着便指责奥威尔没有认清民主的阶级属性，误把资本主义民主当作社会民主，武断地认为对此产生威胁的只有共产主义。威廉斯认为奥威尔这种对资本主义的妥协态度和自身绝望悲观的生活方式已经"感染"了不少人，他们皆以此作为"舒服和持久的世界观"。②这正是汤普森所担心的"悲观主义"和"消极态度"。汤普森的奥威尔批评同样也在规范左派年轻一代的阅读方式和政治立场。

　　从以上英国左派知识分子的批评谱系可以看出，他们对奥威尔"悲观主义"的批判具有重要的政治意图。在冷战前，奥威尔与正统左派在社会主义观上产生矛盾。而在冷战期间，奥威尔的作品成为资本主义阵营右派攻击社会主义阵营左派的文化工具，奥威尔当时具有极高的文学声望，对西方知识分子（包括左派），特别是年轻一代具有很大的影响力，这势必会对整个社会主义运动产生难以挽回的消极影响。左派一方的政治团体只有采取各种批评策略对这位"害群之马"（作家）的"悲观主义"进行批判，揭露其"真实面

①　Raymond Williams, *George Orwell*, New York: The Viking Press, 1971, p. 97.
②　威廉斯认为奥威尔在《一九八四》流露出的悲观绝望已经成为许多人的生活方式：他的极端悲观主义、他对资本主义态度的改变以及他认为社会民即将到来的幻觉交织在一起，成为"舒服的、持久的世界观"。Raymond Williams, *George Orwell*, New York: The Viking Press, 1971, p. 96。

目"，规范对其作品的阅读和接受方式，以免己方成员受其蛊惑。这样我们也能够理解冷战时期，奥威尔为何在苏联和中国大陆被称为对人类社会"悲观"和"绝望"的"资产阶级反对作家"而遭到禁止和批判。总而言之，英国左派知识分子，特别是英国老左派与新左派对奥威尔"悲观主义者"的批判完全是具有意识形态功能的集体"政治建构"。

第五节　奥威尔是"悲观主义者"吗

新左派运动史研究专家迈克·肯尼（Michael Kenny）曾这样评论汤普森："在现时代的著作家中，有谁能轻而易举地把斯威夫特的嬉笑怒骂、莫里斯的想象力、布莱克的绝望和托尼的伦理信念熔为一炉呢？我们时代的公共知识分子中，谁能权威性地言说我们政治决定的道德成本，并得到人们的认真倾听呢？"[①] 我们从汤普森这篇著名的奥威尔批评文本《鲸腹之外》中的确能够感受到他的这种思想力量。

不过，汤普森的奥威尔批评主要发挥的是强大的意识形态作用，"忽视"了文学批评应该持有的客观立场。主张"由下而上"书写工人阶级历史的汤普森与在《通往维根码头之路》同样描写工人阶级的奥威尔本有许多共同之处，但是，汤普森却对奥威尔"消极的无为主义"提出了严厉批评。与威廉斯相比，汤普森的政治观更为

① 张亮：《英国新左派思想家》，凤凰出版传媒集团2010年版，第110页。

激进，他通过对奥威尔的评论呼吁西方知识分子应该"从鲸腹之内出来"，走出冷漠，投身到社会主义人道主义的具体政治行动之中。汤普森的文学批评担当的是"新左派宣言书"的功能，为了实现这个政治目的，牺牲史学家的"客观"，颠倒奥威尔的文本意图也在所不惜。我们"同情地理解"汤普森在英国新左派运动中考虑更多的是文学批评的社会责任。但是，他将米勒"隐遁到鲸腹之内"的"无为主义"帽子扣在奥威尔头上，这一错误评论造成了极大影响，对此，我们应该"批判地阅读"，纠正这一错误认识。

我们从上面的分析已经发现，"悲观主义者"这一标签是汤普森等英国左派知识分子基于当时的国际政治形势和自身的政治立场而强加给奥威尔的，是一种具有强烈政治诉求的身份建构，其合理性应当受到质疑。另外，我们还需要倾听奥威尔自己如何谈论《动物庄园》和《一九八四》的创作，看看他在这两部作品中是否宣扬了政治意义上的"悲观主义"。奥威尔在《动物庄园》乌克兰文译本序言中说，"在过去的 10 年中，我一直坚信，如果我们要振兴社会主义运动，打破苏联神话是必要的"。因此，他"着手从动物的观点来分析马克思理论"，指出"真正的斗争是在牲口和人之间"。① 也就是说，奥威尔反对的是苏联的社会主义模式，他认为社会主义革命的目的应该是团结一切被剥削者共同反对剥削者，这其实与汤普森关于社会主义革命的论述是相近的。奥威尔也曾阐明《一九八四》的创作目的："我最近写的小说并不是去攻击社会主义或者英国工党……我并不认为我所描绘的那种社会一定会出现，但是我认为

---

① George Orwell, *CW*, Vol. 19, ed. Peter Davison, London: Secker & Warburg, 1998, p. 88.

（当然要考虑到本书作为讽喻这个事实）某些与之类似的事情可能会出现……极权主义如果无人与之抗争的话一定会在世界各个地方蔓延。"① 这如同奥威尔亲赴西班牙战场临行前说的一句话，"那里的法西斯主义，总要有人去阻止它"②。其实，国内期刊在 20 世纪 80 年代译介的一篇评论就极好地阐明了小说的政治目的是"警告"——一种积极的政治行动。

> ……如果我们不能面对真理，如果历史的记录不容篡改的原则不能得到坚持，如果愿望、爱情、忠诚和信任不复存在，如果人们把对自由的渴望置之脑后，如果人的生命不再被认为是神圣的，如果始终有必要保持战争状态。……［奥威尔］向我们每个人发出了一个强烈的警告：要警惕和坚定，不要使这些"如果"溜进你们的私生活或公共机构，从而让《一九八四年》中描绘的世界得以实现。③

奥威尔在总结其创作观的《我为什么要写作》（*Why I Write*）一文中说："我在 1936 年以后写的每一部严肃的作品都是直接或间接地反对极权主义和拥护民主社会主义的，当然是根据我所理解的民主社会主义。"④ 由此可见，奥威尔是左派，是社会主义者，他是"故意唱反调"——从左派内部批评左派，目的是团结更多阶层的人

---

① Sonia Orwell and Ian Angus, eds. , *The Collected Essays*, *Journalism and Letters of George Orwell*, Vol. Ⅳ, Harmondsworth：Penguin Books Ltd, 1970, p. 564.

② Bernard Crick, *George Orwell*：*A Life*, Boston：Little, Brown and Company, 1980, p. 206.

③ Robert H. Maybury：《本期说明》，田冬冬译，《科学对社会的影响》1983 年第 2 期，第 4 页。

④ ［英］乔治·奥威尔：《奥威尔文集》，董乐山译，中国广播电视出版社 1997 年版，第 95 页。

投身于社会主义事业。奥威尔与正统左派知识分子之间的真正矛盾不是汤普森等所说奥威尔对社会主义持"悲观主义"态度，而是在于他们的社会主义观不同。

奥威尔在《我为什么要写作》还谈到文学创作应该具有政治目的，那就是"希望把世界推向一定的方向，改变别人对他们要努力争取的到底是哪一种社会的想法"①。奥威尔在《作家与利维坦》（*Writers and Leviathan*）进一步阐明：在政治为中心的时代，作家应该以"公民的身份、以人的身份，而不是以作家的身份去参与政治活动"②。奥威尔创作的政治目的就是希望把世界推向追求自由平等和公平正义的社会主义方向。

事实上，无论是从《鲸腹之内》，还是从《动物庄园》和《一九八四》等作品来看，奥威尔都不是一位"悲观主义者"。相反，他与以汤普森为代表的英国左派知识分子一样，在当时的社会主义政治运动中毫无疑问是积极的"行动主义者"。

---

① ［英］乔治·奥威尔：《奥威尔文集》，董乐山译，中国广播电视出版社1997年版，第94页。

② 奥威尔同时强调在写作的时候，作家应该像"一个正规部队侧翼的不受欢迎的游击队员"那样保持文学创作的独立性和正义感。George Orwell, *CW*, Vol. 19, ed. Peter Davison, London：Secker & Warburg, 1998, pp. 288–292。

第三章

乔治·奥威尔国际研讨会综述

国际学术研讨会是世界上最新研究成果的交流平台，对学术研究具有指导作用。本章所关注的奥威尔国际专题研讨会的范围限定在 20 世纪 80 年代至新世纪头十年（80 年代以前几乎没有举行），在中国大陆之外举行，会议发言或论文结集出版（语种为英语），产生了较大学术影响的专题研讨会。需要说明的是，下面介绍的 11 次会议是三十年来最为重要的奥威尔研讨会，这在西方学界仍未见梳理，但是由于笔者不是这些会议的亲历者，会议信息主要依据收集的会议论文集，因此个别会议的具体日期无法确定，不过我们重点关注的是这些会议的议题和内容。

1. 1983 年 3 月 10—12 日，美国密歇根大学，论文集《〈1984〉的未来》，1984 年出版，主编恩吉纳·J. 杰森（Ejner J. Jensen）

会议在 1984 年来临之前召开，旨在讨论奥威尔小说《一九八四》的艺术成就和现实意义。与会者来自法律、心理学、历史、政治学、文学和语言学等领域，他们运用跨学科的视角对《一九八四》进行了丰富的解读。其中的三位奥威尔研究专家引人瞩目，一位是伯拉德·克里克（Bernard Crick）。他由奥威尔第二任妻子苏丽娅·奥威尔（Sonia Orwell）授权为奥威尔作传，传记1980年出版，拉开了20世纪80年代奥威尔研究热潮的序幕；一位是密歇根大学英文教授威廉姆·斯特恩赫夫（William Steinhoff），著有《奥威尔和〈1984〉的起源》（1975），是本次会议主要策划者；还有一位是安勒科斯·热尔德林（Alex Zwerdling），著有《奥威尔与左派》（1974）。本次会议论文的重要观点有：《一九八四》透射出奥威尔的语言观；奥威尔在寄宿学校圣塞浦里安的生活与"老大哥"统治的极权社会具有内在联系；小说的悲观主义源自奥威尔目睹"二战"和集中营的残酷现实；主人公温斯顿复杂心理的描写反驳了对奥威尔不善于展现人物意识和人际关系的指责。

2. 1984 年 2 月 28 日—3 月 20 日的每周二晚上，加拿大湖首大学，论文集《奥威尔×8 专题研讨会》，1986 年出版，主编 J. M. 理查森（J. M. Richardson）

这场别开生面的奥威尔专题研讨会是在来自湖首大学 7 个院系的 8 位专家之间进行的，共分四场，每场两位专家发言并展开讨论。研讨会打破了以往奥威尔研究的套路：《一九八四》的预言在 1984 年多少程度上会实现？如果奥威尔还活着，他对于当前重大事件的观点会是什么？这种套路的弊端是不同的政治派别都从自身立场出发阐释奥威尔的影响，遮蔽了奥威尔的原貌；评论过多集中在奥威尔的一两部作品而忽视了其他作品。因此本次会议从九个层面展开：（1）政治层面奥威尔是如何走向社会主义道路；（2）历史层面奥威尔对贫困问题的揭示；（3）文学层面奥威尔与斯威夫特（Jonathan Swift）对于语言问题的关注；（4）哲学层面奥威尔与赫胥黎（Aldous Leonard Huxley）反乌托邦世界的异同；（5）科学层面奥威尔关于现代科技特别是计算机影响个体自由和信息安全的启示；（6）社会学层面奥威尔引发对于现实社会人们为追求"幸福生活"而丧失自由的思考；（7）艺术层面对奥威尔作为艺术评论家的评判；（8）哲学层面的另一个问题：奥威尔关于现代社会"囚笼里的人"丧失争取自由能力的启示；（9）奥威尔对于社会学的贡献以及与美国芝加哥社会学派研究方法上的联系。

3. 1984 年 3 月，美国罗斯蒙特学院，论文集《反思美国，1984：奥威尔专题研讨会》，1986 年出版，主编罗伯特·玛维希尔（Robert Mulvihill）

会议持续三天，有 11 名不同领域的学者参加，旨在多重视角地解读《一九八四》，反思美国社会生活，具有文化批评的特点。克里克首先详细分析了小说的讽刺，并使用大量图片对奥威尔生平和思想作了介绍，另外两位学者分别论述了奥威尔复杂的情感和朴素的文风。在文学解读的基础上，其他学者应用文化批评方法分析了小说对美国现代社会的影响，如冷战与极权主义、自由主义与极权主义以及计算机、医药、电视、经济组织等对个体自由和隐私的影响等。

4. 1984 年 4 月，欧洲理事会总部法国史特拉斯堡，论文集《他喜欢老大哥》，1985 年出版，主编希罗莫·吉欧拉·苏汉姆 （Shlomo Giora Shoham） 等

本次会议在欧洲理事会总部召开具有象征意义：一是欧洲理事会的建立和《一九八四》的出版恰逢 35 周年纪念；二是奥威尔关于建立欧洲合众国的设想已经成为现实。本次会议的主要目的并不是对《一九八四》进行文学解读，而是借以小说来讨论全球视野下极权主义在现实社会中的表现。会议由欧洲理事会主持，主题是 "1984：神话和现实"，会期三天，按小说中的警句 "战争是和平" "自由是奴役" "无知是力量" 分设为三个议题：政策与战略、依赖与自由、知识与良心，每天讨论一个议题，每次有一位主持人、两位报告人和一位会后总结人。会议内容十分广泛，涉及诸多领域，如恐怖主义和原子弹等暴力事件引发的恐惧、西方极权主义的本质和要素、革命的破灭、爱的缺失、个人身份的剥夺、现代监控和规训、信息交流的审查、法律的控制、现代科技的统治、媒体的宣传、医药的伦理问题、宗教信仰的沦丧等。这是全球各地学者齐聚欧洲共同讨论极权主义的盛会。

5. 1984 年 4 月 30 日—5 月 1 日，美国国会图书馆，论文集《奥威尔与〈1984〉》，1985 年出版，吉楚德·克拉克·维托诗歌与文学基金 （Gertrude Clarke Whittall Poetry and Literature Fund） 编辑

会议分为四个议题：《一九八四》文本；奥威尔其人；《一九八四》解读；《一九八四》当今意义。参会的奥威尔专家除了克里克，戴维森，迈耶斯外，还有研究奥威尔与亚瑟·凯斯特勒 （Arthur Kestler）、赫胥黎等关系的杰尼·卡德尔 （Jenni Calder） 以及奥威尔

的早期传记作家彼得·斯坦司基（Peter Stansky），发言内容涉及奥威尔的英国性、《一九八四》的接受和奥威尔的影响等重要问题。值得注意的是，会议论文集保留了会议发言的原貌，在每位发言人发言之后，都附有提问和讨论环节的内容。会上戴维森首先作了"奥威尔真正想写什么？"的发言。当时戴维森正从事《奥威尔全集》前九卷的编订工作，包括奥威尔的 6 部小说和 3 部新闻报告。戴维森详细对照作品所有版本中每个字和标点的差异，以"奥威尔真正想写什么"为原则，确立了全集的版本。全集前九卷于 1986—1987 年出版，后十一卷按时间顺序汇集了奥威尔所有书信、散文和日记等，于 1998 年出版，2006 年他又编订了一卷补遗。戴维森的《全集》版本是对奥威尔研究最大的学术贡献。另外论文集最后附有奥威尔研究的索引，并以专题形式提供了检索信息和方式，具有重要的文献学价值。

6. 1984 年 10 月，加拿大温哥华，论文集《奥威尔再认识》，1988

年出版，主编彼得·布伊特恩胡伊斯（Peter Buitenhuis）等

会议由加拿大不列颠哥伦比亚省三所最大的大学不列颠哥伦比亚大学、西蒙弗雷泽大学和维多利亚大学首次共同主办，会期两天，主题是"奥威尔在 1984 年：再认识"，旨在对奥威尔的作品和思想重新进行阐释。克里克首先在题为"奥威尔与英国社会主义"的论文中对奥威尔的政治思想的演变、创作观的确立再到最后将自己的思想融入《一九八四》辛辣讽刺之中的整个过程进行了很好的梳理。其余论文共分为三个部分：（1）《一九八四》；（2）语言和政治；（3）文学批评。其中《一九八四》与浮士德传奇、奥威尔的语言观与查尔斯·凯·奥格登（Charles Kay Ogden）的基本英语（Basic

English）的关系、奥威尔与艾略特（T. S. Eliot）的关系、奥威尔独特的文学批评方法都具有启发意义。论文集也记录了会议的 4 位发言人参与讨论的四个话题：（1）奥威尔的政治谱系；（2）《一九八四》是否代表对人类社会的绝望？（3）原来意义的文学评论是否已经消失，取而代之的是复杂晦涩的术语？（4）是否应该重新评价奥威尔的早期作品？在公开提问的环节上，有人问到奥威尔一生的多重转变以及文学与政治关系等问题，四位发言人都作出了回答。其中一位发言人是伊安·斯兰特（Ian Slater），他刚完成了专著《奥威尔：通往一号机场之路》。

7. 1984 年，美国瓦瑟学院，论文集《跨越 1984：瓦瑟学院专题研讨会》，主编理查德·G·拉莎（Richard G. Lazar）等

这是一场十分特殊的讨论会，主持人拉莎是管理学教授，参加者主要是美国瓦瑟学院 84 届不同专业的学生，另外还有教师和校友等。会议围绕四个方向展开讨论：（1）现代科技如何控制人们和改变人们的行为？（2）语言何以控制思想？语言如何被操纵？是谁想操纵语言？（3）《一九八四》在 1984 年的某些显现，比如人口控制、一些国家政治和社会中的极权主义；（4）虽然《一九八四》的梦魇并没有在 1984 年出现，那么未来的前途会是怎样？对此不少人在讨论中作出了乐观的回答。

8. 1999 年，美国芝加哥大学法律学院，论文集《论〈1984〉：奥威尔与我们的未来》，2005 年出版，主编阿伯特·格立森（Abbott Gleason）等

会议是在纪念《一九八四》出版 50 周年背景下召开的。《一九八四》作为全世界拥有最多读者中的一本小说，如何在冷战结

束后对美国社会和世界形势继续产生影响是本次会议的关注重点。本次会议目的不在于寻求对小说专业的文学解读，因此受邀者没有奥威尔的研究专家，而是来自不同学科领域的学者，他们就这部小说和世界未来发表各自独特的观点。会议共分五个议题：（1）文学想象在政治思想中的作用；（2）真实、客观性和宣传的关系；（3）现代科技对人的监控；（4）规训与思想控制的手段；（5）性压抑与极权主义。霍米·巴巴（Homi K. Bhabha）对奥威尔语言的分析、奥威尔与美国哲学家罗蒂关于真实问题的异同、因特网与小说中电幕的比较等论文都很有启发意义。论文集还特别指出奥威尔思想对于后"9·11"时期的反恐战争等新问题的反思仍然具有重要的启示作用。

9. 2000 年 5 月，西班牙阿尔卡拉大学，论文集《奥威尔之路：成就与遗产》，2001 年出版，主编阿尔贝托·拉萨诺（Alberto Lázaro）

会议在奥威尔逝世 50 周年召开，旨在应用当代西方文学理论重新审视奥威尔的作品和思想，讨论他对 20 世纪下半叶英国文学的影响，特别是政治讽刺和反乌托邦小说。会议 12 篇论文按主题分为两部分。第一部分是重新评价。论文涉及奥威尔理想与现实的矛盾、进步与守旧思想的矛盾；对反映西班牙内战的作品《向加泰罗尼亚致敬》的新历史主义解读以及该书在西班牙出版受到审查的过程；小说《缅甸岁月》中的权力话语以及反帝国主义与厌女症的矛盾。第二部分主要是介绍奥威尔对反乌托邦小说的影响，特别是作家佐伊·法伊尔拜恩斯（Zoe Fairbairns）发言谈到自己的女权反乌托邦小说《利益》（*Benefits*，1979）的创作是如何受到了奥威尔的影响。

> 10. 2003 年 3 月 21—25 日，西班牙萨拉戈萨大学，论文集《奥威
> 尔百年纪念》，2005 年出版，主编安内特·古米斯（Annette
> Gomis）等

会议在阿拉贡自治区韦斯卡省的美丽城市 Jaca 举行，离奥威尔曾经战斗过的阿拉贡前线不远。会议的主题是"奥威尔在西班牙：百年纪念"，参加会议的有来自三大洲八个国家的奥威尔专家，如研究奥威尔政治思想的英格尔，他的论文认为奥威尔关于革命的态度在西班牙内战后发生了重大变化。其他重要的论文有：奥威尔与同时代奥登等诗人的关系、通过奥威尔与莎士比亚作品中"鳄鱼"比喻的对比来分析奥威尔的悲观主义、奥威尔小说对于金钱崇拜的批判、奥威尔作品中的英国风景画、奥威尔对于印度英雄甘地的态度、《缅甸岁月》殖民地的离散（Diaspora）问题等。

> 11. 2003 年 5 月 1—3 日，美国威尔斯利学院，论文集《走向
> 21 世纪的奥威尔》，2004 年出版，主编托马斯·库西曼
> （Thomas Cushman）和约翰·罗登

本次会议是为纪念奥威尔诞辰一百周年举行的规模最大、规格最高的国际研讨会。与会者三百余人，奥威尔研究专家、作家和公共知识分子齐聚一堂。奥威尔专家除了罗登、斯坦司基，还著有《奥威尔为何重要》（2002）的希金斯（Christopher Hitchens）、《奥威尔之谜：男性意识研究》（1984）的帕苔（Daphe Patai）、《奥威尔：寻找一种声音》（1984）的亨特（Lynette Hunter）、《修正之后的奥威尔》（1992）的柔斯（Jonathan Rose）。会议由罗登和威尔斯利学院社会学教授库西曼共同主持，会议的主题是"奥威尔：探索

他的世界和遗产",旨在解读他的生平、作品以及进入新千年后对现代社会和文化的影响。会议的邀请广告是"奥威尔预言、批判或者警告了 20 世纪进程中的重要事件:帝国主义的遗产、无家可归和贫困的悲剧、冷战、原子弹、超级大国的极权主义幽灵和毫无休止的傀儡战争、左派的背叛、大众文化和传媒时代的来临、驯服职员(organization man)的兴起"。① 希金斯在主题发言中称"我不再关注如果奥威尔还活着他是赞同我的还是别人的观点这一问题,因为在 1984 年他还有可能活到那个时候,而现在我们离他已经很远,正如他与狄更斯的那个时代,我们不能再把他当作与我们同时代的人,而应该关注他为什么在现在生活中仍然那么栩栩如生,贴近现实"②。这为本次会议定下了基调:奥威尔在 21 世纪为何仍然重要?会议论文涉及广泛,具有前沿性,如奥威尔关于性压抑与极权主义的论述;奥威尔在西方接受的评价伦理;奥威尔与左派知识分子、希金斯论当今的左派知识分子、柔性知识分子(flexible intellectual)理论;奥威尔、和平主义与当前的反恐、阿富汗和伊拉克战争;帕苔对奥威尔女性主义解读的反思;奥威尔的"悖谬"(perversity)风格;奥威尔对"他者"声音的关注;奥威尔在俄罗斯、西班牙和法国的接受等。这次会议为 21 世纪的奥威尔研究打开一扇窗。

纵观这三十年的奥威尔国际专题研讨会,我们可以发现以下主要特征:一、就会议时间而言,主要集中在 1984 年和奥威尔诞辰百年的 2003 年前后,这两个时间段代表了西方奥威尔研究的高峰,期

---

① John Rodden, *Scenes from an Afterlife*: *The Legacy of George Orwell*, Wilmington, DE: ISI Books, 2003, pp. xiii – xiv.

② Thomas Cushman and John Rodden, eds, *George Orwell Into the Twenty – first Century*, Boulder: Paradigm Publishers, 2004, p. 2.

间有大量专著出版。这除了时间的特殊性外，也和世界格局急剧变化很有关系，如里根主义和撒切尔主义、苏联的解体、伊拉克战争、"9·11"事件等；还和现代科技的发展密切相关，如以 IBM（Big Blue 受 Big Brother 影响）为代表的计算机技术和因特网的普及；在学术上克里克 1980 年出版的奥威尔传记和戴维森 1998 年出版的《奥威尔全集》也推动了奥威尔的研究；二、就会议地点而言，主要集中在发达的欧美国家，苏联和东欧国家几乎没有举行，这显然和冷战思维和意识形态的影响有关。另外，笔者认为加拿大学界对奥威尔的研究兴趣与奥威尔的朋友乔治·伍德科克（George Woodcock）的重要著作《水晶般的精神：乔治·奥威尔研究》（1966）有一定关系。伍德科克受奥威尔影响返回加拿大定居，他是加拿大文学重量级人物，但国内对他关注不多。至于西班牙，这与奥威尔被当作西班牙人民的英雄有关。需要补充的是，2011 年 5 月 21 日在中国台湾东海大学举行了"奥威尔：亚洲和全球视野"，这是台湾第一次举行奥威尔国际研讨会，也是世界上第一次以亚洲视野看待奥威尔的会议，受邀人有罗登以及著有专著《乔治·奥威尔》（2003）的香港大学教授道格拉斯·科尔（Douglas Kerr）；三、就会议内容而言，这些会议最重要的共同特征就是奥威尔研究具有很强的时代性和跨学科性。与之相比，20 世纪 80 年代的会议主要集中在《一九八四》的预言和现实的关系问题以及推测奥威尔如果活着对当时重大事件会持有什么看法，对奥威尔的早期作品研究较少。而新世纪的会议，专家尝试运用最新的理论方法来重新解读奥威尔的作品和思想，奥威尔的早期作品也开始受到重视。

通过对奥威尔国际专题研讨会的梳理，我们可以发现会议的一些话题可能是我们进一步推进奥威尔研究的路径：第一，通过对奥威尔国际专题研讨会的梳理可以看出加强奥威尔学术史研究的必要性和重要性；第二，通过芝加哥大学会议中关于文学想象与政治思想关系的话题可以看出研究奥威尔的思想史意义具有很好的前景；第三，通过湖首大学和温哥华会议中关于奥威尔文学批评的讨论可以看出奥威尔文学批评方法的课题值得进一步研究；第四，通过上述会议中有关奥威尔与奥登、艾略特、赫胥黎等人的比较，可以进一步研究奥威尔和他的朋友圈或同时代知识分子的关系；第五，跨学科研究应该是奥威尔研究永恒的主题。

第四章

学术史和思想史视角下的奥威尔研究

乔治·奥威尔是英国小说家、散文家和文学评论家，一位举世闻名的政治作家，也是严肃的世界经典作家。

将奥威尔誉为"一代人冷峻的良心"和"一位圣人"的英国文学批评家普里切特（V. S. Pritchett）这样描述他："一位又高又瘦的人，脸上刻着饱经沧桑的印记；他的嘴唇流露出仁慈，嘴角挂着痛苦和讽刺的微笑；他的一双好看的眼睛表达着某种神情，这种神情只有从盲人那里才能看到，那是既崇高但又受到阻碍的远见卓识；这种神情会突然变得温柔起来，慢慢地又流露出仁慈，同时闪烁着妙不可言的幽默。"[①]将奥威尔视为"知识分子英雄"的美国大文豪欧文·豪（Irving Howe）也描述道："一位身体极度疲惫但却有

---

① Jeffrey Meyers, *George Orwell: The Critical Heritage*, London: Routledge, 1975, pp. 294 – 295.

骨气的作家，他经历了他那个时代所有的公共灾难。"①"瘦高""诚实""仁慈""正直""勇气""幽默""讽刺""饱经沧桑""远见卓识"……这就是典型的"奥威尔形象"。

第一节　从奥威尔诞辰纪念和国际研讨会谈起

2013 年是奥威尔诞辰 110 周年。在三十年前，也就是 1984 年前后，西方出现奥威尔研究的顶峰，其间大量专著问世，在欧美许多地方举办了国际研讨会，谈论的焦点是极权主义以及将《一九八四》的小说世界与现实世界进行比较。在十年前，也就是奥威尔诞辰 100 周年，西方再一次掀起奥威尔研究热潮，除了举办国际研讨会外，有不少新的传记和专著出版，重点关注奥威尔对当代社会和文化的影响。在两次热潮之间的 20 世纪 90 年代，奥威尔研究处于文献学储备期，其中彼得·戴维森（Peter Davison）编订的 20 卷本《奥威尔全集》（*The Complete Works of George Orwell*）和吉连·芬尼克（Gillian Fenwick）编写的《奥威尔文献目录》（*George Orwell：A Bibliography*）都在 1998 年出版，在奥威尔研究史上具有"里程碑"意义。

① Jeffrey Meyers, *George Orwell：The Critical Heritage*, London：Routledge, 1975, p. 349.

奥威尔与亚洲具有紧密的联系①，但是奥威尔研究缺乏亚洲视野。2011 年 5 月 21 日在中国台湾东海大学举行了"奥威尔：亚洲和全球视野"专题会，这是台湾第一次举行奥威尔国际研讨会，也是世界上第一次以亚洲视野看待奥威尔的会议，受邀人有奥威尔研究专家约翰·罗登（John Rodden）以及著有专著《乔治·奥威尔》（2003）的香港大学教授道格拉斯·科尔（Douglas Kerr）。研讨会除了规模较小以外，讨论的话题没有涉及奥威尔与缅甸、印度和中国的关系。另外，大陆学者也没有参加，这说明国内学者在国际奥威尔研究中基本处于失语的窘境。②

当然国内学界在 1984 年前后和 2003 年这两个奥威尔研究关节点也作出了一些回应。例如，《科学对社会的影响》（1983）和《国外社会科学》（1984）这两份国内期刊都分别刊登文章对西方奥威尔研究热进行了介绍，但同时又加上"编者注"强调其资本主义作家的阶级身份。《一九八四》在国内的首位中译者、著名翻译家董乐山曾在 1983 年美国康奈尔大学访问时与欧洲议会政治研究室主任弗朗西斯·罗森斯梯尔（Francis Rosenstiel）博士交流，后者提到他组织的欧洲议会奥威尔国际学术会议将于 1984 年 4 月在法国的史特拉斯

---

① 奥威尔 1903 年出生在印度，1904 年随母亲回英国定居。他 1922—1927 年在印属缅甸担任英帝国皇家警察，写有许多印度、缅甸题材的作品和评论，如《缅甸岁月》《绞刑》《射象》《甘地随想录》等。

② 罗登 2011—2012 年是台湾东海大学的客座教授（visiting professor）。科尔教授曾回信答复笔者的咨询，他认为目前奥威尔研究的薄弱点主要在奥威尔早期作品和奥威尔的文学特征（literary character）这两个方面，而奥威尔批评这个课题"过于庞大"（rather huge）。科尔教授的判断很有道理，不过他以上观点是针对博士选题而言。他的专著《乔治·奥威尔》（George Orwell）是一部具有亚洲视野的奥威尔研究。

堡召开。① 这是国内奥威尔研究从 20 世纪 50—70 年代 "禁区" 到
80 年代初逐渐 "解冻" 时与国际学界的早期接触。2003 年，孙仲
旭将奥威尔研究专家杰弗里·迈耶斯（Jeffrey Meyers）的《奥威尔
传》译介到中国，这部以 "一代人冷峻的良心" 为副标题的传记
在国内产生了较大影响，奥威尔作为 "公共知识分子" 形象开始
为国内接受，奥威尔研究开始受到重视。但是，国内奥威尔研究
目前存在以下主要弊端：一、"文化大革命" 时期把奥威尔当作
"反苏反共" 作家这一意识形态评价仍然残存在部分学者的意识之
中；二、国内学界对奥威尔的文学地位和价值仍存有异议，比如
王佐良的《英国二十世纪文学史》并没有专章介绍奥威尔；三、
新世纪以来奥威尔研究成果数量明显增多，但是整体研究质量尚
待提高。

　　国内奥威尔研究质量整体不高固然与意识形态等历史因素和功
利、浮躁的学术现状有关，但更重要的原因是国内学界对西方奥威
尔研究现状了解不多、不深。因此，中国学者从事奥威尔的学术史
研究不仅可以为国际学界带来一定的亚洲视野，也可以加深国内学
界对奥威尔作为世界经典作家地位和价值的认识。

---

　　① 罗森斯梯尔提到欧洲议会正在筹备奥威尔的学术会议，探讨《一九八四》对人类
社会共同性弊端的警告和意义（不同社会制度），并邀请董乐山参加。后董乐山因病 "无
法赴约，参加这个盛会，与世界各国学者一起探讨人类的前途"，这 "不能不说是一桩憾
事"。该会议论文集《他喜欢老大哥》（*And He Loved Big Brother：Man，State and Society in
Question*）1985 年出版，论文集的主编之一即罗森斯梯尔。

第二节　奥威尔作为世界经典作家的价值和影响

奥威尔的代表作《动物庄园》和《一九八四》在各种世界百部文学经典排行中名列前位，先后被译成 60 多种语言，其发行量至今仍未被其他严肃作家的作品赶超。对于奥威尔如此巨大的影响，斯迪芬·英格尔（Stephen Ingle）总结了三点原因：一、他的政治思想影响深远，至今仍然具有生命力；二、他文如其人，具有道德榜样作用；三、他的作品具有不朽的艺术价值。[①] 英格尔的观点与欧文·豪和迈耶斯是完全一致的。可见，政治思想、文学价值和道德楷模是奥威尔成为经典作家的重要因素。

英格尔是研究奥威尔政治思想的专家，他是英国斯特林大学（University of Stirling）政治学系教授；奥威尔的第一部授权传记作者伯纳德·克里克（Bernard Crick）也是伦敦大学伦敦政治经济学院（LSE）的政治学教授。这说明奥威尔的政治思想已成为政治学的教学内容。克里克把奥威尔定位为"政治作家"，这已为学界所接受。奥威尔的文学评论涉及政治与文学关系的非常多，比如《我为什么要写作》（Why I Write）、《作家与利维坦》（Writers and Leviathan）、《政治与英语》（Politics and the English Language）等名篇，另外纵观西方奥威尔批评著作，我们可以发现直接以"政治和文学"为题名

[①] Stephen Ingle, *The Social and Political Thought of George Orwell: A Reassessment*, Abingdon: Rouledge, 2006, pp. 21 – 22.

的也有不少。①《动物庄园》中的"所有动物一律平等,但有些动物比其他动物更加平等"、《一九八四》中的"老大哥"(big brother)、"双重思想"(doublethink)、"思想警察"(thought police)、"犯罪停止"(crimestop)、"记忆黑洞"(memory hole)、"新话"(Newspeak)以及其他作品中如"冷战"(cold war)等早已是重要的政治词汇。

奥威尔作为"政治作家"有着重要的政治思想,但是其作家身份也不容忽视。在《我为什么写作》中,奥威尔坦承他的天性是成为作家,安心写作。在找到明确的政治方向"反对极权主义和拥护民主社会主义"之后,他致力于"使政治写作成为一种艺术",提出"好的文章就像一块玻璃窗"。奥威尔这种独特的文学风格使其成为英语散文大家,他的作品也成为大学英语写作课的典范。不过,欧文·豪认为这种风格看上去容易模仿,事实上很难掌握,这正体现了奥威尔艺术风格的独特性。奥威尔也是文学批评家,利维斯夫人称其在这个方面具有"天赋",他对狄更斯、莎士比亚、托尔斯泰等文学大家的评论都已成为经典之作。奥威尔还是文化研究的先驱,如对明信片、小报和犯罪流行小说研究,包括《唐纳德·麦吉尔的艺术》(The Art of Donald McGill)、《男生周报》(Boy's Weeklies)和《莱佛士与布兰迪什小姐》(Raffles and Miss Blandish)等名篇。雷蒙德·威廉斯(Raymond Williams)和理查德·霍加特(Richard Hoggart)等新左派知识分子正是将奥威尔的大众文化评论系统化,开拓了文化研究这一新领域。

---

① 参见 Conor Cruise O'Brien, *Writers and Politics*, New York: Vintage Books, 1967; George Woodcock, *Writers and Politics*, Montreal: Black Rose Books, 1990;[英]雷蒙德·威廉斯:《政治与文学》,樊柯、王卫芬译,河南大学出版社 2010 年版。这类题名的奥威尔批评著作还有很多。

不少批评家勾勒的"奥威尔形象"是一位"道德的楷模"。"揭穿谎言、讲述真相"正是奥威尔作为"公共知识分子"的本质特征。他是英国左派知识分子的"害群之马"或"故意唱反调的人"——从左派内部批评左派人士，这充分彰显了他坚持独立思考、积极行动，以非凡勇气批判社会不公的知识分子职责。奥威尔喜爱自然和传统，这种"保守情感"是对"公共规范"的弘扬：他相信只要每个普通人行为得体，世界就会变得公平美好。正是基于这种信念，他在西班牙内战中甚至把同情和仁慈扩展到敌方——不向提着裤子逃跑的法西斯普通士兵开枪；他即使在病重的时候也不厌其烦地在笨重的打字机上费力敲打，给朋友和从未谋面的人一一回信；他在第一任妻子艾琳（Eileen OShaughnessy）去世后虽然一个人生活艰难，但是仍然精心地照顾收养的小孩。

无论是大到反极权主义思想还是小到描写自然界的一只春蟾，奥威尔其人其作都充满了魅力，他具有作为经典作家的独特性。卡尔维诺说："一部经典作品是一本永不会耗尽它要向读者说的一切东西的书。"① 《一九八四》文本内部仍然充满着谜团，他对我们当代的社会和文化仍然产生重要影响，比如社会主义道路、知识分子职责、道德规范、反恐战争、个人信息、媒体操纵、科技机器等诸多方面。卡尔维诺还说道："经典作品是这样一些书，它们带着先前解释的气息走向我们，背后拖着它们经过文化或多种文化（或只是多种语言和风俗）时留下的足迹。"② 因此，要真正把握奥威尔的政治、文学和道德价值除了深入分析奥威尔的作品以外，还要考察其

---

① ［意］卡尔维诺：《为什么读经典》，黄灿然、李桂蜜译，译林出版社2012年版，第4页。

② 同上。

他知识分子和批评家在这三方面对奥威尔具体的评价以及评价背后的思想诉求和权力政治。奥威尔作为世界经典作家的影响力和独特性是我们从事学术史和思想史研究的意义所在。

第三节　学术史视阈下的奥威尔批评

奥威尔批评（Orwell Criticism）是关于奥威尔研究的学术史研究，是研究之研究，是奥威尔总体研究（Orwell Studies）的重要领域。

国内奥威尔评论有学术界和思想界两个来路。试看下面两则：

（1）由于奥威尔本人及其作品对西方乃至整个世界的文学和社会的发展产生了巨大的影响，因此他的这种错误的男权至上主义思想尤其不应被忽视。[1]

（2）奥威尔的书，是左翼批左翼。左翼批左翼，右翼当然高兴，但他毕竟是左翼……二十一世纪，时光逆转，历史倒读，好像什么都可以翻案，但中国革命的案不能翻。[2]

很显然，第一则评论是来自学术界，第二则是来自思想界。这说明一个重要问题：要理解奥威尔批评，光从学术史切入还不够，

---

① 王小梅：《〈一九八四〉中的男性中心论》，《当代外国文学》2005 年第 3 期，第 94 页。

② 详见李零《读〈动物农场〉二》和《读〈动物农场〉三》，《读书》2008 年第 8、9 期。

还必须从思想史进行考察。另外，从这两则评论的具体内容和作者身份可以发现：在奥威尔批评研究过程中，学术史和思想史的关系非常密切，学术史能反映出思想史，思想史也具有学术史价值，只不过在不同文本中孰主孰次。

西方的奥威尔批评也是如此。例如，英国新左派代表人物威廉斯1974年主编的《乔治·奥威尔批评文集》（*George Orwell：A Collection of Critical Essays*）主要是一部学术论文集，但是他在序言中的评论和论文编选策略则涉及思想史问题；他1971年出版的专著《乔治·奥威尔》（*George Orwell*）虽然具有介绍"现代大师"（Modern Masters）的学术价值，但是要从本质上理解这部专著则必须将其置于思想史语境进行考察。

先看奥威尔批评的学术史维度。中国自古以来就具有学术史研究的治学传统。比如，梁启超的《中国近三百年学术史》论述了清代学术变迁与政治的影响、清初各学派建设及主要学者成就和清代学者整理旧学的总成绩这三个大问题。他提出编撰学术史的四个必要条件："第一，叙一个时代的学术，须把那时代重要各学派全数网罗，不可以爱憎为去取。第二，叙某家学说，须将其特点提挈出来，令读者有很明晰的观念。第三，要忠实传写各家真相，勿以主观上下其手。第四，要把各人的时代和他一生经历大概叙述，看出那人的全人格。"① 该书以"论"说"史"，以"史"证"论"，史论结合的实证方法很值得借鉴。

在目前国内的外国文学领域，学术史研究已经成为关注热点。其中最重要的两个标志是中国社科院陈众议研究员主持的"外国文

① 梁启超：《中国近三百年学术史》，东方出版社2004年版，第55页。

学学术史研究大系"项目和国家社科基金重大项目"新中国外国文学研究 60 年"。陈众议在《塞万提斯学术史研究》中指出了当前外国文学研究的主要问题：在后现代主义解构思潮下，绝对的相对性取代了相对的绝对性，许多人不屑于相对客观的学术史研究而热衷于追捧空洞的理论。学术史研究则是对后现代主义颠覆的拨乱反正，是重构被解构的经典，重塑被抛弃的价值。这是外国文学学术史研究大的背景和意义所在。具体而言，学术史研究"既是对一般博士论文的基本要求，也是一种行之有效的文学研究方法，更是一种切实可行的文化积累工程，同时还可以杜绝有关领域的低水平重复。①《塞万提斯学术史研究》由三部分组成：第一部分为学术史的梳理（陈众议认为这部分一定要引用批评家的原话）；第二部分是研究之研究；第三部分是详尽的文献目录。陈众议不仅十分明确地阐述了当前研究外国经典作家学术史的重要意义和价值，也提供了值得认真参考的研究方法。②

西方奥威尔学术史和奥威尔批评学术史的具体情况这里无法详述，需要强调的是奥威尔学术史研究的重要性。通过对西方奥威尔研究文献的编目和编年，我们发现奥威尔研究虽然从 20 世纪 30 年代开始到现在只有八十多年的时间，但是数量上已是汗牛充栋。如果再拓展到非文学研究领域，那更是难以统计，也就是说奥威尔研究在西方业已形成"奥威尔产业"（Orwell Industry）。但是，对这个

---

① 详见陈众议：《总序》，《塞万提斯学术史研究》，译林出版社 2011 年版。
② 另外经典作家学术史研究的写法还可以参考谈瀛洲：《莎评简史》，复旦大学出版社 2005 年版；何宁：《哈代研究史》，译林出版社 2011 年版。

庞大的"产业"系统的清理工作在西方还没有真正地开展。① 戴维森花费 20 多年时间整理了 20 卷《奥威尔全集》，这项"丰碑式"的学术成就需要堪与之比肩的《奥威尔批评史》和《奥威尔批评全集》等著作。可以说，奥威尔批评史的研究工作是当今奥威尔研究中最大的盲点，虽然正如科尔教授所说"过于庞大"，难度颇巨，但具有十分诱人的重大学术价值。

第四节　20 世纪思想史语境中的
奥威尔与奥威尔批评

奥威尔早已成为一种"文化符号"和"文化现象"，因此奥威尔学术研究背后隐藏着十分复杂的思想史问题，20 世纪知识分子团体的奥威尔批评尤是如此。②

罗登将奥威尔研究分为奥威尔（Orwell）研究和"奥威尔"（"Orwell"）研究，前者研究奥威尔生平和作品，后者研究奥威尔的后世影响，两者时间大致以 1950 年为界。这一划分说明奥威尔不仅在他生活的那个时代十分重要，而且在他去世后，他的思想遗产仍

---

① 从西方奥威尔批评研究的形式来看，主要有目录清单（bibliography checklist）、批评遗产（critical heritage）、注解目录提要（annotated bibliography）、论文（article）和指南（guidebook，companion）等，很显然，西方奥威尔批评缺少的是学术专著（monograph）。因此，现在最大的盲点就是没有把奥威尔批评先期的文献基础成果转化为最后的奥威尔批评学术专著。

② 这里将讨论的时间限制在 20 世纪，是因为 20 世纪知识分子团体的奥威尔批评更具有思想史意义，而新世纪以来，知识分子团体逐渐被个体所代替，公共知识分子被专家代替，知识分子走向学院化。

然对世界产生了重要影响。这两方面研究涉及的核心问题是奥威尔的文学声望、知识分子团体对其文学声望的利用以及知识分子表达思想诉求之间的内在关系。

奥威尔在评论狄更斯的首句说道："狄更斯是那些很值得偷窃的作家之一。""偷窃"他的是马克思主义者和天主教徒——"马克思主义者说他'几乎'是个马克思主义者，天主教徒说他'几乎'是个天主教徒"，但在奥威尔看来，"狄更斯对社会的批评几乎完全限于道德上的"。① 不少批评家能从这篇评论狄更斯的名篇中找到奥威尔的影子，事实情况是，奥威尔也成为"值得偷窃的作家"，其被"偷窃"的程度甚至超过了狄更斯，超过了 20 世纪的许多作家。这个"偷窃"就是指对作家"声望"的利用，包括"肯定"（claim）和"否定"（disclaim）两种。如果"偷窃者"对作家"声望"的利用完全与作家真实意图相悖，这种"利用"（use）会发展为"滥用"（abuse）。如果有若干政治派别、知识团体在同一时期或者不同时期对同一作家都实施了"偷窃"（比如奥威尔所说的马克思主义者和天主教徒），这就形成了"竞争"，成为一场激烈的文化"争夺战"。美国新保守主义领袖诺曼·波德霍雷茨（Norman Podhoretz）深谙此法，并将其中的秘密和盘道出。他认为奥威尔所说的马克思主义者相当于当今社会的左派，天主教徒则相当于右派。将有着巨大声望的作家（特别是政治作家）"争夺"到己方阵营可以给自己的政治立场带来"自信、权威和分量"，② 这是"肯定"利用的动

---

① ［英］乔治·奥威尔：《奥威尔文集》，董乐山编译，中国广播电视出版社 1997 年版，第 239、242 页。

② Norman Podhoretz, *The Bloody Crossroads: Where Literature and Politics Meet*, New York: Simon and Schuster, 1986, pp. 51, 53.

机。在"否定"利用的情况下，各政治派别和知识团体或是将"害群之马"（作家）驱逐出门，或是批判其成为"叛徒"，或是划清界限，揭露其"真实面目"，以免己方成员受其蛊惑。譬如，奥威尔在英国共产党媒体中曾被称为"小资产阶级根深蒂固的幻想和偏见"的代表，在苏联曾被当作"人民的公敌"，在中国曾被视为"反苏反共"作家。这些对作家"声望"的利用像是一场"文化冷战"，因此单单学术史是无法解释这种现象的，只有将其放置到思想史语境考察才能将问题的实质一一揭示。正如上面所引的第二则评论，虽然奥威尔是"左翼批左翼"，但毕竟"奥威尔是左翼"，只有确定了这个政治身份，"中国革命"才不能被"右翼"翻案。

奥威尔的影响力导致了各方的"争夺战"，而各方的"争夺战"又滚雪球式地扩大了奥威尔的影响力，奥威尔这种经典生成的现象具有唯一性。因此，无论是奥威尔研究还是奥威尔批评研究都应该放置到20世纪的思想史语境仔细考察才能得到透彻的理解。罗登认为"20世纪是奥威尔的世纪"[1]，这说明奥威尔研究和"奥威尔"研究都和20世纪的重大历史事件密切相关。2003年，美国威尔斯利学院（Wellesley College）举办了纪念奥威尔百年诞辰的国际研讨会，会议的邀请广告这样写道："奥威尔预言、批判或者警告了20世纪进程中的重要事件：帝国主义的遗产、无家可归和贫困的悲剧、冷战、原子弹、超级大国的极权主义幽灵和毫无休止的傀儡战争、左派的背叛、大众文化和传媒时代的来临、驯服职员的兴起"。[2] 这些重大事件的节点串联着奥威尔短暂的一生。

---

[1]　John Rodden, *Scenes from an Afterlife*: *The Legacy of George Orwell*, Wilmington, DE: ISI Books, 2003, p. xiii.

[2]　Ibid., pp. xiii – xiv.

1903 年 6 月 25 日，奥威尔出生在印度孟加拉邦莫蒂哈里（Motihari，Bengal），他的家庭具有殖民传统①。1904 年，奥威尔随母亲回英国定居，8 岁入寄宿学校圣塞浦里安（St Cyprian），这是一个培养英国海外殖民地官员的"摇篮"，从后来记录这段痛苦生活的散文《如此快乐童年》（Such，Such Were the Joys，1953）可以看到《一九八四》中"惩罚"和"极权"的影子。1917 年，奥威尔进入伊顿公学，对贫穷和阶级差异有很深体会——他称自己属于"上层中产阶级偏下"（lower - upper - middle class）。1922—1927 年，奥威尔在缅甸当警察，对帝国主义制度有切肤之痛，《缅甸岁月》（1934）即是祛除"负罪感"之作，被誉为"20 世纪英国最重要的反帝国主义小说之一"。② 反帝国主义是奥威尔作品的重要主题，希琴斯甚至认为奥威尔是后殖民理论的奠基者之一，也是英国从帝国主义的、单型的社会向多民族、多文化的社会转型的文学记录者之一。③ 缅甸经历是奥威尔的第一次人生顿悟，"被压迫者总是对的，压迫者总是错的"，他反对一切人统治人的制度，决定与被统治者结伴同行，沉入社会底层。

从缅甸辞职回到英国后，奥威尔决定以作家为业。他选择到伦敦、巴黎的贫民窟与流浪者一起落魄。他洗过盘子、教过书、当过书店职员。这个时期的《巴黎伦敦落魄记》（1933）、《牧师的女儿》

---

① 奥威尔的祖父曾在澳大利亚和印度传教，他的外祖父在缅甸是个成功的商人，他的父亲是英印殖民政府负责与中国鸦片贸易的官员。

② John Newsinger, *Orwell's Politics*, Houndmills：the Macmillan Press Ltd.，1999，p. 89.

③ Christopher Hitchens, *Why Orwell Matters*, New York：Basic Books，2002，p. 34.《从奥威尔到现在：1945 到 2000 年的英国文学》同样把奥威尔作为英国社会转型的标志人物，参见 John Brannigan, *Orwell to the Present*：*Literature in England*，1945—2000，Houndmill：Palgrave Macmillan，2003。

（1935）、《让叶兰继续飞扬》（1936）真实地反映了 20 世纪 30 年代英国经济危机带来的物质贫困和精神贫困。1936 年，奥威尔受英国左派维克多·戈兰茨（Victor Gollancz）资助去英国北部矿区考察工人阶级生活状况，后写成重要作品《通往维根码头之路》（1937），这是类似恩格斯《英国工人阶级状况》的考察报告，集中表达了他的社会主义观。也是在 1936 年，他参加西班牙内战，在反法西斯主义一线战场喉部中弹，险些丧生。不过根据后来的解密档案，他因参加托派军队组织马党（POUM）而受到苏联克格勃（KGB）的追杀，遭受比战场更可怕的生命威胁。他将共和政府（受苏联支持）的党派内部争斗和清洗真实地记录在《向加泰罗尼亚致敬》（1938）一书中。1936 年这两次经历是奥威尔人生的第二次顿悟，从此走向"拥护社会主义""反对极权主义"的文学道路。

西班牙内战只不过是"二战"的开幕曲，《上来透口气》（1939）反映了英国人在战前的"忧郁"心态和对"一战"前英国爱德华和平时代的"眷念"之情。1939 年 9 月"二战"爆发，奥威尔从反战立场突转为支持战争，《狮与独角兽》（The Lion and the U-nicorn，1941）表达了他期望将爱国主义和反法西斯主义转变为社会主义革命的思想。1940 年，奥威尔加入民兵组织（Home Guard）。1941—1943 年，他在 BBC 负责对印度广播，展开反法西斯宣传战。1943 年加入英国工党左派的《论坛报》（Tribune），成为克里克所说的"论坛报社会主义者"（a Tribune socialist）[1]。在德国投降四个月

---

[1]　克里克对此解释道："他（奥威尔）采取的是左派或者是工党左派的立场，即极其强调平等、自由和民主，但与欧洲大陆相比，非常不理论化，只像是世俗的福音教徒聚会。"Bernard Crick, George Orwell: A Life, Boston: Little, Brown and Company, 1980, p. xv。

后，也就是广岛原子弹爆炸 11 天后、日本战败投降 2 天后，奥威尔的《动物庄园》（1945）出版，非常"不合时宜"地揭穿了"苏联神话"。1946 年 3 月 5 日，丘吉尔发表"铁幕"演说，美苏两大阵营"冷战"开始。之后，奥威尔来到偏远的朱拉岛（Jura），以生命为代价创作《一九八四》（1949），描绘了极权主义可能统治世界的"梦魇"。1950 年 1 月 21 日，奥威尔因肺结核去世，终年 46 岁，墓碑上刻着他的本名"埃里克·阿瑟·布莱尔"（Eric Arthur Blair）。

另外，奥威尔在《左派的背叛》（*The Betrayal of Left*，1941）有两篇文章批评英国共产党听从苏联指令采取"革命失败主义"路线（revolutionary defeatism）；在《鲸腹之内》（*Inside the Whale*，1940）、《批评文集》（*Critical Essays*，1946，美国出版书名是 *Dickens*，*Dali and Others*）和《英国人》（*The English People*，1947）收录大量有关英国大众文化的文章。

从奥威尔 1903—1950 年的人生经历及其创作来看，上面的邀请广告所说他参与或影响了 20 世纪进程中的重大事件是完全正确的。奥威尔生活了半个世纪，经历了头十年的爱德华的和平时期；第二个十年的"一战"；20 年代帝国主义的衰落；30 年代的资本主义经济危机、希特勒法西斯主义、苏联共产主义、西班牙内战、苏联大清洗、苏德签订互不侵犯条约、"二战"；40 年代的原子弹爆炸、"二战"胜利、冷战等等。如果将上面所列的作品按时间顺序排列，可谓是 20 世纪上半叶的历史文本，也是关于 30 年代英国知识分子（"奥登一代"）的思想史文本。奥威尔对 20 世纪下半叶的影响同样巨大。其中最重要的思想遗产是使极权主义观念深入人心（他的社会主义观在不同政治派别中引起了争论），比如 50 年代初的美国纽约知识分子和 80 年代中期的西方都对极权主义进行了积极的讨论。
希琴斯还总结了奥威尔其他七个方面的重要影响：英国性、语言的
重要性、大众文化、客观或可证实的真理问题、文学影响（如英国
的"愤怒青年"作家）、生态问题以及核武器主义。①

奥威尔与 20 世纪历史进程的关系是一幅内容丰富的思想图景，而
20 世纪众多知识分子团体对奥威尔的评价则构成了另外一幅同样丰富
多彩的思想图景。知识分子有着"文人相轻"的传统，也有"自由结
社"的传统。鲁迅说："我曾经在文艺批评史上见过没有一定圈子的
批评家吗？都有的，或者是美的圈，或者是真实的圈，或者是前进的
圈。"② 就近现代知识分子而言，判断一个知识分子团体是否存在的重
要标志是看有没有一些核心成员以一份（或多份）文化期刊（或报
纸、文集、诗集）为中心，对有关社会和文化问题发表相同或者相似
的观点。比如，中国"五四"时期的《新青年》团体、英国左派读书
俱乐部的会刊《左派讯息》（*the Left News*）、英国共产党机关报《工
人日报》（*Daily Worker*）、"奥登团体"（Auden Group）的《牛津诗歌》
（*Oxford Poetry*）、英国新左派的《新左派评论》（*the New Left Review*）、
美共喉舌《新群众》（*The New Masses*）以及纽约知识分子的《党派评
论》（*Partisan Review*）等。在 20 世纪知识分子团体当中，当属英国
左派（也称老左派）、英国新左派和美国纽约知识分子三大知识分
子团体的奥威尔批评最为典型，具有重要的学术史和思想史意义。③

---

① Christopher Hichens, *Why Orwell Matters*, New York：Basic Books, 2002, p. 11.
② 鲁迅：《鲁迅全集》第 5 卷，人民文学出版社 2005 年版，第 449 页。
③ 20 世纪英美知识分子团体的奥威尔批评也并不仅限于英国左派、英国新左派和纽约知识分子这三家，其他还有以乔治·伍德库克（George Woodcock）为中心无政府主义团体、以《论坛报》（*Tribune*）为中心的英国工党左派、英国"愤怒青年"作家（Angry Young Man）和女权主义者等。

首先，这三个团体的奥威尔批评都与 30 年代的知识分子因迷信"苏联神话"而"左"倾激进有很大关系，比如英国左派读书俱乐部会员和第一代纽约知识分子。英国新左派特别是第一代新左派是从英国（老）左派发展而来，他们对"苏联神话"的幻灭，对斯大林主义的憎恨促使其放弃激进的政治而转向文化政治。纽约知识分子则从激进政治转向新自由主义再发展到最后的新保守主义。他们的奥威尔批评文本涉及 20 世纪 30 年代到 80 年代许多重大历史事件，不仅勾勒出各自团体兴衰的思想史，而且也典型地反映了 20 世纪思想史的重要内容和特征。比如，从历史事件而言，涉及西班牙内战、"二战"、冷战、越战；从政治谱系而言，这些知识团体的讨论涉及左派、右派和自由派；从意识形态而言，涉及资本主义、社会主义、共产主义、法西斯主义、新自由主义、新保守主义。

以上通过对奥威尔研究和"奥威尔"研究的考察可以发现，要对奥威尔其人其作和奥威尔批评进行深入的分析，仅仅停留在文学文本或者是学术史层面是不够的，必须要将此放置到思想史语境当中详细考察。如果我们只是套用某种文学理论去分析奥威尔作品，就只能是见"树"不见"林"，而且看到的"树"还是"生了病"的树——例如女性主义理论（见前面引用的国内第一则评论）就无法分析《动物庄园》。同样，如果只对奥威尔批评作学术史的梳理而不进一步拓展到思想史语境去考察，我们就会对批评家的某些重要评价感到迷惑不解，也会对他们在奥威尔批评中的文化利用和政治目的一无所知。

第五节　学术史和思想史双重视角的研究方法

奥威尔批评是一个学术史课题，但是必须要放置到思想史语境才能得到有效和深入的阐释。在具体研究当中，批评文本的选择是首要关键，基本原则是在考虑文本的学术史价值（比如批评的渊源、话语和策略等）基础之上，更加强调文本的思想史价值，即选择与20世纪的重大历史事件、政治意识形态和思想论争有密切关系的文本。在此情况下，知识分子团体的批评文本显然比个体更具典型性，因为团体代表的是政治利益、思想运动和时代变迁。当然，在以知识分子团体为考察中心的基础之上，还要注重团体中个体成员的差异性。其次，根据批评文本的论证逻辑归纳和分析批评的内容、策略、特征和意义，然后从文本语境拓展至思想史语境，由内到外，层层"深挖"，以期揭示批评家对奥威尔"声望"利用的最深层次原因，从而在20世纪思想史语境中深刻理解其学术史价值。这是一个从学术史到思想史再到学术史的阐释和认知过程。

具体在学术史层面，本文认同梁启超提出的学术史撰写四项原则，主张"史""论"结合、互证。同时，始终坚持"站在文献基础上理解"（informed understanding）的文献学方法和迈耶斯的实证研究方法——"历史和传记的方法"①。在论证过程中，首先要

---

①　迈耶斯说："目前几乎所有重要的现代作品都被长篇累牍地分析，用于阐释的批评方法差不多走进了死胡同。除了极少数出彩的文章外，大多数文本阐释不是牵强附会就是毫无新意。在这种情况下，历史和传记的方法似乎是讨论现代作家最创新、最有用的方法，因为这种方法（经常根据档案材料）将新的事实和认识带到文学作品的阐释，能够发人深省。"Jeffrey Meyers, *Orwell: Life and Art*, Urbana: University of Illinois Press, 2010, p. 229。

强调批评文本的原始来源和权威来源，比如新左派史学家汤普森的批评文章《鲸腹之外》是选自最早收入该文的《走出冷漠》，而不是选自威廉斯的《乔治·奥威尔批评文集》中的删节文本，只有这样才能保证其完整性。另外，也只有选自《走出冷漠》才能深刻理解"必须从鲸腹之内出来"表达的"走出冷漠"的主题。其次，注重论证的实证，通过系列证据（a chain of evidence）的串联得出结论，而不是做虚妄的推断。在具体分析批评家对奥威尔认同时，尽力找到批评家与奥威尔交往的证据，如果没有这方面的直接证据，则借助第三方证据。

史料必须与思想结合起来才能发挥出最大的价值。英国历史学家柯林伍德（Robin George Collingwood）说："一切历史都是思想史。"① 这就是说，历史的过程是行动的过程，而行动与思想是互动的关系。约翰·洛克（John Locke）认为："人们头脑中的思想或意象是看不见的力量，时时支配着人们。"思想会影响行动，因此思想有可能决定历史的进程。思想史关注在重大历史事件的形成过程中思想和行动之间的互动；思想史家试图寻找每个时代"思想基础的词语、情感和概念"，撰写"一般意识的历史"。②

思想史的研究方法是复杂多样的。美国的"观念史"研究奠基人洛夫乔伊（Arthur O. Lovejoy）认为思想史应该研究"单元观念"（unit ideas）。人们的思想系统来自这些基本的"单元观念"的组合，"观念史"则是考察它们形成、孕育、发展和成熟的过

---

① ［英］柯林伍德：《历史的观念》（增补版），何兆武等译，北京大学出版社 2010年版，第431页。

② 详见［英］斯特龙伯格《导论》，《西方现代思想史》，刘北成、赵国新译，中央编译出版社 2005年版，第3—7页。

程，基本途径是研究和阐释蕴含着“永恒智慧”（dateless wisdom）的经典文本。英国“剑桥学派”政治思想家昆廷·斯金纳（Quentin Skinner）认为“观念史”学派在一开始就把这些“单元观念”如存在之链（the great chain of Being）、平等、进步、社会契约等当作是理想类型，即预设了某种期待，忽视了思想产生的历史语境。斯金纳主张：“我们需要将我们所要研究的文本放在一种思想的语境和话语的框架中，以便于我们识别那些文本的作者在写作这些文本时想做什么。”斯金纳在政治思想史研究中没有把政治思想当作抽象的观念，而直接是政治行动，参与了那个时代的“政治辩论”。①

　　《西方现代思想史》的作者斯特龙伯格则将上面的方法综合。他认为思想史研究一是选取一些公认的代表了人类思想成就顶峰的思想家；二是选取一些重要观念，如平等、正义等；三是选择不太抽象但完全符合 19 世纪的思想，如民族主义、自由主义等支配那个时代的词语；四是选取重大的历史事件中（如“二战”）至少可以在一定程度上归因于纯粹的思想家；五是寻找各个时代的时代精神，如何跨越各种界限而影响所有的领域，如 19 世纪的浪漫主义。② 笔者认为，思想史主要是研究具有思想史意义的经典文

---

　　① 详见李宏图《笔为利剑：昆廷·斯金纳与思想史研究》，詹姆斯·塔利著《语境中的洛克》，梅雪芹等译，华东师范大学出版社 2005 年版，第 3—7 页。“思想史”一词的英译一般有“history of thought”“history of ideas”和“intellectual history”。由于本文致力于在思想史语境中考察奥威尔学术史，因此斯金纳的“intellectual history”更为恰当。

　　② 详见［美］斯特龙伯格《导论》，《西方现代思想史》，中央编译出版社 2005 年版，第 3—7 页。另外，赵国新指出，对于思想人物的考察需要在一个兼顾时空的三维坐标系中进行，即首先考察其思想渊源，看他在何处承继先辈，何处自出机杼；其次要以同时代人为比较参照，审视优劣短长，察看他与时贤的异同；最后还要顾及其思想遗泽、后续影响，由此确定其思想地位。详见赵国新：《新左派的文化政治：雷蒙·威廉斯的文化理论》，外语教学与研究出版社 2009 年版，第 27 页。

本，从字里行间读出微言大义，并结合历史语境考察其渊源、发展、流变和影响，挖掘这一人类智慧的价值，为当下的社会生活带来启示和借鉴。

西方这些思想史的研究方法提供了一些思路，比如选取时代的代表人物、深挖经典文本、放置到思想的语境和考察思想观念的流变等等。如何将思想史视野引入外国文学研究，或者以思想史的研究方法阐释外国文学经典文本，目前在学界还没有引起太多关注并达成共识。但是，我们也注意到目前外国文学界一些专家如陆建德、黄梅、殷企平、叶隽、赵国新等的研究成果体现出了思想史的视野。① 另外，殷企平主持的 2012 年度国家社科基金重大招标项目"文化观念流变中的英国文学典籍研究"也提出"经由文学研究和思想史研究的交互视角，该项目着重审视英国民族和英国社会建设公共文化的独特经验，探索英国公共文化思想形成与发展的源泉、脉络、形态和现实影响，提出一个新型的、旨在服务于中国文化建设的外国文学研究项目"。② 这些专家非常重视外国文学研究的思想史意义以及对中国的借鉴作用。

葛桂录在《思想史语境中的文学经典阐释——问题、路径与窗口》一文中明确地提出以思想史视野或者研究方法来阐释外国文学

---

① 参见陆建德的《破碎思想体系的残编——英美文学与思想史论稿》《击中痛处》等、黄梅的《推敲"自我"：小说在 18 世纪的英国》、殷企平《推敲"进步"话语——新型小说在 19 世纪的英国》、叶隽的《史诗气象与自由彷徨——席勒戏剧的思想史意义》、赵国新的《新左派的文化政治：雷蒙·威廉斯的文化理论》等专著。外国文学论文以思想史为题的目前主要有两篇：叶隽：《文学之择与象征之技——论卡夫卡的思想史意义》，《外国文学》2007 年第 5 期；刘文飞：《普里什文的思想史意义》，《外国文学评论》，2012 年第 1 期。立项课题有 2013 年教育部规划基金项目《文学本体的神圣化：对法国现代叙事文学的思想史研究》。

② 参见杭州师范大学外国语学院网站：http://wgyxy.hznu.edu.cn/hyyw/308625.shtml。

经典的研究思路。这种方法是对"理论加文本"阐释策略的反思，探索"何为有生命力的学术研究"。文章提出 6 条可行路径：1. 挖掘文学经典发生学意义上的思想价值；2. 在经典化过程中，那些被遮蔽的文本有何价值；3. 考察"被经典化"文本的思想史意义；4. 考察吸纳异文化、思考人类问题的思想史文本；5. 文学经典化过程中的思想史意义，如媒体宣传、评论著述（含学术讨论、争论）；6. 学术史的梳理引入思想史的语境，对历史上的研究成果作"同情性的理解"。文中还提到学术史与思想史的关系："考察文学经典化的过程，也是关于文学问题的评论史的话题。在此进程中可以解释文学思想的演进轨迹——民族文化的思想、当时主流的思想、文人集团的思想、底层民众的思想——构建一个立体多元的思想史平台。"①

以上第 5、6 点提出的研究路径为奥威尔批评的研究提供了重要思路。葛桂录认为："思想史的功夫是深挖与提炼，基础是有深度的个案研究，并努力在个案深入的基础上'以点带线'。"② 因此，将奥威尔批评置于 20 世纪思想史语境，以英美知识分子团体及其成员作为研究个案，层层深挖他们奥威尔批评的思想诉求，通过对其成员研究这个"点"，带出团体思想演变这条"线"，并力图展现 20 世纪思想史这个"面"，在思想史语境中对他们的批评文本抱以"同情之理解"和"批判之阅读"的态度，最后得出有益解决现实问题（如反思当下的文学批评）的结论。具体的思路是从文本之内逐层拓展至文本之外，可以归纳为：批评文本（具有思

---

① 详见葛桂录《思想史语境中的文学经典阐释——问题、路径与窗口》，《福建师范大学学报》（哲学社会科学版）2012 年第 3 期，第 55—60 页。

② 同上书，第 57 页。

想史意义）→文本语境→批评家的思想语境（与奥威尔的思想认同或冲突）→英美知识分子团体的思想语境→20世纪的思想语境→解决现实问题。

不可否认，目前国内的外国文学研究与国外相比还有较大差距。因此，国内的研究者除了要坚持中国立场，挖掘外国文学的借鉴价值之外，还应该密切跟踪国外相关研究的前沿动态，具有赶超国外该领域顶级专家①的信念和信心，直击该研究的最大盲点。如果只是照搬国外一些最新理论或术语，或以这些理论和术语的"抽象性"制造"陌生化"效果，这些方式与对国外研究状况漠不关心、故步自封一样都是国内外国文学研究的大忌。学术史研究可以为国内和国外的文学研究开启一扇窗，从而知晓研究的发展脉络和目前的最大盲点，这就是学术史研究的意义和魅力。

思想史视角切入外国文学研究则是更高的层次。对于奥威尔研究而言，我们既可以从思想史视角阐释奥威尔的作品，也可以把奥威尔学术史放置到思想史语境之中进行阐释。一方面，奥威尔的作品详细地记录了一个激荡的时代，他的思想在这个时代具有唯一性并产生了重大影响，可以说奥威尔既是一位文学家，也是一位思想家，他的作品既是文学文本，也是思想文本；另一方面，20世纪众多重要的知识分子对奥威尔进行了丰富的阐释，特别是在他去世后，不同政治谱系的知识分子团体都对奥威尔的文学声望加以利用，而且这些文化利用均发生在战后的重要历史时刻，

---

① 当今西方奥威尔研究的顶级专家是戴维森、迈耶斯和罗登，他们的研究方法分别是文献学、历史和传记、影响研究。

与当时主要的思想运动息息相关。对于奥威尔这样一位两方面都
具有独特性的世界经典作家，只有采用思想史视角才会使研究更
加合理和深入。

　　学术史和思想史也是学术研究中的一种精神追求。知识分子有
生命力的学术创造体现在"有思想的学术和有学术的思想"，以学术
史与思想史视角研究外国文学目标更是如此。

第五章

文学批评的职责

——以 20 世纪英美知识分子团体的奥威尔批评为例

第一节　奥威尔的创作观

《我为什么要写作》和《作家与利维坦》是反映奥威尔创作观的姊妹篇。奥威尔在《我为什么要写作》中提出创作的四个动机，其中纯粹的自我中心是作家希望作品流芳百世，审美方面的热情是作家对外部世界和文本世界美的感知和追求，历史方面的冲动是"希望看到实物的如实面貌，找到真正的事实把它们存起来供后代使用"，即为后人记录事实真相。奥威尔这样阐述写作的政治方面的目的：

这里所用"政治"一词是指它的最大程度的泛义而言。希望把世界推向一定的方向，改变别人对他们要努力争取的到底是哪一种社会的想法。再说一遍，没有一本书是能够真正做到脱离政治倾向的。有人认为艺术应该脱离政治，这种意见本身就是一种政治态度。①

奥威尔认为在他所处的"动荡不安的革命年代"，政治方面的目的要超越前面三个动机，因为这个时代"简单地就是一个你站在哪一边和采取什么方针"。奥威尔在本文明确指出"我在 1936 年以后写的每一部严肃的作品都是直接或间接地反对极权主义和拥护民主社会主义的，当然是根据我所理解的民主社会主义"。②

明确自己的政治方向后，奥威尔力图在四个动机之间达到平衡，把握好文学与政治的关系。他以"使政治写作成为一种艺术"为创作目的，既要揭露政治谎言，又要把写作当作是一次审美活动。"好的文章就像一块玻璃窗"，思想内容和语言表达应该清晰透明，和谐统一。

奥威尔在《作家与利维坦》一文中进一步阐述了文学与政治关系。③ 奥威尔认为在以政治为中心的时代，作家应该以"公民的身份、以人的身份，而不是以作家的身份去参与政治活动"；但是，在写作的时候，作家应该像"一个正规部队侧翼的不受欢迎的游击队

---

①　［英］乔治·奥威尔：《奥威尔文集》，董乐山编译，中国广播电视出版社1997年版，第94页。

②　同上书，第95页。

③　利维坦在本文中是指国家中占据主导地位的意识形态。在《圣经》的不同篇章中，利维坦是以鲸鱼、鳄鱼和魔鬼形象出现的海中怪兽；在霍布斯（Thomas Hobbes）1651 年的名篇《利维坦》是指能把大家的意志化为一个意志，大家的人格统一为一个人格的强大国家。

员"那样保持文学创作的独立性和正义感。①

　　明确奥威尔的创作目的之后，现在关注奥威尔本人是如何阐释他的两部影响最大的小说《动物庄园》和《一九八四》。奥威尔在1947年为《动物庄园》的乌克兰文译本所写的序言中明确地提到《动物庄园》的写作动机。首先，奥威尔谈到他对苏联的态度。一方面他不想干涉苏联内部事务，认为斯大林采取的不民主手段或许是由当时的历史条件所决定的；但另一方面，他认为欧洲人应该看清楚苏联政权的真正面目，苏联在1930年以后已不是在朝向社会主义的方向前进。因此，奥威尔说道："在过去的10年中，我一直坚信，如果我们要振兴社会主义运动，打破苏联神话是必要的。"②对于《动物庄园》的创作背景，奥威尔具体描述如下：

　　　　于是我着手从动物的观点来分析（马克思理论）。③ 对于他们来说，显然人类之间的阶级斗争的概念纯粹是错觉，因为一等到有必要剥削牲口时，所有的人都联合起来对付它们：真正的斗争是在牲口和人之间。……④

　　同样，奥威尔在1949年6月16日写给全美汽车工人联合会（the United Automobile Workers）的弗朗西斯·亨森（Francis A. Henson）的信中也解释了《一九八四》的创作动机。

----

① George Orwell, *CW*, Vol. 19, ed. Peter Davison, London：Secker & Warburg, 1998, pp. 288 – 292.

② Ibid. , pp. 87 – 88.

③ 董乐山在译文中没有翻译"马克思理论"这几个字，应不是漏译之误，可能是担心与国内主流的马克思理论相抵触。这句英文是"I proceeded to analyse Marx's theory from the animals'point of view. "

④ ［英］乔治·奥威尔：《奥威尔文集》，董乐山编译，中国广播电视出版社1997年版，第105—106页。

我最近写的小说并不是去攻击社会主义或者英国工党（我是工党的支持者），而是对一种集中经济的体制有可能会被滥用的现象进行揭露，这种现象已经在共产主义和法西斯主义国家得到部分体现。我并不认为我所描绘的那种社会一定会出现（will arrive），但是我认为（当然要考虑到本书作为讽喻这个事实）某些与之类似的事情可能会出现（could arrive）。同时我还认为现在极权主义的观念已经扎根于知识分子的头脑之中，无处不在。我只是尝试把这些观念有可能出现的后果表现出来。本书的场景放置在英国是为了强调以英语为母语的民族不是生来就比其他民族优秀。极权主义如果无人与之抗争的话一定会在世界各个地方蔓延。①

可以看出，奥威尔对自己的创作动机解释得十分清楚明了。当然"意图谬误"警示我们不能把作家的意图和文本的意思直接画上等号。但是我们必须看到，奥威尔以上自述最突出的特点就是坦诚。首先，他直接说出他的政治态度，无掩饰之嫌。比如，他说"我在1936年以后……都是直接或间接地反对极权主义和拥护民主社会主义""我是工党的支持者"等。其次，奥威尔对自己作品的创作目的也作了非常清晰的说明。比如，《动物庄园》是揭露"苏联神话"，《一九八四》是警告极权主义有可能统治世界。另外，奥威尔的作品大多与现实关系紧密，对于作品中一些想象和虚构的文学处理，他也明白无误地告诉读者。比如，他说《动物庄园》"虽然有些情节取自俄国革命的真实历史，但它们是作了约缩处理的，它们

---

① Sonia Orwell and Ian Angus, eds. , *The Collected Essays*, *Journalism and Letters of George Orwell*, Vol. IV, Harmondsworth: Penguin Books Ltd, 1970, p. 564.

的年代次序作了颠倒，这是故事的完整化所必需的"。奥威尔的不少作品具有自传性和纪实性特征，比如《通向维根码头之路》和《向加泰罗尼亚致敬》都是依据他的日记创作而成。奥威尔强调文学的艺术性和政治目的应该保持平衡，好的文章应该"像窗户玻璃一样透明"，语言表达与思想内涵应该具有一致性。他反对别人为他立传，因为他在作品中已经把自己说得十分清楚，比如他在《通向维根码头之路》第二部分对自己政治思想演变就作了详细的描述。因此，如果说将奥威尔创作的目的和文本意思对等会犯下"意图谬误"，并以此否定奥威尔言说的真实性，那么认为奥威尔是在"虚伪"地"撒谎"，他在有意识地构建一个完美的奥威尔形象更是一种"意图谬误"。我们不能毫无顾忌地把奥威尔自己说的原话抛弃耳后，"有罪推理"奥威尔会言行不一。

但是20世纪不少的知识分子，不管他们是具有崇高声望和地位的文学批评家，还是以客观公正和理性分析著称的历史学家，他们在奥威尔批评中要么对奥威尔清晰的阐述视而不见，要么有意识地作出违背甚至颠倒奥威尔创作真实意图的评价。现实情况常常是，即使奥威尔对自己的创作意图已作出十分明确的说明，但这并不妨碍批评家得出相反的结论。例如，文学批评大家威廉斯在阐释《作家与利维坦》时，他看到的不是奥威尔所说的政治目的与艺术性应该保持平衡关系，而是"流放者的悖论"，政治是对奥威尔"成为作家"的一种"入侵"，他因此精神倍受折磨。对历史学家多伊彻而言，他从《一九八四》看到的不是反极权主义思想，而是"残暴的神秘主义"。不少批评家还认为《一九八四》与奥威尔身体状况、疾病折磨、悲观绝望以及童年的受虐心理有关。这些阐释与奥威尔创作的真实意图产生了严重冲突，而这些冲突只有放置到批评家所属的知识分子团体和整个 20 世纪思想史语境才能得以解释。下面需要对这些奥威尔批评家所采用的主要批评策略进行归纳。

第二节　批评策略

欧文·豪在《奥威尔的〈一九八四〉：文本、来源和批评》一书中对收录的论文一一作了点评。他认为他自己和拉夫等批评家表达的是对奥威尔"强烈的钦佩之情"，多伊彻是"尖锐的攻击"，来自共产党主流杂志的沃西和西伦是"可以意料到的辱骂"，而特里林和伍德库克等人的评论则聚集奥威尔这个人，强调他是"20 世纪重要的知识分子"，赞扬他是"正直和诚实的榜样"。① 豪这里所说其实就是不同批评家采取的批评策略问题。本节在此基础上归纳了英美知识分子五种主要批评策略。

第一，谩骂攻击。这是一种非理性的人身攻击。最为典型的当属沃西和西伦在英美共产党主流媒体上的评论："小资产阶级根深蒂固的幻想和偏见""一路尖叫着""神经质""蛆虫""腐朽"；英共领导人的评语"十分糟糕"、划清敌我界限的评语"他反映的是当今西方垄断资本主义的观念"；威廉斯在三位第二代新左派连珠炮发问下的评语"我现在不可能读他的作品了：在所有方面让我难以接

---

① Irving Howe, *Orwell's Nineteen Eighty - four*：*Text*, *Sources*, *Criticism*, New York：Harcourt, Brace & World, Inc. , 1963. p. vii.

受的都是他做出的这些恶劣举动"；多伊彻攻击奥威尔的作品并非原创，而是"抄袭、剽窃"。这种批评策略属于"歇斯底里"和"恶言攻击"，而指责"剽窃"更具有杀伤力。

第二，强调客观。强调客观实际上具有很强的欺骗性，批评家常常强调自己的批评立场是科学、合理的，而批评对象的立场是非理性的，有着先天缺陷。这种策略最典型的代表是两位史学家多伊彻、汤普森和文学批评大家威廉斯对奥威尔的评论。多伊彻认为奥威尔不懂马克思主义辩证唯物主义，把极权主义的非理性现象解释为"残暴的神秘主义"，因此只看见"树"，没看见"林"，就像"一个精神病医生因为与精神病频繁接触而发生精神错乱"一样；汤普森完全抛弃了史学家的"客观"，丝毫不顾奥威尔的文本语境便指控奥威尔鼓吹"隐遁到鲸鱼的肚子里"，宣扬了"无为主义"和"冷漠"；威廉斯虽然指明了不少典型的党派批评都是对奥威尔"身体或者声望的占据"，但是他在貌似客观的"文化分析"中非常明显地流露出他对奥威尔在《向加泰罗尼亚致敬》中作为"革命社会主义者"的认同，而《一九八四》的悲观主义和对社会主义的攻击则让他作出"一位流放者"最后完全陷入"无家可归"的评语。另外，正如希琴斯批评的那样，威廉斯评论中的言说方式如"大多数历史学家……一些人……只有极少人……"等会让读者不假思索地信以为真。这些评论貌似客观，但实质还是"身体或者声望的占据"。

第三，纳入己方阵营。这是极端的党派批评，最典型的是波德霍雷茨把奥威尔当作是"新保守主义的精神领袖"。新保守主义领袖波德霍雷茨谙熟各政治派别、团体对奥威尔声望的文化利用，深知把这个时代最伟大的政治作家争取到己方阵营，可以带来"自信、权威和力量"。为达到这个目的，他也就对荒谬的论证逻辑毫不顾忌。他立论的基本逻辑是"这是因为虽然奥威尔公开宣称是一位社会主义者，这毫无疑问，但他自始至终也是他的社会主义同道的无情批评者"，他由此展开论证，认为奥威尔如果还活着，一定会站在新保守主义一方。这样的逻辑毫无说服力，尤其是奥威尔只是反社会主义者，反感他们的中产阶级习惯和思维，但这丝毫不能说明他是反社会主义。在前面介绍他的创作观时，他说过"如果我们要振兴社会主义运动，打破苏联神话是必要的"。奥威尔反复强调他拥护的是社会主义，但包括波德霍雷茨在内的不少批评家却对此不以为然。

第四，规范读者阅读。"规范"（policing）是指批评家扮演"立法者"的角色，以权威的口吻告诫读者应该按照他的评论来阅读和理解作品，其真实目的是引导读者接受他的政治主张。这种策略最典型的是威廉斯在"现代大师"系列中介绍奥威尔的专著和在《奥威尔批评文集》所写的序言。威廉斯借助这些看似非常客观的学术介绍和文集"巧妙地"表达了他的政治思想，而且还起到"规范奥威尔在广泛年轻读者群接受"的重要作用。威廉斯担心奥威尔的声望太具影响力，如果资本主义阵营将其作为有效工具来加以利用，必然会对社会主义运动造成严重损害。"对待他的作品，他的历史便是去阅读它，但是不要模仿……我们既要认识到他的存在又要保持距离"。他告诉读者理解奥威尔的重点是抓住两个关键，一个是身份问题，另一个是资本主义民主的本质问题。奥威尔只是一位"流放者"，并不是"圣人"，他有一些洞见，但他没有归属感，找不到"共同体"，因此，时常陷入身份危机。除了像这样把奥威尔赶下"神坛"，他还指责奥威尔没有认清民主的阶级属性，误把资本主义民主当作社会民主，武断地认为对此产生威胁的只有共产主义。奥威尔这种结论会造成非常严重的影响，因为他这种对资本主义的妥协态度和自身绝望悲观的生活方式已经"感染"了不少人，他们皆以此作为"舒服和持久的世界观"。威廉斯和欧文·豪主编的批评文集不仅编选策略上具有党派特色，而且还在序言或引言中根据自身和团体的政治立场对每篇论文发表评论。另外，特里林在评论中叙述了一位与他观点"不约而同"的学生，他也认为"奥威尔是一位有德性的人"。特里林如此安排显然是规范年轻知识分子在阅读奥威尔时应该特别关注他的"德性"，他的"德性"和"真相的政治"需要他们努力效仿。同样，戈兰茨写的那篇重要序言也是为了规范左派读书俱乐部会员如何批判阅读《通往维根码头之路》的第二部分。

第五，认同。认同（identification）是批评家常用的一种阐释策略，目的是希望受众接受他们的观点，因此认同策略无疑也反映了批评家的兴趣爱好和政治立场。在文中，利维斯夫人、普里切特、罗素、威尔逊、特里林等知识分子认同的是奥威尔的道德品质、人生追求、语言风格和文学批评方法等；拉夫、欧文·豪认同的是奥威尔对极权主义的描述；乔姆斯基认同的是奥威尔的知识分子品质；斯彭德认同的是奥威尔"信仰真理和得体的品质"；对奥威尔逐渐持敌视态度的威廉斯对奥威尔的大众文化评论和语言观则深感认同，霍加特同样如此，他和奥威尔在文化研究方面具有"同事般"的情感。认同的反面是不认同，或者否定。

比如，左派读书俱乐部极不认同奥威尔的社会主义观和对社会主义者的攻击；麦克唐纳不认同奥威尔将社会主义革命与爱国主义联系；玛丽·麦卡锡不认同奥威尔的"和平主义"，认为他不会支持美国国内的反越运动。

如果将英美知识分子的批评策略与国内的奥威尔研究进行对照，我们可以发现不少相似之处。奥威尔在 20 世纪 50—70 年代被当作"反共反苏"作家，因此这个时期谩骂攻击是主要的批评策略。例如，《译文》杂志刊载的两篇译自苏联文学杂志文章认为奥威尔的"反共产主义信仰"已经"发展成了严重的精神病"，他的《动物庄园》与《一九八四》是"仇视人类的病态幻想的产物""对整个进步人类充满憎恨的毁谤作品"。这些评论和沃西指责奥威尔"神经质"十分相似，因为在冷战时期苏联将奥威尔视为"人民公敌"，中苏同属社会主义阵营，因而受其影响。80 年代初，国内期刊在译介西方的奥威尔研究文章时也会附上"译者注"，强调奥威尔的阶级属性："他的世界观从来就是典型的资产阶级的"。1982 年的《中国大百科全书》收有巫宁坤撰写的奥威尔条目，其中对《动物庄园》和《一九八四》评价道："前者以寓言的形式嘲笑苏联的社会制度，后者幻想人在未来的高度集权的国家中的命运。"这些"译者注"和出现在权威工具书的批评在当时具有规范读者阅读的重要作用。到了 80 年代中后期，董乐山的《一九八四》的译者序、《动物庄园》的译者后记等都将小说的极权世界与"文革"经历进行比较，例如他们写道："很像雄鸡一唱天下白时就销声匿迹的鬼魂一样""人性泯灭，六亲不认，观念颠倒，谎言当作真理，自由遭到剥夺，思想受到控制""确有许多触目惊心的事不幸被他言中了""小书所得到的每一个回响，千真万确是发自读者生命最深处的叹息""读后有捶胸顿足之感"等。这些评论表明当时国内的知识分子在对过去的反思中与奥威尔产生了强烈的认同。奥威尔在中国的被接受大致经历了50—70年代的"反苏反共"作家、80—90年代的"反极权主义"作家、新世纪以来的"公共知识分子"和"当代经典作家"等称谓的变化，这个被接受历程其实也是中国知识分子对奥威尔不断"认同"的过程。2008年《读书》杂志发表了三篇《动物庄园》的读书札记，详细梳理小说发生的历史背景，但是这"强调客观"的札记其实反映的是作者的政治态度：奥威尔无论如何反左派，但他毕竟是左派，因此，"中国革命的案不能翻"。同样，美国汉学家华志坚称鲁迅是"中国的奥威尔"，这种评价话语的背后也可能隐藏着作者的政治目的，这需要去考察他作为美国汉学家的身份问题。

综上所述，"谩骂攻击""强调客观""纳入己方阵营""规范读者阅读"和"认同"等批评策略无一不是批评家政治思想的反映。思想决定了策略，策略只是思想的表征。对待这些批评策略，"同情之理解"和"批判之阅读"应该是我们的基本态度。所谓"同情之理解"，一是要根据具体的历史和思想语境来评价这些批评家的批评策略，二是要充分吸收他们批评遗产中合理成分；所谓"批判之阅读"一是要站在新的历史高度与这些20世纪批评家保持一定距离，不能因其崇高的地位和声望便对他们的评论不加批判地接受，二是要反思他们的得与失，找到一些能够提高当前国内文学批评质量的有效路径。

　　将 20 世纪英美知识分子团体的奥威尔批评放置到历史和思想语境来阐释，正是基于"同情之理解"的原则。"同情之理解"还需要对他们的批评遗产做一番清理，包括文学、政治和道德这三个方面。在文学方面，这些批评家的不少评论已经成为经典陈述和重要的批评话语。经典陈述如普里切特的"冷峻的良心""圣人"，特里林的"有德性"，利维斯夫人的"具有文学批评的天赋"等；重要的批评话语如"梦魇""绝望""神秘主义的残暴""流放者的悖论""奥威尔"人物的创造、"如果奥威尔还活着，他会怎样做"等。这些评论都被后来的奥威尔研究者所继承和发展，使奥威尔批评成为重要的研究领域。当然，他们当中有一些批评家的评论过于极端，但是即使这样，我们仍能发现一些合理成分。例如，波德霍雷茨虽然自己"滥用"了奥威尔的声望，但是他分析其他派别对奥威尔声望的利用却非常精彩（威廉斯同样如此）。甚至是那些谩骂奥威尔"神经质"或者指控奥威尔"剽窃"的评论也至少提供了一种研究思路或者文学渊源关系，以便研究者进一步考察。

　　在政治方面，这些知识分子团体的批评不仅典型地反映了那个时代的思想变迁，而且它们紧密围绕着"社会主义"和"极权主义"这两个话题展开了激烈争论，具有重要的思想史意义。比如，什么是社会主义？奥威尔给出的答案是他界定的"民主社会主义"，一言以蔽之，即他说的"社会主义就是公平和公共规范"。"公共规范"指所有国家公民或社团成员都应该遵循的道德规范，包括文化传统、习俗、生活方式、人与自然的关系等方面。具体而言，奥威尔的社会主义观可以归纳为：政治上，没有种族歧视和阶级压迫，人人享有平等、自由和尊严；文化上，要继承过去好的传统，特别是在本土生长的道德价值观；生态上，人与自然和谐相处，每个人保留自然的纯真，追求物质简单、精神丰富的幸福生活。与奥威尔的社会主义观大为不同，正统的马克思主义者坚持工人运动，强调阶级斗争和经济决定论，英国左派读书俱乐部强调"科学的社会主义观"，威廉斯主张文化唯物主义，汤普森主张社会主义人道主义，欧文·豪主张社会主义和自由主义的融合。就"极权主义"话题而言，纽约知识分子拉夫和欧文·豪都认为奥威尔描绘了一个"终极的、完美的"的极权主义社会。豪的论述则更加深入，他指出奥威尔的《一九八四》是重要的现代政治文献，认为奥威尔道出了极权主义的全部秘密是"权力"。同时，《一九八四》、阿伦特的《极权主义的起源》、弗洛姆的《逃避自由》等20世纪50年代前后的政治文献形成了既偶然又必然的互文关系。

在道德方面，奥威尔被不少知识分子视为"知识分子的英雄"，"诚实、正直、勇敢、善良、德性、独立、幽默、讽刺、朴素"等"奥威尔形象"跃然纸上。普里切特的"圣人"形象；罗素、斯彭德、特里林、乔姆斯基等诸多批评家指出他"揭露谎言、讲述真相"的品质；普里切特、威尔逊、拉夫等强调他"冷峻的良心""良好意志"和"不赶时髦"，这些评论都强调奥威尔作为知识分子具有独立思考的能力和批判的精神。新世纪以来，奥威尔这些知识分子品质受到中外知识界更多的关注，他也成为"公共知识分子"的典型代表。

以上简要归纳的批评遗产需要我们"同情之理解"并加以吸收。在此基础之上，我们需要大力提倡"批判之阅读"的精神，以"批判"的眼光与这些著名知识分子的批评观点保持距离，反思他们的得失。"同情之理解""批判之阅读"主张先理解，后批判，再反思得与失。

第三节　文学批评的职责

如果依照当今文学批评标准，20 世纪批评家采取诸如"谩骂攻击""强调客观""纳入己方阵营""规范读者阅读""认同"等批评策略都不同程度地违背了批评家在文学批评时应该秉承的客观立场。"谩骂攻击"和"纳入己方阵营"策略极端地违背了文学批评的客观性，甚至也违背了道德规范；"强调客观"的策略有违职业精神，实质上具有欺骗性；"规范读者阅读"策略事先扮演了"立法者"角色，有明显的先入之见；"认同"在文学批评实践中是不可避免的，如果批评者没有与作者之间产生"共鸣"，那么文学批评也不会有什么真知灼见。但是，如果把"认同"当作一种说服读者同意自己观点的策略，批评家则带有不同程度的主观倾向，即过于强调他所认同的那部分特征，而对不认同的其他特征一般不是忽略就是贬低。另外，有些认同方式还带有明显的政治意图，比如威廉斯对奥威尔"革命社会主义者"的认同。对于上述文学批评中违背客观立场的现象，我们在反思过程中需要考虑到 20 世纪的批评家具有一些共同特征，这些特征是他们在文学批评实践中违背客观立场的重要原因。

美国著名学者理查德·波斯纳（Richard A. Posner）① 在《公共知识分子——衰落之研究》（*Public Intellectuals: A Study of Decline*, 2001）一书中对 20 世纪知识分子进行了研究。他写道：

> 当我们脑海中想起 20 世纪伟大的知识分子时，比如约翰·杜威、伯兰特·罗素、马克思·韦伯、亚瑟·凯斯特勒（Arthur Koestler）、埃德蒙·威尔逊（Edmund Wilson）、乔治·奥威尔，便可以整理出一条共通之线索，那就是，所有这些知识分子都曾经直接就政治或意识形态的问题挥毫泼墨，或者即便就作为文学批评家的知识分子而言，他们也从广义的政治或意识形态之视角（有时是从宗教的维度）撰写过文学方面的著作，例如，威尔逊［或者莱昂乃尔·特里林（Lionel Trilling）、F. R. 利维斯、或 C. S. 刘易斯（C. S. Lewis）］。②

波斯纳认为这些批评家的评论具有"政治或者意识形态的视角""写作风格平淡通俗，很少专业术语，普通教育的社会公众恰恰都能够阅读"。在他看来，"约 1970 年以前的大多数文学批评，约 1920 年以前的大多数哲学著作以及 20 世纪 70 年代前的大多数社会科学著作"都具有这些特征。③ 波斯纳将作品符合这些特征的知识分子称作"公共知识分子"，他对此这样定义：

---

① 理查德·波斯纳（Richard A. Posner, 1939— ）先后以第一名毕业于耶鲁大学文学系和哈佛法学院。曾任联邦最高法院大法官助手、政府律师、斯坦福大学法学院副教授、芝加哥大学法学院教授和讲座教授。1981 年出任联邦第七巡回区上诉法院，同时担任芝加哥大学法学院高级讲师。

② ［美］理查德·波斯纳：《公共知识分子——衰落之研究》，徐昕译，中国政法大学出版社 2002 年版，第 22—23 页

③ 同上书，第 23—24 页。

知识分子就"公共问题"——即政治问题面向社会公众写作，或者其写作对象至少比仅仅是学术人员或专业读者更为广泛，当然所谓的政治问题是从这一词汇最广阔的含义而言的，倘若从意识形态、道德抑或政治（也许它们全都是一回事）的视角来看的话，也包括文化问题。与学者相比，知识分子更多具有"应用型"、当代性以及"结果定位"，而与技术人员相比，则具有广维性。从这一意义来说，"知识分子"大致与"社会评论家"或"政治知识分子"同义。①

从波斯纳的定义可以看出，"公共知识分子"写作内容必须与时代的政治和意识形态问题紧密相关，写作对象是社会公众，写作方法应该易被社会公众所理解和接受，他们与学者和技术人员有很大不同。也就是说，"公共知识分子以社会公众可接近的方式表达自己，并且其表达聚焦于有关或涉及政治或意识形态色调的社会公众关注之问题"。波斯纳认为阿伦特是"公共知识分子"的完美体现，她将哲学应用到解决时代重大的政治主题，如极权主义、犹太复国主义、种族隔离、艾希曼审判、五角大楼越战报告书泄密案等。波斯纳还具体谈到公共知识分子对社会关注问题的"回应模式"。

大多数公共知识分子对于当下的社会争议高谈阔论，或者就社会发展方向或机体健康提供一般性的回应。在回应型模式中，就他们从寻求引导社会前进方向的广义视角而言，或许属

---

① ［美］理查德·波斯纳：《公共知识分子——衰落之研究》，徐昕译，中国政法大学出版社2002年版，第27页。

于乌托邦主义，由于他们对社会现存状态的不满超过了任何改革建议之努力，故而大多数具有批判性。当公共知识分子针对时事指点江山时，他们的评论倾向于些许武断、判定性，有时显得温和，但大多数表现为尖刻讥讽、他们都喜好论辩之人，倾向于提出极端主张。学术公共知识分子通常以一种自我意识，有时甚至是被激怒的知识分子优越之腔调而挥毫泼墨。对于事实，公共知识分子常常有点粗枝大叶，在预测方面又显得有点草率莽撞。①

可以看出，这些 20 世纪的"公共知识分子"对社会问题的反应通常是理想化和批判性的。理想化导致对事实的忽视，时而会在激怒的情况下作出武断的结论，因此他们的批判往往过于极端，有时甚至不惜"尖刻讽刺"。他们扮演的是"社会评论家"或者"政治知识分子"的角色，因此他们的文学批评是属于政治和意识形态意味很浓的"党派批评"，他们所采取的批评策略主要是为其政治目的服务。波斯纳为我们揭示了 20 世纪知识分子在文学批评实践中的"情感结构"。因此，如果从"公正知识分子"而非"学者"的回应模式来看待这些批评家的批评策略，我们就能理解他们的批评为什么会不同程度地偏离客观立场，这也是需要从思想史语境来阐释他们批评奥威尔文本的重要原因。毕竟，威廉斯的专著《乔治·奥威尔》除了具有学术史意义外，还具有重要的思想史意义，它是"公共知识分子"之作，而同时代的第一部分析奥威尔小说的专著《奥威尔小说》（*Orwell's Fiction*）和研究《一九八四》的重要专著《乔

① ［美］理查德·波斯纳：《公共知识分子——衰落之研究》，徐昕译，中国政法大学出版社 2002 年版，第 43 页。

治·奥威尔和〈一九八四〉的起源》（*George Orwell and the Origin of 1984*）则不是"公共知识分子"之作，它们是学术著作，面对的主要不是社会公众。

现代意义的"知识分子"从诞生之日起就与社会的关系紧张，这是导致他们对现实持批判态度的一个重要原因。根据威廉斯的《关键词：文化与社会的词汇》，"intellectual"作为名词是 19 世纪初开始的，指涉一个类别的人，通常带有负面的意涵（negative senses），其中原因是当时人们的意识是"反对那些依据理论与理性原则所产生的社会、政治观点""反对那些从事智力工作（intellectual work）的团体"，因为"那些人在社会发展的过程中，从教会、政治的机制里，获得了某种程度的独立自主，而且在 18 世纪末期与 19 世纪、20 世纪，那些人显然不断地在寻求并确立一种自主意识"。威廉斯认为现在"intellectuals"通常强调的是"意识形态与文化领域里的直接生产者"，他们有别于"需要劳心"工作的"specialists"或"professionals"，同时"intellectuals"也与社会处于"紧张的关系"之中。①

威廉斯还提到"intelligentsia"（知识阶层）是一个"独特的、具有高度意识的团体"，② 这是现代知识分子其中一个起源。该词来自 19 世纪的俄国，是指一批接受西方教育的上流人士，他们与主流社会有着疏离感，具有强烈的批判精神，特别是道德批判意识。③ 现代知识分子的另一个起源是发生在 1894 年法国的"德雷福斯事件"，

---

① 详见［英］雷蒙·威廉斯《关键词：文化与社会的词汇》，刘建基译，生活·读书·新知三联书店 2005 年版，第 244—247 页。

② 同上书，第 246 页。

③ 许纪霖：《中国知识分子十论》，复旦大学出版社 2003 年版，第 3 页。

是指一位叫德雷福斯（Alfred Dreyfus）的法籍犹太军官被当作德国间谍蒙冤入狱，后引起左拉等具有正义感和社会良知的人士为之辩护，他们被敌对者称为"知识分子"。这两个起源充分说明知识分子与社会一直保持着紧张关系，他们具有强烈的社会"介入"和批判意识。

正是秉承了这种批判精神，20世纪的知识分子成为"意识形态与文化领域里的直接生产者"，即波斯纳所说的"公共知识分子"。30年代以来，"文学的气候变了"——"'目的'回来了，年青的一代作家'介入了政治'"，文学不再是唯美主义，而是与政治发生了特里林所说的"血雨腥风"的关系。奥威尔在《我为什么要写作》《作家和利维坦》和《鲸腹之内》等作品中对这种关系进行了详细的分析。"政治方面的目的"成为知识分子创作的主流，像亨利·米勒这样躲在鲸腹之内，玩世不恭的创作态度受到奥威尔严厉的批评。奥威尔认为在缺乏政治目的的时候，创作是没有生命力的。作家在直接参与政治的时候，应当是以公民的身份积极介入；而在写作的时候，他应该作为个人，"一个正规部队侧翼的不受欢迎的游击队员"，保持独立性和批判精神。因此，波斯纳也把奥威尔视为"公共知识分子"的完美代表。

在以政治为中心的时代，奥威尔的批评家也正是以"公共知识分子"的身份来进行文学批评。无论是英国的戈兰茨、沃西、斯彭德、威廉斯还是美国的麦克唐纳、拉夫、特里林、欧文·豪、玛丽·麦卡锡、波德霍雷茨，他们的文学批评都不同程度地出于政治和意识形态目的（他们的不少批评文本就选自论述文学与政治关系的专著）。他们的一些批评与政治檄文并无区别，只不过他们也对文

学文本作了分析。因此，这些批评家所采取的批评策略与他们的
"公共知识分子"身份、批判精神以及政治时代主流不无关系。在
20世纪，这些"公共知识分子"的文学批评与英美新批评的文学批
评形成了鲜明的对照。

　　但是，我们在佩服他们作为"公共知识分子"的批判精神，吸
收他们的批评遗产的同时，也要清醒地看到他们的批评策略如果按
照学术价值和学术规范的标准来审视存在着不少问题。如果拿当今
奥威尔研究顶级专家的代表成果来作比较，比如戴维森的20卷《奥
威尔全集》、迈耶斯的《乔治·奥威尔：批评遗产》和《乔治·奥
威尔：批评文献注解目录提要》以及罗登的《文学声望的政治：圣
乔治·奥威尔的形成和利用》，显然这些专家的研究成果更具有学术
价值，也更注重研究规范和客观立场。将"公共知识分子"与
"（顶级）专家"作相关比较，这就会引发我们认真思考："到底什
么才是真正的文学批评？"

　　威廉斯在《关键词》中也介绍了"Criticism"的演变。这个词
是17世纪形成，有"挑剔"和文学评论两个意思。就文学评论而
言，"Criticism"指向"taste（品味）、cultivation（教化）、culture
（文化）和 discrimination（识别力）"。"Criticism"早期主要是一些
个人印象和特定阶级和职业的假说，到了20世纪这些印象和假说
则被客观的方法学所代替。威廉斯认为"criticism"和"'权威式'
的评论"常常被当作是普遍和自然的过程，因而无法觉察"criti-
cism"的意识形态功能，比如它不仅具有"消费者"的立场，而
且还通过一系列的抽象词如"judgement、taste、cultivation、dis-
crimination、sensibility、disinterested、qualified、rigourous"等隐藏

了这种身份立场。因此，"criticism"不应该被视为一种抽象的"判断"，而是在"复杂而活跃的关系与整个情景、脉络里"的"一个明确的实践"。① 威廉斯十分清晰地阐明了20世纪貌似客观的"criticism"具有典型的意识形态特征，我们不能将其奉为神明，而应该将此放置到整个思想史语境来具体问题具体分析。因此，我们可以借用威廉斯的思路来分析威廉斯等知识分子具有意识形态特征的文学批评。

当今文艺学教科书给文学批评下的定义是"对文学作品进行描述、研习、分析、证明、解释和评价"。② 这显然是一系列客观、非意识形态主导的文学分析和评价行为（虽然我们可以用意识形态理论去分析文学作品）。那么20世纪"公共知识分子"以意识形态或党派为特征的文学批评能否和客观的、学术性较强的文学批评达到一种平衡呢？或者就奥威尔批评而言，"公共知识分子"威廉斯的文学批评如专著《乔治·奥威尔》和"奥威尔专家"罗登的文学批评如《文学声望的政治：圣乔治·奥威尔的形成和利用》能否形成互补，从而使文学批评达到一种比较理想的状态呢？这个问题的核心是批评家应该从事什么样的文学批评才更有价值、更有意义，这也是通过对20世纪英美知识分子团体奥威尔批评的反思希冀得到的结果。

我们重新回到中国语境，再次把绪论所引两则奥威尔批评摘录如下。

---

① 详见［英］雷蒙·威廉斯《关键词：文化与社会的词汇》，刘建基译，生活·读书·新知三联书店2005年版，第97—100页。
② 王一川：《文学批评新编》，北京师范大学出版社2011年版，第17页。

（1）由于奥威尔……巨大的影响，因此他的这种错误的男权至上主义思想尤其不应被忽视。

（2）奥威尔的书，是左翼批左翼。左翼批左翼，右翼当然高兴，但他毕竟是左翼……二十一世纪……好像什么都可以翻案，但中国革命的案不能翻。

可以看出，第一则评论采用女性主义的批评视角，批评者大致可以归为"专家"身份；第二则是思想史视角，批评者可归为"公共知识分子"身份。两者的矛盾大致等同于前面的"奥威尔专家"罗登和"公共知识分子"威廉斯。如果将罗登批评的学术价值和第一则评论对比，再将威廉斯批评的思想价值与第二则评论对比，我们应该坦承客观存在着不小差距，但是这种反差正好促使我们反思当前国内学界的外国文学研究。对于第一则评论，我们需要考虑批评者的具体身份是什么？批评者的目的是什么？批评方法有无问题？这样的文学批评有无价值？对于第二则评论，我们同样要考虑批评者的身份和目的，另外还要注意批评者如同威廉斯一样也对奥威尔的文学声望加以利用，那么文学批评能否是一种"党派批评"？基于对这些问题的思考，我们可以得出结论：真正有学术价值、有生命力的文学批评既不能采取第一则"理论加文本"的简单模式，也不能采取第二则带有明显政治色彩的批评模式。

第一则的女性主义视角无法揭示奥威尔的"独特性"，无法解释奥威尔实际生活中的"非男权至上"事实，无法阐释其他一些文学作品如《动物庄园》。这种批评方法在分析文本之前就已经暗示了最终结论是作者的"男权主义"。在当前的外国文学领域，类似的

"理论加文本"批评模式屡见不鲜。针对这一弊端，葛桂录教授指出应该"挖掘理论用之于文本解读而凸显的思想价值"，他认为"重建学院批评的思想空间，提升人文思想的精神魅力，应该成为文学研究（批评）从业者义不容辞的责任"。① 这就是说，中国的外国文学研究应该坚持本国立场，挖掘文本的思想价值，弘扬人文关怀。或者进一步说，"专家"的学术研究应该与"公共知识分子"的人文关怀紧密地结合起来。

第二则批评的思想史视角拓宽了文学研究的视野，也强调了文学批评的现实关怀。不过问题是，文学批评是否应该带有明显的政治目的，或者说在文学的学术研究和现实关照之间是否应该把握好一个度。正如知识分子问题研究专家许纪霖所说，我国 20 世纪 80 年代的知识分子是公共文化和公共生活最活跃的年代。"以思想领袖、杂志和群体作为核心，以全国数以千百万的知识公众作为基础，造就了 80 年代空前活跃的公共文化生活，并形成了一个有公共讨论话题、共同知识背景和密切交往网络的统一文化场域"②。这个时期的中国知识分子与本文所谈的 20 世纪英美知识分子较为类似。进入 90 年代以后，随着知识日益专业化，80 年代知识分子的"天职感"（calling）被"志业感"（vocation）所代替，陈平原就此提出 80 年代的公共知识界虽然是一个"充满激情和想象的年代"，但其问题在于学风"浮躁"和"空疏"，"介绍多而研究少，构想大而实绩小"，因此需要"自我约束的学术规范"，

---

① 葛桂录：《思想史语境中的文学经典阐释——问题、路径与窗口》，《福建师范大学学报》（哲学社会科学版）2012 年第 3 期，第 56 页。

② 许纪霖：《中国知识分子十论》，复旦大学出版社 2003 年版，第 36 页。

把"思想火花"转化为"学术成果"。① 回顾这个时期针对学术史的讨论，我们认为"公共知识分子"身份的文学批评应该和"专家"身份的文学批评形成互补。

许纪霖倡导"有思想的学术和有学术的思想"，这是将上面所说的"专家"和"公共知识分子"各自的偏颇予以匡正的良策。如果从文学批评的职责来看，我们不妨把"职责"视为"职"与"责"的统一。"职"（profession）即批评家的职业素养和学术水平；"责"（responsibility）即批评家的社会责任和人文关怀。"职业素养"是文学批评的基础，"社会责任"是文学批评的归宿。通过反思 20 世纪英美知识分子团体的奥威尔批评，我们认为这些"公共知识分子"在以政治为中心的时代从事文学批评更多强调了"社会责任"，因此不同程度地忽视了"职业素养"（学术规范），因此，他们采取了"谩骂攻击""强调客观""纳入己方阵营""规范读者阅读""认同"等批评策略。他们的文学批评属于"党派批评"，其真实目的还是按照自己团体的意识形态对社会前进的道路和方向予以规范。因此，在当今的文学批评实践中，批评家（批评者）应该以"有思想的学术"为重要标准，避免类似的"党派批评"，但在社会生活中，批评家（批评者）应该以"有学术的思想"回报社会，尽其所能地介入社会的公共领域。这正如奥威尔在《作家和利维坦》所说，作家在写作时要作为独立思考的"个人"，但在社会生活中应该作为积极介入的"公民"。或者说，批评家在文学批评实践中必须是一位"真正的专家"，在社会生活中必须是一位"真正的公共知识分子"，这就是文学批评的职责。

---

① 许纪霖：《中国知识分子十论》，复旦大学出版社 2003 年版，第 40—42 页。

第四节 批评之道：从专家走向公共知识分子

那么，如何才能成为"真正的专家"和"真正的公共知识分子"，这就是"批评之道"的问题。这里无意也没有必要提出人人需要遵循的唯一之"道"，所提出的"道"，这里只是指在外国文学领域从事文学批评的研究者（或初学者）可以加以考虑的一条"路径"，更具体地说是从事奥威尔研究的一条"路径"。这条"路径"并不是理论建构，而是实际操作之法。前面谈到欧文·豪为了提高自己写作的表现力而选择奥威尔的风格去模仿，特里林也认为要想成为一位"有德性的人"，应该选择奥威尔这样常人能力可以企及的榜样。因此，要成为"真正的专家"和"真正的知识分子"，简单易行的办法就是像欧文·豪和特里林一样选择一些合适的"榜样"（models）来效仿，在他们的带引下走向成为"真正的专家"和"真正的公共知识分子"的正确道路。

对于奥威尔研究者而言，要想成为"真正的专家"，就是要效仿当今奥威尔研究的三大顶级专家戴维森、迈耶斯和罗登，了解他们的治学之路，研习他们的治学之法。研究奥威尔的优秀专家有很多，例如，活跃在 20 世纪 80 年代的克里克、斯坦基（Peter Stansky）等。如果从研究成就和研究方法综合考虑，戴维森、迈耶斯和罗登被称为当今顶级的奥威尔研究专家是当之无愧的。戴维斯的标志性成果是 20 卷《奥威尔全集》，迈耶斯是《乔治·奥威尔：批评遗

产》和传记《奥威尔：一代人冷峻的良心》，罗登是《文学声望的
政治：圣乔治·奥威尔的形成和利用》。他们在几十年的奥威尔研究
中分别采用了三种主要方法：文献学、历史与传记、接受研究。

通过比较可以发现，首先，他们都是大学英语教授，受过良好
的文学研究专业训练，研究奥威尔都有几十年的积累；其次，他们
长期从事奥威尔研究而兴趣不减，主要是受到奥威尔人格魅力、文
学成就和政治思想的感染和激励，奥威尔对他们的语言风格、学术
追求和人生态度都产生了潜移默化的影响；另外，他们的研究都是
基于十分扎实的文献学和实地调查、访谈的基础之上。他们对于奥
威尔都有百科全书式的理解，罗登在《文学声望的政治：圣乔治·
奥威尔的形成和利用》提到曾参考罗森布拉姆（Marvin Rosenblum）
"丰富的奥威尔文献个人收藏"（vast private collection of Orwelli-
ana）①，"丰富的奥威尔文献个人收藏"正是他们成为"真正的奥威
尔研究专家"的成功秘诀，这当然也包括他们对伦敦大学学院奥威
尔档案的频繁调阅。他们的研究"站在文献的基础之上理解"（in-
formed understanding）的典范，因此，应该将他们视为奥威尔研究的
"榜样"，对他们的研究成果认真地研读。

文学批评的"职"与"责"需要批评者从"真正的专家"走向
"真正的公共知识分子"。"真正的专家"不是学术的"伪专家"，也
不是追求浮名虚利的专家；"真正的公共知识分子"不是被权力收编
的"专家"，也不是"知识分子文化明星"，而是为公众关切及时、
公正、负责任发声的"真正的专家"。在知识专业化、体制化、工业

---

①　指 Marvin Rosenblum 的奥威尔文献个人收藏，见 John Rodden, The Politics of Liter-
ary Reputation: The Making and Claiming of St. George Orwell, p. 406。

化的今天，成为一位"真正的公共知识分子"近乎是一种理想状态的追求，知识分子是否拥有跨学科的知识，是否愿意放弃文化资本带来的名利为公众发声，在后现代主义质疑宏大叙事的语境下，是否存在一些公共的领域，背后有没有代表特定阶级和企业的利益，这些问题都是成为公共知识分子的障碍。因此，美国学者拉塞尔·雅各比（Russel Jacoby）在《最后的知识分子》（*The Last Intellectuals: American Culture in the Age of Academe*）中忧心忡忡地认为欧文·豪和丹尼尔·贝尔这一代之后，美国社会的公共知识分子开始衰落，年轻的知识分子都退居大学的象牙塔，成为自我封闭的学院派。正如威廉斯揭示的那样，现代知识分子自诞生以来便带有"负面的意涵"，已成为文化精英的知识分子还愿意"让人讨厌"地批判社会吗？

　　班达（Julien Benda）在《知识分子的背叛》（*The Betrayal of the Intellectuals*）中已意识到权力部门收编知识分子只是为了"打击官方的敌人"，大规模设立"类似奥威尔式的新语那样的种种体系"，这种甘愿被收编的行为是"知识分子的背叛"。他认为真正的知识分子不应完全是象牙塔的思想家，而应"在受到形而上的热情以及正义、真理的超然无私的原则感召时，叱责腐败、保卫弱者、反抗不完美的或压迫的权威"。① 萨义德也认为："知识分子是具有能力'向（to）'公众以及'为（for）'公众来代表（representing）、具现（embodying）、表明（articulating）讯息、观点、态度、哲学或意见的个人"。② 他提出像"真实"或"隐喻"意义的"流放者"（exile）那样处在社会边缘位置可以同时与"圈内人"（insiders）和

---

　　① ［美］萨义德：《知识分子论》，单德兴译，生活·读书·新知三联书店 2002 年版，第 12—15 页。
　　② 同上书，第 16—17 页。

"圈外人"（outsiders）保持着批判的距离。

　　班达和萨义德描绘了"真正的公共知识分子"的理想形象和处境，但是在现实中一位文学批评者如何才能成功抵达呢？比较可行的办法还是选择一位"真正的公共知识分子"的"榜样"，比如萨特、萨义德或者本文论及的乔姆斯基、威廉斯等。不过，对于奥威尔研究者而言，把奥威尔作为"真正的公共知识分子"的"榜样"是最恰当的选择，毕竟奥威尔像特里林所说，不是"天才"，每个人通过努力都能成功效仿。对于奥威尔的知识分子品质，本文已经谈了很多，如果要对此作比较形象和全面的总结，下面一首当代英国"运动派"代表诗人罗伯特·康奎斯特（Robert Conquest，1917—）以奥威尔为题的诗是最好的描述。

乔治·奥威尔

他的暖意慢慢融化了
道德和思想的冰川。
他教会了我们现实的真相，
冬天只好把恶意稍稍收敛。

有人发现，并非所有人都感激他的帮助，
那些对他恨之入骨的人
享受着神话的特殊药效，相互依偎着
抵御这个寒冷的世界，还有他们冷酷的思想。

我们死于文字。但他重建了标准：
真实的人、真实的事或者真实的物；

从此，我们看见的不是战争

而是战争带来的，让人痛恨至极的苦难。

为了伟大的目标，他与广阔的世界分享了

诚实，一个奇妙的品质。

而你，只是与没有把你抛弃的少数人分享了

十几个作家，几个朋友。

真是一位道德天才。当他寻找真相时，

我们有时蔑视他的愚蠢，

似乎他就像达尔文对着植物吹巴松管。

他也有闪失坠地的时候，但他拒绝高飞的翅膀。

当一些人将真理的现实部分淹没在

酒神的赞美歌或者教条里，狂热得不可自拔，

"没有人会像他们一样写得没有诗意"

他把这个教训留给所有的诗，所有的艺术。①

　　奥威尔履行了作家的职责，他重视作品的"诗意"，认为文学不是"赞美歌"和"教条"般的宣传。他保证了文学的自我领地不受

---

　　① Christopher Hichens, *Why Orwell Matters*, New York: Basic Books, 2002, pp. 1 – 2. 另参见 Robert Conquest, "George Orwell," in *George Orwell: Selected Writings*, ed. George Nolt, London: Heinemann Educational Books, 1958, p. 1. 罗伯特·康奎斯特在 1956 年和 1962 年编有著名的《新诗行》（*New Lines*），介绍英国"运动派"诗人金斯利·艾米斯（Kingsley Amis）、约翰·韦恩（John Wain）和菲利普·拉金（Philip Larkin）。康奎斯特也是历史学家，有多部苏联历史专著，如《白色恐怖：斯大林在 1930 年代的大清洗》（*The Great Terror: Stalin's Purges of the 1930s*, 1968）。本诗的最后一节试比较约翰·济慈（John Keats）《希腊古瓮颂》（*Ode on a Grecian Urn*）的最后一节。Thou shalt remain, in midst of other woe/Than ours, a friend to man, to whom thou say'st, /"Beauty is truth, truth beauty, ——that is all/ye know on earth, and all ye need to know."

"入侵"，使"政治写作成为一种艺术"。奥威尔也践行了"公共知识分子的"职责，他以"公民"的身份介入政治，使其作品具有"政治目的"，为了揭露政治谎言而写作。在奥威尔这里，作家的"职"和公共知识分子的"责"有机地结合在一起，他不像雅各比、班达和萨义德所说，知识分子在扮演"专家"和"公共知识分子"双重角色时往往处于尴尬和矛盾的处境。奥威尔在"作家"和"公共知识分子"两种身份的转换之间游刃有余，以他为"榜样"可以给我们重要的启示："真正的专家"必须学术上保持独立性，追求最高标准，在此基础之上必须以"公民"介入社会公共领域，这是学术追求的最终目的，两者必须和谐统一。

既然奥威尔告诉我们"真正的专家"和"真正的公共知识分子"这两种身份可以自由转换，那么怎样才能做到"真正的公共知识分子"呢？如果我们将上面诗歌"运动派"诗人的创作意图和诗歌的时代背景暂时"悬置"，我们可以提炼出"真正的公共知识分子"的本质精神：第一，揭穿谎言、讲述真相。在这"寒冷的世界"，奥威尔的心是"火热的"，他给公众带来了"暖意"，不仅揭穿了据说有奇特疗效的"神话"这一宏大叙事，还对那些享受"神话"的既得利益者进行了毫不留情的批评，让他们"恨之入骨"，更重要的是，他还为公众阐释了"文字"的真实意思，揭露"陈词滥调"背后的骗局，让公众看到了真相，并"重建了标准"，提高了公众的觉醒意识，起到批判和启蒙的双重作用。第二，具有道德垂范的力量。奥威尔以"诚实"这一"奇妙的品质"面对公众，而非面对那些享有特权的"少数人"；他是"道德的天才"，但是他与公众很近，公众可以效仿他，因为他也有缺点，但他勇于承认；他具有责任感，不怕失败和犯错，直面公共话题，绝不逃避。

奥威尔与乔姆斯基一样告诉我们"真正的公共知识分子"就是要揭穿谎言、讲述真相，发挥批判和启蒙的双重功能。不过，奥威尔还启示我们，"真正的公共知识分子"必须自身是位"道德的天才"。只有诚实、善良和正直的人才会真心地为大众争取公平和正义。这首诗与斯彭德的奥威尔批评有着相似之处，斯彭德描述的"憨第德"这样的"老实人""钻透普通之物"的"钢钻""亲历的真理"都能在本诗中找到对应。奥威尔是位"诚实人"，他重建的标准是"真实的人、真实的事或者真实的物"。也就是说，他与普通大众的志趣和价值标准是一致的（用现在通俗的话说，就是"接地气"），他作为"道德天才"的核心便是"公共规范"，本章谈及的奥威尔批评家对此也反复强调，"只要大家行为规矩正派，这世道就会公平合理了"。

"公共规范"是奥威尔最为看重的道德标准。它弘扬普通大众的家庭温情、传统习俗以及个人与自然、社会的和谐关系。无论是"真正的专家"还是"真正的公共知识分子"都不应背离奥威尔所说的"公共规范"。如果专家没有得体的行为，没有家庭温情，没有与传统和自然保持和谐，他就无法成为"真正的公共知识分子"，而只能是"虚伪的公共知识分子"。因此，"公共规范"可以说是"真正的专家"走向"真正的公共知识分子"的"试金石"。或者说，如果一位普通的文学批评者觉得成为"真正的公共知识分子"还有诸多障碍，那不妨先成为一位"真正的专家"，一位弘扬"公共规范"的"真正的专家"，然后再向"真正的公共知识分子"这个目标一步一步地努力靠近。

第六章

乔治·奥威尔的经典生成

奥威尔对西方的政治、文化等诸多领域影响巨大，包括美国"斯诺登事件"这样的国际热点都让人不由地联系到奥威尔。那么奥威尔为什么会产生如此大的影响力？这就需要对奥威尔经典生成（canon – formation）这一重要话题展开研究。本章主要从文学批评这一作家经典生成中十分重要的因素出发，追溯和分析奥威尔经典生成的历程，以加深对奥威尔这位世界经典作家重要价值的认识。以下先围绕"经典"和"经典生成"等核心概念进行讨论。

第一节 文学经典观

"经典"的英文"canon"源自古希腊文字 Κάννά（kanna），意指"芦苇"。相关的词是 Κάνων（kanon），意思是"木棍、尺子"，引申为"规则、标准",代表着真理、道德和艺术的标准。古罗马时期,"kanon"成为"canon",沿袭了古希腊时期的意思。公元 1 世纪基督教出现后,经典逐渐成为宗教术语,表示筛选经书文本的原则和教会的律法。另外,教会在追认圣徒名单时,常用"canonize",或者"canonization",意为"列入圣品"。需要注意的是,圣经的《旧约》在成典的过程中也强调经书的文学标准。大约到了 18 世纪,随着出版业的迅速发展和专业作家、批评家的出现,同时也在民族国家形成的影响下,"canon"超出了宗教意义,出现了"文学经典"的概念。

西方文学经典建立并得以在体制上确认是在 20 世纪前 50 年。在这个时期,文学经典被认为是自然而然形成的,经得起时间考验,具有永恒的价值。俄国形式主义和美国新批评强调文本的文学性和自主性,现代主义文学在文学形式上不断实验和创新,文学经典的艺术价值受到推崇。但是到了六七十年代,在新左派政治文化运动的影响下,文学经典遭到质疑,认为阶级、种族和性别等外部意识形态因素而非文学价值是其决定性因素。80 年代,"文学经典"的论争在美国展开,讨论大学教学中的"英语文学"教学大纲应该包括什么,是否应该"打开经典""拓宽经典"。马克思主义、后殖民主义、新历史主义和女性主义的学者热衷于"身份"问题,认为所谓文学经典都是以欧洲白人男性为中心的,文学经典是由意识形态因素建构的,因此需要重写文学史,主张将以往被遮蔽的女性作家、黑人作家的作品纳入经典,并在大学教学中积极实践。

在中国语境下,"经"是指编织物的纵线,是编织的关键一环,后引申出"规范""标准"的意思。"典"原是放在架子上的书。经典合用时先是表示"儒家经典",后又包括"宗教经典",现泛指具有权威、能流传久远,具有永恒价值的作品。从中西"经典"的词源和发展历程来看,皆有筛选和评判作品的标准之意,只不过西方的"canon"的宗教意蕴强于中国的"经典"。

从以上词源梳理来看,文学经典的概念是不确定的,持有不同经典观的个人和群体对经典也有着截然不同的认识。总体而言,关于文学经典的讨论主要有三种观点,一种是本质主义论,认为文学经典具有"永恒性";第二种是多元文化主义论,认为文学经典是建构的;第三种则在两者寻求平衡,认为"永恒性"和"建构性"兼而有之。

坚决捍卫经典传统的代表人物是哈罗德·布鲁姆(Harold Bloom),他将那些采取激进方式拓宽经典的人称为"憎恨学派"。布鲁姆在《西方正典》(*The Western Canon：The Books and School of the Ages*)一书中认为经典的标准是美学的,经典首先应具有独创性,这与他的"影响的焦虑"观点一脉相承,主张与古人和传统竞争。其次,他认为经典作品应该让读者感到陌生的熟悉,具有陌生性。布鲁姆介绍了"贵族时代""民主时代"和"混沌时代"这三个时期的西方经典,旨在建立一个具有经典承继关系的传统。他认为莎士比亚是西方文学经典的中心,关于弗洛伊德对莎士比亚戏剧"俄狄浦斯情结"的阐释,布鲁姆认为与其说莎剧被"俄狄浦斯情结"把握,不如说弗洛伊德始终被"莎士比亚情结"所困扰,由此可见布鲁姆捍卫文学经典传统的坚定态度。除布鲁姆外,克默德和卡尔维诺等也强调经典的传统、记忆、经验等永恒价值。他们继承的是阿诺德、艾略特和利维斯等人建立起的文学经典传统，强调的是文学经典的"永恒性"，认为文学经典代表了最完美、最成熟、具有道德力量的人类思想，发挥着宗教替代品的重要作用。

主张文学经典是"建构"观点的代表人物是杰洛瑞（John Guillory）。他在其代表作《文化资本——论文学经典的建构》（*Cultural Capital: The Problem of Literary Canon Formation*）中借用了布迪厄的"文化资本"概念，旨在从社会和经济的角度来考察经典的生成。在杰洛瑞看来，经典生成问题的实质是文化资本在学校中的分配问题。他具体分三个时期来分析。第一是 18 世纪小学对英语俗语文学的选取，其标准是能否提高学生的语言规范和能力；第二是 20 世纪上半叶新批评理论进入大学课堂，文学教学不再服务于语言，而是关注语言的诗性；第三是 20 世纪 70、80 年代以来，文学理论经典进入课堂，威胁了文学在文化资本中的主导地位。杰洛瑞分析的这三个历史时刻覆盖了从小学课程到高级博士课程等所有教育层面，他主张通过普及教育让大众享受文化资本，而不必纠缠于文学经典具体应该包容到什么程度。

主张文学经典是"永恒性"和"建构性"兼而有之的代表人物是科尔巴斯（E. Dean Kolbas）。他在《批评理论与文学经典》（*Critical Theory and the Literary Canon*）一书中区别了"经典化"（canonization）和"经典性"（canonicity）这两个概念："经典化"是指"被遴选出来的文学作品持续重写和复制，从而为文化所吸收，变得人所熟知，甚至成为常识的文化过程"，而"经典性"是指"作品的美学质量的衡量，它是对作品中蕴含的批判潜力的评价，这种批判潜力既对社会现状，也对自身的制度调节机制具有颠覆性力量。"① 科尔巴斯借鉴了法兰克福学派的批评理论，特别是阿多诺的"否定的辩证法"理论来分析文学经典生成问题，试图兼顾文学经典生成的审美性和意识形态因素的两个方面。

第二节　作家的经典生成

综合上述文学经典观可见作家的经典生成应是经典性和经典化这两方面合力的结果。具体而言，经典生成是在作者、文本、读者和社会这四个基本要素之间互动中产生的。首先，作者本人要具有成为经典作家的自觉行为，创作出具有经典性的文本，并且该文本还要为不同时代的读者所传递和接受。同时，作者的创作、文本的产生和读者的接受都不是在真空的环境下发生的，而是不断地与社会产生关联和影响。

所谓作者本人的自觉行为，一是要拥有成为经典作家的梦想，二是在创作过程中不断实践，找到适合自己的创作风格，三是形成具有系统性的文艺思想。对于文本的经典性，国内有学者总结了四点本质特征：内涵的丰富性、实质的创造性、时空的跨越性和可读的无限性。内涵的丰富性即作品本身涉及的内容和精神内涵是丰富的，触及人类存在的普遍关切；实质的创造性和布鲁姆所说的原创

---

① E. Dean Kolbas, *Critical Theory and the Literary Canon*, Boulder: Westview Press, 2001, pp. 139 – 140.

性是一致的，而不只是技巧或形式上的创新；时空的跨越性即经典经得起时间的检验，经典在异文化的土壤中仍是经典；可读的无限性即经典的阐释空间是无限的。①而在经典文本的生成方面，也有学者提出了下面观点：

次文本

前文本—主文本—后文本

超文本

从横轴（时间轴）来看，经典文本（主文本）在确立以前有不少来源文本，确立之后又有不少后续文本，如对主文本的续写和改写等。从竖轴（空间轴）来看，次文本即文学批评文本、权威传记、作品全集、文学选集等；超文本即电视、电影、网络等相关媒体文本。在文本的背后是各种力量在角力，共同推动着文本经典化的进程。② 作者和文本这两个要素归于经典生成的"经典性"因素或内部因素。

读者对文本的接受反映出对文本作者的接受。这里的读者既包括专业读者也包括普通读者。专业读者主要是指学界和思想界的知识分子，其中权威文学批评家发挥了重要作用，而普通读者主要反映作者及其作品的普及度。与文学经典生成相关的社会因素非常复

---

① 刘象愚：《经典、经典性与关于"经典"的论争》，《中国比较文学》2006 年第 2 期，第 44—58 页。

② 张德明：《文学经典的生成谱系与传播机制》，《浙江大学学报》（人文社会科学版）2012 年第 6 期，第 91—97 页。该学者认为，在当下这个时代，我们只能从某个场域出发，考察发生在时间轴上同一经典内部的互相传承和发展，以及发生于空间轴上文本在不同社会话语系统和传播介质之间的传播；从文本与文本间的对话、同一文本不同介质的载体之间的对话，以及在此历史过程中文本与受众的对话和互动中，才能真正理解一部经典的价值和意义。

杂，主要包括政治、意识形态、教育、出版、社会文化和读者趣味等诸多方面，同时也包括经典生成的"机缘"（timing）因素，即"偶然性"。社会与作者、文本与读者等要素相互作用和影响。读者和社会归于经典生成的"经典化"因素或外部因素。

综上所述，作家的经典生成是经典性和经典化共同作用的结果，发挥关键作用的主要是作者的自觉行动、文本的"经典性"、批评家的评论、普通读者的接受，意识形态的影响、大学的课程设置等因素。

上述作家经典生成模式同样适用于跨文化语境的作家经典生成，但在某些生成因素方面更为复杂。比如，作者对于异文化有可能发生接触，或者亲身经历，或者根本没有发生任何交集；文本包括原语文本和译本，译本有时起到关键作用；读者对作家的接受与本土的社会环境密切相关，读者对文本会产生误读，导致对作家的接受发生变异。

第三节　奥威尔的经典生成

奥威尔的经典生成具有三个主要特点。第一，"传奇性"。奥威尔从 20 世纪 30 年代跻身于伦敦文学圈到 40 年代《动物庄园》和《一九八四》的声名鹊起，再到 50 年代经典作家声誉的确立不过二十年时间，这一"直线飙升"的经典化过程被称为"奥威尔传奇"，这与不少作家漫长的经典化历程是不一样的，比如莎士比亚等。当然，福克纳也和奥威尔一样，从一位不知名作家很快成为经典作家。但与之不同的是，奥威尔的经典生成还具有第二个特点：普及性。社会各个阶层（如工人、知识分子）、各个年龄段（如儿童、成人）都可以从奥威尔作品的阅读中收获启示和乐趣。第三点也是最为重要的是，政治因素在奥威尔经典生成中起着主导作用。首先，从奥威尔自身而言，他的文学创作与政治关系紧密，不仅与历史关键节点上的政治关切"契合"，而且能够早于其他作家向世人预测未来世界形势的走向。其次，从奥威尔的接受而言，政治色彩十分明显，主要政治派别和团体都对奥威尔的文学声望加以利用，借以表达各自的政治主张和思想诉求。这种政治利用还跨越了国界，成为一些国家政党表达观点的工具。再者，媒体和科技力量也扩大了奥威尔的声望，这些因素都与政治有关。

从经典生成因素来看，奥威尔的经典生成主要是外部意识形态因素的建构，但同时也是他作为作家的自觉行为。"成为作家"，将其作品全集整齐地放在书架上是奥威尔终身的梦想。他从缅甸辞职回国，沉入底层，"成为作家"也是其中的重要动力。1936年西班牙内战以后，奥威尔的创作具有明显的政治自觉，即反抗极权主义，宣扬民主社会主义，但他也十分重视政治和艺术的平衡关系，主张使政治写作成为一门艺术。奥威尔经典生成历程大致分为形成、确立、巩固和发展等四个时期。

一 奥威尔经典生成的形成期（20世纪30—40年代）

这个时期大致分为30年代"跻身伦敦文学圈"和40年代"国际上声名鹊起"两个阶段。在第一阶段中，1936年西班牙内战是关键时间节点。在 1936 年之前，奥威尔从缅甸辞职回国后便专心从事创作，在《巴黎伦敦落魄记》中开始使用笔名"George Orwell"。从"布莱尔"到"奥威尔"是其"成为作家"的标志，他开始探索创作主题和艺术形式，比如主题涉及帝国主义和贫困问题，艺术上模仿乔伊斯等现代主义作家。由此，奥威尔开始在伦敦文学圈立足，英国左派读书俱乐部负责人戈兰茨（Victor Gollancz）也在 1936 年资助奥威尔去英国北部考察矿区。这次考察对奥威尔产生了重要影响，他完成了这部调查工人阶级生活状况的《通往维根码头之路》。但是，奥威尔在该书的第二部分发表了自己的社会主义观，并对社会主义者的中产阶级习惯进行了批评，这在英国（老）左派中引起了激烈争论。戈兰茨在书的序言中指责奥威尔的社会主义观是非科学的"情感社会主义"，俱乐部的其他负责人拉斯基（Harold Laski）和斯特拉齐（John Strachey）也发表类似指责。奥威尔的社会主义观是"公共规范"（common decency）加上社会主义基本信条，这对当时深受"苏联神话"影响的英国左派来说无疑是"异端"学说。这场"社会主义之争"拉开了围绕奥威尔的左右之争序幕，奥威尔也因而获得"左派内部批评者"之名。1936 年奥威尔参加西班牙内战的经历更加坚定了他的社会主义信念，其创作具有明确的政治目的。奥威尔在《向加泰罗尼亚致敬》等西班牙内战题材作品中率先向英国读者揭露了西班牙内战真相，遭到了正统英国左派的谴责。"二战"前夕，奥威尔在《上来吸口气》中表达了对战争的忧郁心态，对 50 年代的"愤怒青年"作家产生重要影响。奥威尔在"二战"前坚定地反对帝国主义战争，但是 1939 年"二战"爆发后，奥威尔从反战人士"一夜之间"转变为爱国者，支持英国政府的反法西斯战争，这种态度突变在左派中备受诟病，后又被右派利用，以奥威尔的和平主义姿态指责左派反越战主张。但是，这些争论和指责无不起到扩大奥威尔声望的作用。

进入 40 年代，奥威尔发表了一系列的"半社会学的文学批评"，如《论狄更斯》，也致力于文化研究，强调英国本族文化。利维斯夫人（Q. D. Leavis）在《细察》（*Scrutiny*）发表经典评论，认为奥威尔具有文学评论家的天赋，这是来自在大学文学教育占据重要地位的学院细绎派的评论。奥威尔也因其文化批评被誉为"英国文化研究的开拓者"，后为英国新左派继承和发展。奥威尔与美国知识分子联系紧密，他的重要作品都是第一时间在美国出版，他也定期为纽约知识分子的《党派评论》（*Partisan Review*）撰写"伦敦信件"，美国文学批评大家威尔逊（Edmund Wilson）和特里林（Lionel Trilling）等发表了不少经典评论，推动了奥威尔声望在美国的确立。奥威尔在英国工党的《论坛报》（*Tribune*）撰写专栏，这个时期被传记作家克里克称为"论坛报社会主义者"，即强调平等、自由和民主，不追求理论的复杂化。1945 年反法西斯战争取得胜利后，奥威尔的《动物庄园》"不合时宜"地揭露了"苏联神话"，因此不少出版商拒绝出版。奥威尔具有"先知"的能力，之后美苏"冷战"开始，《动物庄园》被广泛传播，奥威尔因此享有国际声望。1946 年，《动物庄园》入选美国"每月读书俱乐部"书目，深受读者欢迎。奥威尔在生命最后时期只身在朱拉岛创作《一九八四》，描绘了极权主义可能统治世界的"梦魇"。该书同样入选"每月读书俱乐部"书目，成为众多批评家评论的重要文本，标志着奥威尔作为经典作家地位的形成。

二　奥威尔经典生成的确立期（20 世纪 50—70 年代）

虽然奥威尔在出版《动物庄园》和《一九八四》时已经奠定了自己的经典作家地位，但是我们认为奥威尔经典作家的确认标志是他去世后不久由著名文学批评家发表的系列经典评论，包括"一代人冷峻的良心""一位圣人"（普里切特）、"一位有德性的人"（特里林）、"水晶般精神"（乔治·伍德库克）等。其中"一代圣人"尤为重要，因为"canonization"的词源与册封"圣徒"这一宗教意思有关。奥威尔的经典生成是从"确认"到"确立"过程。这是一个反复、修正和调适的过程，同时还要参照一些因素指标，如全集、传记、教育以及文学精英和普通大众的接受等，因而我们把 20 世纪 50—70 年代看作是奥威尔经典地位确立的时间。在这个过程中有两个时间节点最为关键：1956 年英国左派的分裂和新左派的兴起；1968 年新左派政治走向激进。我们发现在第一个节点前后，英国新左派对奥威尔的文化研究颇为推崇，而第二个时间节点也恰逢奥威尔 4 卷本全集出版。另外在 60 年代西方知识界还发生了有关越南战争的争论。由此可见，奥威尔这个时期的接受与政治因素密切相关。

在奥威尔经典地位确立过程中，诸多知识分子团体都对奥威尔发表评论。对英美共产党正统左派而言，奥威尔代表着"小资产阶级根深蒂固的幻想和偏见"（沃西）、"本月的蛆虫"（西伦）、"残暴的神秘主义"（多伊彻）。奥威尔对英国新左派的影响巨大。威廉斯构建了"奥威尔"这一身份标识对此进行文化分析，认为他代表了"流放者"悖论式的情感结构，同时他对奥威尔的态度也经历了由钦佩到怀疑再到彻底放弃的转变；汤普森的政治观则更加激进，谴责奥威尔宣扬了"冷漠消极"的态度，对社会主义运动造成了实际损害；霍加特则偏重文化研究，因此对奥威尔有着"同事般的强烈情感和友好态度"。奥威尔对英国"愤怒青年"作家创作的影响非常明显。他们也有不少奥威尔批评文本，其中康奎斯特还在"奥威尔"一诗中对其知识分子品质大加赞扬。在美国知识界，为奥威尔在美国文学声望的传播发挥主要作用的是纽约知识分子团体。第一代的麦克唐纳、拉夫、特里林；第二代的欧文·豪、玛丽·麦卡锡和第三代的诺曼·波德霍雷茨等都对奥威尔进行了经典的评价，涉及极权主义、越南战争等重要政治和思想史话题。这些知识分子团体对奥威尔的接受，无论褒贬都是对奥威尔文学声望的利用，表达的是自身的政治诉求。

除了精英知识分子外，普通大众同样推动了奥威尔作品的传播和经典地位的确立，其中电影、电视节目的影响颇大。1968 年，奥威尔遗孀索尼娅（Sonia Orwell）主编的 4 卷本奥威尔文集的出版标志着奥威尔专业文学批评的开始。这期间，以心理分析、形式主义等理论研究奥威尔的学术专著影响较大。同时，奥威尔的作品也进入大学课堂，他的散文成为写作课的典范。

三 奥威尔经典生成的巩固期（20 世纪 80 年代）

受小说《一九八四》影响，奥威尔的文学声望在 1984 年前后达到了历史最高峰，这发生在奥威尔的经典作家确立以后，因此，我们称之为"经典巩固期"。首先，克里克第一部授权奥威尔传记的出版开启了这股奥威尔研究热。由于这部传记的影响力，美国新保守主义领袖波德霍雷茨将其作者视为左派的论争对象，他在奥威尔评论中提出了"如果奥威尔还活着，他会怎么做?"的命题，并宣称奥威尔是新保守主义者的"精神领袖"。另外，这个时期文献方面的成就还有：戴维森（Peter Davison）开始编撰 20 卷奥威尔全集；韦斯特（William West）编辑了《战时广播》和《战时评论》，对索尼娅的 4 卷本奥威尔文集进行了补遗。1984 年前后的"奥威尔热"主题是"极权主义"，研究者将小说的文本世界与现实世界作对比。仅以这个时期频繁举办的国际奥威尔研讨会为例，比如 1984 年 4 月在欧洲理事会总部法国史特拉斯堡会议（《一九八四》中译者董乐山曾提及）是全球各地学者齐聚欧洲共同讨论极权主义的盛会，研讨会涉及了恐怖主义和原子弹等事件引发的恐惧、西方极权主义的本质和要素、革命的破灭、爱的缺失、个人身份的剥夺、现代监控和规训、信息交流的审查、法律的控制、现代科技的统治、媒体的宣传、医药的伦理问题、宗教信仰的沦丧等与极权主义相关的话题。另外在这个时期，以帕苔为代表的美国女权主义者指责奥威尔的"男权中心主义"和"厌女症"，这一话题影响较大并一直延续至今。

四　奥威尔经典生成的发展期（20 世纪 90 年代至今）

自 1989 年苏联解体后，世界进入后冷战时期。新世纪以后，知识分子界出现了从团体走向个人，公共走向专业的变化特征。就奥威尔的接受而言，这个时期出现的明显变化是意识形态等政治因素与 20 世纪相比开始减弱，讨论奥威尔对当代社会文化的影响成为主要话题。在这样的背景下，知识界开始对奥威尔的经典性进行重估。

在奥威尔百年诞辰纪念的 2003 年前后，西方奥威尔研究出现第三次热潮，因而我们把后冷战时期对奥威尔经典地位的再认识称为"经典发展期"。这个时期重要的事件是："奥威尔名单"事件、戴维森 20 卷《奥威尔全集》出版在文献上的贡献、左右之争在新世纪的延续、公共知识分子形象的塑造、著名作家和文学批评家的跟进研究等。

"奥威尔名单"是指根据 1996 年英国解密档案显示，奥威尔曾于 1949 年给外交与联邦事务部下辖的信息研究部提交了一份"共产党秘密党员、同路人和同情者" 38 人名单。这在当时（1996）知识界引起了轩然大波，有人将此与美国麦卡锡时代的"黑名单"相联系。一些左派指责奥威尔是"告密者""两面派"，而一些右派则欣喜若狂，借此攻击左派，认为奥威尔叛离了左派，尤其是将奥威尔当作是"新保守主义精神领袖"的波德霍雷茨说奥威尔如果拒绝上交这个名单他才真会感到震惊。希琴斯（Christopher Hitchens）与卢卡斯（Scott Lucas）对奥威尔的褒贬之争成为新世纪奥威尔研究的一个重要话题。卢卡斯在《奥威尔》（*Orwell*, 2003）中认为奥威尔是位非常复杂的作家，因此不能简单地把他看作是"得体"（decency）这一符号的化身，进而认为他能够对于过去和现在的所有不确定性事件都能发挥指导作用。这本书和他的另一部专著《持异见者的背叛：超越奥威尔、希琴斯和美国新世纪》（*The Betrayal of Dissent*：*Beyond Orwell*，*Hitchens and the New American Century*, 2004）针对的是希琴斯的《奥威尔为何重要》（*Why Orwell Matters*, 2002）一书的观点。希琴斯一直把奥威尔当作是自己的知识和思想的"老大哥"，认为奥威尔对当代社会仍会产生重要影响。另外，美国著名学者波斯纳的《公共知识分子——衰落之研究》一书对 20 世纪知识分子进行了研究，其中专章讨论奥威尔作为公共知识分子榜样的形象。这一新的定位是奥威尔经典重构的重要内容，针对的是当今知识分子专业化、学院化的弊端，是国内外奥威尔研究的热点话题。另外，品钦、伊格尔顿、布鲁姆等作家和批评家在 2003 年前后发表了重要奥威尔评论。

从以上奥威尔的经典生成史来看，政治与文学的"相遇"、意识形态的"争夺"、大众媒体的渲染和科技力量的利用是奥威尔经典生成最为重要的因素。

附　　录

一　乔治·奥威尔《一九八四》赏析

（一）作家简介

乔治·奥威尔是英国小说家、散文家和文学评论家，是一位举世闻名的政治作家，也是严肃的世界经典作家。

奥威尔被誉为"一代人冷峻的良心"和"圣人"。奥威尔预言、批判或者警告了20世纪进程中的重要事件：帝国主义、经济危机、原子弹、冷战和极权主义等。这些重大事件的节点串联着奥威尔短暂的一生。

1903年6月25日，奥威尔出生在印度孟加拉邦莫蒂哈里，他的家庭具有殖民传统。1904年，奥威尔随母亲回英国定居，8岁入寄宿学校圣塞浦里安，这是一个培养英国海外殖民地官员的"摇篮"，从后来记录这段痛苦生活的散文《如此快乐童年》（1953）可以看到《一九八四》中"惩罚"和"极权"的影子。1917 年，奥威尔进入伊顿公学，对贫穷和阶级差异有很深体会——他称自己属于"上层中产阶级偏下"。1922—1927 年，奥威尔在缅甸当警察，对帝国主义制度有切肤之痛，《缅甸岁月》（1934）即是祛除"负罪感"之作，被誉为"20 世纪英国最重要的反帝国主义小说之一"。反帝国主义是奥威尔作品的重要主题，缅甸经历是奥威尔的第一次人生顿悟，"被压迫者总是对的，压迫者总是错的"，他反对一切人统治人的制度，决定与被统治者结伴同行，沉入社会底层。

　　从缅甸辞职回到英国后，奥威尔开始使用笔名"乔治·奥威尔"，这标志着他开始了政治作家这一新的身份建构。奥威尔选择到伦敦、巴黎的贫民窟与流浪者一起落魄。他洗过盘子、教过书、当过书店职员。这个时期的《巴黎伦敦落魄记》（1933）、《牧师的女儿》（1935）、《让叶兰继续飞扬》（1936）真实地反映了英国 20 世纪 30 年代经济危机带来的物质贫困和精神贫困。1936 年，奥威尔受英国左派维克多·戈兰茨资助去英国北部矿区考察工人阶级生活状况，后写成重要作品《通往维根码头之路》（1937），这是类似恩格斯《英国工人阶级状况》的考察报告，集中表达了他的社会主义观。也是在 1936 年，他参加西班牙内战，在反法西斯主义一线战场喉部中弹，险些丧生。不过根据后来的解密档案，他因参加托派军队组织马党（POUM）而受到苏联克格勃的追杀，遭受比战场更可怕的生命威胁。他将共和政府（受苏联支持）的党派内部争斗和清洗真实地记录在《向加泰罗尼亚致敬》（1938）。1936 年这两次经历是奥威尔人生的第二次顿悟，从此走向"拥护社会主义"和"反对极权主义"的文学道路。

西班牙内战只不过是"二战"的开幕曲，《上来透口气》（1939）反映了英国人在战前的"忧郁"心态和对第一次世界大战前英国爱德华和平时代的"眷念"之情。1939 年 9 月"二战"爆发，奥威尔从反战立场突转为支持，《狮与独角兽》（1941）表达了他期望将爱国主义和反法西斯主义转变为社会主义革命的思想。1940 年，奥威尔加入民兵组织。1941—1943 年，他在 BBC 负责对印度广播，展开反法西斯宣传战。1943 年加入英国工党左派的《论坛报》。在德国投降 4 个月后，也就是广岛原子弹爆炸 11 天后、日本战败投降 2 天后，奥威尔的《动物庄园》（1945）出版，非常"不合时宜"地揭穿了当时广为西方知识分子信奉的"苏联神话"。1946 年 3 月 5 日，英国首相丘吉尔发表"铁幕"演说，美、苏两大阵营"冷战"开始。之后，奥威尔来到偏远的朱拉岛，以生命为代价创作《一九八四》（1949），描绘了极权主义可能统治世界的"梦魇"。1950 年 1 月 21 日，奥威尔因肺结核去世，终年 46 岁，墓碑上刻着他的原名"埃里克·阿瑟·布莱尔"。

奥威尔被誉为"20 世纪拥有读者最多、最具影响力的严肃作家"。这表明奥威尔作为世界经典作家，其影响力具有普及性和跨领域等特征。奥威尔的代表作《动物庄园》和《一九八四》已被译成 60 多种语言，入选多个世界最佳百部英语小说排行榜。奥威尔对西方的政治、文化等诸多领域影响巨大。两部小说中的许多表述如"所有的动物是平等的，但有些动物比其他动物更加平等""老大哥""双重思想""思想警察""新话"等都已成了现代政治和文化领域的经典。

（二）作品概览

1984 年 4 月 4 日，天气阴冷。这是大洋国的"一号空降场"伦敦，到处张贴着一位大约四十五岁男人的画像，上面写着"老大哥在看着你"。真理部高耸的金字塔式建筑墙面上写着醒目大字："战争即和平，自由即奴役，无知即力量。"真理部是负责新闻的政府部门，另外还有负责战争的和平部、维持法律和秩序的友爱部及负责经济的富裕部。

温斯顿从工作的真理部返回住所。房间安装有能够同时接收信息和进行监视的电幕，温斯顿只好躲在一面墙上浅浅的壁龛里写着日记，这已经犯了大洋国的思想罪。温斯顿回忆着中午两分钟仇恨的场景：一位在真理部小说司工作的黑发女孩不时注视着他，还有一位核心党员奥勃良曾与他目光相遇。他记得在仇恨达到高潮时，所有人都狂热地怒骂电幕上的人民公敌果尔德斯坦因。这位曾和老大哥几乎平起平坐的前领导人背叛了革命，据说还组织了兄弟团，秘密散发一本禁书，企图推翻老大哥。温斯顿于是在日记本上反复写着"打倒老大哥"。

温斯顿对过去模糊的记忆常常出现在梦境之中。他梦见奥勃良对他说："我们将在没有黑暗的地方相见。"他梦见母亲和妹妹为了他牺牲了自己；他梦见黄金乡，那里有青草、小溪和鲤鱼，一位黑发姑娘脱下衣，向他走来。

温斯顿知道谁控制过去就控制未来，谁控制现在就控制过去。凡是现在是正确的东西，永远也是正确的，但这需要不断地控制自己的记忆，这种"现实控制"用新话来说就是"双重思想"，需要同时持有两种互相抵消的观点。温斯顿在真理部记录司每天的工作就是根据现实需要随时修改过去的文字记载。历史就像一张不断刮干净重写的羊皮纸，过去的记录销毁到"忘怀洞"中。他可以修改那些受到清洗的"非人"的相关内容，当然也能够杜撰"英雄"名载史册。温斯顿的同事赛麦负责编订新话字典，计划最迟在2050年消灭所有旧词。新话的目的就是要缩小思想的范围，这样现实控制也毫无必要。

一切消失在迷雾之中，过去被抹掉了，而抹掉本身又被遗忘了，谎言变成了真话。温斯顿知道他们的方法，但却不懂他们的目的。他在日记中写道："必须要捍卫显而易见、简单真实的东西，所谓自由就是可以说二加二等于四的自由。"温斯顿还写道："如果有希望的话，希望在无产者身上。"他认为无产者在大洋国人口中占百分之八十五，他们只要能意识到自己的力量，就能推翻极权统治。

温斯顿再次走进无产者居住的贫民窟，来到买过日记本的旧货铺。店主是年龄六十三岁的切林顿。温斯顿买了一个玻璃镇纸，一块珊瑚嵌于其中。店铺楼上有一间屋，放着一张大红木床，墙上嵌着一幅蚀刻版画。由于这里没有电幕，温斯顿打算将其租下。当他走出旧货铺，发现那个黑发姑娘跟着他。

一天，温斯顿在真理部扶起突然跌倒的黑发姑娘，她却顺势塞给他一张纸条。温斯顿找到机会打开纸条，上面写着"我爱你"。他们终于如约来到乡下一个隐蔽的树林里见面。她告诉他她叫裘莉娅。这里的一切恰如温斯顿梦见到的黄金乡，他们在草丛空地上尽情做爱。

温斯顿与裘莉娅开始在那个租好的房间里幽会。裘莉娅带来了真正的咖啡、茶叶，像正常女人一样化好妆。他们躺在一起，享受着家一样的温馨时光。温斯顿起来时听到老鼠声，是从那块画布里传出的，他告诉裘莉娅世界上最可怕的是老鼠。他称裘莉亚是一个腰部以下的叛逆者，如果他们彼此不出卖对方就可以打败老大哥。

奥勃良终于在他的住所召唤了温斯顿和裘莉娅。这里的电幕可以关闭。他们讨论参加秘密组织一事，奥勃良答应给他们一本果尔德施坦因的书。

温斯顿在房间里捧着这本禁书《寡头政治集体主义的理论与实践》，急切地读着第三章"战争即和平"。世界分为三大超级大国：大洋国、欧亚国和东亚国，一直保持着战争状态，但目的却是消耗被统治者的物质和精力。他重新翻到第一章"无知即力量"。有史以来，世上就有三种人：上等人、中等人和下等人，这种基本机构永远不变。极权统治者常常通过犯罪停止、颠倒黑白和双重思想牢牢地控制着被统治者的思想。温斯顿读完这些内容时，发现裘莉娅早已睡着了。

这时从画布后面传来冷酷的声音——"你们是死者"。画布掉到了地上，露出来一块电幕。整个屋子被许多穿着黑制服的思想警察所包围。玻璃镇纸被扔到地上打得粉碎。切林顿走了出来，这是一个三十五岁的思想警察的脸。

温斯顿和裘莉娅被分别关进友爱部。温斯顿惊讶地发现审讯自己的竟然是奥勃良。原来一切都是一个圈套。奥勃良向温斯顿宣布对他的改造分为学习、理解和接受三个阶段。奥勃良告诉温斯顿，他们进行惩罚的目的是解决思想问题，因而不存在成为殉难者的机会。更重要的是，权力不是手段而是目的，惩罚的目的就是惩罚。

由于温斯顿尚未背叛与裘莉娅的爱情誓言，奥勃良把他带往 101 房，这时的惩罚工具变成了让他最害怕的老鼠。他瞬间屈服了，大声喊道："咬裘莉娅！咬裘莉娅！"

一切都已结束。温斯顿背叛了裘莉娅，裘莉娅也背叛了温斯顿。当他们被释放出来，在荒芜的公园相遇时，相互充满了憎恨和轻蔑。温斯顿驱赶了对过去的一切记忆，他抬头看着画上老大哥的脸，他战胜了自己，他热爱老大哥。

（三）作品导读

《一九八四》是奥威尔最重要、最具影响力的一部作品。究其创作渊源，奥威尔受到英国作家斯威夫特的《格列佛游记》、赫胥黎的《美丽新世界》，俄国作家扎米尔金的《我们》及美国哲学家伯恩汉姆《经理革命》等不少作品的影响。不过，《一九八四》主要还是奥威尔人生和创作经历的积聚，并与时代发生碰撞的产物。奥威尔早期对英国社会阶级差异的敏感，对权威势力和话语的憎恨，再加上后来的缅甸、维根和西班牙等亲身经历，他深感人类统治社会的残酷和恐怖。当世界进入冷战时期，奥威尔愈发忧虑极权主义对人类生存及自由产生的巨大威胁，因而在生命的最后阶段创作了这部小说。下面从创作背景、思想背景和文本细读等方面来阐释小说的反极权主义主题。

（四）极权主义梦魇的"警告"

《一九八四》究竟是一部怎样的作品，至今仍争论不休。小说受到多元而又矛盾的阐释与其在冷战时期成为"意识形态超级武器"

不无关系。当时，西方不同政治谱系的知识分子团体和个人充分利用这部小说对政敌进行攻击。于是，有人认为小说反对英国社会主义，或其预测与现实不符，或是由作者疾病和早期创伤所致，或反映了作者绝望的悲观主义。这些评论本质上是对奥威尔的政治利用，因而存在不少误读。这里有必要首先从奥威尔所秉持的创作观对此予以澄清。

奥威尔在《我为什么要写作》一文提出："我在 1936 年以后写的每一部严肃的作品都是直接或间接地反对极权主义和拥护民主社会主义的，当然是根据我所理解的民主社会主义。"由此看出，奥威尔绝不是反对社会主义。他是左派，是社会主义者，是"故意唱反调"的知识分子，即从左派内部批评左派，目的是团结更多阶层的人投身于社会主义事业。奥威尔还谈到文学创作应该具有政治目的，那就是"希望把世界推向一定的方向，改变别人对他们要努力争取的到底是哪一种社会的想法"。奥威尔在《作家与利维坦》中进一步阐明，在以政治为中心的时代，作家应该以"公民的身份、以人的身份，而不是以作家的身份去参与政治活动"。这说明，奥威尔不是一位悲观主义者，他积极介入社会，其创作的政治目的是把世界推向追求自由平等和公平正义的社会主义方向。

奥威尔具体指出他写作的目的是要揭露政治谎言，同时使政治写作成为一种艺术。这里的"政治谎言"可以指涉各种权威话语，他不同时期文学作品的政治目的可以理解为是对这些权威话语的揭露和批判。权威话语包括《巴黎伦敦落魄记》中的"流浪汉是可怕的魔鬼"、《缅甸岁月》中的"上等白人条例"、《牧师的女儿》中的"宗教清规"、《让叶兰继续飞扬》中的"金钱崇拜"、《通往维根码头之路》中的"工人阶级身上有味道"、《向加泰罗尼亚致敬》中的"马党与法西斯主义勾结"、《上来透口气》中的"日常生活的琐碎"、《动物庄园》中的"苏联神话"。这些"谎言"充斥在社会生活当中，构成强大的话语网络体系，如同"禁忌"桎梏着人们的思想，奥威尔作品中的一些角色反抗着这些政治、社会和文化的"囚笼"，多以失败告终。但是，奥威尔运用反讽策略揭示了其存在的困境，将对"囚笼"的"无意识"认识以"像窗户玻璃一样透明的"语言转换成"公众意识"，以警示世人。奥威尔的创作就是要揭露这些"谎言"，与社会的"囚笼"现象相对抗。

《动物庄园》是《一九八四》的前奏，与之具有紧密的互文关系。奥威尔在其乌克兰文译本序言中说："在过去的 10 年中，我一直坚信，如果我们要振兴社会主义运动，打破苏联神话是必要的。"因此，他"着手从动物的观点来分析马克思理论"，指出"真正的斗争是在牲口和人之间"。也就是说，奥威尔反对的是苏联的社会主义模式，他认为社会主义革命的目的应该是团结一切被剥削者共同反对剥削者。

奥威尔继而清晰地阐明《一九八四》的创作目的："我最近写的小说并不是去攻击社会主义或者英国工党……我并不认为我所描绘的那种社会一定会出现，但是我认为（当然要考虑到本书作为讽喻这个事实）某些与之类似的事情可能会出现……极权主义如果无人与之抗争的话一定会在世界各个地方蔓延。"这如同奥威尔亲赴西班牙战场临行前说的一句话："那里的法西斯主义，总要有人去阻止它。"

以上说明奥威尔的《一九八四》反对的不是英国社会主义而是

极权主义，不是体现作者绝望的悲观主义而是积极的行动主义。以此判断，小说与其说是对未来社会的预测不如说是对极权主义梦魇的"警告"。以下评论恰如其分地阐明了小说的"警告"是一种积极的政治行动：

> 如果我们不能面对真理，如果历史的记录不容篡改的原则不能得到坚持，如果愿望、爱情、忠诚和信任不复存在，如果人们把对自由的渴望置之脑后，如果人的生命不再被认为是神圣的，如果始终有必要保持战争状态。奥威尔向我们每个人发出了一个强烈的警告：要警惕和坚定，不要使这些"如果"溜进你们的私生活或公共机构，从而让《一九八四年》中描绘的世界得以实现。

（五）极权主义的本质

奥威尔的《一九八四》之所以成为讨论极权主义的经典文本，与"二战"后西方知识分子的思想困惑有着紧密关系。"二战"以后，美苏为争夺世界霸权从盟友变成敌人。美国杜鲁门政府推行冷战政策，宣扬共产主义威胁论，因而反共产主义之风盛行，其中最极端的例子就是麦卡锡主义。当时，不仅共产党和前共产党员受到打压，就连自由主义者和激进分子也受到牵连。不过，他们同样也反对麦卡锡主义那种制造恐怖、违背公正和对人身攻击的手段，因此他们采取的反共产主义策略是基于自由主义，并将斯大林与他们曾经反对的希特勒画上等号。1951 年，汉娜·阿伦特的《极权主义的起源》出版。他们欣喜地发现这本书与他们的主张不谋而合。更重要的是，他们终于找到了"极权主义"这个重要而又贴切的政治术语，以此作为政治立场选择的标准就可以打破政治谱系的左右划分，从而解决了长期以来的思想困惑。这个时期，包括《极权主义的起源》在内，不少讨论极权主义的政治文献相继问世，对极权主义的主要特征有如下概括：

> 恐怖是这种新的社会不可或缺的一部分；意识形态既是恐怖的思想对等物，也是对统治对象的公共和私有生活进行统治的一种方式；国家和社会的疆界已被打破，"从属机构"不再发挥独立作用；社会生活裂化，各种阶级分裂为被动和没有名字的大众；"由上发动长期革命"，国家向人民发起残酷的战争；巩固精英统治，神化最高领导人，不是只对权力或各种商品进行垄断，而是要拥有对整个国家和社会的所有权。

奥威尔的《一九八四》也应该置于这个冷战政治的背景之下。奥威尔与阿伦特的写作是并行的，并没有产生相互影响，但是他们都共同关注极权主义这个重要话题。所不同的是，阿伦特的书是政治理论，而奥威尔的书是文学作品，具有更大的影响力。为了深入了解极权主义的本质，我们有必要了解阿伦特在《极权主义的起源》中对极权主义本质的讨论，并以此角度对《一九八四》展开分析。

阿伦特认为极权主义是一种全新的政府形式，它统治的本质特征是依靠恐怖和意识形态。极权主义政府是以群众代替阶级，以群众运动代替政党制度，权力的中心从军队转移到警察，并把极权主义统治推向整个世界。这种政体与历史上任何暴政和独裁政府本质上都不相同，它虽然蔑视一切成文法，但是却非恣意妄为，而是严格遵从自然法则和历史法则。这些法则不像成文法一样具有稳定性，而是不断处在运动之中，其目的是要剔选出"劣等种族""不适宜生存的人"（即根据"适者生存"法则）及"垂死阶级和没落民族"。要在现实中实现这些统治法需要的是恐怖和意识形态："这种政府（极权主义政府）的本质是恐怖，它的行动原则是意识形态的逻辑性。"也就是说，极权统治的本质是采取恐怖手段，比如纳粹集中营和斯大林主义的大清洗，而推行恐怖的原动力是意识形态的内在逻辑。

阿伦特说："恐怖即执行运动法则，运动的最终目的不是人的福利或一个人的利益，而是建设人类，为了物种而清除个人，为了'整体'而牺牲'部分'。自然或历史的超人类力量有其自身的开端和终结，因此只有用新的开端和每一个个人实际生命的终结才能阻止这种力量。"这句话道出了极权主义恐怖的血腥：这些运动法则的法律性是在世界上建立公正统治的理论假设，为了整个人类，成文法规定的个人行为对错标准无关紧要。要实现这些法则，有必要对个人进行清除，包括他的生命和自由，为了加速法则的运动，谁成为被害者或是杀人者并不重要。意识形态是执行运动法则的内在逻辑，是"冷冰冰的推理"和"不可抗拒的逻辑力量"，与经验和现实毫无关系。"恐怖破坏了人与人的一切关系，逻辑思维的自我强制破坏了和现实的一切关系"。恐怖使人孤立和孤独，意识形态使人远离真相。

恐怖导致个体的孤立，孤立的标志是无能，即没有行动能力。当孤立的人不再被看作制造工具的人而是劳动的动物时，孤立就变成了孤独，他被物的世界所抛弃，成为无根的多余者。"孤独是恐怖的共同基础，是极权政府的实质"。孤独不同于孤寂，孤寂中我和"自我"可以共处，在有他者认证的情况下可以合二为一，但在抛弃"自我"之时也能变成孤独。孤独令人难以忍受，因为孤独者"失去了可以在孤寂中实现的自我，但是又只能靠同类的信任才能肯定自己的身份"。极权统治还尝试不给他独处的机会，运用摧毁人际关系的一切空间、迫使人们相互反对的方法，消灭孤立的一切生产潜力。因此，孤独者只能被意识形态的内在逻辑所控制，他不仅失去了自我的思维能力，也与经验世界脱离。人类赖以生存的自明之理（比如二加二等于四）已经发挥不了知识的作用，而"开始多产地发展它自己的各种'思想路线'"，比如"二加二等于五"。

　　阿伦特的理论讨论在奥威尔的小说中得到了回应。比如在恐怖层面，小说也谈到思想警察和奥勃良在 101 房间对温斯顿的惩罚等；在意识形态层面有英社、双重思想、新话、黑白颠倒、篡改历史和犯罪停止等。阿伦特细致地区分了孤立、孤寂和孤独。小说中的温斯顿就是这样人物的典型代表。他在电幕监视下通过写日记与他的"自我"进行思想交流，在极权统治的核心部门"真理部"工作的他渴望他者裘丽娅，甚至奥勃良的认同，表达他对自由人类社会的向往。正如他在日记中写道："千篇一律的时代，孤独的时代，老大哥的时代，双重思想的时代，向未来、向过去，向一个思想自由、人们各不相同，但并不孤独生活的时代——向一个真理存在、做过的事不能抹掉的时代致敬。"

　　但是，他对孤独状态的摆脱是短暂的，在极权统治的惩罚下，他认识到"他要想反对党的权力是多么徒劳无益""党是对的。这绝对没有问题，不朽的集体的头脑怎么会错呢"。因此，他写下了

"自由即奴役"和"二加二等于五",他认识到那些假定客观上存在的一个"实际的世界"是不值一驳的"谬论"。这显然是由意识形态的内在逻辑所致,因此大洋国核心党精英如奥勃良等都是具有双重思想的典范。爱情是自由最后的堡垒,但是"我出卖了你,你出卖了我"。最后,"他战胜了自己。他热爱老大哥"。在恐怖和意识形态的共同作用下,极权主义的历史和自然法则取得了胜利。

(六) 极权主义统治的稳定模式

奥威尔在《一九八四》形象地描写了极权主义社会的本质特征和运行机制,这是一个为了恐怖而恐怖,为了权力而权力的"完美"极权主义社会。小说中温斯顿对此的认知分为三个阶段。首先,在真理部记录司工作环境和在电幕监视下生活环境使他产生了反对极权主义统治的个人体验;之后,大洋国核心党精英奥勃良交给他的禁书"把他已经掌握的知识加以系统化";最后,奥勃良对他惩罚不仅让他通晓了极权统治的运行机制(how),更使他理解了极权统治的终极目的(why)。温斯顿这三个阶段的认知可以洞察"完美"极权主义社会稳定的统治模式。

首先,这种稳定模式体现在世界极权主义社会三足鼎立的地理分布和相互依托的紧密关系中。书中描述的世界在 20 世纪中叶分成三个超级大国。其中大洋国由美国控制,包括南北美和大西洋岛屿,英国只不过是其边缘的一个"一号空降场";欧亚国由俄国统治,从葡萄牙到白令海峡,占欧亚大陆的整个北部;第三个东亚国是经过十年混战以后出现的,较其他两国小,占据中国和中国以南诸国、日本各岛和满洲、蒙古、西藏大部,但经常有变化,其西部边界不甚明确。这三个超级大国中任何一国都不可能被任何两国的联盟所打败。欧亚国的屏障是大片陆地,大洋国是大西洋和太平洋,而东亚国是居民的多产和勤劳。三个超级大国之间还有一块四方形的地区,以丹吉尔、布拉柴维尔、达尔文港和香港为四个角,它不属于三国任何一方,为了争夺这个地区,三国不断战争,部分地区不断易手,友敌关系不断改变,但没有一个大国控制过这个地区的全部。三个超级大国的生活方式基本相同。大洋国的统治哲学是"英社原则",欧亚国是"新布尔什维主义",而东亚国的是一个中文名字,翻译成"崇死",但其实是"灭我"。这三种哲学其实很难区分,其社会制度也并无区别,"就像三捆堆在一起的秫秸一样"相互依托,共同构建了世界极权主义统治的稳定模式。

其次,"老大哥""党员"(核心党和外围党)、"无产者"共同组成了极权主义社会稳定而又等级森严的金字塔式结构。大洋国真理部是一个庞大的金字塔式建筑,象征着极权政府政治结构的稳定模式。雄踞金字塔塔尖的是老大哥,他是全能和不朽的,是"爱敬畏"的感情集中点,是极权统治的化身。老大哥之下是核心党,不到百分之二。再之下是外围党。如果说核心党是国家的头脑,外围党则是手。核心党享有少数奢侈条件,外围党虽然没有,但又与"无产者"相比处于类似的优越地位。无产者占百分之八十五的人口,没有机会进入党内。党对他们的口号是"无产者和牲口都是自由的",只需生产低级的色情文学供他们消遣。但在温斯顿看来,只要能够使无产者意识到自己的力量,推翻极权统治的希望就在他们身上。因为在这个底层群体,他们拥有"一个拥抱,一滴眼泪",相互忠诚,充满人性。极权社会这种金字塔式结构正如禁书第一章

"无知即力量"所说，世上有史以来只分为三种人：上等人、中等人和下等人，虽然时代发生变化，但社会基本结构不变，就像陀螺仪一样总会恢复平衡。

再次，极权主义社会的运行机制体现在"战争即和平""无知即力量"和"自由即奴役"三个层次的相互作用。"战争即和平"属于外在力量。三个超级大国之间的战争并没有被征服的威胁，而是位于金字塔的上层为了维护统治的特权，通过战争来消费国内剩余经济和过剩劳动力，不断调动无产者的劳动热情，使其无暇顾及社会不公，从而丧失独立思考能力，达到统治阶级继续剥削的目的。"无知即力量"体现在内在的思想控制层面。上层阶级一是通过"犯罪停止"的内心训练将危险思想的念头（思想罪）扼杀在摇篮；二是通过颠倒"黑白"的训练来篡改历史、忘却过去；三是通过"双重思想"来保持并接受相互矛盾的认识。这思想控制的三部曲使位于塔基的无产者形成了"无知即力量"的意识，并在杜绝独立思考的"新话"和现代科技严密监控的共同作用下，最终接受"自由即奴役"的极权统治。

最后，极权主义社会对反抗者的惩罚分为学习、理解和接受三个阶段，思想改造极其严密和彻底。温斯顿认为党无法控制人的记忆，奥勃良让他"重新学习"。现实存在统治者的头脑之中，统治者的头脑是集体和不朽的，他们认为的真理就是真理，并没有所谓的客观真理。二加二可以等于三，也可以等于四或者五。统治者进行惩罚的目的是解决思想问题，因而不存在成为殉难者的机会。在理解阶段，温斯顿认为统治者渴望权力是因为大多数下层是软弱和怯懦的，在选择自由还是幸福面前通常选择后者。奥勃良告诉他，权力不是手段而是目的，惩罚的目的就是惩罚，权力的目的就是权力。权力不是控制事物，而是控制人，未来的图景就是"一只脚踩在一张人脸上"。不存在什么"人的精神"或者人性。在接受阶段，由于温斯顿内心仍然憎恨老大哥，更没有背叛与裘莉娅的爱情，他被奥勃良带往101房。当他最害怕的老鼠快要撕咬他脸的瞬间，他知道只有转嫁到别人才能拯救自己，那就是裘莉娅。温斯顿的内心已经被攻破，他与裘莉娅的爱情不复存在，他接受了一切，他热爱老大哥。

（七）个体的反抗——记忆

哪里有残暴，哪里就有反抗。极权主义社会的统治模式极其稳定，无懈可击，但是温斯顿作为"最后一位知识分子"，相信个体的反抗可以唤醒尚未觉醒的无产者。小说由三部分组成，代表着温斯顿作为个体反抗极权社会的三部曲：日记、爱情和背叛。日记是对过去，也是留给未来的记忆；爱情是对人性的记忆；背叛是对记忆无情的抹去。

温斯顿认为极权统治可以篡改历史的记载，但无法控制人的记忆。"它是自发的。它独立于一个人之内。你怎么能够控制记忆呢？你就没有能够控制我的记忆！"温斯顿对奥勃良这样说。在奥勃良看来，温斯顿是"最后一个人"，这正是小说的原名。由此可见，温斯顿代表着极权社会的最后一个具有威胁性的"反叛者"，他的反抗武器就是激活储藏在"脑壳里的几个立方厘米"的记忆。这里重点分析"日记"和"黄金乡"两种作为反抗的记忆。

（八）日记

温斯顿的日常工作是篡改历史，但他不具有双重思想，反而有保存历史碎片作为证据的冲动。他也时刻处在电幕和窃听器的监控之下，没有任何的私人空间。他的生活毫无意义，居住的城市满目疮痍，与妻子相处又无法为党完成生育任务。正如前面所说，温斯顿处于极度的矛盾、痛苦和孤独之中，写日记成为他生存的必须，即使他由此犯了思想罪。写日记具有多重目的。第一是记住时间，时间是存在的根本。第二是把"多年来头脑一直想的、无休止的、无穷尽的独白付诸笔墨"。这是与"自我"的交流，为了摆脱孤独。第三是回忆过去。他的信纸是从旧货店买的，使用蘸水笔手写，而非工作用的听写器。他在日记中反复回忆童年时代的伦敦景象和旧时歌谣。

更重要的是，写日记可以引发他对极权社会的沉思。通过沉思，他认为客观真理是存在的，人们应该捍卫常识，比如"石头硬，水湿，悬空的东西掉向地球中心"等显而易见、简单真实的道理。他记下了他的宣言："所谓自由就是可以说二加二等于四的自由。承认这一点，其他一切就迎刃而解。"他在日记中也反复写下他的反抗口号——"打倒老大哥"。

（九）黄金乡

"松软的草地，西斜的阳光将其染成一片金黄色"，这是温斯顿梦境中常常出现的"黄金乡"。这里有草、灌木丛、溪流和鲤鱼，黑发姑娘毫不在乎地扔掉衣服，"好像老大哥、党、思想警察可以这么胳膊一挥就一扫而空似的"。温斯顿念着"莎士比亚"从梦境中醒来，这象征着人性复归的召唤。

这正是后来温斯顿与裘莉娅在乡间牧场第一次做爱的现实场景，满地的风信子和不断吟唱的画眉更增添了生机。这是人与自然完美融合的场景。同时，"睡着的无依无靠的年轻健康的肉体引起了他一种怜悯的、保护的心情"，个人情感的自然流露象征着回归过去那种真正、完善的人类。这是一种"政治行为"，一种"反抗"。

温斯顿所租的小屋成为他们固定的幽会场所，这是黄金乡场景的升华。这里给他有家的感觉，是"过去世界的一块飞地"。爱情的回归带来身体的康复，温斯顿静脉曲张溃疡完全消退。温斯顿与裘莉娅交流着反叛极权社会的经验，一个沉湎抽象的理论归纳，一个是"腰部以下的叛逆"，只对眼下有用的感兴趣。两人的反抗相得益彰。温斯顿从楼下旧货店购买的玻璃镇纸"就是他所在的那间屋子，珊瑚是裘莉娅和他自己的生命，有点永恒地嵌在这个水晶球的中心"，象征着他们此时拥有了过去的美好世界。

爱情的复归带来亲情的复归。在极权社会，家庭实际成了思想警察的帮凶，人际关系发生严重异化。但是当温斯顿醒来，充满泪水地向裘莉娅讲述以往的梦境时，他终于记起他过去与母亲和妹妹分离的场景。母亲为他而牺牲，他反而抢去妹妹的那份巧克力，他为此感到懊悔，这是人性的复归。他清晰地记起母亲用手臂紧紧搂着妹妹的保护动作，这种情感"包含了这个梦的全部意义"。温斯顿相信人性是极权统治攻不破的，他和裘莉娅发誓互不背叛对方。

然而极权主义社会为了权力就是要消灭人性，控制思想。在惩罚面前，人们无法忍受身体和精神的痛苦，他们在危险的瞬间都利用别人作为自己受难的替身，包括帮过自己的人，甚至是自己最爱的人，前者如思想犯"骷髅头的人"对于"没有下巴颏的人"，后者正是温斯顿对于裘莉娅。

当温斯顿和裘莉娅从友爱部被释放出来，他们再次相遇，但黄金乡已不复存在。那里是公园，"草都死了，到处都没有新芽"。他们交臂而过，形同陌路人。他们走在"掉光了叶子的枯丛中间"，寒风刮跑了"发脏的藏红花"。他们的搂抱毫无反应，相互充满了轻蔑和憎恶。温斯顿身体成了骷髅模样，满嘴牙齿都已烂掉。温斯顿再次记忆他的母亲和妹妹，但是却立即把记忆从脑海里排除出去，他相信"这个记忆是假的"。

这正如小说所说"始即是终，终寓于始"，个体似乎注定无法与强大和稳定的极权统治全面对抗。一切都在极权统治的监控之中，日记躲不过电幕，黄金乡隐藏着窃听器。极权社会一切死气沉沉，但充满了肃杀的恐怖。权力控制着现实，谎言变成了真理，思想和记忆被彻底扼杀，个体抵抗不了意识形态的逻辑暴力。但《一九八四》已成为描绘为了权力而权力的完美极权主义社会的经典作品，奥威尔发出的警告无论对于过去、现在还是未来都具有重要的借鉴意义。

（十）精彩点评

1. 住所

四月间，天气寒冷晴朗，钟敲了十三下。温斯顿·史密斯为了要躲寒风，紧缩着脖子，很快地溜进了胜利大厦的玻璃门，不过动作不够迅速，没有能够防止一阵沙土跟着他刮进了门。

　　门厅里有一股熬白菜和旧地席的气味。门厅的一头，有一张彩色的招贴画钉在墙上，在室内悬挂略为嫌大了一些。画的是一张很大的面孔，有一米多宽——这是一个大约四十五岁的男人的脸，留着浓密的黑胡子，面部线条粗犷英俊。温斯顿朝楼梯走去。用不着试电梯，即使最顺利的时候，电梯也是很少开的，现在又是白天停电。这是为了筹备举行仇恨周而实行节约。温斯顿的住所在七层楼上，他三十九岁，右脚脖子上患静脉曲张，因此爬得很慢，一路上休息了好几次。每上一层楼，正对着电梯门的墙上就有那幅画着很大脸庞的招贴画凝视着。这是属于这样的一类画，你不论走到哪里，画面中的眼光总是跟着你。下面的文字说明是：老大哥在看着你。

　　在他住所里面，有个圆润的嗓子在念一系列与生铁产量有关的数字。声音来自一块像毛玻璃一样的椭圆形金属板，这构成右边墙壁的一部分墙面。温斯顿按了一个开关，声音就轻了一些，不过说的话仍听得清楚。这个装置（叫作电幕）可以放低声音，可是没有办法完全关上。他走到窗边。他的身材瘦小纤弱，蓝色的工作服——那是党内的制服——更加突出了他身子的单薄。他的头发很淡，脸色天生红润，他的皮肤由于用粗肥皂和钝刀片，再加上刚刚过去的寒冬，显得有点粗糙。

　　外面，即使通过关上的玻璃窗，看上去也是寒冷的。在下面街心里，阵阵的小卷风把尘土和碎纸吹卷起来，虽然阳光灿烂，天空蔚蓝，可是除了到处贴着的招贴画以外，似乎什么东西都没有颜色。那张留着黑胡子的脸从每一个关键地方向下凝视。在对面那所房子的正面就有一幅，文字说明是：老大哥在看着你。那双黑色的眼睛目不转睛地看着温斯顿的眼睛。在下面街上有另外一张招贴画，一角给撕破了，在风中不时地吹拍着，一会儿盖上，一会儿又露出唯一的一个词儿"英社"。在远处，一架直升机在屋顶上面掠过，像一只蓝色的瓶子似的徘徊了一会，又绕个弯儿飞走。这是警察巡逻队，在伺察人们的窗户。不过巡逻队并不可怕，只有思想警察才可怕。

在温斯顿的身后，电幕上的声音仍在喋喋不休地报告生铁产量和第九个三年计划的超额完成情况。电幕能够同时接收和放送。温斯顿发出的任何声音，只要比极低声的细语大一点，它就可以接收到；此外，只要他留在那块金属板的视野之内，除了能听到他的声音之外，也能看到他的行动。当然，没有办法知道，在某一特定的时间里，你的一言一行是否都有人在监视着。思想警察究竟多么经常，或者根据什么安排在接收某个人的线路，那你就只能猜测了。甚至可以想象，他们对每个人都是从头到尾一直在监视着的。反正不论什么时候，只要他们高兴，他们都可以接上你的线路。你只能在这样的假定下生活——从已经成为本能的习惯出发，你早已这样生活了：你发出的每一个声音，都是有人听到的，你做的每一个动作，除非在黑暗中，都是有人仔细观察的。［奥威尔：《一九八四》，董乐山译，辽宁教育出版社 1998 年版（下同）。第一部分第一章节选］

点　评：

奥威尔作为政治作家，其政治的一面受到过多强调，而作家的一面被极大忽视。有论者甚至认为奥威尔不具有小说家的天赋，因而指责小说中人物类型化，缺少心理描写。不过，这些指责忽略了小说概念的多样性及极权主义背景下人物必然类型化的特点。奥威尔强调政治写作必须是一种艺术。《一九八四》除了是一部经典的政治文献，也是一部经典的文学作品。奥威尔在这里用极短的篇幅描绘了极权主义的现实图景，特别是无时无刻无处不在的老大哥的凝视和电幕的监视让人毛骨悚然。这里的寒风与尘土、没电的电梯、仇恨周、静脉曲张、英社、直升机、思想警察等不仅衬托和渲染了这种恐怖气氛，而且在小说情节发展中发挥着各自的作用。小说中这种电幕的功能与英国哲学家边沁所说的圆形监狱相似，起到更高效、更恐怖的监视作用。我们佩服奥威尔的想象力，试想现在我们的生活到处是电子眼和摄像头，甚至手机也能定位，还有私密空间吗？

2. 双重思想

双重思想意味着在一个人的思想中同时保持并且接受两种相互矛盾的认识的能力。党内知识分子知道自己的记忆应向什么方向加以改变；因此他也知道他是在篡改现实。但是由于运用了双重思想，他也使自己相信现实并没有遭到侵犯。这个过程必须是自觉的，否则就不能有足够的精确性；但也必须是不自觉的，否则就会有弄虚作假的感觉，因此也有犯罪的感觉。双重思想是英社的核心思想，因为党的根本目的就是既要利用自觉欺骗，而同时又保持完全诚实的目标坚定性。有意说谎，但又真的相信这种谎言；忘掉可以拆穿这种谎言的事实，然后在必要的时候又从忘怀的深渊中把事实拉了出来，需要多久就维持多久；否认客观现实的存在，但与此同时又一直把所否认的现实估计在内——所有这一切都是绝对必要的，不可或缺。甚至在使用双重思想这个字眼的时候也必须运用双重思想。

因为你使用这个字眼就是承认你在窜改现实；再来一下双重思想，你就擦掉了这个认识；如是反复，永无休止，谎言总是抢先真理一步。最后靠双重思想为手段，党终于能够抑制历史的进程，而且谁知道呢，也许还有能力继续几千年。

过去所有的寡头政体所以丧失权力，或者是由于自己僵化，或者是由于软化。所谓僵化，就是它们变得愚蠢和狂妄起来，不能适应客观情况的变化，因而被推翻掉。所谓软化，就是它们变得开明和胆怯起来，在应该使用武力的时候却做了让步，因此也被推翻掉了。那就是说，它们丧失权力或者是通过自觉，或者是通过不自觉。而党的成就是，它实行了一种思想制度，能够使两种情况同时并存。党的统治要保持长久不衰，没有任何其他的思想基础。你要统治，而且要继续统治，你就必须有能够打乱现实的意识。因为统治的秘诀就是把相信自己的一贯正确同从过去错误汲取教训的能力结合起来。

不用说，双重思想最巧妙的运用者就是发明双重思想、知道这是进行思想欺骗的好办法的那些人。在我们的社会里，最掌握实际情况的人也是最不是根据实际看待世界的人。总的来说，了解越多，错觉越大；人越聪明，神志越不清醒。关于这一点，有一个明显的例子：你的社会地位越高，战争歇斯底里越甚。对于战争的态度最最近乎理性的是那些争夺地区的附属国人民。在他们看来，战争无非是一场继续不断的灾祸，像潮汐一样在他们身上淹过去又淹过来。哪一方得胜对他们毫无相干。他们只知道改朝换代不过是为新的主子干以前同样的活，新主子对待他们与以前的主子并无差别。我们称为"无产者"的那些略受优待的工人只是偶尔意识到有战争在进行。必要的时候可以驱使他们发生恐惧和仇恨的狂热，但是如果听之任之，他们就会长期忘掉有战争在进行。只有在党内，尤其在核心党内才能找到真正的战争热情。最坚决相信要征服全世界的人，是那些知道这是办不到的人。这种矛盾的、统一的奇怪现象——知与无知，怀疑与狂热——是大洋国社会的主要特点之一。官方的意识形态中充满了矛盾，甚至在没有实际理由存在这种矛盾的地方，也存在这种矛盾。例如，社会主义运动原来所主张的一切原则，党无不加以反对和攻击，但又假社会主义之名，这么做，党教导大家要轻视工人阶级，这是过去好几百年来没有先例的，但是又要党员穿着一度是体力工人才穿的制服，所以选定这种服装也是由于这个缘故。党有计划地破坏家庭关系，但是给党的领导人所起的称呼又是直接打动家庭感情的称呼。甚至统治我们的四个部的名称，也说明有意歪曲事实之厚颜无耻到了什么程度。和平部负责战争，真理部负责造谣，友爱部负责拷打，富裕部负责挨饿。这种矛盾不是偶然的，也不是出于一般的伪善，而是有意运用双重思想。因为只有调和矛盾才能无限止地保持权力。古老的循环不能靠别的办法打破。如果要永远避免人类平等，如果我们所称的上等人要永远保持他们的地位，那么目前的心理状态就必须加以控制。（第二部第九章节选）

点　评：

双重思想是奥威尔讨论极权主义的重要思想贡献，这里的文字对此进行了深入而又形象的阐述。双重思想是极权统治者篡改历史，将谎言变成真理以巩固其极权统治的秘密所在。双重思想不同于我们日常生活中的转念一想。转念一想使我们思考更加缜密，而双重思想是极权统治者愚弄大众的伎俩，并且这种伎俩已成为信仰。正如文中所说，即使提到双重思想这一字眼，也需要再次运用双重思想进行匡正。小说中，大洋国在仇恨周先是宣布同欧亚国作战，但突然又宣布同东亚国作战，与欧亚国是盟友，这时所有仇恨的狂热立即转换了，双重思想可谓运用到了极致。奥威尔的警告或者说反讽策略让我们明白了双重思想只不过是一种"皇帝的新衣"，但是在现实中，我们都或多或少地被套上了双重思想的枷锁。我们明明知道二加二等于四，不等于五，但是有多少人敢于明言？大多数是保持沉默甚至附和谎言。这正是"柏拉图问题"让我们感慨学海无涯，而"奥威尔问题"让我们发现现实有时离真相越来越远。

3. 新话

新话的目的不仅是为英社拥护者提供一种表达世界观和思想习惯的合适的手段，而且也是为了使得所有其他思想方式不可能再存在。这样在大家采用了新话，忘掉了老话以后，异端的思想，也就是违背英社原则的思想，就根本无法思想，只要思想是依靠字句来进行的。至少是这样。新话的词汇只给党员要正确表达的意义一种确切的、有时是非常细微的表达方法，而排除所有其他的意义，也排除用间接方法得出这种意义的可能性。所以能做到这一点，一部分原因是因为创造了新词，但主要是因为废除了不合适的词和消除了剩下的词原有的非正统含义，而且尽可能消除它们的其他歧义。举一个简单的例子。新话中仍保留"free"（自由）一词，但它只能用在下列这样的话中，如"This dog is free from lice"（此狗身上无虱）或"This field is free from weeds"（此田无杂草）。它不能用在

"politically free"（政治自由）或"intellectually free"（学术自由）的原来意义上，因为，政治自由和学术自由即使作为概念也不再存在，因此必然是无以名之的。除了肯定是异端的词要取缔以外，减少词汇数量也被认为是目的本身。凡是能省的词一概不许存在。新话的目的不是扩大而是缩小思想的范围，把用词的选择减少到最低限度间接帮助了这个目的。（附录"新话的原则"节选）

点　评：

上文选自小说附录"新话的原则"。小说前三部分和附录其实不是主体与附录的关系，附录是小说的重要部分，是赛麦与温斯顿讨论新话的系统化，与那本禁书相呼应。根据小说，新话最迟到2050年达到至臻完美，旧话将不见踪影。但需要注意的是，附录的英文在时态上使用的是过去时，这暗示着奥威尔对未来并非悲观绝望，而是发出一个严肃的警告。新话是世界上唯一词汇量逐年减少的语言，其目的是要缩小思想的范围。比如"好"和"坏"这两个词，新话认为没有必要使用"坏"，只需在"好"前面加上否定前缀，这样只有"好"一个字，消解了人的是非判断力和伦理取向。再如文中的"自由"一词，其意义缩减到无法表达"自由"这种思想，以此可以类推"平等"和"博爱"等。奥威尔对语言高度敏感。前面分析了他写作的目的就是为了揭露谎言，谎言即权威话语。奥威尔主张用"像窗户玻璃一样"明澈的语言表达清晰的思想。他深深感慨堕落的语言反映了堕落的社会，语言的状况决定了人的思想状况。我们当前应该高度关注语言，不要人云亦云。语言是社会发展的一个重要指标，它反映这个时代是思想自由的时代还是思想匮乏的时代。

（十一）拓展阅读

优秀译本：

1. ［英］乔治·奥威尔：《一九八四》，董乐山译，辽宁教育出版社 1998 年版。

2. ［英］乔治·奥威尔：《一九八四》，刘绍铭译，北京十月文艺出版社 2010 年版。

研究著作：

1. ［美］阿博特·格里森等：《〈一九八四〉与我们的未来》，董晓洁、侯纬萍译，法律出版社 2013 年版。

2. ［英］乔治·奥威尔：《奥威尔读本》，刘春芳等译，人民文学出版社 2011 年版。

3. ［英］乔治·奥威尔：《奥威尔日记》，彼得·戴维森编，宋金译，上海译文出版社 2014 年版。

4. ［英］乔治·奥威尔：《奥威尔书信集》，甘险峰译，贵州人民出版社 2001 年版。

5. ［英］乔治·奥威尔：《奥威尔文集》，董乐山编译，中国广播电视出版社 1997 年版。

6. ［英］乔治·奥威尔：《政治与文学》，李存捧译，译林出版社 2011 年版。

7. ［美］杰弗里·迈耶斯：《奥威尔传》，孙仲旭译，东方出版社 2003 年版。

论文：

1. 李锋：《从全景式监狱结构看〈一九八四〉中的心理操控》，

《外国文学》2008 年第 6 期。

2. 李零：《读〈动物农场〉（一）、（二）、（三）》，《读书》2008年第 7—9 期。

3. 木然：《双重思想的变奏曲》，《读书》2010 年第 1 期。

（十二）思考探究

1. 如何从奥威尔的创作观理解《一九八四》是对极权主义在世界蔓延的警告？

2. 如何从阿伦特《极权主义的起源》分析小说《一九八四》？

3. 为什么说极权主义社会具有稳定的统治模式？

4. 试从小说中的"黄金乡"意象分析温斯顿作为个体对极权主义社会的反抗。

参考答案：

1. 如何从奥威尔的创作观理解《一九八四》是对极权主义在世界蔓延的警告？

《一九八四》成为西方知识分子政治利用的典型文学文本，对其阐释具有鲜明的意识形态特征，因而存在不少误读，比如指责奥威尔的悲观主义或者他预测的世界与现实不符。《一九八四》与其说是一种预测不如说是一种警告，它警告人们如果不去抗争，世界就会出现极权主义的梦魇。奥威尔在《我为什么要写作》和《作家与利维坦》中集中论述了他积极介入社会、政治与文学相融合的创作观。他还直接表明了创作《一九八四》的目的："我并不认为我所描绘的那种社会一定会出现，但是我认为某些与之类似的事情可能会出现。"奥威尔向我们每个人发出了一个严肃的警告：要警惕和坚定，不要让《一九八四年》中描绘的世界得以实现。

2. 如何从阿伦特《极权主义的起源》分析小说《一九八四》？

阿伦特的《极权主义起源》和《一九八四》都是冷战政治的产物，是西方知识分子对历史和现状的反思。它们的产生虽然是平行的，但在讨论极权主义的起源、本质和运行机制上具有相似性。阿伦特提出极权主义社会是靠恐怖与意识形态维系其统治的，个体在这个社会中是无能和孤独的。《一九八四》中的温斯顿即是这个孤独个体的代表，他的工作和生活被恐怖所笼罩，他随时都会被清洗。他没有独立思考的自由，以双重思想为核心的现实控制制造着谎言，使个体被意识形态逻辑暴力所控制。孤独的温斯顿需要与"自我"交流，渴望得到他者裘莉娅和奥勃良的认同。但是，这种交流和认同在以恐怖和意识形态控制下的极权社会中必然会以失败而告终。

3. 为什么说极权主义社会具有稳定的统治模式？

首先，极权主义已在世界蔓延，形成三足鼎立而又相互依托之势，这就是大洋国、欧亚国和东亚国；其次，极权主义社会的政治结构形成金字塔结构，位于塔尖的是老大哥，其次是核心党，再次是外围党，位于塔基的是占绝大多数人口的无产者，这种基本结构是不会发生本质变化的；再次，极权统治通过外在的"战争即和平"生存模式，内在的"无知即力量"的思想控制，在新话和现代科技严密监控的共同作用下，实现了"自由即奴役"的极权统治，这种统治方式是强大而又无懈可击的。

4. 试从小说中的"黄金乡"意象分析温斯顿作为个体对极权主义社会的反抗。

在小说中，温斯顿通过写日记将自己对极权统治的反抗思想付诸笔墨，这激活了他对过去的记忆。他的梦境反复出现"黄金乡"场景，这个场景象征着人与自然相融合，人类自身的完善和人性的回归。温斯顿与裘莉娅在乡间牧场的第一次约会正是这个场景的现实再现。之后他们所租的房间成了固定的幽会场所，这是这个场景的升华。温斯顿爱情的复归使其成为身心健康的正常人。最后，温斯顿从友爱部被释放出来，他们再次在公园相遇，但彼此冷漠，"黄金乡"不复存在，这标志着温斯顿作为个体反抗极权社会的失败。

二 国内奥威尔主要研究资料

（一）主要期刊论文

1. 20 世纪

50 年代

布鲁克：《赫胥黎：〈美丽的新世界重游记〉》，周煦良译，《现代外国哲学社会科学文摘》1959 年第 10 期。

80 年代

Robert H. Maybury：《本期说明》，田冬冬译，《科学对社会的影响》1983 年第 2 期。

Armelle Gauffenic：《一九八四年：从虚构到现实》，金同超译，《科学对社会的影响》1983 年第 2 期。

Rahat Nabi Khan：《奥威尔对 1984 年的世界的看法》，岳城译，《科学对社会的影响》1983 年第 2 期。

HermannBondi，J. M. Bates：《1984 年：科学对社会的影响》，金同超译，《科学对社会的影响》1983 年第 2 期。

E. 沃尔伯格：《1984 年——当代西方文化研究》，迪超译，《国外社会科学》1984 年第 8 期。

沈恒炎：《〈1984 年〉和西方社会——西方对预言小说〈1984 年〉的评论》，《未来与发展》1985 年第 4 期。

侯维瑞：《试论乔治·奥韦尔》，《外国文学报道》1985 年第 6 期。

短讯，《读书》1985 年第 1 期。

短讯，《读书》1985 年第 8 期。

B. N. 波诺马廖夫：《马克思主义者如何看待人类的未来》，石音译，《国外社会科学》1986 年第 3 期。

方汉泉：《二十世纪英美政治小说初探》，《暨南学报》（哲学社会科学版）1987 年第 1 期。

吴景荣：《论语言的规范和变化》，《外交学院学报》1988 年第 1 期。

肖弓：《新发现的奥威尔戏剧手稿》，《文化译丛》1989 年第 3 期。

王蒙：《反面乌托邦的启示》，《读书》1989 年第 3 期。

90 年代

乔治·格兰：《乌托邦创作》，熊元义译，《文艺研究》1990 年第 6 期。

今弦编译：《朦胧语言——语言的污染》，《世界知识》1990 年第 8 期。

李辉：《乔治·奥维尔与中国》，《读书》1991 年第 11 期。

冯亦代：《奥威尔传》，《读书》1992 年第 7 期。

方航：《奥威尔的政治观及其政治小说》，《暨南学报》（哲学社会科学版）1993 年第 1 期。

吴念：《newspeak，doublespeak 与当今的 – speak 词》，《外语研究》1993 年第 2 期。

赵健雄：《读〈一九八四〉一得》，《读书》1993 年第 3 期。

刘象愚：《反面乌托邦小说简论》，《外国文学研究》1993 年第 4 期。

刘象愚：《奥威尔和反面乌托邦小说》，黄梅主编：《现代主义浪潮下：1914—1945》中国社会科学出版社 1995 年版。

方汉泉：《新现实主义的兴起与社会政治小说的盛行——20 世纪英国文学现象述评之二》，《华南师范大学学报》（社会科学版）1995 年第 4 期。

董乐山：《抗战、欧战、太平洋战争》，《中国翻译》1995 年第 4 期。

张中载：《十年后再读〈1984〉——评乔治·奥威尔的〈1984〉》，《外国文学》1996 年第 1 期。

齐萌：《亨利·米勒与乔治·奥威尔》，《世界文化》1996 年第 3 期。

孙宏：《论阿里斯托芬的〈鸟〉和奥威尔的〈兽园〉对人类社会的讽喻》，《西北大学学报》（哲学社会科学版）1996 年第 3 期。

胡文辉：《1984 爱人同志》，《书屋》1997 年第 1 期。

约翰·多伊尔：丁振祺译：《评"20 世纪最佳读物 100 种"》，《外国文学动态》1997 年第 3 期。

张卫民：《使政治写作成为一种艺术》，《博览群书》1997 年第 12 期。

刘晓文：《乌托邦精神与忧患意识》，《西南民族学院学报》（哲学社会科学版）1998 年第 4 期。

盛宁：《动态》，《外国文学评论》1998 年第 4 期。

朱望：《奥威尔 1984 的创作思想》，《中外文学》1998 年第 10 期。

朱望：《论乔治·奥韦尔〈一九八四〉的创作思想》，《中外文学》1998 年第 12 期。

景凯旋：《毫无目的的残酷》，《书屋》1998 年第 5 期。

C. M. 伍德豪斯：《世界未经承认的立法者　关于〈动物农庄〉》，景凯旋译，《书城》1998 年第 11 期。

潘光威：《乔治·奥威尔和他的政治寓言〈动物农场〉》，《内蒙古教育学院学报》1999 年第 1 期。

朱望：《乔治·奥韦尔的〈一九八四〉与张贤亮系列中篇小说之比较》，《外国文学》1999 年第 2 期。

冉云飞：《批判能手与游戏过客》，《当代文坛》1999 年第 2 期。

潘小松：《董乐山先生学术讨论会侧记》，《美国研究》1999 年第 2 期。

韩加明：《漫谈格林的小说〈问题的核心〉》，《外国文学》1999 年第 5 期。

张秀英、成帅华：《"白领文化"》，《读书》1999 年第 8 期。

2. 2000—2017 年

2000 年

王岚：《〈1984 年〉中人性的探求》，《当代外国文学》2000 年第 4 期。

刘芫信：《现代乌托邦：王小波小说中的个体末世神话》，《浙江学刊》，2000 年第 1 期。

李国涛：《读〈奥威尔经典文集〉》，《中国文化报》2000 年 9 月 5 日第 3 版。

2001 年

黑马：《阶级与文学——闲谈奥威尔、伍尔夫和劳伦斯等》，《译林》2001 年第 5 期。

姜丽，王力：《乔治·奥威尔关于儿童罪恶心理的启示》，《宁夏社会科学》2001 年第 6 期。

2002 年

黑马：《"使政治写作成为一种艺术"——在英国感受奥威尔》，《书屋》2002 年第 1 期。

《今日撄人心者　犹是昨夜钟声〈沉钟译丛〉笔谈》，《博览群书》2002 年第 2 期。

杜心源：《上来透口气》，《中华读书报》2002 年 2 月 27 日。

空草：《奥威尔饱受风雨侵蚀的石雕老人》，《外国文学评论》2002 年第 3 期。

王绍光：《中央情报局与文化冷战》，《读书》2002 年第 5 期。

翁路：《语言的囚笼——〈一九八四〉中极权主义的语言力量》，《乐山师范学院学报》2002 年第 6 期。

王卫东：《孤独的游魂：乔治·奥威尔与帝国主义》，《解放军外国语学院学报》2002 年第 6 期。

2003 年

陈启能：《乔治·奥威尔和卡尔·魏特夫》，《史学理论研究》2003 年第 4 期。

聂素民：《激动的讽刺与平静的讽刺——比较〈格列佛游记〉与〈动物农庄〉的讽刺手法》，《忻州师范学院学报》2003 年第 5 期。

张琼：《〈1984〉——对人类贪欲的警示》，《文艺报》2003 年 8 月 19 日第 4 版。

艾玲：《乔治·奥威尔：集权社会的文学预见者与讽刺者》，《社会科学报》2003 年 9 月 25 日第 6 版。

《乔治·奥威尔是怎样说话的》，《经济观察报》2003 年 12 月 8 日。

无痕：《奥威尔百年后再陷孤独——写在中文版〈奥威尔传〉出版之际》，《深圳商报》2003 年 12 月 27 日。

2004 年

王小梅：《从〈通往维根码头之路〉看奥威尔的政治观》，《外国文学》2004 年第 1 期。

尤泽顺：《乔姆斯基语言研究和政治研究的关系》，《外国语言文学》2004 年第 1 期。

贾福生：《〈1984〉的聚焦分析：自我的追寻与破灭》，《河南大学学报》（社会科学版）2004 年第 3 期。

止庵：《从圣徒到先知——读〈奥威尔传〉》，《博览群书》2004 年第 3 期。

聂素民：《"奥威尔式"艺术研究》，《东华理工学院学报》（社会科学版）2004 年第 4 期。

刘之静：《论贝卡利亚刑法思想中的心理本体》，《人文杂志》2004 年第 4 期。

白立平：《李启纯是梁实秋笔名吗》，《博览群书》2004 年第 4 期。

张献梅：《对中国文学的深刻反思》，《当代作家评论》2004 年第 6 期。

陆建德：《不可缩减的生活》，《中华读书报》2004 年 3 月 24 日。

林贤治：《一代人的冷峻良心》，《中国图书商报》2004 年 7 月 9 日第 B07 版。

2005 年

封宗信：《语言建构与现实主义小说中的真实悖论》，《外语教学》2005 年第 1 期。

黄玲：《自我"凝视"之下生命主体的衰竭——比较〈一九八四〉与〈苍老的浮云〉》，《内江师范学院学报》2005 年第 1 期。

王福湘：《从"黑色幽默"到"反乌托邦"——谈王小波写知识分子的小说》，《肇庆学院学报》2005 年第 1 期。

王小梅：《〈一九八四〉中的男性中心论》，《当代外国文学》2005 年第 3 期。

仵从巨：《中国作家王小波的"西方资源"》，《文史哲》2005年第4期。

龙紫：《苹果在1984》，《21世纪商业评论》2005年第9期。

李辉：《傲然而立　译界之幸》，《中华读书报》2005年3月9日。

雷颐、止庵：《三十年的私人阅读史》，《中华读书报》2005年7月6日第18版。

2006年

张红梅：《智者的寓言——英国动画片〈动物庄园〉》，《吉林艺术学院学报》2006年第1期。

肖丽华：《保护语言　保护我们的家园——读奥威尔的〈一九八四〉》，《世界文化》2006年第1期。

汤晨光：《奥威尔书信中的萧乾》，《民族文学研究》2006年第3期。

汤卫根：《论〈1984年〉中的权力运行机制》，《当代外国文学》2006年第3期。

张广勋、汤卫根：《失败的追寻：乔治·奥威尔的〈1984年〉解读》，《云梦学刊》2006年第3期。

聂素民：《就〈动物农庄〉和〈一九八四〉看奥威尔政治小说的艺术性》，《东华理工学院学报》（社会科学版）2006年第4期。

谭端：《寻找属于苹果的灵魂》，《互联网周刊》2006年第10期。

段怀清：《一代人的冷峻良心：奥威尔的思想遗产》，《社会科学论坛》2006年第5期。

李锋：《在路上：一个特立独行的奥威尔》，《译林》2006年第6期。

林贤治：《奥威尔式的"个人"写作》，《中国图书商报》2006年6月20日第 A04 版。

2007 年

尹锡南：《〈在缅甸的日子〉：乔治·奥威尔质疑帝国及其东方主义话语》，《南亚研究季刊》2007 年第 2 期。

顾馨媛：《读奥威尔〈巴黎伦敦落魄记〉》，《译林》2007 年第 3 期。

陈正伦、汤平：《文化冲击视角下的乔治·奥威尔与〈马拉喀什〉》，《宜宾学院学报》2007 年第 3 期。

郑实：《命运的解析——读奥威尔〈动物农场〉及其他》，《文化月刊》2007 年第 4 期。

孙仲旭：《一本最新出版的〈奥威尔传〉》，《书城》2007 年第 5 期。

张晓鹏：《柏拉图问题（Plato's Problem）还是奥威尔问题（Orwell's Problem）——对第二语言习得的重新审视》，《和田师范专科学院学报》（汉文综合版）2007 年第 5 期。

曹丹丹：《乔治·奥威尔——充满矛盾的社会主义者》，《徐州工程学院学报》2007 年第 7 期。

赵国新：《英国左派读书俱乐部的兴衰》，《读书》2007 年第 10 期。

邴瑄：《"人"的消解——解读〈一九八四〉》，《名作欣赏》2007 年第 18 期。

徐迅雷：《缅甸：奥威尔如果不是回忆——小说〈缅甸岁月〉侧记》，《观察与思考》2007 年第 22 期。

俞晓群：《美妙的乌托邦　丑陋的乌托邦》，《辽宁日报》2007年6月22日第10版。

柳青：《作为读者的奥威尔——有关〈英国式谋杀的衰落〉》，《文汇报》2007年12月15日第7版。

2008 年

聂素民：《从〈一九八四〉看极权主义的"反常化"》，《世界文学评论》2008年第1期。

潘一禾：《小说中的政治世界——乔治·奥威尔〈动物庄园〉的一种诠释》，《宁波大学学报》（人文科学版）2008年第2期。

梁道华：《〈动物农场〉中两条被篡改戒律的译法比较》，《南通航运职业技术学院学报》2008年第3期。

陈勇：《试论乔治·奥威尔与殖民话语的关系》，《外国文学》2008年第3期。

鲍东梅：《对土地的眷恋·对自由的向往——〈动物农场〉与〈生死疲劳〉比较》，《时代文学》2008年第4期。

翟崑：《缅甸：赎罪与拯救》，《世界知识》2008年第4期。

单波、李加莉：《奥威尔问题统摄下的媒介控制及其核心问题》，《上海大学学报》（社会科学版）2008年第4期。

董英：《〈1984〉中的女性形象探析》，《湖南工业大学学报》（社会科学版）2008年第6期。

李锋：《从全景式监狱结构看〈一九八四〉中的心理操控》，《外国文学》2008年第6期。

李锋：《当代西方的奥威尔研究与批评》，《国外理论动态》，2008年第6期。

李零：《读〈动物农场〉（一）》，《读书》2008 年第 7 期。

李零：《读〈动物农场〉（二）》，《读书》2008 年第 8 期。

李零：《读〈动物农场〉（三）》，《读书》2008 年第 9 期。

吴佩君：《乔治·奥威尔在中国》，《作家杂志》2008 年第 11 期。

田俊武、唐博：《奥威尔〈1984〉的空间解读》，《名作欣赏》2008 第 12 期。

张丽华：《斯德哥尔摩综合症罹患者的天堂——从乔治·奥威尔的未来世界到托尼·莫里森的精神乐园》，《名作欣赏》2008 年第 22 期。

李大光：《乔治·奥威尔：不为中国人熟知的经典》，《科学时报》2008 年 7 月 10 日第 B02 版。

2009 年

余世存：《奥威尔的意义》，《时代教育（先锋国家历史)》2009 年第 1 期。

赵守清：《语言与现实——析 20 世纪前期英国作家对现实的不同看法》，《解放军艺术学院学报》2009 年第 2 期。

王晓华：《奥威尔研究中的不足》，《东岳论丛》2009 年第 3 期。

王晓华：《乔治·奥威尔反极权主义思想的文化解读》，《山东社会科学》2009 年第 4 期。

杨光祖：《迟到的阅读》，《作品》2009 年第 4 期。

杨炳菁：《解读〈1Q84〉的奇妙世界》，《外国文学动态》2009 年第 5 期。

章立凡：《漫长的 1984：窃听风暴结束了吗》，《杂文选刊》2009 年第 7 期（上）。

南方朔：《奥威尔的"怜悯和死亡"》，《书城》2009 年第 9 期。

止庵：《从〈一九八四〉到〈美丽新世界〉》，《出版广角》2009 年第 9 期。

高媛：《反乌托邦的科幻电影》，《大众电影》2009 年第 10 期。

朱伟一：《寓言中的资本市场》，《博览群书》2009 年第 10 期。

唐师曾：《寻书》，《全国新书目·新书导读》2009 年第 17 期。

冯翔：《董乐山在"1984"》，《南风窗》2009 年第 23 期。

康慨：《美国汉学家华志坚：鲁迅是中国的奥威尔》，《中华读书报》2009 年 12 月 2 日第 4 版。

2010 年

木然：《双重思想的变奏曲》，《读书》2010 年第 1 期。

尚杰：《媒介即信息——以及悲壮的"娱乐至死"时代》，《北京邮电大学学报》（社会科学版）2010 年第 2 期。

范祖承：《试论权力体系对反叛的非统治精英的同化——〈西游记〉和〈动物庄园〉主题之比较》，《长春大学学报》2010 年第 3 期。

朱平：《绝望还是希望？——〈一九八四〉中的反抗策略及局限》，《解放军外国语学院学报》2010 年第 6 期。

徐迅雷：《从〈1984〉到〈1Q84〉》，《观察与思考》2010 年第 8 期。

谢珊：《〈动物庄园〉与〈秧歌〉之比较研究》，《怀化学院学报》2010 年第 8 期。

许卉艳：《奥威尔〈动物农庄〉在中国大陆的翻译出版与展望》，《时代文学》（下半月）2010 年第 8 期。

赵亮：《从"1984"到"1Q84"》，《神州》2010 年第 9 期。

刘晓东：《论"奥威尔问题"》，《学术界》2010 年第 11 期。

许淑芳：《弗洛里的"胎记"与殖民话语批判——奥威尔小说〈缅甸岁月〉解读》，《名作欣赏》2010 年第 18 期。

2011 年

丁卓：《〈1984〉的空间解读》，《东北师大学报》（哲学社会科学版）2011 年第 2 期。

罗良清：《人类的囚笼：乔治·奥威尔的寓言式小说》，《当代文坛》2011 年第 3 期。

许卉艳：《奥威尔〈一九八四〉在中国的翻译与出版》，《名作欣赏》2011 年第 5 期。

王晓华：《论作为人道主义者的奥威尔》，《社会科学辑刊》2011 年第 5 期。

王晓华：《奥威尔殖民话语研究》，《时代文学（上半月）》，2011 年第 12 期。

王晓华：《奥威尔创作中大众传媒主题解读》，《山东社会科学》，2011 年第 12 期。

王晓华：《奥威尔文学创作思想探源》，《学术论坛》，2011 年第 12 期。

王俊、程丽蓉：《反乌托邦与解乌托邦——〈白银时代〉与〈1984〉的比较研究》，《鸡西大学学报》2011 年第 6 期。

徐贲：《警惕道德完美主义的陷阱——乔治·奥威尔的启示》，《南风窗》2011 年第 10 期。

李锋：《奥威尔小说〈缅甸岁月〉中的种族政治》，《英美文学研究论丛》2011 年第 2 期。

李伟长：《作为评论家的奥威尔》，《社会观察》2011 年第 11 期。

聂素民：《奥威尔小说叙事艺术的伦理意蕴》，《世界文学评论》2011 年第 2 期。

杨敏：《穿越语言的透明性——〈动物农场〉中语言与权力之间关系的阐释》，《外国文学研究》2011 年第 6 期。

2012 年

张德明：《狄更斯的绅士情结》，《浙江工商大学学报》2012 年第 5 期。

聂素民：《论奥威尔小说的身体叙事及其价值》，《江汉论坛》2012 年第 4 期。

陈勇：《新世纪以来西方奥威尔研究综述》，《佳木斯大学社会科学学报》，2012 年第 4 期。

陈勇：《关于国内对乔治·奥威尔研究的述评——以 20 世纪 50—90 年代的研究为据》，《安顺学院学报》2012 年第 3 期。

陈勇：《新世纪以来国内乔治·奥威尔研究综述》，《兰州学刊》2012 年第 8 期。

陈勇、葛桂录：《奥威尔与萧乾、叶公超交游考》，《新文学史料》2012 年第 4 期。

张俊美：《王小波与乔治·奥威尔的反面乌托邦写作》，《三明学院学报》2012 年第 3 期。

王永全：《〈一九八四〉和〈动物农场〉哥特式元素的异质性》，《湖南科技学院学报》2012 年第 5 期。

2013 年

聂素民：《论〈巴黎伦敦落魄记〉中的伦理思想》，《文艺理论与批评》2013 年第 2 期。

瘦竹：《极权主义灾难的重演与预演》，《中国图书评论》2013 年第 3 期。

王伟：《历史叙述的限度》，《粤海风》2013 年第 1 期。

李泉、冯文坤：《乔治·奥威尔：一名政治作家的思想探寻》，《当代文坛》2013 年第 2 期。

黎新华：《文学与政治的变奏——论奥威尔的文学观及其政治性写作》，《河北大学学报》（哲学社会科学版）2013 年第 2 期。

王晓华：《英国左翼运动与奥威尔文学创作》，《山东社会科学》2013 年第 12 期。

吴子林：《"奥威尔问题"——汉语文学之语言问题的断想》，《小说评论》2013 年第 6 期。

李零：《电视断想：斯诺登、奥威尔和西班牙内战》，《读书》2013 年第 9 期。

林秋雯：《〈一九八四〉与〈1Q84〉的文学手法分析》，《广东外语外贸大学学报》2013 年第 6 期。

张磊：《一个数学公式的文学旅行——从〈地下室手记〉到〈1984〉》，《俄罗斯文艺》2013 年第 3 期。

谯莉：《权力与语言之共生现象研究——以〈动物庄园〉中"声响器"的权力话语为例》，《外国语文》2013 年第 4 期。

2014

陈勇：《国内赛珍珠和萧乾研究未发现的两则乔治·奥威尔书

评》,《江苏大学学报》(社会科学版) 2014 年第 2 期。

陈勇:《"真相的政治"——论莱昂内尔·特里林的奥威尔批评》,《外国文学评论》2014 年第 2 期。

陈勇:《乔治·奥威尔作品中的中国形象》,《英美文学研究论丛》2014 年春。

葛菁菁:《村上春树〈1Q84〉的互文性解读》,《名作欣赏》2014 年第 21 期。

张加生、王卫东:《论〈动物庄园〉的叙事艺术》,《西安外国语大学学报》2014 年第 4 期。

陈家琪:《一律平等与更加平等——再读〈动物庄园〉》,《书城》2014 年第 8 期。

2015 年

支运波、刘莉:《生命的惩戒、治理与生存的美学——读奥威尔的〈一九八四〉》,《中南大学学报》(社会科学版) 2015 年第 6 期。

丁卓:《永远"在路上"的身份构建——对奥威尔〈牧师的女儿〉的解读》,《东北师大学报》(哲学社会科学版) 2015 年第 2 期。

鲍成莲:《乔治·奥威尔小说的叙事话语——以〈一九八四〉的叙事分析为例》,《云南大学学报》(社会科学版) 2015 年第 5 期。

陈勇:《奥登诗人团体与乔治·奥威尔》,《温州大学学报》(社会科学版) 2015 年第 5 期。

支运波:《〈一九八四〉似是而非的政治态度》,《常州大学学报》(社会科学版) 2015 年第 6 期。

胡洪侠:《台湾的〈一九八四〉》,《读书》2015 年第 4 期。

陈兵、陈璟鸿:《失败的表演——〈缅甸岁月〉中弗洛里的悲剧命运探析》，《外语研究》2015 年第 3 期。

2016 年

许志强：《乔治·奥威尔：潦倒巴黎伦敦》，《书城》2016 年第 5 期。

黄曦：《〈1984〉与〈2010〉的比较研究》，《成都大学学报》（社会科学版）2016 年第 6 期。

李锋：《论"反乌托邦三部曲"中的社会权力机制》，《华中科技大学学报》（社会科学版）2016 年第 3 期。

顾奎：《扭曲叙事策略下的殖民者形象——以〈缅甸岁月〉为例》，《江淮论坛》2016 年第 3 期。

毛皓强：《一种新的视角看〈动物农庄〉——从霍布斯的"自然状态"理论看"动物农庄"成立及变质的合理性》，《法制博览》2016 年第 19 期。

2017 年

武新军：《关于革命历史叙述的几个问题——从奥威尔〈动物农场〉到墨白〈风车〉》，《文艺争鸣》2017 年第 5 期。

陈磊：《〈一九八四〉的记忆政治》，《宁波大学学报》（人文科学版）2017 年第 1 期。

支运波：《生命政治与〈一九八四〉》，《四川师范大学学报》（社会科学版）2017 年第 4 期。

支运波：《政治生命与生物生命：〈一九八四〉的两种生命形式》，《上海对外经贸大学学报》2017 年第 2 期。

支运波：《权力之眼与可视的身体：〈一九八四〉政治与身体的

互文性解读》,《外国语文》2017 年第 1 期。

支运波:《〈一九八四〉的后人类生命政治解读》,《中国海洋大学学报》(社会科学版) 2017 年第 2 期。

廖衡:《亦真亦幻"黄金乡"——论〈一九八四〉中的田园主题》,《湖北社会科学》2017 年第 1 期。

韩利敏:《论乔治·奥威尔小说中的怀旧情结》,《河南理工大学学报》(社会科学版) 2017 年第 1 期。

(二) 博士学位论文

王小梅:《女性主义重读乔治·奥威尔》,北京外国语大学,2004 年。

李锋:《乔治·奥威尔作品中的权力关系》,南京大学,2007 年。

王晓华:《乔治·奥威尔创作主题研究》,山东大学,2009 年。

许淑芬:《肉身与符号——乔治·奥威尔小说的身体阐释》,浙江大学,2011 年。

陈勇:《奥威尔批评的思想史语境阐释——以 20 世纪英美知识分子团体为中心》,福建师范大学,2013 年。

丁卓:《乔治·奥威尔三十年代小说研究 (1934—1939)》,吉林大学,2015 年。

三 国内奥威尔主要译介资料

乔治·奥威尔:《缅甸射象记》,金东露译,《大陆》1941 年第 5—6 期。

乔治·奥威尔:《缅甸射象记》,昔仕译,《太平洋月刊》1947 年第 1 卷第 1 期。

乔治·奥威尔：《动物农庄》，任稺羽译，商务印书馆 1948 年版。

乔治·奥威尔：《1984 年》，董乐山译，《国外作品选译》1979 年第 4—6 期，外文出版局研究室（内部发行）。

乔治·奥威尔：《一九八四》，董乐山译，花城出版社 1985 年版（内部发行）。

乔治·奥威尔：《我为什么写作》，王斑译，《外国文学》1986 年第 10 期，第 87—90 页。

乔治·奥威尔：《一九八四》，董乐山译，花城出版社 1988 年版。

乔治·奥威尔：《动物农庄》，景凯旋译，《小说界》1988 年第 6 期，第 171—198 页

乔治·奥威尔：《动物农庄》，龚志成译，《译海》，1988 年第 4 期，花城出版社。

乔治·奥威尔：《动物庄园：一个神奇的故事》，张毅、高孝先译，上海人民出版社 1988 年版。

乔治·奥威尔：《动物农场：一个童话》，方元伟译，上海翻译出版公司，1989 年版。

乔治·奥威尔：《关于无产阶级文学》，黄源深译，《文艺理论研究》1989 年第 4 期。

乔治·奥威尔：《奥威尔文集》，董乐山编译，中国广播电视出版社 1997 年版。

乔治·奥威尔：《一九八四》，董乐山译，辽宁教育出版社 1998 年版。

乔治·奥威尔：《奥威尔经典文集》，黄磊译，中国华侨出版社

2000 年版。

乔治·奥威尔：《动物庄园》，张毅、高孝先译，上海人民出版社 2000 年版。

乔治·奥威尔：《动物农庄》，刘子刚、许卉艳注译，中国致公出版社 2000 年版。

乔治·奥威尔：《一九八四》，刘子刚、许卉艳译，中国致公出版社，2001 年版。

乔治·奥威尔：《奥威尔书信集》，甘险峰译，贵州人民出版社 2001 年版。

乔治·奥威尔：《向加泰罗尼亚致敬》，许卉艳、王红梅、陈永生等译，中国致公出版社 2002 年版。

乔治·奥威尔：《一九八四、上来透口气》，孙仲旭译，译林出版社 2002 年版。

乔治·奥威尔：《一九八四》，藤棋、金滕译，中国戏剧出版社 2002 年版。

乔治·奥威尔：《战时日记》，孙宜学译，广西师范大学出版社 2003 年版。

乔治·奥威尔：《动物农庄》，李立玮译，中国社会科学出版社 2003 年版。

杰弗里·迈耶斯：《奥威尔传》，孙仲旭译，东方出版社 2003 年版。

乔治·奥威尔：《一九八四 动物农场》，董乐山、傅惟慈译，上海译文出版社 2003 年版。

George Orwell：《巴黎伦敦流浪记》，朱乃长译，书林出版有限公司 2003 年版。

乔治·奥威尔：《一脸猪相》，于海生译，人民日报出版社 2004 年版。

乔治·奥威尔：《一九八四》，思马得学校改写，上海世界图书出版公司 2004 年版。

乔治·奥威尔：《动物庄园》（注音彩绘本），樊兴惠改编，海燕出版社 2004 年版。

乔治·奥威尔：《动物庄园》（彩色插画本），肖遥译，中国妇女出版社 2005 年版。

乔治·奥威尔：《巴黎伦敦落魄记》，胡仁鹏译，江苏人民出版社，2006 年。

乔治·奥威尔：《政治与英语》，郭妍俪译，江苏教育出版社，2006 年。

乔治·奥威尔：《向加泰罗尼亚致敬》，李华、刘锦春译，江苏人民出版社，2006 年。

乔治·奥威尔：《类人孩：〈动物庄园〉另类解读》，余世存、赵华、何忠洲译解，珠海出版社 2007 年版。

D. J. 泰勒：《奥威尔传》，吴远恒、王治琴、刘彦娟译，文汇出版社 2007 年版。

乔治·奥威尔：《动物农场》，荣如德译，上海译文出版社 2007 年版。

乔治·奥威尔：《我为什么要写作》，董乐山译，上海译文出版社 2007 年版。

乔治·奥威尔：《英国式谋杀的衰落》，董乐山译，上海译文出版社 2007 年版。

乔治·奥威尔:《缅甸岁月》,李锋译,南京大学出版社 2007 年版。

乔治·奥威尔:《我为什么写作》,刘沁秋、赵勇译,南京大学出版社 2008 年版。

乔治·奥威尔:《一九八四·动物农场》,孙仲旭译,译林出版社 2008 年版。

乔治·奥威尔:《动物庄园》,隗静秋译,上海三联书店 2009 年版。

乔治·奥威尔:《一九八四》,刘绍铭译,北京十月文艺出版社 2010 年版。

乔治·奥威尔:《巴黎伦敦落魄记》,孙仲旭译,译林出版社 2010 年版。

乔治·奥威尔:《一九八四》,富强译,群言出版社 2010 年版。

乔治·奥威尔:《动物庄园》,王勋、纪飞等编译,清华大学出版社 2010 年版。

乔治·奥威尔:《一九八四》,王勋、纪飞等编译,清华大学出版社 2010 年版。

乔治·奥威尔:《奥威尔文集》,董乐山译,中央编译出版社 2010 年版。

乔治·奥威尔:《政治与文学》,李存捧译,译林出版社 2011 年版。

乔治·奥威尔:《动物庄园》,李立玮译,百花洲文艺出版社 2011 年版。

乔治·奥威尔:《奥威尔读本》,刘春芳等译,人民文学出版社

2011 年版。

乔治·奥威尔:《奥威尔散文》,刘春芳、高新华译,人民文学出版社 2011 年版。

乔治·奥威尔:《动物庄园·1984 》,呼天琪译,哈尔滨出版社 2011 年版。

乔治·奥威尔:《一九八四》,周静译,长江文艺出版社 2011 年版。

乔治·奥威尔:《一九八四》,林敏译,中国华侨出版社 2011 年版。

乔治·奥威尔:《一九八四动物庄园》,盛世教育西方名著翻译委员会译,上海世界图书出版公司 2011 年版。

乔治·奥威尔:《一九八四》,林东泰译,中国画报出版社 2011 年版。

乔治·奥威尔:《动物农庄》,李美华译,人民文学出版社 2012 年版。

乔治·奥威尔:《一九八四》,唐建清译,人民文学出版社 2012 年版。

道洛什·久尔吉:《1985》,余泽民译,上海人民出版社 2012 年版。

乔治·奥威尔:《一九八四》(英文注释版),马祖琼、丁雅娟译,中国宇航出版社 2012 年版。

乔治·奥威尔:《动物农场》,王林之译,中国致公出版社 2012 年版。

乔治·奥威尔:《动物庄园》(译美文),张保红译,天津人民出版社 2012 年版。

乔治·奥威尔：《动物庄园》，刘志权译，江苏文艺出版社2012年版。

乔治·奥威尔：《动物农场》，姜希颖译，中国画报出版社2013年版。

乔治·奥威尔：《动物农场》，李继宏译，天津人民出版社2013年版

乔治·奥威尔：《动物农庄》（世界文学名著青少版经典名著），李美华译，上海文艺出版社2013年版。

阿博特·格里森等：《〈一九八四〉与我们的未来》，董晓洁、侯纬萍译，法律出版社，2013年版。

乔治·奥威尔：《动物农庄（中英双语）》，任穉羽译，华中师范大学出版社2013年版。

押沙龙：《冷峻的良心：奥威尔传》，中国友谊出版公司2013年版。

乔治·奥威尔：《一九八四》（经典权威译本），柳青译，吉林出版集团有限公司2013年。

乔治·奥威尔：《一九八四》（插图注释全本），孙怡、魏芳芳、王元欣译，世界图书出版公司2013年版。

乔治·奥威尔：《一九八四》（插图珍藏版），晏天译，江苏文艺出版社2013年版。

乔治·奥威尔：《动物庄园》（插图典藏版），赵润译，江苏文艺出版社2013年版。

聂素民：《伦理诉求和政治伦理批判——奥威尔小说研究》，浙江大学出版社2014年版。

顾奎：《叶兰在空中飞舞》，云南人民出版社2014年版。

苏福忠：《一九八四》，陕西师范大学出版社 2014 年版。

乔治·奥威尔：《奥威尔日记》，上海译文出版社 2014 年版。

王国平：《牧师的女儿》，云南人民出版社 2014 年版。

乔治·奥威尔：《缅甸岁月》，王如月译，云南人民出版社 2014 年版。

乔治·奥威尔：《奥威尔作品集》（精装四卷本：《动物农庄》《一九八四》《在鲸腹中》《狮子与独角兽》），陈枻樵、徐立妍、董乐山等译，北京燕山出版社 2015 年版。

乔治·奥威尔：《动物农场》，苏福忠译，中国友谊出版公司 2015 年版。

乔治·奥威尔：《动物农场》，李继宏译，天津人民出版社 2015 年版。

乔治·奥威尔：《奥威尔信件集》，李莉等译，华中科技大学出版社 2016 年版。

乔治·奥威尔：《通往维根码头之路》，郑梵等译，华中科技大学出版社 2016 年版。

艾玛·拉金：《寻找乔治·奥威尔：重走奥威尔的缅甸之路》，王晓渔译，中央编译出版社 2016 年版。

乔治·奥威尔：《巴黎伦敦冒险记》，田伟华译，辽宁人民出版社 2017 年版。

乔治·奥威尔：《巴黎伦敦落魄记》，陈超译，上海译文出版社 2017 年版。

乔治·奥威尔：《通往威根码头之路》，陈超译，上海译文出版社 2017 年版。

乔治·奥威尔:《向加泰罗尼亚致敬》,陈超译,上海译文出版社 2017 年版。

四　西方奥威尔研究资料编年

(一) 评论

1. 20 世纪

30 年代

Connolly, Cyril. *Enemies of Promise*. Harmondsworth: Penguin Books, 1961. (1938)

40 年代

Forster, E. M.. *Talking to India*. London: George Allen & Unwin Ltd. , 1943

Phelps, Gilbert, British Broadcasting Corporation, eds. *Living Writers: Being Critical Studies Broadcast in the B. B. C. Third Program*. London: Sylvan Press, 1947: 106 – 115.

50 年代

World Review. June, 1950.

West, Antbony. *Principles and Persuasions: The Literary Essays of Anthony West*. New York: Harcourt, Brace and Company, 1951.

Forster, E. M.. *Two Cheers for Democracy*. Harmondsworth: Penguin Books Ltd. , 1972 (1951), 75 – 78.

Lewis, Wyndham. *The Writer and the Absolute*. London: Methuen &

Co. Ltd. , 1952: 153 – 193.

Hopkinson, Tom. *George Orwell*. London: Longmans, Green & Co Ltd. , 1965. (1953)

Brander, Laurence. *George Orwell*. London: Longmans, Green & Co Ltd. , 1954.

Atkins, John. *George Orwell: A Literary Study*. London: John Calder Ltd. , 1954.

Trilling, Lionel. *The Opposing Self: Nine Essays in Criticism*. New York: The Viking Press, 1955.

Deutscher, Isaac. *Heretics and Renegades: And Other Essays*. London: Hamish Hamilton Ltd. , 1955.

Hollis, Christopher. *A Study of George Orwell: The Man and His Works*. London: Hollis and Carter, 1956.

Orwell, George. *The Orwell Reader: Fiction, Essays, and Reportage*. New York: Harcourt, Brace and Company, 1956.

Russell, Bertrand. *Portraits From Memory and Other Essays*. London: George Allen & Unwin LTD, 1956, 203 – 210.

Hoggar, Richard. *The Use of Literacy*. New Brunswick: Transaction Publishers, 1998. (1957)

Amis, Kingsley. *Socialism and the Intellectuals*. London: Devonport Pr. , 1957.

60 年代

<u>1960</u>

Heppenstall, Rayner. *Four Absentees*. London: the Penguin

Group, 1960.

Howe, Irving. *Politics and the Novel.* New York: Meridian Books, Inc. , 1960: 235 – 251.

Thompson, E. P. *Out of Apathy*, London: Stevens & Sons Ltd. , 1960.

Warburg, Fredric. *An Occupation for Gentlemen.* Boston: Houghton Mifflin Company, 1960.

1961

Rees, Richard. *George Orwell: Fugitive from the Camp of Victory.* Carbondale: Southern Illinois UP, 1962. (1961)

Voorhees, Richard J. . *The Paradox of George Orwell.* West Lafayette, IN: Purdue UP, 1961.

1962

Karl, Frederick R. . *A Reader's Guide to the Contemporary English Novel.* Beijing: Foreign Language Teaching and Research Press/Farrar, Straus & Giroux, LLC, 2005. (1962)

Zeke, Zoltan G. and William White. *George Orwell: A Selected Bibliography.* Boston: Boston Linotype Print, 1962.

Strachey, John. *The Strangled Cry and Other Unparliamentary Papers.* New York: William Sloane Associates, 1962.

Mander, John. *The Writer and Commitment.* Philadelphia, Pa. : Dufour Editions, 1962.

1963

Howe, Irving. *Orwell's Nineteen Eighty – four: Text, Sources, Criti-*

cism. New York: Harcourt, Brace & World, Inc. , 1963.

William, Raymond. *Culture and Society* 1780—1950. Harmondsworth: Penguin Books Ltd. , 1963: 276 – 284.

Wain, John. *Essays on Literature and Ideas.* Lodnon: Macmillan and Co Ltd. , 1963: 180 – 213.

1965

Ranald, Ralph. *George Orwell's Animal Farm.* New York: Monarch Press, 1965.

Ranald, Ralph. *George Orwell's* 1984. New York: Monarch Press, 1965.

Thomas, Edward M. . *Orwell.* Edinburgh: Oliver and Boyd Ltd. , 1965.

Greenblatt, Stephen Jay. *Three Modern Satirists: Waugh, Orwell, and Huxley.* New Haven and London: Yale UP, 1965.

Notes on George Orwell's Animal Farm. London: Methuen & CO LTD, 1965.

1966

Woodcock, George. *The Crystal Spirit: A Study of George Orwell.* New York: Schocken Books, 1984. （1966）

Symons, Julian. *Critical Occasions.* London: Hamish Hamilton, 1966, 55 – 60.

1967

Oxley, B. T. . *George Orwell.* London: Evans Brothers Ltd. , 1967.

O'Brien, Conor Cruise. *Writers and Politics.* New York: Vintage Books, 1967: 31 – 35.

1968

Calder, Jenni. *Chronicles of Conscience: A Study of George Orwell and Arthur Koestler.* London: Martin Secker & Warburg Ltd. , 1968.

1969

Alldritt, Keith. *The Making of George Orwell: An Essay in Literary History.* London: Edward Arnold Ltd. , 1969.

Left, Ruth Ann. *Homage to Oceania: The Prophetic Vision of George Orwell.* Columbus: Ohio State UP, 1969.

70 年代

1970

Lee, Robert A. . *Orwell's Fiction.* London: University of Notre Dame Press, 1970

Eagleton, Terry. *Exiles and Émigrés: Studies in Modern Literature.* London: Chatto & Windus, 1970: 71 – 107

Jelinek, Hena Maes. *Criticism of Society in the English Novel Between the Wars.* Paris: Société d'editions "Les Belles lettres", 1970: 337 – 402.

Hagarty, A. W. . *The Conical Bite: Swift's Influence on Orwell.* Thesis: Univ. of Dublin, 1970.

McCarthy, Mary. *The Writing on the Wall and Other Literary Essays.* New York: Harcourt, Brace & World, Inc. , 1970.

1971

Gross, Miriam, ed. . *The World of George Orwell.* New York: Simon and Schuster, 1971.

Williams, Raymond. *George Orwell.* New York: The Viking

Press, 1971.

Hynes, Samuel. ed. . *Twentieth Century Interpretations of* 1984: *A Collection of Critical Essays.* Englewood Cliffs: Prentice – Hall, Inc. , 1971.

1972

Kubal, David L. . *Outside the Whale: George Orwell's Art & Politics.* Notre Dame: University of Notre Dame Press, 1972.

Mueller, William R. . *Celebrations of Life: Studies in Modern Fiction.* New York: Sheed & Ward, 1972.

1973

Kalechofsky, Roberta. *George Orwell.* New York: Frederick Ungar Publishing Co. , 1973.

Concannon, Gerald J. . *The Development of George Orwell's Art.* New York: Revisionist Press, 1973.

Smart, William. *Eight Modern Essayists.* New York: St. Martin's Press, 1973.

Ringbom, Håkan. *George Orwell As an Essayist: A Stylistic Study,* Vol. 44. Abo: Abo Akademi, 1973.

Warburg, Fredric. *All Authors Are Equal.* London: Hutchinson & CO LTD, 1973.

1974

Williams, Raymond. ed. *George Orwell: A Collection of Critical Essays.* Englewood Cliffs: Prentice – Hall, Inc. , 1974.

Zwerdling, Alex. *Orwell and the Left.* New Haven and London: Yale

UP, 1974.

Buddicom, Jacintha. *Eric & Us: A Remembrance of George Orwell*. London: Leslie Frewin Publishers Ltd. , 1974.

Paley, Alan L. *George Orwell: Writer and Critic of Modern Society*. New York: Samhar Press, 1974.

Sandison, Alan. *The Last Man in Europe: An Essay on George Orwell*. London and Basingstoke: the Macmillan Press Ltd. , 1974.

Bloom, Harold, ed. . *George Orwell's Animal Farm*. Broomall: Chelsea House Publishers, 1974.

Panichas, George A. , ed. . *The Politics of Twentieth – Century Novelists*. New York: Thomas Y. Crowell Company, 1974: 85 – 99. (1971)

1975

Small, Christopher. *The Road to Miniluv: George Orwell, the State, and God*. Pittsburgh: the University of Pittsburgh Press, 1976. (1975)

Steinhoff, William. *George Orwell and the Origin of 1984*. Ann Arbor: The University of Michigan Press, 1975.

Meyers, Jeffrey. *George Orwell: Critical Heritage*. London: Routledge, 1975.

Harris, Harold, ed. . *Astride the Two Cultures: Arthur Koestler at 70*. London: Hutchinson & Co Ltd. , 1975: 149 – 161.

Boyson, Rhodes, ed. . *1985: An Escape from Orwell's 1984*. Enfild: Churchill Press Limited, 1975.

Modern Fictions Studies, 21: 1 (1975: Spring) .

1976

Baker, I. L. . *Brodie's Notes on George Orwell's Animal Farm*. London: Pan Books Ltd. , 1976.

Calder, Jenni. *Huxley and Orwell: Brave New World and Nineteen Eighty – Four*. London: Edward Arnold, 1976.

1977

Meyers, Jeffrey andValerie Meyers. *George Orwell: Annotated Bibliography of Criticism*. New York & London: Garland Publishing, Inc. , 1977.

Meyers, Jeffrey. *A Reader's Guide to George Orwell*. Totowa: Rowman & Allanheld, 1977.

1978

Burgess, Anthony. 1985. Boston: Brown and Company, 1978.

1979

Smyer, Richard I. . *Primal Dream and Primal Crime: Orwell's Development as a Psychological Novelist*. Columbia, MO: University of Missouri Press, 1979.

Burton, H. M. , ed. . *Notes on George Orwell's* 1984. London: Methuen Paperbacks Ltd. , 1979.

Islam, Shamsul. *Chronicles of the Raj: a Study of Literary Reaction to the Imperial Idea towards the End of the Raj*. Totowa: Rowman and Littlefield, 1979. 63 – 84.

Lall, Rama Rani. *Satiric Fable in English: A Critical Study of the Animal Tales of Chaucer, Spenser, Dryden, and Orwell*. New Delhi:

New Statesman Publishing Company, 1979.

Barker, Francis, et al. eds. 1936, *the Sociology of Literature Proceedings of the Essex Conference on the Sociology of Literature*, *July* 1978. Vol. 2. Colchester: University of Essex, 1979: 245 – 257.

80 年代

1980

Gloversmith, Frank. ed. *Class*, *Culture and Social Change*: *A New View of the* 1930s. Brighton: The Harvester Press Ltd. , 1980: 101 – 141. "Changing Things: Orwell and Auden".

MacCormick, Donald. Approaching 1984. Newton Abbot: David & Charles, 1980.

1981

Lewis, Peter. George Orwell: *The Road to* 1984. London: Heinemann/Quixote Press, 1981.

Coles Editorial Board. *Orwell Animal Farm*: *Notes.* Toronto: Coles Publishing Company Ltd. , 1981.

Hillegass, C. K. *Animal Farm*: *Notes.* Lincoln: Cliffs Notes, Inc. , 1981.

Bal, Sant Singh. *George Orwell*: *The Ethical Imagination.* New Delhi: Arnold – Heinemann, 1981.

1982

Hammond, J. R. . *A George Orwell Companion*: *A Guide to the Novels*, *Documentaries and Essays.* Houndmills: the Macmillan Press Ltd. , 1982.

Fyvel T. R.. *George Orwell: A Personal Memoir.* London: Weidenfeld and Nicolson, 1982.

Garvin Harry R, ed.. *Literature and ideology.* Lewisburg, Pa: Bucknell University Press, 1982: 17 – 31. "George Orwell: The Novelist Displaced".

1983

Bresnahan, Roger, Surjit Dulai, Edward Graham, and Donald Lammers. *Reflections on Orientalism: Edward Said.* East Lansing: Michigan State University, 1983.

Stansky, Peter. *On Nineteen Eighty – Four.* New York: W. H. Freeman and Company, 1983.

Welch, Robert. *George Orwell: Nineteen Eighty – Four.* Harlow: Longman Group Ltd., 1983.

Howe, Irving, ed.. *1984 Revisited: Totalitarianism in Our Century.* New York: Harper & Row, Publishers, Inc., 1983.

Chilton, Paul and Crispin Aubrey. eds. *Nineteen Eighty – four in 1984: Autonomy, Control and Communication.* London: Comedia Publishing Group, 1983.

Will, Ian. *The Big Brother Society.* London: Harrap limited, 1983.

Wilson, Robert, ed.. *George Orwell: Animal Farm.* Harlow: Longman Group Limited, 1983.

1984

Patai, Daphne. *The Orwell Mystique: A Study in Male Ideology.* Amherst: the University of Massachusetts Press, 1984.

Hunter, Lyntte. *George Orwell: The Search for a Voice.* Milton Keynes: Open UP, 1984.

Norris, Christopher. ed. *Inside the Myth: Orwell: Views from the Left.* London: Lawrence and Wishart, 1984.

Coppard, Audrey and Bernard Crick. *Orwell Remembered.* New York: Facts on File Publications, 1984.

Wadhams, Stephen. *Remembering Orwell.* Markham: Penguin Books Canada Ltd. , 1984.

Smith, David and Michael Mosher. *Orwell for Beginners.* London: Writers and Readers Publishing Cooperative Ltd. , 1984.

Craig, Sandy and Chris Schwarz. *Down and Out: Orwell's Paris and London Revisited.* Harmondsworth: Penguin Books Ltd. , 1984.

Woodcock, George. *Orwell's Message: 1984 and the Present.* Madeira Park, B. C. : Harbour Publishing Co. , 1984.

Winnifrith, Tom, and William V. Whitehead. 1984 *and All's Well?.* London: Macmillan Press, 1984.

Hilegass, C. K. . *Nineteen Eighty – Four.* Lincoln: Cliffs Notes, Inc. , 1984.

Mendelsohn, Everett, HelgaNowotny, eds. *Nineteen Eighty – Four: Science Between Utopia and Dystopia.* Dordrecht: D. Reidel Publishing Company, 1984.

Jensen, Ejner J. . *The Future of Nineteen Eighty – Four.* Ann Arbor: The University of Michigan Press, 1984.

Bolton, W. F. . *The Language of* 1984. Oxford: Basil Blackwell Publisher Ltd. , 1984.

Press, Tower. *George Orwell's Nineteen Eighty – Four*: *North Korea.* Seoul: Tower Press, 1984.

Milner, Andrew. *The Road to St. Kilda Pier*: *George Orwell and the Politics of the Australian Left.* Westgate: Stained Wattle Press, 1984.

Kuppig, C. J.. ed. *Nineteen Eighty – four to* 1984: *A Companion to Orwell's Classic Novel.* New York: Carroll & Graf Publishers inc. , 1984.

Thompson, John. *Orwell's London.* London: Fourth Estate, 1984.

Garrett, J. C.. *Hope or Disillusion*: *Three Versions of Utopia*: *Nathaniel Hawthorne, Samuel Butler, George Orwell.* Christchurch: University of Canterbury, 1984.

Campbell, Beatrix. *Wigan Pier Revisited*: *Poverty and Politics in the Eighties.* London: Virago Press Ltd. , 1984.

Symons, Julian. 1948 *and* 1984. Edinburgh: The Tragara Press, 1984.

Witte, John. 2084: *Looking Beyond Orwell.* Portland: Oregon Committee for the Humanities, 1984.

1985

Carter, Michael. *George Orwell and the Problem of Authentic Existence.* London: Croom Helm Ltd. , 1985.

Slater, Ian. Orwell: *The Road to Airstrip One.* New York: W. W. Norton & Company, 1985.

Ferrell, Keith. *George Orwell*: *The Political Pen.* New York: M. Evans and Company, Inc. , 1985.

Gertrude ClarkeWhittall Poetry and Literature Fund. *George Orwell &
Nineteen eighty – four*: *the man and the book*: *a conference at the Library
of Congress April* 30 *and May* 1, 1984. Washington: Library of Congress,
1985.

Shoham, Shlomo Giora, and Francis Rosenstiel. *And He Loved Big
Brother*: *Man*, *State and Society in Question*. Houndills: The Macmillan
Press Ltd. , 1985.

Lazar, Richard G. andMenahem Davyd Lazar. Beyond 1984: The
Vassar Symposium. New York: Associated Faculty Press, Inc. , 1985.

Research Forum, Institute of English, University of Kerala. *George
Orwell and Nineteen Eighty – Four*. Trivandrum: Kerala UP, 1985.

Armstrong, Jean. *Macmillan Master Guides*: *Animal Farm by George
Orwell*. Basingstoke: The Macmillan Press LTD, 1985.

1986

Oldsey, Bernard and Joseph Browne. *Critical Essays on George
Orwell*. Boston: G. K. Hall & Co. , 1986.

Reilly, Patrick. *George Orwell*: *The Age's Adversary*. Houndmills:
The Macmillan Press Ltd. , 1986.

Bloom, Harold. ed. *George Orwell*. New York: Chelsea House Pub-
lishers, 1986.

Mulvihill, Robert. ed. *Reflections on America*, *1984*: *An Orwell
Symposium*. Athens: the University of Georgia Press, 1986.

Plank, Robert. *George Orwell's Guide Through Hell*. San Bernardino:
The Borgo Press, 1986.

Sandison, Alan. *George Orwell After* 1984. Dover: Longwood Academic, 1986.

Podhoretz, Norman. *The Bloody Crossroads: Where Literature and Politics Meet.* New York: Simon and Schuster, 1986: 50 – 70.

Richardson, J. M. . *Orwell* × 8: *A Symposium.* Winnipeg: Ronald P. Frye & Company, Publishers, 1986.

Jain, Jasbir. *George Orwell: Witness of an Age.* Jaipur: Printwell Publishers, 1986.

1987

Bloom, Harold, ed. *George Orwell's* 1984. New York: Chelsea House Publishers, 1987.

Gardner, Averil. *George Orwell.* Boston: Twayne Publishers, 1987.

Wykes, David. *A Preface to Orwell.* Harlow: Longman Group Ltd. , 1987.

Wemyss, Courtney T. , Alexej Ugrinsky. *George Orwell.* Westport: Greenwood Press, Inc. , 1987.

Connelly, Mark. *The Diminished Self: Orwell and the Loss of Freedom.* Pittsburgh: Duquesne UP, 1987.

Calder, Jenni. *Animal Farm and Nineteen Eighty – Four.* Milton Keynes: Open UP, 1987.

Robertson, P. J. M. . *Criticism & Creativity: Essay on Literature.* Doncaster: The Brynmill Press Ltd. , 1987: 62 – 72.

Slusser, George E. , Colin Greenland and Eric S. Rabkin. eds. *Storm Warnings Science Fiction Confronts the Future.* Carbondale and Edwardsville: Southern Illinois UP, 1987.

Singh, Paras Mani. *George Orwell As a Political Novelist.* Delhi: Hardeep Singh Juneja, 1987.

1988

Goonetilleke, D. C. R. A.. *Images of the Raj: South Asia in the Literature of Empire.* Houndmills: the Macmillan Press Ltd. , 1988.

Rai, Alok. *Orwell and the Politics of Despair.* Cambridge: Cambridge UP, 1988.

Smyer, Richard I. *Animal Farm: Pastoralism and Politics.* Boston: Twayne Publishers, 1988.

Chilton, Paul. *Orwellian Language and the Media.* London: Pluto Press, 1988.

Freedman, Carl. *George Orwell: A Study in Ideology and Literary Form.* New York & London: Garland Publishing, INC. , 1988.

Buitenhuis, Peter & Ira B. Nadel. eds. *George Orwell: A Reassessment.* New York: St. Martin's Press, 1988.

Hewson, Kelly. *Writers and Responsibility: George Orwell, Nadine Gordimer, John Coetzee and Salman Rushdie.* Edmonton: The University Of Alberta, PhD, 1988.

Laskowski, William Edward, Jr. . *George Orwell and the Tory – Radical Tradition.* Chicago: University of Illinois, PhD, 1988.

Fussell, Paul. Thank God for the Atom Bomb. New York: Ballantine Books, 1988, 62 – 100.

1989

Rodden, John. *The Politics of Literary Reputation: The Making and*

Claiming of St. George Orwell. Oxford: Oxford UP, 1989.

Savage, Robert L. , James Combs, and DanNimmo, eds. *The Or-wellian Moment: Hidsight and Foresight in the Post - 1984 World.* Fay-etteville: The University of Arkansas Press, 1989.

Reilly, Patrick. *Nineteen Eighty - Four: Past, Present, and Future.* Boston: G. K. Hall & Co. , 1989.

Crick, Bernard. *Essays on Politics and Literature.* Edinburgh: Edin-burgh UP, 1989: 117 - 224.

King, Martin. *Students'Guide to Animal Farm.* Thornhill: Tynron Press, 1989.

90 年代

<u>1990</u>

Flynn, Nigel. *George Orwell.* Vero Beach: The Rourke Corporation, Inc. , 1990.

Woodcock, George. *Writers and Politics.* Montreal: Black Rose Books, 1990.

Coote, Stephen. *Penguin Passnotes: George Orwell Animal Farm for GCSE.* London: the Penguin Group, 1990.

<u>1991</u>

Rose, Jonathan. ed. *The Revised Orwell.* East Lansing: Michigan State UP, 1991.

Meyers, Valerie. *George Orwell.* Houndmills: the Macmillan Press Ltd. , 1991.

Shaw, Philip, and PeterStockwell, eds. *Subjectivity and Literature from the Romantics to the Present Day.* London: Printer Publishers, 1991: 85 – 92.

Young, John Wesley. *Orwell's Newspeak and Totalitarian Language: Its Nazi and Communist Antecedents.* Charlottesville: UP of Virginia, 1991.

Bhat, Yashoda. *Aldous Huxley and George Orwell: A Comparative Study in Their Novels.* New Delhi: Sterling Publishers Private Limited, 1991.

1992

Gottlieb, Erika. *The Orwell Conundrum: A Cry of Despair or Faith in the Spirit of Man?* Ottawa: Carleton UP, 1992.

West, W. J. *The Larger Evils Nineteen Eighty – Four: The Truth Behind the Satire.* Edinburgh: Canongate Press, 1992.

Letemendia, Veronica Clare. *"Free from Hunger and the Whip": Exploring the Political Development of George Orwell.* University of Toronto, PhD thesis, 1992.

Hales, Anne Catherine. *"The Real England": Englishness and Patriotism in the Writings of George Orwell.* Simon Fraser University, MA thesis, 1992.

1993

Ingle, Stephen. *George Orwell: A Political Life.* Manchester UP, 1993.

Ehrenfeld, David. *Beginning Again: People and Nature in the New Millenium.* Oxford: Oxford UP, 1993: 8 – 28.

1994

Huber, Peter. *Orwell's Revenge*: *The* 1984 *Palimpsest*. New York: The free Press, 1994.

Besanc,on, Alain. *The Falsification of the Good*: *Soloviev and Orwell*. Matthew Screen. Trans. . London: Claridge Press, 1994.

1995

Fowler, Roger. *The Language of George Orwell*. Houndmills: the Macmillan Press Ltd. , 1995.

Van deDonk, W. B. H. J. , I. Th. M. Snellen, and P. W. Tops, eds. *Orwell in Athens*: *A Perspective on Information and Democracy*. Amsterdam: IOS Press, 1995.

Hutt, Lisa J. . *George Orwell*, *Politics and English Language*. The University of Western Ontario. MA thesis, 1995.

Stansky, Peter. *Nineteen Eighty – Four Ten Years Later*. Austin: The Harry Ransom Humanities Research Center, 1995.

1996

Davison, Peter. *George Orwell*: *A Literary Life*. Houndmills: Macmillan Press Ltd. , 1996.

Horton, John and Andrea T. Baumeister. eds. *Literature and the Political Imagination*. London and New York: Routledge, 1996.

Crick, Bernard. *Orwell and the Business of Biography*. Austin: The Harry Ransom Humanities Research Centre, 1996.

1997

Connelly, Mark. *Orwell and Gissing*. New York: Peter Lang Publishing, Inc. , 1997.

Opalinska, Wanda. *York Notes*: *Animal Farm*. London: York Press, 1997.

1998

Fenwick, Gillian. *George Orwell*: *A Bibliography*. Winchester: St Paul's Bibliographies, 1998.

Bivona, Daniel. *British Imperial Literature*, 1870—1940: *Writing and the Administration of Empire*. Cambridge: Cambridge UP, 1998.

Hall, Charles. *George Orwell at Home*. London: Freedom Press, 1998.

Holderness, Graham, Bryan Loughrey and Nahem Yousaf. *George Orwell*. Houndmills: Macmillan Press Ltd. , 1998.

O'Neill, Terry. *Readings on Animal Farm*. San Diego: Greenhaven Press, 1998.

Ford, Boris. ed. . *From Orwell to Naipaul*. London: the Penguin Groups, 1998.

1999

Newsinger, John. *Orwell's Politics*. Houndmills: the Macmillan Press Ltd. 1999.

Flewers, Paul. "*I Know How, But I Don't Know Why*": *George Orwell's Conception of Totalitarianism*. Coventry: New Interventions, 1999.

Rodden, John, ed. *Understanding Animal Farm*: *A Student Casebook to Issues, Sources, and Historical Documents*. Westport: Greenwood Press, 1999.

Stansky, Peter. *From William Morris to Sergeant Pepper*: *Studies in the Radical Domestic*. Palo Alto: The Society for the Promotion of Science and Scholarship, Inc. , 1999.

Waterman, David F. . *Disordered Bodies and Disrupted Orders*: *Representation of Resistance in Modern British Literature*. Lanham: UP of America, Inc. , 1999: 81 –98.

2. 21 世纪前 10 年

2000

Agathocleous, Tanya. *George Orwell*: *Battling Big Brother*. Oxford: Oxford UP, 2000.

Hammond. J. R. . *A George Orwell Chronology*. Houndmills: Palgrave, 2000.

Brunsdale, Mitzi M. . *Student Companion to George Orwell*. Westport: Greenwood Press, 2000.

Carter, Steven. *A Do – It – Yourself Dystopia*: *The Americanization of Big Brother*. Lanham: UP of American, Inc. , 2000.

2001

Boerst, William J. . *Generous Anger*: *The Story of George Orwell*. Greensboro: Morgan/Reynolds Publishers, Inc. , 2001.

Reznikov, Andrei. *George Orwell's Theory of Language*. San Jose: Writers Club Press, 2001.

Gottlieb, Erika. *Dystopian Fiction East and West*: *Universe of Terror and Trial*. Monrreal & Kington: McGill – Queen's UP, 2001.

Lázaro, Alberto. ed. *The Road from George Orwell*: *His Achievement and Legacy.* Bern: Peter Lang AG, European Academic Publishers, 2001.

Goldstein, Philip. *Communities of Cultural Value: Reception Study, Political Differences, and Literary History.* Lanham: Lexington Books, 2001: 165 – 180. "Orwell as a Neoconservative: The Reception of 1984"

Joseph, John E. *Landmarks in Linguistic Thought Ⅱ: The Western Tradition in the Twentieth Centaury.* London: Routledge, 2001. 29 – 42. "Orwell on Language and Politics".

Lea, Daniel. ed. *George Orwell Animal Farm/Nineteen Eighty – Four: A Reader's Guide to Essential Criticism.* Houndmills: Palgrave Macmillan, 2001.

Posner, Richard A.. *Public Intellectuals: A Study of Decline.* Cambridge: Harvard UP, 2001.

Sherborne, Michael. ed.. *York Notes Advanced: Nineteen Eighty – Four.* London: York Press, 2001.

Brodeur, Karen. *Maxnotes for* 1984. Piscataway: Research & Education Association, 2001.

2002

Hichens, Christopher. *Why Orwell Matters.* New York: Basic Books, 2002.

Rahman, Adibur. *George Orwell: A Humanistic Perspective.* New Delhi: Atlantic Publishers and Distributors, 2002.

Reed, John. *Snowball's Chance.* New York: Roof Books, 2002.

Rubin, Andrew N. *Archive of Authority: The State, The Text, and*

The Critic. Columbia University, PHD, 2002.

Middleton, Haydn. *Creative Lives: George Orwell.* Oxford: Heinemann Library, 2002.

2003

Kerr. Dougals. *George Orwell.* Horndon: Northcote House Publishers Ltd. , 2003.

Stewart, Anthony. *George Orwell, Doubleness, and the Value of Decency.* New York: Routledge, 2003.

Rodden, John. *Scenes from an Afterlife: The Legacy of George Orwell.* Wilmington, DE: ISI Books, 2003.

Lucas, Scott. *Orwell.* London: Haus Publishing, 2003.

Brannigan, John. *Orwell to the Present: Literature in England,* 1945—2000. Houndmill: Palgrave Macmillan, 2003.

Glover, Dennis. *Orwell's Australia: From Cold War to Culture Wars.* Melbourrne: Scribe Publications, 2003.

Burton, Diane. *An Aesthetic of Witness: The Interaction of Photographs and Nonfiction Prose In George Orwell's " The Road to Wigan Pier", James Agee and Walker Evans's " Let Us Now Praise Famous Man", and Virginia Woolf's " Three Guineas" .* The University of Tulsa. PhD, 2003

Yasuharu, Okuyama. *Orwell: A Centenary Tribute from Japan.* Tokyo: Sairyusha Co. , Ltd. , 2003.

Stradling, Robert. *History and Legend: Writing the International Brigades.* Cardiff: University of Wales Press, 2003, 48 – 73.

2004

Cushman, Thomas and JohnRodden. eds. *George Orwell Into the Twenty - first Century.* Boulder: Paradigm Publishers, 2004.

Larkin, Emma. *Finding George Orwell in Burma.* New York: The Penguin Press, 2004.

Decker, James M. *Ideology.* Houndmills: Palgrave Macmillan, 2004: 146 - 158.

Bluemel, Kristin. *George Orwell and the Radical Eccentrics: Inter-modernism in Literary London.* Houndmill: Palgrave Macmillan, 2004.

Lucas, Scott. *The Betrayal of Dissent: Beyond Orwell, Hitchens and the New American Century.* London: Pluto Press, 2004.

Bloom, Harold. ed. *George Orwell's* 1984. New York: Chelsea House, 2004.

Joshi, Arun. *Fictional Styles of George Orwell.* New Delhi: Atlantic Publishers and Distributors, 2004.

2005

Berman, Ronald. *Modernity ad Progress.* Tuscaloosa: The University of Alabama Press, 2005: 83 - 97.

Gleason, Abbott, Jack Goldsmith, and Martha C. Nussbaum. *On Nineteen Eighty - Four: Orwell and Our Future.* Princeton: Princeton UP, 2005.

Breton, Rob. *Gospels & Grit: Work and Labour in Carlyle, Conrad, and Orwell.* Toronto: University of Toronto Press, 2005.

Gomis, Annette andSusana Onega. eds. *George Orwell: A Centenary*

Celebration. Heidelberg: Universita？ tsverlag Winter, 2005.

2006

Ingle, Stephen. *The Social and Political Thought of George Orwell: A Reassessment.* Abingdon: Rouledge, 2006.

Mccullough, G. Wesley. *George Orwell: A Reader's Approach.* London: Athena Press, 2006.

Davison, Peter. ed. *The Lost Orwell: Being a Supplement to The Complete Works of George Orwell.* London: Timewell Press Ltd. , 2006.

Potts, Paul. *George Orwell's Friend: Selected Writings by Paul Potts.* Wreckcove, N. S. : Breton Books, 2006.

Smith, Stan. ed. *Globalisation and Its Discontents.* Cambridge: D. S. Brewer, 2006: 70 – 87.

Rodden, John. . *Every Intellectual's Big Brother: George Orwell's Literary Siblings.* Austin: University of Texas Press, 2006.

2007

Jayasena, Nalin. *Contested Masculinities: Crisis in Colonial Male Identity from Joseph Conrad to Satyajit Ray.* New York: Routlege, 2007.

Clark, Ben. *Orwell in Context: Communities, Myths, Values.* Houndmills: Palgrave Macmillan, 2007.

Rodden, John. ed. *The Cambridge Companion to George Orwell.* Cambridge: Cambridge UP, 2007.

Leab, Daniel J. *Orwell Subverted: The CIA and the Filming of Animal Farm.* University Park: The Pennsylvania State UP, 2007.

Firchow, Peter Edgerly. *Modern Utopian Fiction: from H. G. Wells to*

Iris Murdoch. Washington, D. C. : The Catholic University of America Press, 2007: 97 – 129. "George Orwell's Dystopias: from*Animal Farm* to *Nineteen Eighty – four*".

Bloom, Harold. *George Orwell.* Updated edition. New York: Chelsea House Publisher, 2007.

Szanto, Andras. ed. *What Orwell Didn't know: Propaganda and the New Face of American Politics.* New York: PublicAffairs, 2007.

Hope, Warren. *Student Guide Literary Series: George Orwell.* London: Greenwich Exchange, 2007.

2008

Saunders, Loraine. *The Unsung Artistry of George Orwell: The Novels from Burmese Days to Nineteen Eighty – four.* Aldershot: Ashgate Publishing Ltd. , 2008.

Runciman, David. *Political Hypocrisy: The Mask of Power, from Hobbes to Orwell and Beyond.* Princeton: Princeton UP, 2008: 168 – 193.

Roshwald, Mordecai. *Dreams and Nightmares: Science and Technology in Myth and Fiction.* Jefferson: McFarland & Company, Inc. , 2008.

Eaude, Michael. *Catalonia: A Cultural History.* Oxford: Oxford UP, 2008: 225 – 238. "The Anarchist Dream: George Orwell and Revolution".

Fusco, C. J. . *Orwell, Right or Left: The Continued Importance of One Writer to the World of Western Politics.* Newcastle: Cambridge Scholars

Publishing, 2008.

Lebedoff, David. *The Same Man*: *George Orwell and Evelyn Waugh in Love and War*. New York: Random House, 2008.

2009

Bound, Philip. *Orwell and Marxism*: *The Political and Cultural Thinking of George Orwell*. New York: I. B. Tauris & Co Ltd. , 2009.

Blaire, Erik. *Orwell's Warning*: *The Greatest Amerikan Paradox*. La Vergne: Erik Blair, 2009.

Quinn, Edward. *Critical Companion to George Orwell*: *A Literary Reference to His Life and Work*. New York: Facts On File, Inc. , 2009.

Bloom, Harold. Ed. *Bloom's Modern Critical Interpretations*: *Animal Farm – New Edition*. New York: Bloom's Literary Criticism, 2009.

Aranji, Katia. *Modern Self – fashioning*: *George Orwell's Intellectual Pretensions*. Saarbrucken: VDM Verlag Dr. Muller, 2009.

Ash, TimothyGarton. *Facts Are Subversive*. London: Atlantic books, 2009, 342 – 373.

3. 2010—2015

2010

Kuchta, Todd. *Semi – detached Empire*: *Suburbia and the Coloniza-tion of Britain*, 1880 *to the Present*. Charlottesville and London: Universi-ty of Virginia Press, 2010.

Meyers, Jeffrey. *Orwell*: *Life and Art*. Urbana: University of Illinois Press, 2010.

Carr, Craig L. *Orwell, Politics, and Power.* New York: The Continuum International Publishing Group, 2010.

Milner, Andrew. ed. *Tenses of Imagination: Raymond Williams on Science Fiction, Utopia and Dystopia.* Bern: Peter Lang, 2010.

2011

Marks, Peter. *George Orwell the Essayist: Literature, Politics and the Periodical Culture.* London: Continuum, 2011.

Rodden, John. *The Unexamined Orwell.* Austin: University of Texas Press, 2011.

2012

Keeble Lance, Richard. ed.. *Orwell Today.* Bury St Edmunds: Abramis academic publishing, 2012.

2013

Ross, John. *Orwell's Coughs: Diagnosing the Medical Mala & Last Gasps of the Great Writers.* London: Oneworld Publications, 2013, 199 – 221.

Colls, Robert. *George Orwell: English Rebel.* Oxford: Oxford UP, 2013.

2014

Levy, Deborah. *Things I Don't Want to Know: A Response to George Orwell's* 1946 *Essay "Why I Write"* . London: the Penguin Group, 2014.

"Orienting George Orwell: Asian and Global Perspectives On George Orwell. " *Concentric: Literary and Cultural Studies.* March 2014, Vol. 40, NO. 1.

2015

James, Anthony. *Orwell's Faded Lion*: *The Moral Atmosphere of Britain* 1945—2015. Exeter: Imprint Academic, 2015.

Keeble Lance, Richard. ed. . *George Orwell Now*. New York: Peter Lang Publishing, Inc. , 2015.

Neville, Robert. *Orwell*, *Huxley & the Fallacies of Futurity*. Marston Gate: Amazon. Co. uk, Ltd. , 2015.

Kirov, Blago. *George Orwell*: *Quotes & Facts*. Marston Gate: Amazon. Co. uk, Ltd. , 2015.

(二) 奥威尔传记

Stansky, Peter and William Abrahams. *The Unknown Orwell and Orwell*: *The transformation*. Stanford: Stanford UP, 1994. (1972, 1979)

Crick, Bernard. *George Orwell*: *A Life*. Boston: Little, Brown and Company, 1980.

Plante, David. *Difficult Women*: *A Memoir of Three*. London: Futura Publications, 1984.

Shelden, Michael. *Orwell*: *The Authorised Biography*. London: William Heinemann Ltd. , 1991.

Meyers, Jeffrey. *Orwell*: *Wintry Conscience of a Generation*. New York: W. W. Norton & Company, Inc. , 2000.

Taylor, D. J. . *Orwell*: *The Life*. New York: Henry Holt and Company, 2003.

Bowker, Gordon. *George Orwell.* London: Abacus, 2004. (2003)

Spurling, Hilary. *The Girl from the Fiction Department: A Portrait of Sonia Orwell.* New York: Counterpoint, 2003.

（三）奥威尔作品

Gollancz, Victor. ed. *The Betrayal of the Left.* London: Victor Gollancz Ltd, 1941: 234 – 245. "Patriots and Revolutionaries".

Orwell, George. *Dickens, Dali & Others: Studies in Popular Culture.* New York: Reynal & Hitchcock, 1946.

Orwell, George. *Critical Essays.* London: Secker & Warburg, 1946.

Orwell, George. *A Collection of Essays.* New York: Doubleday & Company, Inc. , 1954.

Orwell, George. *The Lion and the Unicorn: Socialism and the English Genius.* London: Secker and Warburg, 1962.

Orwell, Sonia and Ian Angus. eds. *The Collected Essays, Journalism and Letters of George Orwell* (Vol. I – Vol. IV) . Harmondsworth: Penguin Books Ltd, 1970. (1968)

Scholes, Robert. *Some Modern Writers: Essays and Fictions by Conrad, Dinesen, Lawrence, Orwell, Faulkner, Ellison.* Oxford: Oxford Up, 1971, 243 – 314.

Bott, George. Ed. . George Orwell: Selected Writings. London: Heinemann Educational Books, 1972. (1958)

Orwell, George. *The Road to Wigan Pier.* Harmondsworth: Penguin Books Ltd. , 1977.

Orwell, George. *Nineteen Eighty – Four*. Oxford: Oxford UP, 1984.

Orwell, George. *Nineteen Eighty – Four: The Facsimile of the Extant Manuscript*. Ed. Peter Davison. London: Secker & Warburg, 1984.

West, W. J. *Orwell: The Lost Writings*. New York: Arbor House, 1985.

West, W. J. *Orwell: The War Broadcasts*. London: Gerald Duckworth & Co Ltd, 1985.

Orwell, George. *Burmese Days*. Harmondsworth: Penguin Books Ltd., 1985.

West. W. J. *Orwell: The War Commentaries*. London: Gerald Duckworth & Co Ltd, 1985.

Orwell, George. *The Complete Works of George Orwell*. Vol. 1 – 9. Ed. Peter Davison. London: Secker & Warburg, 1986—1987.

Orwell, George. *Nineteen Eighty – Four*. Harmondsworth: Penguin Books Ltd., 1987.

Pearce, Robert. Ed. *The Sayings of George Orwell*. London: Gerald Duckworth & Co. Ltd., 1994.

Orwell, George. *The Complete Works of George Orwell*. Vol. 10 – 20. Ed. Peter Davison. London: Secker & Warburg, 1998.

Orwell, George. *Orwell's England: The Road to Wigan Pier in the Context of Essays, Reviews, Letters and Poems*. Ed. Peter Davison. London: The Penguin Group, 2001.

Davison, Peter. ed. *Orwell and the Dispossessed: Down and Out in Paris and London in the Context of Essays, Reviews and Letters Selected from the Complete Works of George Orwell*. Ed. Peter Davison. Harmondsworth: Penguin Books Ltd. . , 2001.

Davison, Peter. ed. *Orwell and Politics: Animal Farm in the Context of Essays, Reviews and Letters Selected from the Complete Works of George Orwell*. Harmondsworth: Penguin Books Ltd. . , 2001.

Davison, Peter. ed. *Orwell in Spain: The Full Text of Homage to Catalonia with Associated Articles, Reviews and Letters from the Complete Works of George Orwell*. Harmondsworth: Penguin Books Ltd. . , 2001.

Schweizer, Bernard. *Radicals on the Road: The Politics of English Travel Writing in the 1930s*. Charlottesville & London: UP of Virginia, 2001. 17 – 36.

Orwell, George. *Essays*. Ed. John Carey. New York: Alfered A. Knopf, 2002.

Orwell, George. *The Observer Years: Orwell*. London: Atlantic Books, 2003.

Davison, Peter. *The Lost Orwell: Being a Supplement to The Complete Works of George Orwell*. London: Timewell Press Ltd. , 2006.

Anderson, Paul. ed. *Orwell in Tribune: "As I Please" and Other Writings 1943—1947*. London: Politico's Publishing Ltd. , 2006.

Davison, Peter. ed. . *George Orwell: Diaries*. London: Harvill Secker, 2009.

Orwell, George. *George Orwell: A Life in Letters*. Ed. Peter Davison. London: Harvill Secker, 2010.

Venables, Dione. *George Orwell: The Complete Poetry*. Chichester:

Finlay Publisher, 2015.

（四）相关研究资料

Muggeridge, Malcolm. *The Thirties* 1930—1940 *in Great Britain*. London: Hamish Hamilton, 1940.

Morton, A. L. *The English Utopia*. Lodon: Lawrence & Wishart Ltd, 1952.

Friedrich, Carl J. , and Zbigniew K. Brzezinski. *Totalitarian Dictatorship and Autocracy*. Cambridge: Harvard UP, 1956.

Leyburn, Ellen Douglass. *Satiric Allegory: Mirror of Man*. New Haven: Yale UP, 1956.

Sutherland, James. *English Satire*. London: Thte Syndics of the Cambridge UP, 1958.

Crossman, Richard, ed. . *The God That Failed*. New Yorker: Bantam Books, Inc. , 1959. （1950）

Thomas, Hugh. *The Spanish Civil War*. New York: Harper & Row, Publishers, 1961.

Borkenau, Franz. *The Spanish Cockpit: An Eye – Witness Account of the Political and Social Conflicts of the Spanish War*. Ann Arbor: The University of Michigan Press, 1963.

Cary, Joyce. *The Case for African Freedom and Other Writings on Africa*. New York: McGraw – Hill Book Company1964.

Gerber, Richard. *Utopian Fantasy*. New York: McGraw – Hill Book Company, 1973.

Hynes, Samuel. *The Auden Generation*: *Literature and Politics in England in the* 1930s. London: Farber and Farber, 1976.

Bergonzi, Bernard. *Reading the Thirties*: *Text and Contexts*. London: The Macmillian Press, Ltd. , 1978.

Holmes, Colin. *Anti – Semitism in British Society* 1876—1939. London: Edward Arnold Ltd. , 1979.

Fetherling, Dong. ed. *A George Woodcock Reader*. Ottawa: Deneau & Greenberg, 1980.

Goodwin, Barbara, and Keith Taylor. *The Politics of Utopia*: *A Study in Theory and Practice*. London: Hutchinson & Co. , 1982.

Alexander, Bill. *British Volunteers for Liberty*: *Spain* 1936—1939. London: Lawrence and Wishart, 1982.

Woodcock, George. *Letter to the Past*. Don Mills: Fitzhenry & Whiteside Limited, 1982.

Wright, Anthony. *British Socialism*: *Socialist Thought From the* 1880 *to* 1960s. London: Longman Group Limited, 1983.

Stevenson, John. *British Society* 1914—45. Harmondsworth: Penguin Books Ltd. , 1984.

Havighurst, Alfred F. Havighurst. *Britain in Transition*: *The Twentieth Century*. Chicago: The University of Chicago Press, 1985.

Cunningham, Valentine. *British Writers of the Thirties*. Oxford: Oxford UP, 1988.

Meyers, Jeffrey. ed. *The Biographer's Art*: *New Essays*. Houndmills: The Macmillan Press Ltd. , 1989.

Davison, Peter. ed. *The Book Encompassed*: *Studies in Twentieth - Century Bibliography*. Cambridge: the Press Syndicate of the University of Cambridge, 1992.

Gervais, David. *Literary Englands*: *Versions of "Englishness" in Modern Writing*. Cambridge: the Press Syndicate of the University of Cambridge, 1993.

Baxendale, John, and Chris Pawling. *Narrating the Thirties*: *A Decade in the Makings*; 1930 *to the Present*. Houndmills: Macmillan Press Ltd. , 1996.

Hazelgrove, Jenny. *Spiritualism and British Society Between the Wars*. Manchester: Manchester UP, 2000.

Rose, Jonathan. *The Intellectual Life of the British Working Class*. New Haven: Yale UP, 2001.

Chomsky, Noam. *American Power and the New Mandarins*. New York: the New Press, 2002.

Shaffer, Brain W. ed. *A Companion to the British and Irish Novel* 1945—2000. Malden: Blackwell Publishing Ltd. , 2005.

Orr, Lois. *Letters from Barcelona*: *An American Woman in Revolution and Civil War*. Houndmills: Palgrave Macmillan, 2009.

（五）相关创作作品

Clarke, Thurston. *Thirteen O'clock*: *A Novel About George Orwell and* 1984. New York: Doubleday & Company, INC. , 1984.

Caute, David. *Dr Orwell and Mr Blair*: *A Novel*. London:

Phoenix, 1995.

Jennings, Richard. *Orwell's Luck*. Boston: Houghton Mifflin Company, 2006.

Ervin, Andrew. *Burning Down George Orwell's House*. New York: Soho Press, Inc. , 2015.

（六）改编戏剧

Hall, Peter. *George Orwell's Animal Farm*. London: Methuen, 1985.

Wooldridge, Ian. *George Orwell's Animal Farm*. London: Nick Hern Books Ltd. , 2004. （a play）

参考文献

一　英文文献

（一）英文论著

1. Alldritt, Keith. *The Making of George Orwell：An Essay in Literary History*. London：Edward Arnold Ltd. ，1969.

2. Atkins, John. *George Orwell：A Literary Study*. London：John Calder Ltd. ，1954.

3. Bivona, Daniel. *British Imperial Literature*，1870—1940：*Writing and the Administration of Empire*. Cambridge：Cambridge UP，1998.

4. Bloom, Alexander. *Prodigal Sons：The New York Intellectuals & Their World*. New York：Oxford UP，1986.

5. Bowker, Gordon. *George Orwell*. London：Abacus，2004.

6. Brander, Laurence. *George Orwell*. London：Longmans，Green &

Co Ltd. , 1954.

7. Brannigan, John. *Orwell to the Present: Literature in England*, 1945—2000. Houndmill: Palgrave Macmillan, 2003.

8. Carter, Michael. *George Orwell and the Problem of Authentic Existence*. London: Croom Helm Ltd. , 1985.

9. Ch'ien, Hsiao. *A Harp With a Thousand Strings*. London: Pilot Press LTD, 1944.

10. Crick, Bernard. *George Orwell: A Life*. Boston: Little, Brown and Company, 1980.

11. Crossman, Richard, ed. . *The God That Failed*. New Yorker: Bantam Books, Inc. , 1959.

12. Chun, Lin. *The British New Left*. Edinburgh: Edinburgh UP, 1993.

13. Cushman, Thomas and JohnRodden. eds. . *George Orwell Into the Twenty – first Century*. Boulder: Paradigm Publishers, 2004.

14. Deutscher, Isaac. *Heretics and Renegades: And Other Essays*. London: Hamish Hamilton Ltd. , 1955.

15. Eagleton, Terry. *Exiles and Émigrés: Studies in Modern Literature*. London: Chatto & Windus, 1970.

16. Ehrenfeld, David. *Beginning Again: People and Nature in the New Millenium*. Oxford: Oxford UP, 1993.

17. Fenwick, Gillian. *George Orwell: A Bibliography*. Winchester: St Paul's Bibliographies, 1998.

18. Forster, E. M. et al. . *Talking to India*. London: George Allen &

Unwin Ltd, 1943.

19. Fowler, Roger. *The Language of George Orwell*. Houndmills: the Macmillan Press Ltd. , 1995.

20. Gandhi, Leela. *Postcolonial Theory: A Critical Introduction*. New York: Columbia University Press, 1998.

21. Gardner, Averil. *George Orwell*. Boston: Twayne Publishers, 1987.

22. Gertrude ClarkeWhittall Poetry and Literature Fund. *George Orwell & Nineteen eighty – four: the man and the book: a conference at the Library of Congress April 30 and May 1, 1984*. Washington: Library of Congress, 1985.

23. Goonetilleke, D. C. R. A. . *Images of the Raj: South Asia in the Literature of Empire*. Houndmills: the Macmillan Press Ltd. , 1988.

24. Hammond, J. R. . *A George Orwell Chronology*. Houndmills: Palgrave, 2000.

25. Hammond, J. R. . *A George Orwell Companion: A Guide to the Novels, Documentaries and Essays*. Houndmills: the Macmillan Press Ltd. , 1982.

26. Hitchens, Christopher. *Why Orwell Matters*. New York: Basic Books, 2002.

27. Hopkinson, Tom. *George Orwell*. London: Longmans, Green & Co Ltd. , 1965.

28. Howe, Irving. *Orwell's Nineteen Eighty – four: Text, Sources, Criticism*. New York: Harcourt, Brace & World, Inc. , 1963.

29. Hynes, Samuel. *The Auden Generation: Literature and Politics in England in the 1930s.* London: Farber and Farber, 1976.

30. Ingle, Stephen. *George Orwell: A Political Life.* Manchester UP, 1993.

31. Ingle, Stephen. *The Social and Political Thought of George Orwell: A Reassessment.* Abingdon: Rouledge, 2006.

32. Islam, Shamsul. *Chronicles of the Raj: a Study of Literary Reaction to the Imperial Idea towards the End of the Raj.* Totowa: Rowman and Littlefield, 1979.

33. Jayasena, Nalin. *Contested Masculinities: Crisis in Colonial Male Identity from Joseph Conrad to Satyajit Ray.* New York: Routlege, 2007.

34. Jumonville, Neil. ed. . *The New York Intellectuals Reader.* New York: Routledge, 2007.

35. Kerr. Dougals. *George Orwell.* Horndon: Northcote House Publishers Ltd. , 2003.

36. Larkin, Emma. *Finding George Orwell in Burma.* New York: The Penguin Press, 2004.

37. Leavis, Q. D. . *Collected Essays.* Vol. 1. Combridge: Cambridge UP, 1983.

38. Lee, Robert A. . *Orwell's Fiction.* London: University of Notre Dame Press, 1970.

39. Kolbas, E. Dean. *Critical Theory and the Literary Canon.* Boulder: Westview Press, 2001.

40. Meyers, Jeffrey. *A Reader's Guide to George Orwell*. Totowa: Rowman & Allanheld, 1977.

41. Meyers, Jeffrey andValerie Meyers. *George Orwell: Annotated Bibliography of Criticism*. New York & London: Garland Publishing, Inc. , 1977.

42. Meyers, Jeffrey. *George Orwell: The Critical Heritage*. London: Routledge, 1975.

43. Meyers, Jeffrey. *Orwell: Life and Art*. Urbana: University of Illinois Press, 2010.

44. Meyers, Jeffrey. *Orwell: Wintry Conscious of a Generation*. New York: Norton, 2000.

45. Muggeridge, Malcolm. "Introduction." *Burmese Days*. George Orwell. New York: Time Incorporated, 1962.

46. Newsinger, John. *Orwell's Politics*. Houndmills: the Macmillan Press Ltd. 1999.

47. Norris, Christopher. ed. . *Inside the Myth: Orwell: Views from the Left*. London: Lawrence and Wishart, 1984.

48. O'Brien, Conor Cruise. *Writers and Politics*. New York: Vintage Books, 1967.

49. Oldsey, Bernard and Joseph Browne. eds. . *Critical Essays on George Orwell*. Boston: G. K. Hall & Co. , 1986.

50. Orwell, George. *Burmese Days*. Harmondsworth: Penguin Books Ltd. , 1985

51. Orwell, George. *The Complete Works of George Orwell*. Vol.

1 – 20. Ed. Peter Davison, London: Secker & Warburg, 1998.

52. Orwell, George. *The Collected Essays, Journalism and Letters of George Orwell*. Vol. I – IV. Eds. Sonia Orwell and Ian Angus. Harmondsworth: Penguin Books Ltd, 1970.

53. Orwell, George. *The Lost Orwell: Being a Supplement to The Complete Works of George Orwell*. ed. Peter Davison. London: Timewell Press Ltd. , 2006.

54. Orwell, George. *The Road to Wigan Pier*. London: Secker & Warburg, 1965.

55. Patai, Daphne. *The Orwell Mystique: A Study in Male Ideology*. Amherst: the University of Massachusetts Press, 1984.

56. Podhoretz, Norman. *The Bloody Crossroads: Where Literature and Politics Meet*. New York: Simon and Schuster, 1986.

57. Rodden, John. *Scenes from an Afterlife: The Legacy of George Orwell*. Wilmington, DE: ISI Books, 2003.

58. Rodden, John. ed. . *The Cambridge Companion to George Orwell*. Cambridge: Cambridge UP, 2007.

59. Rodden, John. *The Politics of Literary Reputation: The Making and Claiming of St. George Orwell*. Oxford: Oxford UP, 1989.

60. Said, Edward W. *Culture and Imperialism*. New York: Alfred A. Knopf, 1994.

61. Said, Edward W. *Orientalism*. Hurmondsworth: Penguin Books Ltd. , 1978.

62. Shelden, Michael. *Orwell: The Authorised Biography*. London:

William Heinemann Ltd. , 1991.

63. Slater, Ian. Orwell: *The Road to Airstrip One*. New York: W·W·Norton & Company, 1985.

64. Smyer, Richard I. *Primal Dream and Primal Crime: Orwell's Development as a Psychological Novelist*. Columbia, MO: University of Missouri Press, 1979.

65. Stansky, Peter and William Abrahams. *The Unknown Orwell and Orwell: The transformation*. Stanford: Stanford UP, 1994.

66. Stewart, Anthony. *George Orwell, Doubleness, and the Value of Decency*. New York: Routledge, 2003.

67. Strachey, John. *The Strangled Cry and Other Unparliamentary Papers*. New York: William Sloane Associates, 1962.

68. Thomas, Edward M.. *Orwell*. Edinburgh: Oliver and Boyd Ltd. , 1965.

69. Thompson, E. P.. *Out of Apathy*. London: Stevens & Sons Ltd. , 1960.

70. Trilling, Lionel. *The Liberal Imagination: Essays on Literature and Society*. New York: The Viking Press, 1950.

71. Trilling, Lionel. *The Liberal Imagination: Essays on Literature and Society*. New York: New York Review Books, 2008.

72. Trilling, Lionel. *The Opposing Self: Nine Essays in Criticism*. New York: The Viking Press, 1955.

73. Williams, Raymond. *George Orwell*. New York: The Viking Press, 1971.

74. Williams, Raymond. ed. . *George Orwell: A Collection of Critical Essays*. Englewood Cliffs: Prentice – Hall, Inc. , 1974.

75. Woodcock, George. *The Crystal Spirit: A Study of George Orwell*. New York: Schocken Books, 1984.

（二）英文论文

1. Hassan, Ihab. "Quest for the Subject: The Self in Literature. " *Contemporary Literature*, Vol. 29, No. 3 (1988: Autumn) .

2. Muggeridge, Malcolm. "Burmese Days". *World Review*, 16 (June 1950) .

二 中文文献

（一）中文论著

1. ［英］乔治·奥威尔：《奥威尔读本》，刘春芳等译，人民文学出版社 2011 年版。

2. ［英］乔治·奥威尔《奥威尔散文》，刘春芳、高新华译，人民文学出版社 2011 年版。

3. ［英］乔治·奥威尔：《奥威尔文集》，董乐山编译，中国广播电视出版社 1997 年版。

4. ［英］乔治·奥威尔：《巴黎伦敦流浪记》，朱乃长译，书林出版有限公司 2003 年版。

5. ［英］乔治·奥威尔：《动物农场》，傅惟慈译，北京十月文艺出版社 2004 年版。

6. ［英］乔治·奥威尔：《动物农场：一个童话》，方元伟译，上海翻译出版公司 1989 年版。

7. ［英］乔治·奥威尔：《动物农庄》，李美华译，人民文学出版社 2012 年版

8. ［英］乔治·奥威尔：《动物农庄》，任穉羽译，商务印书馆 1948 年版。

9. ［英］乔治·奥威尔：《动物庄园：一个神奇的故事》，张毅、高孝先译，上海人民出版社 1988 年版。

10. ［英］乔治·奥威尔：《动物庄园》，张毅、高孝先译，上海人民出版社 2000 年版。

11. ［英］乔治·奥威尔：《缅甸岁月》，李锋译，南京大学出版社 2007 年版。

12. ［英］乔治·奥威尔：《一九八四》，董乐山译，花城出版社 1985 年版。

13. ［英］乔治·奥威尔：《一九八四》，董乐山译，花城出版社 1988 年版。

14. ［英］乔治·奥威尔：《一九八四》，董乐山译，辽宁教育出版社 1998 年版。

15. ［英］乔治·奥威尔：《一九八四》，刘绍铭译，北京十月文艺出版社 2010 年版。

16. ［英］乔治·奥威尔：《一九八四》，唐建清译，人民文学出版社 2012 年版。

17. ［英］乔治·奥威尔：《政治与文学》，李存捧译，译林出版社 2011 年版。

18. ［美］丹尼尔·贝尔：《意识形态的终结》，张国清译，江

苏人民出版社 2001 年版。

19. ［美］丹尼尔·贝尔：《资本主义文化矛盾》，赵一凡等译，生活·读书·新知三联书店 1989 年版。

20. ［美］理查德·波斯纳：《公共知识分子——衰落之研究》，徐昕译，中国政法大学出版社 2002 年版。

21. 陈嘉：《英国文学史》第 4 卷，商务印书馆 1986 年版。

22. 陈众议：《塞万提斯学术史研究》，译林出版社 2011 年版。

23. 董乐山：《董乐山文集》第二卷，李辉编，河北教育出版社 2002 年版。

24. 傅光明：《风雨平生——萧乾口述自传》，北京大学出版社 1998 年版。

25. 傅国涌：《叶公超传》，河南人民出版社 2004 年版。

26. 何宁：《哈代研究史》，译林出版社 2011 年版。

27. 郭英剑编：《赛珍珠评论集》，漓江出版社 1999 年版。

28. 侯维瑞：《现代英国小说史》，上海外语教育出版社 1985 年版。

29. 黄梅：《推敲"自我"：小说在 18 世纪的英国》，生活·读书·新知三联书店 2003 年版。

30. 黄梅：《现代主义浪潮下：1914—1945》，中国社会科学出版社 1995 年版。

31. ［美］约翰·杰洛瑞：《文化资本——论文学经典的建构》，江宁康等译，南京大学出版社 2011 版。

32. ［意］卡尔维诺：《为什么读经典》，黄灿然、李桂蜜译，译林出版社 2012 年版。

33. ［英］柯林伍德：《历史的观念》（增补版），何兆武等译，北京大学出版社 2010 年版。

34. ［英］迈克尔·肯尼：《第一代英国新左派》，李永新、陈剑译，凤凰出版传媒集团 2010 年版。

35. 梁启超：《中国近三百年学术史》，东方出版社 2004 年版。

36. 陆建德：《击中痛处》，上海书店出版社 2013 年版。

37. 鲁迅：《鲁迅全集》第 12 卷，人民文学出版社 1981 年版。

38. ［美］杰弗里·迈耶斯：《奥威尔传》，孙仲旭译，东方出版社 2003 年版。

39. ［英］毛姆：《在中国屏风上》，陈寿庚译，湖南人民出版社 1987 年版。

40. ［美］特德·摩根：《人世的挑剔者——毛姆传》，梅影、舒云、晓静译，湖南人民出版社 1986 年版。

41. 钱满素：《美国自由主义的历史变迁》，生活·读书·新知三联书店 2006 年版。

42. 钱青：《英国 19 世纪文学史》，外语教学与研究出版社 2006 年版。

43. 钱钟书：《写在人生边上；人生边上的边上；石语》，生活·读书·新知三联书店 2002 年版。

44. ［美］爱德华·W. 萨义德：《东方学》，王宇根译，生活·读书·新知三联书店 1999 年版。

45. ［美］爱德华·W. 萨义德：《文化与帝国主义》，李琨译，生活·读书·新知三联书店 2003 年版。

46. ［美］爱德华·W. 萨义德：《知识分子论》，单德兴译，生活·读书·新知三联书店 2002 年版。

47. ［美］斯特龙伯格：《西方现代思想史》，刘北成、赵国新译，中央编译出版社 2005 年版。

48. ［英］詹姆斯·塔利：《语境中的洛克》，梅雪芹等译，华东师范大学出版社 2005 年版。

49. ［英］D. J. 泰勒：《奥威尔传》，吴远恒、王治琴、刘彦娟译，文汇出版社 2007 年版。

50. ［英］E. P. 汤普森：《英国工人阶级形成》，钱乘旦等译，译林出版社 2001 年版。

51. 王小波：《王小波全集》第二卷，云南人民出版社 2006 年版。

52. 王一川：《文学批评新编》，北京师范大学出版社 2011 年版。

53. 王佐良等编：《英国二十世纪文学史》，外语教学与研究出版社 1994 年版。

54. ［英］雷蒙·威廉斯：《关键词：文化与社会的词汇》，刘建基译，生活·读书·新知三联书店 2005 年版。

55. ［英］雷蒙·威廉斯：《文化与社会》，高晓玲译，吉林出版集团有限责任公司 2011 年版。

56. ［英］雷蒙德·威廉斯：《政治与文学》，樊柯、王卫芬译，河南大学出版社 2010 年版。

57. 吴学昭：《听杨绛谈往事》，生活·读书·新知三联书店 2008 年版

58. 萧乾：《萧乾全集（第四卷）/散文卷》，湖北人民出版社 2005 年版。

59. 萧乾：《萧乾全集（第五卷）/生活回忆录文学回忆录》，湖

北人民出版社 2005 年版。

60. 谢冰主编：《钱钟书和他的时代》，上海辞书出版社 2009 年版。

61. 殷企平等：《英国小说批评史》，上海外语教育出版社 2001 年版。

62. 许纪霖：《中国知识分子十论》，复旦大学出版社 2003 年版。

63. 赵国新：《新左派的文化政治：雷蒙·威廉斯的文化理论》，外语教学与研究出版社 2009 年版。

64. 张和龙主编：《英国文学研究在中国：英国作家研究（下卷)》，上海外语教育出版社 2015 版。

65. 张亮编：《英国新左派思想家》，凤凰出版传媒集团 2010 年版。

66. 中国大百科全书总编辑委员会《外国文学》编委会等编：《中国大百科全书》外国文学Ⅰ，中国大百科全书出版社 1982 年版。

（二）中文报纸、期刊论文、学位论文

1. ［英］乔治·奥威尔：《动物农庄》，龚志成译，《译海》1988 年第 4 期。

2. ［英］乔治·奥威尔：《动物农庄》，景凯旋译，《小说界》1988 年第 6 期。

3. 布鲁克：《赫胥黎：〈美丽的新世界重游记〉》，周煦良译，《现代外国哲学社会科学文摘》1959 年第 10 期。

4. 陈勇，葛桂录：《奥威尔与萧乾、叶公超交游考》，《新文学史料》2012 年第 4 期。

5. 陈勇：《国内赛珍珠和萧乾研究未发现的两则乔治·奥威尔书评》，《江苏大学学报》（社会科学版）2014 年第 2 期。

6. 陈勇：《乔治·奥威尔作品中的中国形象》，《英美文学研究论丛》2014 年春。

7. 陈勇：《试论乔治·奥威尔与殖民话语的关系》，《外国文学》2008 年第 3 期。

8. 陈勇：《"真相的政治"——论莱昂内尔·特里林的奥威尔批评》，《外国文学评论》2014 年第 2 期。

9. 丁卓：《〈1984〉的空间解读》，《东北师大学报》（哲学社会科学版）2011 年第 2 期。

10. 董乐山：《抗战、欧战、太平洋战争》，《中国翻译》1995 年第 4 期。

11. 段怀清：《一代人的冷峻良心：奥威尔的思想遗产》，《社会科学论坛》2006 年第 5 期。

12. 方汉泉：《二十世纪英美政治小说初探》，《暨南学报》（哲学社会科学版）1987 年第 1 期。

13. 冯亦代：《奥威尔传》，《读书》1992 年第 7 期。

14. 冯翔：《董乐山与"1984"》，《学习博览》2010 年第 8 期。

15. 葛桂录：《Shanghai、毒品与帝国认知网络——带有防火墙功能的西方之中国叙事》，《福建师范大学学报》（哲学社会科学版）2010 年第 3 期。

16. 葛桂录：《思想史语境中的文学经典阐释——问题、路径与窗口》，《福建师范大学学报》（哲学社会科学版）2012 年第 3 期。

17. 华慧：《陆建德谈乔治·奥威尔》，《东方早报》2010 年 02 月 07 日。

18. 侯维瑞：《试论乔治·奥韦尔》，《外国文学报道》1985 年 第 6 期。

19. 贾福生：《〈1984〉的聚焦分析：自我的追寻与破灭》，《河南大学学报》（社会科学版）2004 年第 3 期。

20. 景凯旋：《毫无目的的残酷》，《书屋》1998 年 第 5 期。

21. 康慨：《美国汉学家华志坚：鲁迅是中国的奥威尔》，《中华读书报》2009 年 12 月 2 日第 4 版。

22. 阿诺德·凯特尔：《谈谈英国文学》，《译文》1956 年 7 月。

23. 李锋：《奥威尔小说〈缅甸岁月〉中的种族政治》，《英美文学研究论丛》2011 年第 2 期。

24. 李锋：《从全景式监狱结构看〈一九八四〉中的心理操控》，《外国文学》2008 年第 6 期。

25. 李锋：《当代西方的奥威尔研究与批评》，《国外理论动态》2008 年第 6 期。

26. 李锋：《乔治·奥威尔作品中的权力关系》，博士论文，南京大学，2007 年。

27. 李锋：《在路上：一个特立独行的奥威尔》，《译林》2006 年第 6 期。

28. 李辉：《乔治·奥维尔与中国》，《读书》1991 年第 11 期。

29. 李零：《读〈动物农场〉（一）、（二）、（三）》，《读书》2008 年第 7、8、9 期。

30. 林贤治：《奥威尔式的"个人"写作》，《中国图书商报》2006 年 6 月 20 日第 A04 版。

31. 刘象愚：《经典、经典性与关于"经典"的论争》，《中国比较文学》2006 年第 2 期。

32. 罗晓荷：《行走在入世与出世之间——论奥威尔和卡尔维诺对王小波小说的影响》，硕士论文，复旦大学，2005 年。

33. Maybury，Robert H.：《本期说明》，田冬冬译，《科学对社会的影响》1983 年第 2 期。

34. 木然：《双重思想的变奏曲》，《读书》2010 年第 1 期。

35. 潘一禾：《小说中的政治世界——乔治·奥威尔〈动物庄园〉的一种诠释》，《宁波大学学报》（人文科学版）2008 年第 2 期。

36. 沈恒炎：《〈1984〉年和西方社会——西方对预言小说〈1984〉的评论》，《未来与发展》1985 年第 4 期。

37. 盛宁：《动态》，《外国文学评论》1998 年第 4 期。

38. 孙宏：《论阿里斯托芬的〈鸟〉和奥威尔的〈兽园〉对人类社会的讽喻》，《西北大学学报》（哲学社会科学版）1996 年第 3 期。

39. 汤卫根：《论〈1984 年〉中的权力运行机制》，《当代外国文学》2006 年第 3 期。

40. 外文出版局研究室：《国外作品选译》1979 年第 4 期。

41. 外文出版局研究室：《国外作品选译》1979 年第 5 期。

42. 王蒙：《反面乌托邦的启示》，《读书》1989 年第 3 期。

43. E. 沃尔伯格：《1984 年——当代西方文化研究》，迪超译，

《国外社会科学》1984 年第 8 期。

44. 王岚：《〈1984 年〉中人性的探求》，《当代外国文学》2000 年第 4 期。

45. 王绍光：《中央情报局与文化冷战》，《读书》2002 年第 5 期。

46. 王卫东：《孤独的游魂：乔治·奥威尔与帝国主义》，《解放军外国语学院学报》2002 年第 6 期。

47. 王晓华：《乔治·奥威尔创作主题研究》，博士论文，山东大学，2009 年。

48. 王小梅：《〈一九八四〉中的男性中心论》，《当代外国文学》2005 年第 3 期。

49. 王小梅：《女性主义重读乔治·奥威尔》，博士论文，北京外国语大学，2004 年。

50. 翁路：《语言的囚笼——〈一九八四〉中极权主义的语言力量》，《乐山师范学院学报》2002 年第 6 期。

51. 仵从巨：《中国作家王小波的"西方资源"》，《文史哲》2005 年第 4 期。

52. C. M. 伍德豪斯：《世界未经承认的立法者：关于〈动物农庄〉》，景凯旋译，《书城》1998 年第 11 期。

53. 无痕：《奥威尔百年后再陷孤独——写在中文版〈奥威尔传〉出版之际》，《深圳商报》2003 年 12 月 27 日。

54. 吴景荣：《论语言的规范和变化》，《外交学院学报》1988 年第 1 期。

55. 巫宁坤：《董乐山和〈一九八四〉》，《中华读书报》1999 年 2 月 10 日。

56. 许卉艳：《奥威尔〈动物农庄〉在中国大陆的翻译出版与展望》，《时代文学》（下半月）2010 年第 8 期。

57. 许卉艳：《奥威尔〈一九八四〉在中国的翻译与出版》，《名作欣赏》2011 年第 5 期。

58. 许淑芳：《弗洛里的"胎记"与殖民话语批判：奥威尔小说〈缅甸岁月〉解读》，《名作欣赏》2010 年第 18 期。

59. 许淑芳：《肉身与符号——乔治·奥威尔小说的身体阐释》，博士论文，浙江大学，2011 年。

60. 杨敏：《穿越语言的透明性——〈动物农场〉中语言与权力之间关系的阐释》，《外国文学研究》2011 年第 6 期。

61. 弗·伊瓦谢娃：《五十年代的英国小说》，《译文》1958 年 6 月号。

62. 尤泽顺：《乔姆斯基语言研究和政治研究的关系》，《外国语言文学》2004 年第 1 期。

63. 余世存：《奥威尔的意义》，《时代教育（先锋国家历史）》2009 年第 1 期。

64. 张德明：《文学经典的生成谱系与传播机制》，《浙江大学学报》（人文社会科学版）2012 年第 6 期。

65. 张桂华：《有关〈一九八四〉的版本》，《博览群书》2000 年第 10 期。

66. 张卫民：《使政治写作成为一种艺术》，《博览群书》1997 年第 12 期。

67. 张中载：《十年后再读〈1984〉——评乔治·奥威尔的〈1984〉》，《外国文学》1996 年第 1 期。

68. 赵健雄：《读〈一九八四〉一得》，《读书》1993 年第 3 期。

69. 止庵：《从圣徒到先知——读〈奥威尔传〉》，《博览群书》2004 年第 3 期。

70. 中国大百科全书总编辑委员会《外国文学》编委会等编：《中国大百科全书》"外国文学"，中国大百科全书出版社 1982 年版。

71. 朱平：《绝望还是希望？——〈一九八四〉中的反抗策略及局限》，《解放军外国语学院学报》2010 年第 6 期。

72. 朱望：《乔治·奥韦尔的〈一九八四〉与张贤亮系列中篇小说之比较》，《外国文学》1999 年第 2 期。

三　网络资源

1. http：//marxists. anu. edu. au/chinese/Isaac - Deutcher/deutcher - Perry - Anderson. htm

2. http：//wgyxy. hznu. edu. cn/hyyw/308625. shtml

3. http：//www. npopss - cn. gov. cn/n/2012/1225/c219507 - 200-05803. html

4. http：//www. ucl. ac. uk/Library/special - coll/orwell. shtml

5. http：//granta. com/outside - the - whale/